위대한 콜론타이의 사랑

옮긴이

이현애는 프리랜서 번역가이다.

정호영은 인도 꼴까따의 Jadavpur University에서 사회학 박사 과정에 있다. 저서로 ≪양방향TV를 위한 디지털 콘텐츠 매니지먼트≫(이비컴), ≪맨 땅에 헤딩하리라 —한국 인디음악의 궤도와 좌표(편저)≫(푸른미디어), ≪인도는 울퉁불퉁하다≫(한스컨텐츠) 등의 책을 썼고, ≪섹스 피스톨즈, 조니 로턴≫(노사과연), ≪마하트마 간디 불편한 진실≫(한스컨텐츠), ≪인도 독립의 불꽃, 바가트 싱≫(한스컨텐츠), ≪한대수의 침묵≫(푸른미디어) 등을 우리말로 옮겼다. ≪서준식의 옥중서한≫(노사과연)을 편집했고 ≪올드보이 한대수≫(생각의 나무) 등의 일반 교양서적과 다양한 IT 서적들을 기획하기도 했었다. 락 밴드 인터내셔널 밴드의 멤버이다.

콜론타이의 위대한 사랑

지은이: 알렉산드라 미하일로브나 콜론타이 (Александра Михайловна Коллонтай)
옮긴이: 이현애, 정호영
펴낸이: 채만수
펴낸곳: 노사과연

기획: 정호영
편집: 김해인
교정·교열: 김해인, 최상철
표지디자인: 이규환

등록: 302-2005-00029 (2005.04.20.)
주소: 서울시 동작구 본동 435번지, 진안상가 나동 2층 (우156-060)
전화: (02) 790-1917 | 팩스: (02) 790-1918
이메일: wissk@lodong.org
홈페이지: http://www.lodong.org

초판 1쇄 발행: 2013년 7월 27일

ISBN 978-89-93852-15-8 03890

* 책값은 뒤표지에 있습니다.
* 잘못된 책은 바꿔 드립니다.

콜론타이의 위대한 사랑

알렉산드라 콜론타이 지음 l 이현애 · 정호영 옮김

노사과연
노동사회과학연구소 부설

일러두기

1. 대본
   Lily Lore가 영역한 *A Great Love*, The Vanguard Press, New York, 1929(http://www.marxists.org/archive/kollonta/1929/great)를 대본으로 번역하였다.

2. 주
   이 책의 모든 각주는, 독자의 이해를 돕기 위해 기획자가 단 것이다.

3. 부호 사용
   저작·신문·음반은 ≪ ≫로, 단편·논문·기사·곡명은 " "로 표시하였다.

4. 외국어 표기
   - 인명, 지명 등의 경우, 되도록 원어에 가깝게 표기하는 것을 원칙으로 하였다.
   - 독자의 이해를 돕기 위해 필요한 경우 ( ) 속에 원어를 병기하였다.

차 례

위대한 사랑 · 9
자매 · 141
세 세대의 세 가지 사랑 · 163

식민지 조선에서의 꼴론따이 · 227
  1. 꼴론따이의 소설에 대한 평들   229
    정칠성, "≪적연≫ 비판―꼬론타이의 성도덕에 대하야",
                                          ≪삼천리≫, 1929. 9.   229
    정칠성, "난륜과 사회주의자의 문제",
                                          ≪삼천리≫, 1931. 6.   235
    진상주, "프로레타리아 연애의 고조―연애에 대한 계급성",
                                          ≪삼천리≫, 1931. 7.   238
    이광수, ≪흙≫ 3장에서 일부 발췌, 1932.   247
    김안서, "≪연애의 길≫을 읽고서―콜론타이 여사의 작",
                                          ≪삼천리≫, 1932. 2.   260
    윤형식, "푸로레타리아 연애론", ≪삼천리≫, 1932. 4.   266

  2. 인터뷰 ― 그 뒤에 이야기하는 "제여성(諸女性)의 이동좌담회
            (移動座談會)", ≪중앙≫, 1935. 1.   272

레닌과 클라라 체트킨의 여성 문제에 대한 대화 · 287
이네사 아르망에게 보낸 레닌의 편지 · 341

알렉산드라 꼴론따이의 생애 · 351

역자 해제 · 357
기획자의 말 · 374

≪콜론타이의 붉은 사랑≫ 차례

붉은 사랑

   영어판 서문

   1부 사랑
     I /II /III

   2부 가정
     IV /V /VI /VII /VIII
     IX /X /XI /XII /XIII

   3부 자유
     XIV

   인명 한글 표기

알렉산드라 꼴론따이의 생애

【부록1】 저출산과 노동자계급
【부록2】 노동자계급과 신맬더스주의

역자 해제
기획자의 말

위대한 사랑

자매

세 세대의 세 가지 사랑

위대한 사랑*

---

* 이 소설은 1905년 러시아 혁명 실패 후, 해외로 망명했던 혁명가들 사이에 있던 일상을 배경으로 하고 있다. 100년 전 사건이지만 여성 문제를 비롯한 일상에서 일어나는 문제들은 포스트 모더니즘의 시대라며 세상이 바뀌었다고 떠들어 대는 현재와 아무런 차이가 없음을 알 수 있을 것이다.

0

이 모든 것은 아주 오래전, 인류가 전쟁의 공포에 대해서 아무것도 몰랐던 시절, 그리고 혁명으로 인한 그 역사적인 변화들이 여전히 미명 속의 먼 미래의 일처럼 아스라했던 그 시절에 일어났던 일이다.

때는 아직까지 가장 음습한 반동의 세력에 움켜쥐어져 발버둥 치고 있던 짜르 시대의 러시아. 이 작은 드라마의 주인공들은 고통으로 신음하고 있는 조국의 민중들을 위해 투쟁하다가 추방되거나 망명한 남자와 여자들 즉 "이민자들"이다.

이후 러시아에서는 새로운 세상의 여명이 밝았다. 그러나 인간 세계의 이 안타까운 인류의 비극들은 여전히 사라지지 않고 있다.

이 글은 우리가 무언가를 배우고 이해하기 위한 것이다.

I

그를 마지막으로 보고 난 후, 끝나지 않을 것처럼 길고도 길었던 일곱 달이 지났다. 그들은 절대 다시 만나는 일이 없을 것이라는 굳은 결심을 하고서 헤어졌다.

그는 자신이 결정한 것을 그녀에게 말하면서, 그들이 겪고 있는 고난으로 인한 고통 때문에 눈을 감은 채로 머리를 그녀의 어깨에 묻었다. 그는 더 이상은 자신들의 사랑을 위해 싸울 힘도, 그 사랑으로 인해 지속되는 갈등을 버텨 낼 자신도 없었다. 그녀는 그를 물끄러미 바라보았다. 얼굴이 너무나 수척해 보였다. 근심과 고통으로 수척하고 지쳐 버린 얼굴. 하지만 그 극심한 무력감 속에는 애잔함을 자아내는 천진난만함과 연약함이 묻어 있다고, 그녀는 생각했다.

그의 아내가 위중한 심장병을 앓고 있다고 의사가 진단했다. 그래서 절대 안정을 취해야 하며 자극을 받아서는 안 된다고.

"아내에게 조금이라도 걱정을 끼치게 된다면, 난 죄책감을 느끼게 될 거요. 아니 내가 아내를 죽였다고 생각하게 될 거요. 나따샤, 아내가 나 때문에 불안감을 느끼도록 할 수는 없지 않소. 아내가 회복할 수 있도록 내가 도와야 한다는 걸 당신은 이해하지 않소?... 더 이상 아내를 속일 수가 없소. 그리고 아이들 생각을 하지 않을 수 없소. 사샤가 나를 의심스런 눈으로 쳐다보기 시작했다오... 아이들이 내가 전심전력으로 자기네들을 보살피지 않는다고 느끼기 시작한 것 같소."

"하지만, 세냐. 그게 가능한가요? 우리 둘 사이에 있었던 모든 일들을 뒤로 하고 가족에게 되돌아갈 수가 있겠어요? 우리가 얼마나 친밀하고, 서로를 소중히 여겼던가를 어떻게 잊을 수가 있겠어요? 어디에서 우리 둘을 묶어 주었던, 말없이도 가능한 이런 완전한 이해를 찾을 수가 있단 말인가요? 당신, 나 없인 너무 외로울 거예요."

그녀의 걱정 어린 충고는 온통 그와, 그의 앞에 놓여 있는 그의 인생에 대한 것들뿐이었다. 그녀 자신에 대한 것은 찾아볼 수 없었다.

"하지만 달리 무엇을 할 수 있단 말이오? 선택의 여지가 없소! 외롭겠지, 나따샤? 내 마음은 얼어붙고 비참할 거요. 아, 말로 어찌 다 표현할 수가 있겠소." 그녀를 두 팔로 끌어안고서는 조용히 눈을 감았다. "나따샤, 달리 방법이 없는 것 같소." 마치 골치 아픈 생각들을 떨쳐 버리려는 듯이, 그의 입술이 격렬하게 그녀의 입술을 찾아 탐했다. 남자들이 하는 뭔가를 탐색하는 듯하면서도 달래 주려는 듯한 그의 키스에 그녀 마음에는 걱정과 근심이 찾아왔다.

그녀는 그의 변명과 같은 애무를 물리치지는 않았다. 비록 자신도 모르는 새 그녀의 마음은 불안감으로 떨려 왔고, 지울 수 없는 상처를 받았음에도 말이다.

스산하게 비가 내리던 날 둘은 헤어졌다. 그녀는 새벽 기차를 타고 떠나기로 결심했다. 그는 아직도 고요하게 잠들어 있었지만 그녀는 이미 일어나 있었다. 넋을 놓은 채 옷을 입고 짐들을 싸면서 때때로 그를 쳐다보았다. 그녀의 영혼은 비통함으로 얼어붙고 무감각해졌다.

"벌써 가려고?" 그녀가 모자와 외투를 챙겨 입고서 작별을 고하기 위해서 다가갔을 때 그는 깜짝 놀라며 말했다.

그가 누워 있는 침대 한구석에 앉아서 그의 이마를 부드럽게 어루만졌다. 아픈 아이를 달래 주는 엄마처럼.

"왜 이렇게 서두르는 거요? 꼭 이렇게 아침 일찍 떠나야 하는 거요? 이리 와 봐요. 오늘 저녁때까지 함께 있다가 나는 집에 가리다. 당신은 저녁 기차를 타면 되지 않소."

그것은 자기기만적 열정과 사랑하는 두 여자 사이에서 갈팡질팡하느라 망가져 버린 한 남자의 순간적 충동일 뿐이었다.

생각해 보건대 그가 단 한 시간만이라도 그녀와 함께 있고 싶다고 졸라 대면 그녀는 언제라도 기꺼이 감사한 마음으로 그렇게 했었다. 하지만 이런 잔인한 이별의 순간에 그가 하는 이런 요구가 어쩐지 그녀에게는 부당한 것으로 여겨졌다.

"오늘 떠나야만 한다는 걸 알잖아요. 오늘 저녁까지 여기서 지체하면 당에서 열리는 내일 모임에 늦고 말아요."

"당신이 참석하지 못한다고 그게 어쨌단 말이오? 그게 그렇게 큰 문제가 되오? 당신이 없어도 회의는 나머지 사람들이 알아서 할 거요."

그가 그녀를 침대로 끌어 앉혔다. 그러고는 키스했다. 하지만 그녀는 그의 구슬림을 외면했다. 그녀는 통증, 길고 날카로운 바늘로 후벼 파는 듯한 통증을 심장으로 느꼈다. 그런 아무 생각 없이 하는 행동들이 그녀를 얼마나 상처 받게 하는지 전혀 생각해 본 적도 없단 말인가? 그들 공동의 대의를 위한 그녀의 활동에 대해서 동지로서 어떻게 그렇게 가볍게 이야기할 수 있단 말인가? 마지막 순간, 되돌릴 수 없는 결별, 이 최후 이별의 순간을 그녀가 혼자서 견뎌 낼 수 있도록 힘을 북돋아 주어야 하는 순간에, 이런 때에 어떻게 그가.

그에게서 영원히 멀어져 가는 기차에 앉아서 촘촘히 짜인 선로들을 중심으로 펼쳐지는 낯선 지방의 익숙지 않은 풍경들을 바라보았다. 하지만 여전히 꿈틀거리며 그녀를 괴롭히는 가슴 속 생채기로 인해서 고통스러워하고 있었다. 그녀의 일을 대수롭지 않게 여기는 그의 고약한 언사와 사려 깊지 못한 행동들이 준 상처는, 되돌릴 수 없는 이별로 인한 고통마저도 대수롭지 않게 만들었다.

우리의 대의를 위한 그녀의 활동이 가지는 중요성에 대해서 그가 평가하고 있는 것이 고작 그것이란 말인가? "당신이 없어도 별 문제 될 것 없소!" 그 말이 뇌리에서 떠나질 않았다. 아마도 잊을 수 없을 것이다. 어둠이 내리고, 승객들이 하나씩 저마다의 목적지에 도착하여 객실이 비게 된 저녁이 되어서야 그녀는 이별의 슬픔을 실감할 수 있었다. 그녀는 부드럽고, 사려 깊으면서도 지적인 그의 두 눈을 다시는 볼 수 없을 것이라는 생각에 슬프게 흐느꼈다. 그의 부드러운 미소, 자신감으로 충만해 있고 누구에게나 존경받는 사람임에도 불구하고 얼굴 가득히 머금고 있는 부드러운 미소. 그 미소를 다시는 볼 수 없다는 생각에 비탄에 빠졌다.

헤어지면서 그들은 편지도 쓰지 말 것이며, 서로를 찾지도 말자고 약속했다.

"그저 내가 이 세상 어딘가에 살고 있다는 것만 기억해 줘요"라고 말하며 그녀는 그를 위로하려고 했다. "설사 당신이 내가 필요하더라도…" 그녀는 말을 끝낼 수가 없었다. 하지만 깊이 감사해하고 있는 그의 모습에서 그는 이해하고 있다는 걸 그녀는 읽어 낼 수 있었다.

그때는 불가피한 상황으로 인해 모든 것이 명확해 보였다. 사랑하는 사람이 죽어 버리고 나면 더 이상은 그를 붙잡을 수 없는 것처럼 그를 붙잡을 수 없다는 그 사실을 믿을 수가 없었다.

그들이 헤어지기로 했던 것이 이번이 처음은 아니었다. 하지만 언제나 이삼 주간 연락이 끊겼다가도, 간절함과 그리움과 자책 그리고 급박한 간청으로 가득한 전보나 편지를 받고서 그녀는 그의 곁으로 되돌아가곤 했었다.

그는 그녀를 필요로 했다. 자신의 생각들과 활동에 대한 계획을 명쾌하게 해 주는 그녀와의 풍성한 토론의 시간을 그는 그리워했다.

그런 이별 뒤엔 종종 인사말도 없이 시작해서는 곧바로 그가 직면한 임무상의 어려움을 토로하는 내용으로 가득한 편지들을 받았다. 말하자면 헤어지기 전에 이야기하던 그 고민의 속편인 셈이다. 이런 편지들은 언제나 그들이 다시 만나야만 한다고 설득하고 간청하는 내용으로 끝맺음되어 있었다. 그가 하는 일에 있어서 그녀는 없어서는 안 될 존재였고 그러한 확신이 두 사람이 하는 사랑의 바탕이었다. 이것은 진정 낭만적인 것이었다!

하지만 이번만은 하루하루 지나고, 몇 달이 지나도록 그에게서 전보 한 줄도 연락 한 번도 오지 않았다.

그녀는 그의 무관심이 뇌리에서 떠나지 않았지만 그것에 맞서서 자신의 일에 집착하며 활동에 온몸을 던졌다. 차근차근 그녀는 자신과 함께 일하는 사람들처럼 자기의 일에 전념했다. 그들은 그녀와 같은 문제에 헌신하며 살아가고 그녀와 같은 관심사를 가진 사람들이었다. 사그라져 가던 그녀의 영혼은 생기를 찾아 갔다. 세냐 생각을 한 번도 하지 않은 채, 심지어는 이러한 상태를 후회하는지 아닌지도 모르는 채 하루가 왔다가는 하루가 가고 있다는 것을 알아차렸을 땐 스스로도 놀랄 따름이었다. 다만 맹렬한 열정으로 가득 찬 하루를 보내고 기진맥진해진 늦은 저녁에 자신의 방, "어디에도 속한 곳 없는" 한 여자의 쓸쓸한 그 방에 문을 열고 들어설 때면, 오래되고 친숙한 그리움에 젖어 들곤 했다.

기진맥진한 몸을 이끌고 그녀는 가끔씩 그에게 편지를 썼다. 지치고 외로운 심신과 버림받은 영혼의 안식을 찾아서 쓰는 편지... "세네치까, 세네치까! 내가 얼마나 외로움에 떨고 있는지 알기나 하나요? 왜 나를 떠났나요? 당신이 날 떠나 버린 게 얼마나 날 고통스럽게 하는지... 그저 친구나 동지로 남아 있어 줄 수도 있었잖아요. 아뉴따를 극진히 아끼고, 사랑하고 그녀에게 따뜻한 포옹을 해 주어도 괜찮아요. 그저 당신의 온기와 체취, 친구로서의 애정만 내게 허락해 줄 수 있다면 난 기꺼이 당신이 아뉴따를 사랑하도록 해 주었을 텐데..."

그에게 이 편지들을 보내지는 않았지만 그저 편지 속에서 자신의 고통을 그에게 쏟아붓는 것만으로도 그녀는 마음의 평안을 찾을 수 있었다. 편지를 쓰는 동안에는 그들 사이를 가로막고 있는 것은 그저 표면적이고 물리적인 거리감뿐이었다. 만약 그가 그렇게 멀리 떨어져 있지만 않다면, 동지로서 혹은 친구로서 서로 마주 보고 있을 수 있는 거리에 그가 살고만 있다면 그의 따스함과 친밀감에서 우러나는 이해를 나눌 수 있을 것이라고 확신했다.

이럴 때면 나따샤는, 그와 함께 있을 때면 그녀를 힘들게 만들었던 모든 불안감들을 기억해 내지 못했다. 그와 함께 있을 때면 느꼈던 쓸쓸함을 더 이상은 기억해 내지 못했다. 혼자서 감내해야만 했던, 그러나 결코 회피할 수 없었던 그 짐들을. 두 사람의 짐을 견뎌 내기 위해 그녀는 언제나 강해야 했다. 갑절의 에너지가 필요했던 그와 함께 보낸 날들을 잊어버렸다. 기진맥진한 그를 내버려 두고서야 족쇄를 풀어 버리고 그녀가 사랑하는 일로 돌아오는 기쁨을 누릴 수 있던 것을 잊어버렸다. 이렇게 외로움이 뼛속까지 스며드는 시간에 과거의 분노들에 분홍빛 커튼이 드리워지다니!

"과부가 되어 버린 느낌이에요." 하루는 보내지도 않는 편지에 이렇게 썼다. "당신과 함께 했던 그곳들을 혼자서 헤맵니다. 우리가 함께 일하고 하나라고 느꼈던 그곳들을 말이에요. 같은 생각을 하고 같은 영혼을 가진, 하나였던 우리인데... 그리운 이여, 이제 다시는 그 시절로 되돌아갈 수가 없는 건가요... 우리의 심장을 뜨겁게 하고 우리를 열정에 휩싸이게 했던 것은 영혼의 친밀감이었어요... 우리가 나누었던 우정이 가져다주었던 그 숭고하고, 찬란한 날갯짓 속에서 아름답게 빛나던 행복을 앗아가 버린 우리들의 축복받지 못한 사랑을 저주했던 적이 한두 번이 아니랍니다. 세냐, 우리가 연인이 아니라 친구로 그냥 남아 있었더라면, 당신이 날 떠날 필요도 없었을 텐데." 하지만 정신적 일체감과 하나의 영혼을 공유했다는 그녀의 믿음이 현실의 제약 앞에서 비틀거릴 때면 참담한 환멸감으로 가득 찬 시간들을 보내야 할 때도 있었다. 얕잡아 보며 무시했던 것, 잔혹할 만큼 경솔하게 굴던 것들에 대한 기억을 떠올리자 그들의 우정이라는 것도 결국은 망상에 불과했다고 여겨지기도 했다.

"그가 정말 날 사랑하긴 한 걸까? 내가 알고 있는 사랑이란 걸 그도 한 걸까?" 나따샤는 지난날이 진정 무엇이었나를 생각해 보는 암울한 시간에는 참담한 마음으로 스스로에게 이렇게 물어보곤 했다. "날 정말 사랑했다면, 어떻게 내 마음을 이렇게 갈가리 찢어 놓을 수가 있는 걸까, 어떻게 그렇게 쉽게 그의 마음에서 날 내팽개쳐 버리고 지워 버릴 수가 있는 걸까... 내가 겪는 이 고통을 그가 모른다는 게 어떻게 있을 수 있는 일이란 말인가? 우리 사이에 친밀감과 이해란 건 없었던 걸까... 단지 환상, 내 욕망이 만들어 낸 가공품이었을 뿐인 걸까? 얼마나 많은 나의 정력과 얼마나 많은 내 소중한 시간들을 이 망상이 먹어 치웠단 말인가!" 그의 곁에 머물기 위해서 스스로의 일과 책임을 다른 이들에게 떠넘겨 버리거나, 중요한 모임에 늦거나 참석하지 못하지 않았던가, 그래서 그녀 스스로를 그에게 옭아매 버리지 않았던가. 그것들 때문에 얼마나 그녀 자신과 운동의 대의를 위태롭게 했던가를 떠올릴 때면 그녀는 너무나 화가 났다. 그런 그녀의 행동들은 신실한 일꾼으로서의 그녀의 명성에 되돌릴 수 없는 오점을 남겼다.

이 사랑을 위해 치러야만 했던 값비싼 대가로 인해 마음 저 깊숙한 곳에서는 그를 원망하고 있었다. 자기 자신에 대한 오랜 성찰의 시간을 거치고 나서야 비로소 그녀는, 그에 대한 그녀의 감정이 진정 무엇이었던가에 대해서 날 것 그대로의 진실을, 상처 받아 너덜너덜해진 쌓이고 억눌렸던 비참한 감정들을 그에게 말할 수 있었다.

II

그의 사진. 그들이 서로 안 지 얼마 되지 않았을 때 그가 그녀에게 준 사진. 도서관 모임에서 그와 마주친 지 얼마 지나지 않았을 때 준 그 사진이 여기저기 널려 있는 책들과 원고 더미들 가운데 놓여 있었다.

그와의 첫 만남을 떠올리며 그녀는 종종 미소를 지었다. 그녀는 그의 이름과 활동들은 익히 알고 있었다. 이미 그의 이론을 대중적으로 알리기 위한 많은 유인물들을 썼고 그의 추종자라고 알려져 있었던 것이다. 하지만 그와 면식이 있는 것은 아니었다.

"오늘 저녁에 그 사람이 여기 온 거 알아요?" 당시 그녀랑 가까이 지내던 남자 한 명이 그녀에게 이렇게 말했다. "당신이 존경해 마지않는 세묜 세묘노비치 말이오."

"정말? 어디 있는지 꼭 알려 줘야 해요. 어디 있어요? 오, 그 사람 꼭 만나야 해요!" 그녀는 그를 만날 수 있다는 기대감에 들떠 있었다. 그를 보고자 하는 갈망으로 들떠서는 마치 어린 소녀처럼 흥분해 있었다.

"어서요. 어서! 어디 있어요?"

"진정 좀 해요! 아마 실망할 겁니다." 친구는 그가 들떠 있는 데 기분이 상한 게 분명했다. "내가 보기엔 그 사람 별 매력 없어요. 남자로선..."

"그게 무슨 상관이에요? 내가 어디 남자로서 그 사람에게 관심을 가지고 있나요?"

그녀는 조르듯이 어깨를 들썩거리며, "어떨 때 보면 당신은 정말 바보 같다니까요"라고 했다.

"정 원한다면, 그 사람을 불러 줄게요." 그녀의 친구가 자리를 비운 사이 나따샤는 그녀와 너무나 비슷한 생각을 가진 어떤 한 사람을 알게 된다는 기대감에 들떴다. 그러고는 기쁨과 호기심 어린 미소를 띠고서 기다리고 있었다. 세묜 세묘노비치는 그녀의 친구와 옥신각신 한 끝에 결국은 내키지 않는 듯이 친구의 손에 이끌려, 매우 들떠 있는 그녀 쪽으로 다가왔다.

숫기가 별로 없는 사람이라서 그런 것이라고 그녀는 좋게 생각하려 했다. 그 후로 그녀는 세묜 세묘노비치를 별나고 친해지기 어려운 사람이라고 여기게 되었다. 하지만 한편으론 연민을 느끼게 하는 면이 있다고 생각하기도 했다.

첫 번째 만남 이후 그녀는 꽤 자주 그를 만나게 되었다. 그와의 만남은 선선했고, 매번 자신도 모르는 새 그녀를 봄날의 따사로움과 같은 행복감에 젖게 했다.

그와 알고 지낸 첫해에 그녀는 외로움이란 건 알지도 못했다. 그녀는 자신의 길 앞에 놓인 어떤 장애물이라도 거뜬히 이겨낼 수 있다는 용기와 강인함을 가지고 있다고 자신했다... 물론 걱정과 근심거리들이 없는 것은 아니었다. 가끔은 불행하다고 느끼기도 했다. 하지만 그 모든 것들조차도 찬란한 환희로 인해 약화되었고 아름답고 숭고한 것들로 변했다... 장애물?... 그 무엇도 그녀를 꺾을 수 없었다. 그녀의 인생 앞에는 모든 시련의 굽이굽이도 고작해야 희망찬 전진을 위한 시험대라고 여길 만큼의 대담한 여정이 놓여 있을 따름이었다. 높은 곳으로, 좀 더 높은 곳으로 나아가기 위한...

"이렇게 혼자 살아간다는 게 어떻게 가능하죠?", 친구들 특히 여자 친구들은 종종 호기심에 가득 차 이렇게 묻곤 했다. "가족도 없이, 동반자도 없이 살 수가 있나요?"

사려 깊은 그녀의 성격에 걸맞지 않게 갑자기 모든 관계들을 다 정리해 버린 후였다.

"이렇게 사는 건 너무 우울해요. 난 우울증에 걸리고 말 거예요."

그 정반대라는 듯이 그녀는 웃으면서 대답했다. 다시 혼자가 된다는 건, 즐겁게 어디든 갈 수 있는 자유가 있다는 건 멋진 일이었다. 정신을 여기저기 흩어 놓거나, 거치적거리는 것에 구애되지 않고 어디든 훨훨 날아갈 수 있어서 다시 독신녀가 된 것이 그녀는 진심으로 행복했다. 해야 할 자신의 일이 있었기에 다른 어떤 것도 필요치 않았다. 그녀의 인생은 즐거움으로

"정말? 어디 있는지 꼭 알려 줘야 해요. 어디 있어요? 오, 그 사람 꼭 만나야 해요!" 그녀는 그를 만날 수 있다는 기대감에 들떠 있었다. 그를 보고자 하는 갈망으로 들떠서는 마치 어린 소녀처럼 흥분해 있었다.

"어서요. 어서! 어디 있어요?"

"진정 좀 해요! 아마 실망할 겁니다." 친구는 그가 들떠 있는데 기분이 상한 게 분명했다. "내가 보기엔 그 사람 별 매력 없어요. 남자로선..."

"그게 무슨 상관이에요? 내가 어디 남자로서 그 사람에게 관심을 가지고 있나요?"

그녀는 조르듯이 어깨를 들썩거리며, "어떨 때 보면 당신은 정말 바보 같다니까요"라고 했다.

"정 원한다면, 그 사람을 불러 줄게요." 그녀의 친구가 자리를 비운 사이 나따샤는 그녀와 너무나 비슷한 생각을 가진 어떤 한 사람을 알게 된다는 기대감에 들떴다. 그러고는 기쁨과 호기심 어린 미소를 띠고서 기다리고 있었다. 세묜 세묘노비치는 그녀의 친구와 옥신각신 한 끝에 결국은 내키지 않는 듯이 친구의 손에 이끌려, 매우 들떠 있는 그녀 쪽으로 다가왔다.

숫기가 별로 없는 사람이라서 그런 것이라고 그녀는 좋게 생각하려 했다. 그 후로 그녀는 세묜 세묘노비치를 별나고 친해지기 어려운 사람이라고 여기게 되었다. 하지만 한편으론 연민을 느끼게 하는 면이 있다고 생각하기도 했다.

첫 번째 만남 이후 그녀는 꽤 자주 그를 만나게 되었다. 그와의 만남은 선선했고, 매번 자신도 모르는 새 그녀를 봄날의 따사로움과 같은 행복감에 젖게 했다.

그와 알고 지낸 첫해에 그녀는 외로움이란 건 알지도 못했다. 그녀는 자신의 길 앞에 놓인 어떤 장애물이라도 거뜬히 이겨낼 수 있다는 용기와 강인함을 가지고 있다고 자신했다… 물론 걱정과 근심거리들이 없는 것은 아니었다. 가끔은 불행하다고 느끼기도 했다. 하지만 그 모든 것들조차도 찬란한 환희로 인해 약화되었고 아름답고 숭고한 것들로 변했다… 장애물?… 그 무엇도 그녀를 꺾을 수 없었다. 그녀의 인생 앞에는 모든 시련의 굽이굽이도 고작해야 희망찬 전진을 위한 시험대라고 여길 만큼의 대담한 여정이 놓여 있을 따름이었다. 높은 곳으로, 좀 더 높은 곳으로 나아가기 위한…

"이렇게 혼자 살아간다는 게 어떻게 가능하죠?", 친구들 특히 여자 친구들은 종종 호기심에 가득 차 이렇게 묻곤 했다. "가족도 없이, 동반자도 없이 살 수가 있나요?"

사려 깊은 그녀의 성격에 걸맞지 않게 갑자기 모든 관계들을 다 정리해 버린 후였다.

"이렇게 사는 건 너무 우울해요. 난 우울증에 걸리고 말 거예요."

그 정반대라는 듯이 그녀는 웃으면서 대답했다. 다시 혼자가 된다는 건, 즐겁게 어디든 갈 수 있는 자유가 있다는 건 멋진 일이었다. 정신을 여기저기 흩어 놓거나, 거치적거리는 것에 구애되지 않고 어디든 훨훨 날아갈 수 있어서 다시 독신녀가 된 것이 그녀는 진심으로 행복했다. 해야 할 자신의 일이 있었기에 다른 어떤 것도 필요치 않았다. 그녀의 인생은 즐거움으로 가득했다. 더할 나위 없는 매혹적인 즐거움으로 말이다!

그녀에게 친구가 없다면, 그녀와 똑같은 심장을 가진 그런 친구가 없다면 그건 외로운 것이리라. 하지만 친구에 대해서 말할 때면 그녀는 항상 그를 떠올렸다. 그와 그의 아내 그리고 그의 아이들까지. 그들 모두를 사랑했다. 그들은 그의 일부였다. 그녀는 아뉴따의 요조숙녀 같은 기질과 비혼(非婚) 여성들의 삶의 방식에 대한 무지마저도 받아들였다. 가끔씩 그녀의 쁘띠부르주아적인 외모를 볼 때면 아연실색할 때도 있었다. 그러나 아뉴따는 단순하고 선한 사람이었다. 무엇보다도 솔직하고 꾸밈이 없는 사람이었다. 그녀 사전에 가식이라는 건 존재하지 않았다. 그녀의 입은 그녀의 마음이 생각하는 것을 그대로 내뱉어 놓을 따름이었고 남편에 대해서는 거의 광적인 존경을 품고 있었다. 나따샤 또한 그를 존경해 마지않았으므로 그 부분에서는 그녀와 공감하는 면이 있었다. 그를, 위풍당당하고 두려움 없으며 정직한 사상가인 그를 그 누구라도 사랑하지 않을 수 있었겠는가!

아뉴따는 자신의 결혼생활이 얼마나 행복한지에 대해서 그녀에게 떠벌리곤 했는데 나따샤가 독신생활을 하고 있다는 걸 조롱하는 듯한 그녀의 그런 습관이 약간 짜증스러웠던 건 사실이다.

"당신이 가여워서 볼 수가 없어요, 나따샤. 여자가 남자 없이 살아간다는 건 정말이지 상상하기 힘든 거예요. 여자의 인생에 있어서 당연히 있어야 할 중심축을 잃은 거잖아요. 물론 모두가 세냐 같은 남편을 얻는 행운을 누릴 수는 없다는 건 나도 알아요. 행복하고는 거리가 먼 결혼생활도 물론 있죠. 하지만 뭐랄까. 12년간의 결혼생활이 언제까지나 신혼인 이런 삶을 사는 나 같은 여자들은, 어떤 남자도 행복하게 해 줄 수 없는 당신 같은 여자들의 운명이란 게 정말이지 공허하게 보인답니다... 생각해 보세요, 세냐는 아직도 연애하는 줄 안다니까요... 당신도 봐서 알겠지만 말이에요... 당신한테 이런 말을 하면 실례라는 건 알지만, 그래도 당신은 우리 부부랑 친구니까..." 그러고는 남편이 자신을 아직도 끔찍하리만치 사랑한다는 걸 나따샤에게 설명해 주려고 세몬 세묘노비치와의 소소한 일상들을 자세히 말해 주곤 했다.

이런 식의 분별없는 친근감의 표현에 나따샤는 항상 불쾌함을 느꼈다. 그래서 그녀의 말을 가로막곤 했었다. 그건 아뉴따에게 화가 났기 때문이기도 하지만 세몬 세묘노비치에게 화가 났기 때문이었다. 웬일인지 전형적인 남편의 역할을 하는 그의 모습을 떠올릴 때면 그녀가 사랑해 마지않는, 그녀의 가슴속에 품고 있는 동지이며 사상가로서의 그의 모습이 허상처럼 여겨졌다. 아뉴따로부터 이런 이야기를 들은 후 며칠 동안은 그를 피하곤 했다. 그 이야기들이 만들어 낸 그에 대한 인상들이 점차 사라져 버릴 때까지는.

가끔씩은 아뉴따가 이런 신물 나는 시시콜콜한 일상사들을 늘어놓는 것이 무슨 의도를 가진 듯이 여겨지기도 했다. 아마도 그녀가 꾸며 냈음직한, 동화 속에나 나올 법한 일들을 자세하게 보태서 이야기해 대는 것이 나따샤를 고문이라도 하려고 드는 듯했다. 하지만 그런 것들은 그저 성가신 일들에 불과했다. 그들이 더욱 친밀해지면서 그녀는 자신의 일에 날개가 돋친 듯한 발랄한 행복감에 젖었고, 스스로의 인생을 개척할 수 있다는 용기를 얻었다. 그러는 와중에 그런 성가신 일들은 곧잘 잊혀지곤 했다. 자신의 누추한 독방을 채우고 있는 고독감이 더욱 크게 느껴지긴 했지만 말이다.

그리곤 너무나 갑작스럽게, 예기치 않은 열정의 폭발이 찾아오고 난 후... 하지만 그게 그렇게 갑작스러운 것은 아니지 않았던가? 돌이켜 보건대, 그 열정은 이미 나따샤의 가슴 깊숙한 곳에서 싹터 오고 있었던 것이었으나 그녀가 그 존재를 인식하지 못했던 것일 뿐이었다. 그녀는 종종 자신의 인생의 경험을 통해서 얻게 된 삶의 원칙을 웃으면서 이야기했었다. 두 번 다신 낭만적인 사랑 따위에 빠져드는 일은 없을 거라고. 그런 그녀가 이성을 잃고 만 것이다. 나따샤는 절대 또다시 사랑 같은 건 하지 않을 것이라고 맹세 했지만, 사랑이 주는 아픔과 상처를 피해 왔지만, 서로를 깊이 이해하는 두 사람이 사랑에 빠지지 않기란 승산 없는 게임일 뿐이었다. 같은 일과 같은 책임감에서 오는 우정과 이해만을 원했던 그녀의 몸부림이 무슨 소용이 있었으랴?

삶이란 예상치 못한 곳으로 흘러가기 마련이었다.

III

그들은 북적거리는 3등석 열차에 몸을 싣고서 당의 회합이 열리는 도시로 함께 가고 있었다. 남편이 밖으로 나도는 걸 끔찍이도 싫어했던 그의 아내는 그를 집에 붙들어 매 놓으려고 수도 없는 구실들을 찾아냈다.

저녁 무렵 나따샤가 그의 집에 도착했을 때 세묜 세묘노비치는 자신의 생각에 확신을 갖기 전이라 아직 어떻게 할지 결정을 내리지 못하고 있었다.

"사실, 내가 불참한다는 건 있을 수 없는 일이란 게 분명하오. 반대파에서는 내가 없는 틈을 노릴 게요. 그러면 우리 제안은 기각될 테고... 하지만... 함께 갈 수 없을 것 같소. 비쮸샤가 몸이 좋질 않소. 아뉴따는 몸도 제대로 가누질 못하니... 아내가 너무 무리를 해서 탈진해 있소. 그런 상태로 혼자 내버려 두고 떠날 수는 없을 것 같소... 아무래도 내일 아침 혼자 떠나야 하지 않을까 싶소만..."

역으로 가는 길과 정반대 편이었지만, 나따샤는 그의 집에 들렀다.

그녀는 그의 아내의 불만에 가득 찬 얼굴과 마주하게 되었다. 그가 언뜻 비치는 행동들이 좀 전에야 언쟁이 끝났다는 것을 말해 주고 있었다.

가지 않기로 결정했다고 그는 그녀에게 말했다. 하지만 그 말이 떨어지기 무섭게, 그가 그 회합에 참석하지 않으면 안 된다는 것을 다시 한 번 강조했다.

"내가 참석하지 않은 것이 불러올 파장이 만만치 않을 거요. 우리의 제안이 기각될 것이 불을 보듯 뻔한데... 하지만... 비챠는 아직 불덩이고, 아뉴따도 회복되지 않은 듯하니... 이렇게 중요한 회합이 열리는 때에 이런 상황이 닥치다니 정말 난감한 일이요…"

"모든 게 잘될 거예요." 그녀는 그를 안심시켰다. "당신이 바라는 대로 모든 걸 해낼 정도의 힘은 우리도 가지고 있어요. 안심하고 쉬셔도 괜찮아요." 함께 가지 못한다는 것이 왜 그를 진짜 화나게 하는지 그녀는 꿈에도 알지 못했지만 말이다…

그녀는 서둘러 역으로 향했다. 몇 시간 후면 그녀가 설명하기로 되어 있는 발의안의 정신을 고스란히 살려 낼 세부 사항들과, 발의안의 채택을 위한 행동 지침들을 확정 지을 수 있다는 기대감으로 힘든 줄도 몰랐다.

한겨울 서리가 내려앉고 있었다. 두 손을 두꺼운 토시에 깊숙이 찔러 넣고서 냉기가 도는 플랫폼을 활기찬 걸음으로 오르내리는 나따샤의 마음은 그녀 앞에 놓여 있는 일에 대한 생각으로 이미 가득 채워져 있었다. 긴장되긴 했지만 자신 있었다. 대결의 순간이 다가옴에 따라 그녀의 영혼은 전율하고 있었다. 그들의 제안이 받아들여질 때까지 끝까지 싸울 것이었다. 환희의 물결을 다시 불러일으킬 때까지 그녀는 싸울 것이었다…

"나딸리야 알렉산드로브나! 나딸리야 알렉산드로브나!"

나따샤는 황급히 뒤돌아 봤다.

"결국은 오게 되었소."

세몬 세묘노비치가 깊은 숨을 몰아쉬며 그녀 앞으로 다가왔다. 그의 눈에선 결국엔 이겼다는 듯한 묘한 광채가 흘러나왔다.

"개인적인 일은 잊기로 했소, 결국… 아뉴따에게는 가혹하고 미안한 짓을 하게 되었소만, 그래도..." 나따샤는 그의 얼굴에서 떠나지 않고 있는 약간은 야비해 보이는 벅찬 기쁨의 표정을 의아스럽게 쳐다보고 있었다. 그사이 그가 스스럼없이 그녀의 팔을 잡았다.

열차 안은 이미 북적거리고 있었다. 그들은 꼭 붙어 앉을 수밖에 없는 상황이었다. 세몬 세묘노비치는 나따샤에게서 눈을 떼지 않았다. 금테 안경 너머의 그의 눈이 처음으로 솔직한 그 본연의 모습을 드러내고 있었다.

나따샤는 당혹스러웠다. 그리고 그가 자신과 부딪힐 때마다 그의 손이 미세하게 떨리고 있다는 걸 알게 되자 혼란스럽기까지 했다. 그의 흥분은 긴장감과 함께 이미 그녀의 마음의 평정을 흔들었다. 서로를 찾아 헤매다가는 황급히 외면해 버리는 둘의 눈이 주고받는 언어는 달콤하고 감미로운 격정이었고 고통스러울 만큼 매혹적이어서 그녀를 자신의 옆에 앉아 있는 그 남자에게 점점 더 가까이에 붙들어 매 놓았다.

약간 여유를 갖고 정차하는 한 역에서 바깥바람을 쐬러 나갔다. 둘은 아름다운 그러나 혼란스런 몽상으로부터 벗어나게 되었다는 안도감을 토해 내고서는 에는 듯한 겨울 공기가 주는 신선함을 들이마셨다. 어둠이 내려앉은 안개 낀 도시가 저 멀리 있었다.

아무 일도 없었다는 듯이 시시껄렁한 이야기들을 나누었고, 숨 막힐 듯한 긴장감도 서서히 사라져 갔다. 둘 다 콩나물시루 같은 객차로 다시 돌아가고 싶지 않았다.

하지만 객차로 돌아왔을 때, 화살을 손에 든 장난꾸러기 악동은 다시 그의 마법을 시작했다. 격정이 떠도는 공기, 피할 길 없이 맞닿은 서로의 육체는 뿌리칠 수 없는 마력을 일으켰다. 세묜 세묘노비치의 손은 나따샤의 손을 찾고 있었고, 그녀의 손은 그것을 뿌리치지 않았다.

머뭇거리면서 그는 자신의 가정생활에 대해서 말하기 시작했다. 아내로 인한 골칫거리들과 건강상의 문제 그리고 그녀의 과도한 질투심. 아뉴따에 대해 말하고 있지만 그게 바로 나따샤를 향한 사랑의 속삭임이란 걸 둘은 모두 알고 있었다. 아뉴따에 대한 그의 감정은 사랑이라기보다는 항상 연민에 가까웠다. 사실상 그녀와의 결혼은 연민으로 인한 것이었다. 아뉴따가 그를 이해했던 적은 없었다. 그 곁에서 그는 이방인같이 살아왔다. 마음의 문을 걸어 잠근 채로, 자신의 사상과 열정 속에서 혼자서. 그러다 나따샤가 그의 삶에 나타났고 모든 것이 변했다. 삶은 기쁨으로 가득 차고 빛으로 반짝였다. 그리고 그는 더 이상 혼자가 아니었다. 그녀는 잠겨 버린 그의 영혼을 열어 줄 열쇠를 가지고 있었다. 그에게 그녀 없는 행복이란 있을 수 없었다. 그녀를 향한 사랑으로 행복도 고통도 이미 맛보았다. 하지만 감히 그녀에게 사랑받을 수 있을 것이라고는 꿈도 꾸지 않았었다. 사랑의 열병에 빠진 십대처럼 그녀 앞에서 전전긍긍했었다. 둘을 인사시켜 준 그 친구에 대한 질투심 때문에 그가 얼마나 고통스러워했던가를, 나따샤가 그 친구와 헤어졌을 때 그가 얼마나 기쁨에 들떴던가를 그녀는 알기나 했을까? 그가 어떻게, 상처만 받을 가망 없는 그녀를 향한 사랑을 이 몇 년간 해 왔는지를 그녀는 알기나 했을까?

그녀는 놀라웠지만 말없이 그의 말을 가만히 듣고 있었다. 기뻤지만, 분명 그녀는 기쁨에 빠졌지만 그의 고백이 불러올 일들에 대한 걱정을 지울 수는 없었다. 그러나 분명 그녀는 기쁨을 느꼈다. 사랑을 갈구하는 얼굴로 옆에 앉아 있는 그의 모습은 더 이상 친구이자 사상가가 아니었다. 얼굴에 천진난만한 미소를 가득 머금은 현자와 같은 저 남자. 사랑스런 세냐. 그가 이제까지 알던 사람과는 완전히 다르게 느껴졌다.

예전의 세몬 세묘노비치와는 달라져 버린, 그 남자가 그녀 곁에 바싹 다가앉은 채로 갈망하는 눈빛을 숨김없이 보내고 있었다. 모든 것을 바꾸어 놓을 수 있는 이것의 정체는 무엇이란 말인가? 그녀가 없는 삶이란 있을 수 없었다. 하지만, 그에게는 가족과 아이들이 있었다. 아뉴따. 그는 그녀를 떠나지 않을 것이었다.

"무엇을 해야 하는 건가요? 왜 뭔가를 해야 하는 거죠? 내가 당신에게 뭘 해 달라고 한 적이 있던가요? 난 그저 당신의 친구라는 것만으로도 충분히 행복해요."

"소중한 사람!" 그는 주변의 눈길에도 아랑곳없이 그녀를 두 팔로 꼭 껴안고서 뺨에 키스했다. "당신과 함께 있는 게 너무 달콤하오. 너무나... 행복하오."

그녀의 입가에 미소가 번졌다. 하지만 눈가엔 눈물이 맺혔다. "너무 행복해서 울고 있는 거예요"라고 그녀는 설명하듯 말했다.

그는 그녀는 으스러질 듯 꼭 끌어안고서 이렇게 속삭였다. "너무나 소중하고 사랑스런 나따샤!"

목적지에 다다라서 기차에서 내릴 때도 정신이 아득할 따름이었다. 많은 동지들이 나와 있었다. 먼저 머물 숙소를 그러고는 회합 장소까지 두 사람을 안내했다. 큰 문제없이 첫째 날이 지나갔다. 나따샤와 세묜 세묘노비치는 뜻을 나누는 동지들과 한참 웃고 떠든 뒤라 기쁨에 들뜬 채로 숙소로 돌아왔다. 그녀는 그곳에 있던 모든 이들을 사랑했다. 반대파에 속해 있는 동지들조차도 그날만큼은 그녀의 사랑스런 친구들이었다. 그녀는 기분 좋게 취해 있었다. 그들 속에서 행복하게 웃고 싶었다. 이 영광스런 날이 끝나지 않기를 바랐다. 내일은 오늘 같은 행복을 맛볼 수 없을 것이었다. 사랑으로 인한 고통을 겪게 될 것이었다.

그것은 그녀가 생각했던 것보다 빨리 왔다.

그것은 회합의 마지막 날이었다.

팽팽한 긴장 속에서 끝없는 토론이 사흘간이나 이어졌다. 그리고 사흘간의 불면의 밤이 나따샤에게 찾아왔다. 그녀는 서기로서의 그녀의 임무에 집중하기가 점점 어려웠다. 유려하고 현란하며 비약적인 수사법을 구사하는 이 낯선 토론자들의 사상을 이해하고, 정확히 기록한다는 게 쉽지는 않았다.

회합이 끝나고 마지막으로 그녀가 그날 기록한 내용을 낭독했다. 반대파의 한 인사가 한 발언 내용이 잘못 인용되어 의미가 왜곡되어 기록되어 있었다. 반대파에서는 격분했다.

당내 반대파에 대한 비열한 책략이라고 주장했다.

나따샤는 당황해서 어쩔 줄을 몰랐다.

갑자기 세묜 세묘노비치가 논쟁에 끼어들었다. 그리고 그녀

위대한 사랑 31

의 부주의함에 대해서 강하게 질책했다. 반대파의 비방으로부터 자신의 그룹을 지켜 내기 위한 것이라는 걸 그녀도 알고 있었다. 그는 책임이 한 개인, 나따샤에게 있다는 점을 밝히고 있었다. 당의 분파로서 집단적인 책임이 없다는 걸 보여 주기 위한 것이었다.

회합이 끝나고서 모두들 숙소로 향했고, 격렬한 토론이 벌어졌다. 나따샤만이 침묵을 지켰다. 눈물을 흘리지 않으려고 이를 꽉 물었다.

결국엔 모두가 혼자였다.

그녀는 고통에 몸부림치며 울면서 그의 가슴에 안겼다. 자신이 흘리는 눈물에 대해서 설명하려고 하지는 않았다. 세냐 또한 그 불행한 실수가 불러온 상황에 곤혹스러워하고 있을 것이기에 그녀를 이해해 줄 수 있을 것이라고 생각했다.

꼭 그렇게 심하게 그녀를 책망했어야만 했던 걸까? 당연했다. 그는 자신들 분파의 이해를 그녀 개인의 감정보다 더 중요하게 여겼어야만 했다... 다 이해할 수 있다고 그에게 말해 주고 싶었다. 하지만 그가 한 일에 대한 약간의 미안함과 후회 같은 건 표현해 주었어야만 하지 않았던가. 책략에 휘말려 부당한 입장에 그녀가 처하게 되었다고 다른 이들에게 설명해 주었어야 했다. 그것은 실수였을 뿐이라고, 극도의 피곤함으로 인해 생긴 실수였을 뿐이란 걸 그는 알았어야만 했다.

"세냐, 당신은, 당신은 이해해 줄 수 있죠?"

"물론이요, 이해하고 말고... 가여운 사람... 나랑 헤어지는 게 고통스럽다는 걸 아오. 하지만 어쩔 수 없지 않소?"

잘못 들은 것일까? 어리둥절해져서 눈물을 그친 채 그를 쳐다보았다.

"당신과 헤어져야 한다는 생각만으로도 너무나 고통스럽소." 그가 말했다. "하지만 서로 사랑하는 마음은 변함없을 거요... 당신은 예전과 다름없이 우리 집에 올 테고... 꼭 그래야 하오, 그렇지 않으면 아뉴따가 의심하게 될 거요. 자. 이제 그만 눈물을 그쳐요. 하루 종일 당신을 얼마나 그리워했는지 아오! 키스해 주리다."

이러고 나서, 어떻게 그에게 눈물의 이유를 말할 수 있었겠는가? 그가 그녀의 비참한 마음을 알아채지 못하고 그가 자신의 마음에서 찾아낸 것이 마지막 포옹에 대한 갈망뿐인데, 그녀가 너무나 의기소침해하고 불행해하고 있을 때 서로가 헤어지기 전에 나눌 마지막 포옹에 대한 갈망만을 그가 자신의 마음에서 찾아냈을 뿐인데 어떻게 그를 이해시키고자 하는 희망을 가질 수 있겠는가?

그녀의 뺨을 타고 흐르는 두 줄기 눈물에 그가 키스를 해 주었다.

"울지 말아요, 내 애기. 우리는 더 자주 볼 테니."

동지들과 함께 기차에 탔다. 역에 도착했을 때, 안개가 내려앉은 그 거대한 도시는 예전처럼 그곳에 있었다. 그리고 그들은 마치 이방인처럼 의례적인 작별을 했다.

IV

그때 왜 불행함을 느꼈던가를 이제는 좀 더 명확하게 알 수 있을 것 같았다. 이제야 자신의 방으로 돌아왔을 때 흘렸던 그 쓰라린 눈물이 연인과 처음으로 떨어져 있게 된 여자가 흘리는 외로움의 눈물이 아니라는 걸 알게 되었다. 그 눈물은 처음으로 그녀의 심장에 내려앉은 생채기, 수없이 덧입혀지고만 그 생채기로 인한 것이었다. 세냐는 어떻게 상처 받고 또 상처 받은 그녀의 심장이 사랑이란 감정을 거부하게 되었다는 걸 모를 수가 있단 말인가. 그 작은 생채기들 사이로 서서히 한 방울 한 방울씩 사랑이 빠져나간 버린 텅 빈 심장은 배려와 이해를 받지 못해 치유될 수도 없는 지경에 이르렀다는 걸 어떻게 모를 수가 있단 말인가?

지난 일곱 달간의 고독한 숙고의 시간을 거친 후에 나따샤는 그 불면의 밤들이 무엇 때문이었는지 깨닫기 시작했다. 무엇이 그 열정의 잔들의 밑바닥에 치욕스런 찌꺼기들을 남겨 놓게 했는지를 깨닫기 시작했다. 끊임없이 그녀는 진심을 다한 벌거벗은 영혼으로 그에게 다가가려고 했다. 하지만 그는 그런 그녀를, 나따샤를 바라볼 뿐, 그에게 다가가려고 하는 저 깊은 그녀의 영혼의 울림에 귀 기울이지 않았다. 그는 그 여자를 품에 안았다. 그녀의 영혼이, 그녀의 가장 깊은 곳에 있는 존재가 그 팔을 그에게 헛되이 뻗는 노력을 하는 동안 그는 그 여자를 품에 안고 있을 뿐이었다. 그리고 그녀에게는 고독과 망각만이 남게 되었다. 그는 나따샤를 알기나 했던 걸까?

확실히 그의 머릿속엔 자잘한 걱정거리들이 그칠 날이 없었다. 삶은 그를 가만 내버려 두질 않았다. 물질적 불운과 재정적 위기가 끊이질 않았다. 아내는 자신에게 시간과 에너지를 쏟아 달라고 졸라 대며 그를 방해했고, 질투와 의심, 잔소리 따위가 그를 따라다녔다.

"어제 아뉴따가 약으로 자살하려고 해서…"

둘이 함께 지내는 시간들은 이런 유의 침울한 이야기들로 얼룩졌었다. "병에 있는 모르핀을 삼키기 직전에 내가 도착했으니 망정이지. 나따샤, 난 어떻게 해야 되는 거요? 어째야 여기서 벗어날 수 있는 거요?" 세묜 세묘노비치는 그녀의 무릎에 머리를 파묻었다. 그녀가 가만히 그의 사랑스러운 머리를 쓰다듬어 주었다. 처음으로 아뉴따의 자살 기도에 대한 이야기를 들었을 때 나따샤는 심한 충격에 휩싸였다. 하지만 반복되는 자살 기도 소식에 걱정하던 마음은 무뎌지고, 그들이 어리석게 보였다. 하지만 아뉴따의 바보 같은 무절제함을 비웃는 마음으로 그런 것은 결코 아니었다. 솔직히 그녀가 측은하게 느껴졌다. 하지만 그녀가 그의 소중한 시간들을 앗아가고 있는 것은 분명했다. 그녀가 만들어 내는 지긋지긋하게 소소한 걱정거리들 때문에 그는 중요한 것들에 집중할 수가 없었다. 나따샤는 그것을 용서할 수가 없었다. 아뉴따는 한 남자가 가진 정력과 능력이 일상사에 시달리며 낭비되기에는 너무나 아깝다는 걸 받아들이지도 않았고, 그 남자의 위대함을 이해하지도 못했던가?

나따샤는 어디서든 그를 소중히 여겼다. 그에게 자신의 걱정과 고민거리들을 말하는 법이 없었다. 그의 근심과 걱정들 앞에서 그녀의 문제들은 꺼내 놓을 틈도 없이 사라져 버렸다. 그는 그녀와 함께 있을 때면 그저 따뜻한 위로와 누구에게서도 얻을 수 없는 깊고 풍부한 이해를 얻을 수 있을 뿐이었다. 그녀는 그의 짐을 자신이 대신 지고 싶었다. 사상가이자 활동가로서의 그가 더 중요한 임무에 집중할 수 있도록 그 무거운 짐들에서 벗어나게 해 주고 싶었다…

"당신은 정말 강하고, 멋진 사람이오." 한숨을 쉬며 그가 말했다. "당신은 혼자서 살아갈 수가 있을 테지. 가여운 아뉴따와는 너무나 다른 사람이니까. 아뉴따는 내가 보호해 주지 않으면 버티지 못할 게요."

나따샤는 어린 아이를 대하듯 그에게 미소 지어 주었다. 근심에 빠져 있는 그 앞에서 어찌 그녀가 약해질 수 있었겠는가? 그녀는 그의 피난처이자 안식처가 되어 주어야만 했고, 그에게 빛과 생기를 가져다주어야만 했다. 그가 근심 걱정과 눈물로 얼룩진 집에서 빠져나와 나따샤에게 올 때는 휴식을 취하고 싶을 뿐이었다.

분통이 터질 때도 있었다. 그녀 앞에 불행이 숨어 있는 듯 여겨지고, 그녀가 스스로에게 부과한 역할을 더 이상은 참을 수 없어서 반감이 치밀어 오를 때도 있었다. 왜 항상 아뉴따를 가엽게 여기는 거지? 나따샤에게도 삶은 만만치 않은 것이었다. 힘들고, 막중한 책임감에 시달리는 일들을 해야만 했다. 다른 이들은 그녀의 가치를 높이 평가했다. 세냐가 한 번이라도 그렇게 생각해 준 적이 있었던가?

"세냐, 난 너무 지쳐요." 가끔씩 나따샤는 그녀를 화나게 하는 것들에 대해서 조금이라도 공감을 얻으려고 노력했다. "반대파에서 나를 궁지에 몰아세우고 있어요. 혹시 그쪽의 새로운 움직임에 대해서 들은 것이 있나요?"

"제발, 그런 이야기는 하지 맙시다. 그런 것들엔 관심이 생기질 않는구려. 내 문제들을 좀 이야기하게 해 주구려. 아뉴따가 또 아프오. 의사가 절대 안정을 취해야 한다고 하오. 애들 보모를 고용해야 할 것 같은데, 돈을 낼 수가 없으니. 내가 어떤 처지인지 당신은 잘 알고 있질 않소? 나따샤, 아뉴따를 볼 때면 자기 몸도 돌보지 않고, 얼마나 애들과 나한테 헌신하는지 나도 안다오. 난 범죄자나 다름없소. 내 생각만 하니 난 정말 아무짝에도 쓸모없는 놈이요!"

삶은 그에게 너무나 가혹했기에 그 앞에서 나따샤는 자기 자신을 생각해 볼 수 있는 여지가 없었다. 그녀의 우상이자 그녀의 삶의 빛인 그 앞에서 어떻게 그럴 수가 있었겠는가?

나따샤는 항상 주기만 했고, 세냐는 그것을 받기만 했을 뿐이었다. 둘의 사랑은 항상 그런 식이었고, 그가 겪는 시련들에서 벗어나 평온한 휴식을 즐길 수 있는 경우는, 그런 순간은 쉽게 찾아오지 않았다.

"나따샤, 우리 사랑이 당신에게 고통만을 가져다준다는 걸 나도 아오. 사랑스런 당신을 내가 사랑한다는 건 참 이기적인 짓이오. 먼 훗날 당신의 사랑을 담보로 내가 얼마나 당신을 괴롭혔는지 알게 될 거요. 그리고 나한테 지쳐 가겠지. 나따샤, 그때 난 어떻게 되는지? 당신의 사랑이 나한테 어떤 의미인지 당신은 결코 모를 거요."

"세냐. 나도 알아요. 내가 그걸 모른다면 어떻게 지금 상황을 견딜 수 있겠어요?"

"나따샤, 난 당신의 가장 가까운 친구요. 비록 항상 그걸 표현할 수는 없다 하더라도 말이요. 사랑스런 나따샤, 그것만은 믿어 주오... 하지만 난 우리 사이에 가끔은 건널 수 없는 강이 놓인 듯하오. 내게서 당신이 도망치는 것같이 느껴질 때가 있소. 당신은 당신에 대한 모든 걸 나한테 말하지 않질 않소. 나따샤, 그게 날 마음 아프게 한다오. 우리 두 사람이 나누고 있는 친밀한 교감, 완전한 신뢰와 정직함이 우리 사랑에 있어서 내게는 가장 소중하다는 걸 아는 게요?"

"그래요, 세냐. 그게 무엇보다도 중요하죠. 우린 상대방을 이해해 주어야만 해요. 서로가 서로의 마음속에 스치는 생각 하나하나를 다 알아야만 해요. 당신은 내가 우리 둘에게 있어서 가장 소중한 그것을 얻을 수가 없어서 얼마나 상처 받는지, 얼마나 불행해하는지 모르잖아요... 그럴 때면 난 정말이지 비참하고 이루 말할 수 없이 침울해져요. 당신이 여자로서만이 아니라 그 이상으로 날 아껴 주었으면 해요."

"철없는 애같이."

"맞아요. 당신에게 못한 말들이 있어요. 왜 그런 줄 아세요? 나도 날 잘 모르니까요. 나도 당신에게 모두 말하고 싶단 말이에요."

"나에게 다 말해야 하오. 그게 뭐요? 자, 당신이 나한테 말하지 않고 있는 게 있질 않소?"

"아니에요. 당신은 이해 못 해요. 그건 비밀 같은 거랑은 달라요. 사소하고 작은 일들이 날 괴롭힐 따름이에요. 그래서 당신에게 말하는 게 머뭇거려져요."

"어떤 것들 말이요? 예를 들어 지금은 어떤 게 당신을 괴롭히고 있소?"

"글쎄요. 안똔 동지가 찾아왔어요. 그 사람, 늦은 시간에 종종 나를 만나러 오거든요. 그러고는 앉아서... 이상한 눈길로 날 쳐다보곤 해요. 무슨 말인지 알죠? 몇 시간씩이나 그렇게 앉아 있어요. 난 그게 정말 싫어요. 하지만 오지 말라고 할 수는 없잖아요. 어떻게 그럴 수 있겠어요? 함께 일하고 있는 사람인데... 그리고 가엽게도 그 사람 참 외로운 사람이잖아요... 사실 좀 측은한 생각이 들기도 하거든요."

"당신이랑 함께 일하고 있다는 게 당신 집에 찾아오는 거랑 무슨 상관이란 말이요? 솔직히 난 이해할 수가 없구려. 당신의 행동은 이해해 주리다. 하지만 그 사람을 측은하게 여기는 건 좀 지나친 것 같소. 남자가 여자 방에 앉아서, 사랑에 들뜬 눈으로 그 여자를 몇 시간이나 쳐다보는데, 그 여자가 그 남자를 측은하게 여긴다니! 그 측은히 여기는 마음이라는 게 도대체 어디까지 갈는지 그걸 어떻게 알 수 있단 말이오? 내가 보기에 그런 일로 다른 사람을 성가시게 하는 사람을 쫓아내는 건 아무 문제가 되질 않소. 물론, 그 남자가 하는 구애를 당신이 좋아한다면 그건..."

"세네치까! 어떻게 그런 말을? 어떻게 내 말을 그런 식으로 이해할 수가 있죠?"

나따샤는 화가 났지만 웃음이 터져 나왔다. 질투, 안똔 동지한테 질투를 느끼다니! 사랑스럽고, 기분 좋아질 정도로 바보스런 생각이었다. 그와 만나 온 지난 몇 달 내내 그는 그녀의 우상이었다는 걸 몰랐단 말인가? 그녀의 모든 생각 속엔 그가 있었다. 그의 학자같이 살짝 굽은 등이 세상 그 무엇보다도 그녀에겐 사랑스럽고, 그녀의 마음을 잡고 있질 않은가? 누가 그처럼 맑고 영롱한 영혼을 가지고 있단 말인가? 어느 누가 그처럼 논리적이고 명석한 두뇌를 가지고 있단 말인가? 깜짝 놀랄 정도로 단순한 그의 질투에 그녀는 화를 낼 수 없었다. 가끔씩은 도저히 그의 그런 태도를 이해할 수 없을 때도 있긴 했지만 말이다. 연주회에서 집에 돌아갈 때 내내 부루퉁하게 굴었던 것도 그 바이올린 연주자에게 질투를 느껴서였던가? 그래서 혼자서 화를 내고서 그녀에게 "맘대로 해"라고 하며 내버려 뒀던 걸까? 아마도 전차에서 차장과 몇 마디 농담을 주고받았던 그 유쾌하지 못한 장면은 기억도 하지 못하고 있는 것일 테지?

"여자는 사랑하는 사람이 아니면 남자를 쳐다보지도 못하나요?" 이런 일들이 몇 차례 있고 나서 그가 이성을 찾았을 때쯤 그녀는 웃으면서 물었다. 그는 약간 부끄러워하는 표정으로 자기가 잘못했다는 걸 인정하면서 미소를 지었었다.

하지만 나따샤는 그가 알고 있는 자신의 과거 때문에 그녀를 믿지 못한다고 느끼고 있었다.

"당신이, 당신 입으로 그 검은 머리칼의 그 남자를 사랑했었다고 말하지 않았소. 얼마만큼 사랑했었소? 나만큼 그를 사랑한 거요?"

"당연히 훨씬, 엄청나게 더 사랑하죠... 봐 봐요, 내가 그 사람을 더 사랑했다면 그렇게 흔쾌히 헤어졌겠어요? 어떻게 된 건지 당신도 다 알잖아요. 다 지켜봤잖아요. 내 마음을 아직도 믿지 못하는군요? 당신같이 똑똑한 사람이 가끔 이렇게 바보같이 구는 걸 보면 어이가 없어요!"

"다른 남자들이 나보다는 훨씬 낫질 않소. 그리고 여자에게 어떻게 해야 하는지도 잘 알고 있을 테고. 난 기사도 정신 같은 건 알지도 못하오, 나따샤."

"하지만 그렇기 때문에 당신을 사랑하는 걸요, 세네치까. 당신의 그런 면이 얼마나 사랑스러운지 몰라요."

"나따샤! 너무나 사랑스런 당신이 나 같은 사람을 선택하다니!" 그는 비참한 듯이 스스로를 자책했다. 하지만 단호한 그녀의 말 덕분에 마음이 누그러졌다.

나따샤에게는 이러한 일들이 막연한 상처를 남겼다. 그를 이해할 수가 없었던 것이다. 서로 간의 불신으로 인해 그녀 마음속에 생겨난 불행을 무책임하게도 다른 이들의 탓으로 돌려 버리고서, 본인은 질투심 따위나 느끼고 있었다는 걸 이해할 수가 없었다. 두 사람이 처음 친분을 쌓아가던 시절에 나따샤가 자신의 과거에 대해서 하릴없는 후회의 말들을 내뱉을 때 그는 그녀를 위로해 주곤 했었다. 다른 이들이 그녀를 마음 아프게 하거나 모욕할 때면 그가 그녀의 안식처가 되어 주곤 했었다. 그는 풍부한 포용력 그 자체였다. 여자들이 상대방을 이해하고 공감해 주는 것과 같은 그런 남다른 이해로 그녀를 도와주었다... 그녀는 회한에 차서 그를 불러 보았다. 지난날의 메아리를, 세네치까…

둘도 없는 소중한 친구였던 그 시절의 세냐. 내연남이 된 이후의 세냐. 이 두 사람은 완전히 다른 사람이었던 것이다. 나따샤는 이 사실을 이별 후의 일곱 달 동안 더욱더 명확하게 볼 수 있게 되었다.

그들이 갈라서게 되었던 것이 단지 그가 그녀를 생각해 주지 못하고, 공감해 주지 못했기 때문이었던가? 그들이 함께 했던 그 시절을 다시 회상해 보자 다른 추한 기억들이 생각을 다른 길로 나아가게 했다. 심지어 여자로서도 그와 감정적 일체감을 찾지 못할 때도 있었다. 그의 선의를 혹사시키고 악용하기까지 하던 아뉴따에게는 연민과 동정심으로 가득 차 있던 사람이 나따샤가 걱정하는 것에 대해서는 믿을 수 없을 정도로 무정했다. 누구도 그녀에게 그런 무참할 정도의 상처를 주지는 않았다. 의도적으로 그녀에게 그렇게 하지는 않았다는 게, 약간의 위안은 될지언정 그것이 남긴 모욕감을 지워 주지는 못했다. 함께 처음 밤을 보내게 되었을 때, 동지들이 그들을 그 작은 숙소에 데려다 주었던 그 밤이 그 시작이었다.

동지들이 모두 떠나고 난 후, 나따샤는 떨면서 급하게 자기 방으로 돌아가면서 그렇게 하는 것이 옳다고 계속해서 스스로를 설득하고 있었다. 그가 그녀를 사랑했다! 두려움 없는 사상가이며, 모든 이들의 무한한 존경과 사랑을 받는 바로 그 혁명가가 그녀를 사랑했다! 그녀는 끝을 알 수 없는 순수한 행복감을 느꼈다.

잠자리를 준비하다가 문에서 노크 소리를 들었을 때, 그녀는 손에 칫솔을 든 채였다. 그녀가 대답할 겨를도 없이 세묜 세묘노비치가 방으로 걸어 들어왔다. 그러고는 문을 걸어 잠갔다.

놀라움에 얼어붙은 나따샤는 그를 응시한 채 서 있었다. 치약이 잔뜩 묻은 칫솔이 여전히 입에 물려 있는 채였다.

"마치 사내 녀석 같아 보이오, 정말 귀엽구려!"

그러고는 당혹감에 어찌할 바를 몰라 하고 있는 나따샤는 아랑곳하지 않고서, 그녀를 두 팔로 끌어안았다.

"박하 향기가 나는구려"라며 그는 웃었다.

"잠깐만요, 잠시만... 치약이라도 헹구어 내구요."

뭐라고 해야 할지 아무 생각도 나질 않았다. 그저 육체적인 불편함과 거북스런 치약 맛에서 헤어 나오고 싶을 뿐이었다. 하지만 그는 치약으로 범벅이 된 그녀의 입술에 키스를 했다. 그녀의 목과 속살이 드러난 어깨에 탐욕스럽게 핥듯이 키스를 퍼부었다. 그와의 첫날밤에 그의 애무는 그녀에게 감흥을 주지 못했다. 그들은 이방인들이었고, 편안하지 않은 관계였으며, 서로에게 익숙하지도 않았다. 그가 충동적인 열정을 쏟아부었던 둘의 첫 밤이 그녀에게 남겨 놓은 기억이라곤 박하향 치약의 고약한 맛과 서걱거리는 느낌뿐이었다.

타오르던 열정의 끝에 기진하여 결국 그는 잠이 들었고, 그녀는 형언할 수 없는 애틋함을 안고서 자신의 어깨에 고개를 기댄 그의 머리를 끌어당겼다. 그를 향한 그녀의 사랑. 그것은 따뜻하고 다정스런 마음이었다. 그 마음으로 그녀의 가슴이 다시 물들게 된 후에야 그녀는 가만히 입술을 그의 이마에 갖다 대었다. 그의 도도하고도 아름다운 얼굴에 얹힌 고고하고 명민한 이마에 숭배하듯이 키스를 했다.

처음 밤을 함께 보냈을 때나 그 후 어느 때에도 그를 향한 그녀의 사랑이 육체적 욕망과 정념만으로 채워졌던 적은 단 한 번도 없었다. 자신의 사원에 차려진 성소에서 사제에게 자신을 바치던 고대의 여사제와 같은 심원하고 순정한 기쁨을 안고서 그녀는 그에게 몸을 허락했다. 그녀에게 그것은 자신의 신에게 스스로를 허락하는 것이었다. 그에게 나따샤는 자기 안에 있는 폭발하는 듯한 열정과 욕망을 처음으로 일깨워 준 여자였다. 그는 그녀의 격정적인 응답을 요구하였다. 신이 아니라 그의 안에 있는 남자가 그녀의 사랑을 갈망했다.

V

그와 이별한 후 지난 일곱 달 동안 그녀는 그를 향한 자신의 사랑을 알고자 하였다. 그 사랑이 고통과 분노만을 그녀에게 선사했던가? 물론 숨 막힐 듯 황홀한 행복만으로 가득했던 순간 또한 있었다!

그녀는 길고도 후텁지근했던, 그들 사랑의 첫 여름 저녁들을 떠올렸다. 남부지방의 풍광이 가져다주는 이국적인 낯섦 속에서 그의 가족과 함께 보냈던 저녁들을. 그녀는 아직 학교에 다니고 있던 남동생과 어렵사리 얻은 휴가를 한적한 산간마을 근처 해안가에서 보내고 있었고 그가 그곳으로 아내와 아이들을 데리고 왔다. 그들 가족은 아직은 신기한 풍경들을 구경하러

다니던 때에, 나따샤는 자주 그 집을 찾아가서 그의 아내를 만났다. 그가 그렇게 해 달라고 요청했던 일이다. 아뉴따를 위해서… 그의 가정을 방문할 수 있다는 것이 커다란 특권처럼 여겨지던 예전의 그 시절로 되돌아간 듯 했다.

기나긴 여름날의 저녁들이 그녀에게는 둘의 사랑에 찾아온 봄날이었다. 둘은 같이 있을 때가 많았다. 하지만 다른 이들과 함께였다. 묘한 마력이 그 만남들에 스며 있었고, 그것이 주는 매력은 서로에 대한 갈망을 한층 강하게 만들었다. 무력한 희망과 기대가 주는 달콤한 고통으로 가득 찬 매일매일이었다… 훔치듯 그러잡았던 두 손과 눈으로 나누던 대화들, 둘만이 알고 이해했던 짓다만 미소들. 지속되는 친밀감과 실현될 수 없는 충족감으로 간절한 그리움은 격렬해져만 갔다.

둘은 그들이 하는 활동과 운동이 당면한 문제들에 대한 풍성하고도 행복한 대화를 그 당시에 나누었다. 그 대화는 가끔씩은 아무 상관없는 사람들 사이에서 벌어지는 것처럼 격렬한 토론과 언쟁이 되기도 했다.

하지만 그 저녁들은, 먼 마을의 알 수 없는 불빛과 달빛에 전율하는 물결이 있는 베란다에서의 그 저녁들은.

그들 옆에 앉아 있던 다른 이들, 그의 아내와 둘의 친구들의 존재는? 나따샤와 세냐는 그들이 함께 있다는 걸 거의 의식하지 못했다. 남부의 여름밤이 건 마법에 걸려 두 사람만이 같이 있었을 따름이었다.

나따샤는 그와 함께 있다는 걸 느끼려고 버드나무 의자에 깊숙이 앉아서는 눈을 감을 뿐이었다. 그의 체온을 느끼기 위해서 손을 뻗치고 싶었지만 그녀는 그럴 수 없었다. 갈망은 커져 갔다. 열망으로 몸은 뜨거워졌고, 그 또한 그녀와 함께 있기를 원하는 갈망에 이끌려 자신에게 가까이 다가와 있다는 것을 알기에 그 열망은 불타올랐다. 그리곤 달빛을 받으며 눈을 뜨고서는 주위를 둘러볼 따름이었다. 그리고 미소를 지을 뿐...

그녀는 웃었다. 너무나 행복했다. 어떤 말로도 표현할 수 없는 감미로운 만족감으로 가득했었다.

그러고는 자정이 될 때가지 가만히 앉아 있곤 했다. 간간히 한두 마디씩 나누었을 뿐이다. 긴 침묵들, 활기찬 대화들. 이에 그녀의 영혼은 전율했고, 노래를 불렀고, 기대감으로 충만했다. 기쁨과 환희로 가득한 미래가 있을 거라고 믿고 기다렸다.

"가야 할 시간이군요!"

자리를 뜨면서 나따샤는 행복감에서 터져 나오는 한숨을 내뱉곤 했다.

"내일 집에서 봅시다."

모두들 그녀와 함께 은빛 달 아래 놓인 은하수처럼 하얀 길을 따라서 걸었다. 그는, 그녀 옆에 바싹 다가와 있었다. 그의 어깨가 아련히 닿자, 단 둘이 있을 때 그가 해 주는 애무를 받을 때보다 맥박은 더욱 빠르고 맹렬하게 뛰었다.

그들이 헤어질 때 문 앞에서 악수를 하며 마지막으로 꽉 잡던 그의 손길, 얼굴에 또다시 설핏 번지던 의미심장한 미소.

모두들 길을 따라 어둠 속으로 내려간 후, 나따샤는 어둑한 정원에 덩그러니 서 있었다. 아직은 그럴 수 없어서, 다른 이들과 섞여들 자신이 없어서... 가슴은 너무나 벅차올랐다. 밤은 마법으로, 저항할 수 없는 매력으로 가득했다. 아, 날개를 펼쳐 은밀한 유혹 속으로 날아들 수 있다면... 하늘에는 별빛이 쏟아졌다! 언덕 아래 그가 있는 집으로 당장이라도, 당장이라도 달려가서, 그의 가슴에 안길 수 있다면... 그리고...

바보 같고도 달콤한 광기와 몰아치는 광풍과 같은 앞뒤가 맞지 않는 생각과 욕망들.

달콤하고도 매혹적인 남부의 밤에 가득한, 꽃들의 향내.

VI

짧고 아름다웠던 여름, 그 짧은 순간은 꿈처럼 아스라해져 갔다.

그때 말고는, 사랑을 하고 있던 그 시절들에 행복감을 느꼈던 적이 없었던 말인가? 결코?

그녀는 열심히 기억을 더듬었다. 지난날을 돌이켜 보니 어둡게 가슴속에 아로새겨진 묵은 감정이 뒤따라왔다. 기억 속에 떠오르는 것은 고통의 시간, 빼앗겨 버린 시절, 더럽혀졌던 시간, 상처의 시간들뿐이었기 때문이다.

두 눈이 다시금 반짝였다.

그래, 기억이 떠올랐다. 잊었던 기억이 되살아났다.

다음 해 봄... 그녀는 막바지에 이른 중요한 원고 작성에 매달려 있었다. 쉴 새도 없이 열정적으로 그 일에 매달려 있었다. 다른 일들은 안중에도 없었다.

그러던 중 그의 전보가 날아들었다.

그녀는 둘만의 밀회 장소였던 시 외곽에 있는 작은 방에 책장 하나를 가져다 놓았다. 그가 다시 찾아 올 때까지의 진저리 처질 만큼 긴 시간들을 버텨 내게 해 줄 일거리들로 방을 채워 놓으려던 것이었다. 그렇지 않았다면 견딜 수 없는 무료함으로 그 시간들은 형체도 없이 날아가 버리고 말았을 것이다. 만발한 아카시아 사이의 그 작은 방에 그가 들어설 때면 그녀는 붉게 상기된 뺨과 글을 쓰느라 시려진 눈으로 일에 열중해 있곤 했었다.

그 한 달은 순정한 기쁨만이 있었던 시절이었다. 무엇 때문에 그랬던 걸까? 사랑? 일? 그 시절에는 생각도 질문도 필요치 않았다. 너무나 아름다웠던 한때였다. 그녀의 영혼은 고양되어 있었다. 그때에는 삶이 있었다. 아이와 청소년 시절에서만 느낄 수 있는 그런 삶이 그녀의 존재 가닥가닥마다에 있었다.

밤이면, 둘이 쓰던 침대에서 빠져나와서는 창문을 열어젖히고 아카시아 꽃이 뿜어내는 가득한 향기에 취하곤 했다. 달빛이 풀밭 위의 잎새와 늦은 저녁 식사 후에 둔 작은 찻잔들이 있는 탁자 위에 새겨 놓은 환상적인 무늬들을 들여다보곤 했다.

경이감으로 전율하는 심장으로 잠들어 버린다는 것. 이 강렬한 느낌을 맛볼 수 없다는 것은 불행한 일이라고 여겨졌다.

그녀는 그들이 헤어지기 얼마 전의 어느 날 밤을 떠올렸다. 숨 막힐 듯 무더운 밤이었다.

짙은 녹음과 꽃향기가 가득했고, 나따샤는 이제야 진정한 삶의 의미가 무엇인지 알 것만 같았었다.

그녀는 창밖으로 몸을 뻗어서는 아카시아 가지를 끌어당겨서 향기롭고 부드러운 하얀 꽃송이들을 한 움큼 꺾었다.

"정말 너무 아름다워!"

웃음이 터져 나오려 했다. 세네치까를 깨워서 자기가 얼마나 그를 사랑하는지 말해 주고 싶었다. 자기가 얼마나 행복한지를 말해 주고 싶었다...

"나따샤, 어디 있는 게요?"

"세냐, 정말 멋진 밤이에요... 이 꽃들 좀 봐요. 세냐. 이 향기 좀 맡아 봐요, 네?" 그녀는 몸을 숙여 향기를 가득 품은 꽃들을 그의 코에 갖다 대었다.

"내 사랑. 감미롭고, 나를 미치도록 만드는 게 마치 당신 영혼의 향기 같구려." 그는 아카시아 가지를 감싸 쥐고 있는 그녀의 손가락에 입술을 갖다 대었다.

나따샤의 고동치는 심장은 그녀를 상상할 수 없이 높은 곳으로 데려가는 것만 같았다. 아니, 그녀에게 그 사랑은 고통 그 이상의 것을 가져다준 것이다. 소중한 순간들. 감미로웠던 시간들. 이제는 결코 되돌아갈 수 없는, 어느 것에도 견줄 수 없는 시절들이었다. 덧없고, 부서지기 쉬운 행복.

그것이 이제 되돌아올 수 없단 말인가? 다시는?

VII

나따샤와 그녀의 동지들은 예상치 못했던 일에 온 정신을 빼앗긴 채 몇 주간을 보내게 되었다. 신경 쓸 게 많고 극도의 긴장이 요구되는 일이었다. 그리고 이런 요구가 있을 때에는 언제나 그렇듯이 살아 있는 사람들, 심장이 생생히 뛰고 있는 사람들, 대의에 헌신하는 그들이 곳곳에서 그 일을 수행키 위해 들고일어났다.

나따샤는 자신을 휘감고 있는 강렬한 열정의 대기 속에서 새로운 만족감을 찾아낼 수 있었다. 거스를 수 없는 역사를 향해 갓 굴러가기 시작하는 힘찬 기계 속에 하나의 톱니가 된 만족감을 처음으로 맛보게 되었다. 동지들의 신심 어린 헌신으로 그녀가 예전에 가지고 있던 생기발랄함을 되찾게 되었다. 쓸쓸함이 가득하던 길고 어두운 아파트 복도에 그녀의 웃음소리가 명랑하게 넘쳐흘렀다. 그곳에서 그녀와 함께 일했던 동료들도 끊임없이 미소 짓지 않을 수 없었다.

"우리 나딸리야 알렉산드로브나가 얼마나 행복해하는지!"

"사랑에 빠졌나 보군요." 그녀 옆에서 일하고 있던 동료가 한마디 거들었다. 그리곤 아무렇지도 않은 듯이 하던 일에서 눈도 떼지 않고서 물었다. "그런거요, 나딸리야 알렉산드로브나? 사랑에 빠진 거요?"

"누구랑요? 당신 아닌가요? 당신 말고는 그럴 사람이 없는 것 같은데요, 바네치까?"

"어... 두 여자가 무슨 꿍꿍인 거요! 셰익스피어가 말하길... '당신은 그들이 뭘 하는지 볼 수 있다오. 전부 그녀가 나한테 허풍을 떨려고 하는 거라네.' 나따샤, 이러지 말아요. 날 놀리면 안 되죠. 저도 그렇게 쉽게 넘어가는 사람은 아니랍니다.

나도 다 안다구요."

 나따샤가 계속 그를 놀려 대는 동안 바네치까는 굵은 머리칼을 뒤로 쓸어 넘기며, 짐짓 심각한 척하는 눈으로 그녀를 쳐다보았다. 그녀는 정말이지 바네치까가 좋았다. 금테 안경을 쓰고, 사려 깊은 태도로 말하는 그를 보면 세냐가 떠올랐다.

 그날 저녁에 나따샤는 늦게 집으로 돌아왔다. 허리가 욱신거리고, 눈이 따가웠다. 목은 칼칼하고 따가웠다. 하지만 영혼은 충만감과 평화로움으로 가득해서 몸의 피로도 잊을 정도였다. 그들이 착수한 일은 아주 성공적으로 시작되고 있었다. 운동은 자기 스스로의 동력으로 잘 준비된 길을 따라 숨 가쁘게 앞으로 전진하고 있었다.

 기진맥진하여 계단을 오를 때 따뜻한 차 한 잔 생각이 간절했다. 대단한 존경을 받고 있는 한 동지와 열띤 토론을 나눈 끝에 마무리된 기사가 실린 잡지가 그녀를 기다리고 있을 것이었다. 그때를 생각하면서 중얼거렸다. "결국은 혼자 사는 게 좋은 거야. 힘든 하루 일과 후에 맛보는 즐거운 저녁 시간. 이런 응당한 권리를 누릴 수 있으니 말이야. 세냐가 지금 여기 있다면 해야 할 일이 쌓여 있을 테지. 그 사람 때문에 신경 써야 할 일이 쌓여 있을 테니 말이야. 저 반대편 끝 동네에 있는 그를 만나러 지금쯤 출발하거나, 집에서 그 바보 같은 저녁 식사를 준비하느라 법석을 떨어야 할 테지."

 반면에 한 잔의 차와 함께 책을 읽을 수 있는 시간은 힘든 하루 일과를 마무리하기에 너무나 완벽한 것이었다.

 "찾아온 사람이 있었나요?" 그녀는 평소처럼 집주인 아주머니에게 물었다.

"책이 왔어, 그리고 전보도 왔고..." "전보요?" 심장이 미친 듯이 뛰었다. 바보같이... 당연하게도 업무상의 전보일 것을...

책 꾸러미는 책상 옆에 놓여 있었다. 그리고 그 옆에는 온몸을 떨리게 하는, 죽어도 잊을 수 없는 그의 글씨가 적힌 회색 봉투가 놓여 있었다.

팔다리가 너무나 떨렸다. 쓰러지지 않으려고 의자에 앉았다. 어느 걸 먼저 열어야 할까? 전보? 편지?

전보에는 이렇게 쓰여 있었다.

'28일 H시 도착. 역으로 나오기 바람. 발신자 세냐.'

일 년 전이었다면 이런 전보는 그녀의 방을 미칠 듯한 기쁨으로 소용돌이치게 만들었었다. 그녀는 며칠이 남았는지, 몇 시간이 걸리는지 셈을 했을 것이다.

그러나 지금, 전보를 쥐고 있는 그녀의 손은 힘없이 무릎에 내려져 있었다.

일곱 달간 소식 한 자 없었다. 살아 있다는 전갈 한 번도. 그런데 이제 와서 이런 걸 보내다니! 그녀가 뭘 하고 있는지 알기는 했던가? 그는 그녀의 삶이든 그녀의 일이든 아무것도 아는 게 없었다. 산더미 같은 일들에 파묻혀 지냈던 피가 끓던 몇 달간에 대해서 아무것도 알지 못했다. 체포를 당했을 수도, 죽었을 수도 있었다. 도대체 무슨 생각을 하는 건지! 여기에 오다니! 어제 헤어진 사람처럼 아무렇지도 않게! 둘 사이에 아무 일도 없었던 것처럼 굴다니, 그를 사랑한 그녀에게 지울 수 없는 상처를 준 건 자신이 아니라는 듯이!

그녀의 내면의 목소리에는 귀가 먹어 버린 사람 옆에서 몇 시간이고 또 시간을 보내야 한단 말인가? 나따샤라는 온전한 한 인간이 아니라 그녀의 껍데기밖에 볼 줄 모르는 사람 옆 앉아 있기 위해서 또다시 그에게 가야 한단 말인가? 그의 팔을 베고 누워서는, 자기가 보고 싶은 것만 보는 그 사람 곁에서 누워서는 그는 여전히 머나먼 곳에 있다는 걸 체감해야 한단 말인가?

아니, 가지 않을 것이다! 또다시 덫에 걸려들 수는 없다! 이걸로 충분해!

나따샤는 머리를 뒤로 확 젖혔다. 동지들이 항상 놀려 대는 그녀의 버릇이었다. 그리곤 펜을 들어서 단호한 거절의 답장을 급하게 썼다. 하지만 이 답장을 어떻게 전달한단 말인가? 그의 집 상황이 어떤지 알 길이 없었다. 그의 아내가 성가시게 굴어 그는 정신을 집중할 수가 없을 것이다. H시로 보낸다면? 28일이 되어서야 거기에 도착할 사람이었다. 그녀와의 재회만을 위해서 그리로 가는 것이라면? 거절의 편지만을 받게 되었을 때 그가 할 실망을 생각하니 그녀는 도저히 그럴 수는 없을 것 같았다. 편지에 왜 H시로 가는 이유를 썼어야만 했건만.

편지를 읽는 동안 분노가 조금씩 사그라지다 급기야는 사라져 버리고 말았다. 버림받아 상처 받았던 마음은 어디에도 없었다. 간절한 바람과 스스로에 대한 처절한 책망을 써 내려가는 부드러운 영혼의 소유자. 너그러운 마음을 지닌 사상가를 향한 따스한 연민의 물결이 그 자리를 대신해 갔다. 그녀가 처한 상황에 무관심하기는커녕 그는 멀리 떨어져 있으면서도 그녀의

위대한 사랑 53

활동을 예의주시해 왔고, 그녀가 하는 활동과 관련된 정보라면 하나도 빠뜨리지 않고 모두 샅샅이 긁어모았다. 그녀가 힘들고 아주 중요한 일을 맡고 있다는 것을 알고 있었다. 또한 자신이 준 것이 분명한 그 고통에서 헤어 나올 수 있게 해 줄 만큼 그녀에게 딱 맞는 역할을 맡아 그녀가 다시 생기를 되찾게 되었다는 것도 알고 있었다. 하지만 그에게 이성보다는 감정이 앞섰다. 그가 알고 있는 모든 것들이 그의 행동을 막지는 못했다. 그녀를 그리워하지 않은 날이 하루도 없었다.

아내와의 관계는 바뀐 것이 하나도 없었다. 오히려 더 나빠질 뿐이었다. 그는 점점 신경질적으로 변하고 예민해져만 갔다. 그리고 그의 가정생활은 진짜 지옥이었다. 일도 이런 상황 속에서는 더디게만 되어 갔다. 하지만 얼마 전 괜찮은 생각이 떠올랐고 자료를 찾던 중 H시에 있는 한 교수를 알게 되었다. 그는 자신의 도서관을 세냐가 마음대로 사용할 수 있도록 해주었다. 그런 이유로, 그리고 자신의 생각을 더욱 심도 깊게 발전시킬 수 있도록 도울 수 있는 사람인 나따샤와 이야기를 해보아야만 했기 때문에 H시에서 한 달 반이나 두 달 정도를 보낼 결심을 내렸던 것이다.

둘이 다시 만날 수 있는 이런 절호의 기회를 그냥 놓쳐 버려야만 한단 말인가? 나따샤는 반드시 와야 한다. 물론 항상 그랬던 것처럼 아무도 모르게 말이다. 아무도 그녀가 어디를 가는지, 무엇 때문에 가는지 알아서는 안 되었다. 아뉴따가 알아서는 안 되는 일이니까. 그녀는 어떻게든 알아서 처리할 것이었다. 추신에는 필요한 자금을 그녀에게 조달해 달라고 부탁해

놓았다. 그의 재정적 상황은 말이 아니었다. 이런 요구는 그리 새로운 것도 아니었다. 그녀의 재정 상황은 언제나 그보다 나았다. 그래서 항상 둘이서 만날 때면 이런 상황이 연출되었었고, 그녀가 소요되는 지출들을 처리했었다. 그가 이런 용도를 위해서 가정 경제에 타격을 줄 수는 없다는 것은 두말할 나위가 없이 명확한 것이었다. 재정 상황은 언제나 심각한 수준으로 불안정했다. 그의 가정생활은 당시의 러시아 망명자들의 전형적인 생활과 다를 바 없었다. 수입은 불규칙적이었고, 언제나 빚에 시달렸다. 반면에 나따샤는 정기적인 수입과 안정된 직장을 가지고 있었다.

"내가 꼭 딴 여자랑 바람피우는 남자 같군. 그러니 이런 경우에 드는 비용은 당연히 내 몫이 되고 말지." 그녀는 그런 생각에 약간은 씁쓸한 미소를 지었다. 하지만 이번에 세냐가 요구한 돈이 그리 많지는 않았다.

"말은 쉽지, 필요한 자금을 조달해 오라니! 어디서 그 돈을 구한담? 거기까지 가는 데 드는 돈만으로도 잔고가 바닥날 지경이니."

뭘 해야 하는 걸까? 당에서는 긴급하게 자금이 필요했었다. 그녀는 최소한의 생활비만을 남겨 놓고서 그녀가 가진 모든 걸 내놓았었다.

뭘 해야 하는 거지?

나따샤는 더 이상 자신의 의향이 뭔지에 대한 의문 따위는 갖지 않았다. 그의 편지를 좇아가는 동안 그런 문제들은 이미 되돌릴 수 없는 결론에 다다라 있었다. 어떤 어려움이 있더라도 그녀는 뭔가 방법을 찾아야만 했다. 그곳으로 가는 길에 있는 장애물들을 뚫을 방법을 찾아야만 했다. 우선 돈 문제를 해결하는 것이 급했다.

그녀는 계산을 해 보기 시작했다. H시로 가기 위해서 돈이 얼마나 들지, 어디에서 묵어야 할지가 문제였다. 시계를 전당포에 잡혀야 하나? 얼마 나가지 않을 테니 그래 봤자 소용이 없을 것이었다. 친지에게 전보를 보내는 것은 정말이지 내키지가 않았다. 아마도 온갖 잔소리와 비난으로 가득한 답장을 보내올 것이었다.

그녀의 세냐는 기괴한 사람이다. 그녀가 백만장자라도 된단 말인가? 말만 떨어지면 돈을 마련한다는 게 그녀에게도 힘든 일일는지 모른다는 생각은 해 본 적도 없단 말인가? 잠시 분노의 감정에 휩싸였다. 그는 그녀가 겪는 어려움에는 신경을 한 번도 써 준 적이 없다. 어린애 같으니라고...

어린애 같다는 생각이 드니 이내 맘이 풀렸다.

맞아. 어린애. 너무 커버린 위대한 어린애. 위대한 정신은 어린애와 같지. 현실적인 문제에 있어서는 철이 없는 것. 그게 자연스럽지.

저녁 내내 그리고 밤이 늦도록 이런저런 궁리를 해 보았다. 하지만 아무리 열심히 생각해 봐도 난관을 극복할 만한 방법은 더 멀게만 느껴졌다.

그깟 얼마 안 되는 쓸모없는 돈 때문에 그에게 가는 걸 포기해야만 한단 말인가?

나따샤는 절망에 싸여 침대에 앉아서는 화를 삼키지 못하고 제 두 손을 두들겨 댔다.

 물론 돈만이 문제는 아니었다. 해야 할 일과 맡은 책임이 있었다. 사실, 그녀는 이미 그것들이 무리 없이 저절로 굴러가도록 잘 조치해 놓았다. 아마도 이삼 주 정도 그녀의 빈자리를 메워 줄 누군가를 찾을 것이다. 하지만 그게 말처럼 그렇게 쉬운 것은 아니었다. 동지들이 그녀를 어떻게 생각하겠는가? 그들의 못마땅한 눈초리를 받는 것이 그리 유쾌한 일은 아니었다. 비난의 눈총이나, 일부러 들으라고 떠들어 대는 소리들을 한두 번 들은 게 아니어서 하루를 완전히 망쳤다. 돈체프와도 대화를 해야만 했었다. 나따샤는 그가 자신에 대해 "멋쟁이 숙녀"라며 수군거리고 다니며 못마땅해한다는 걸 알고 있었다. 이렇게 갑작스럽게 자리를 비우는 것에 분개할 것이고, 이것이 나따샤가 믿을 만한 사람이 못 된다는 걸 입증하는 새로운 증거라고 여길 것이 당연했다. "내가 뭐라고 했습니까. 나딸리야 알렉산드로브나는 운동 외에도 신경 쓰는 일이 너무 많다니까요."

 그가 약간은 어색한 걸음걸이로 방을 가로질러 오면서 높여 대는 불쾌하고 귀에 거슬리는 목소리가 그녀에게도 다 들려 왔다. 하지만 그런 것엔 전혀 개의치 않았다. 돌아오고 난 후에 일어날 일들에 대해서는 생각하지 않으려고 애썼다... 그런 건 나중의 일이었다. 지금은 어떻게든 방법을 찾아야만 했다. 세네치까를 실망시킬 수는 없었다. 그녀 자신도 마찬가지였다. 그를 다시 만나야만 한다는 것이 가장 중요했다. 그의 부름에 응답할 수 없다면 그와 영원한 이별을 하게 되고 말 것이라고 느끼고 있었다. 이런 식의 비참한 이별을 하게 된다는 걸 감당할 수가 없었다.

차라리 죽는 게 나아!

다음 날 아침, 평소보다 일찍 사무실에 도착했다. 그녀의 지친 눈은 담배 연기 한가운데 커다란 의자에 앉아 있는 바네치까를 발견하고 한줄기 희망을 보았다. 그는 앞에 놓인 신문 여기저기에 밑줄을 긋고 있었다.

"바쁘신 몸인 나딸리야 알렉산드로브나와 대면할 기회를 갖게 되어 영광입니다. 만수무강하세요." 고개도 들지 않고서 그는 농담을 했다.

"좋은 아침이에요, 바네치까."

바네치까는 그녀의 목소리에서 석연치 않는 걸 느끼고는 안경 너머로 힐끗 그녀를 쳐다보았다.

"귀하신 몸이 무슨 문제라도 있나요? 우울해 보이시는데?"

"바네치까, 묻지 말아요."

나따샤는 힘없이 말했다. 인생이 너무 고달프다고 생각하던 차라, 그가 웃으면서 걱정해 주는 것만으로도 감동을 받았다.

"이런, 이런." 그가 깜짝 놀라서는 좀 더 진지하게 말했다. "무슨 일이에요?... 또 새로운 문제가 생긴 겁니까? 왜 혼자서 끙끙 앓고 그럽니까? 무슨 문제가 있으면 나한테 말해 보세요."

그는 신문을 치워 버렸다. 하지만 너무 호기심을 보이면 나따샤가 화를 내지나 않을까 해서, 친구 사이의 가벼운 장난기는 거두어 버리지는 않은 채로 이야기를 들을 준비가 되어 있다는 신호를 보냈다.

공감의 귀를 기울여주는 데 목말라 있던 나따샤는 절반 정도의 진실을 담고 있는 정리되지 않은 이야기를 쏟아 내었다. 곧 이곳을 떠나야만 하는데, 그럴 수가 없다고 했다. 해야 할 일 때문에 그리고 돈이 부족해서 떠날 수가 없다는 이야기를. 한편, 불행히도 떠날 수 없게 된다면 그 결과는 끔찍할 것이라는 이야기를...

"쉽게 말하면 생사가 걸린 문제라는 거죠."

그녀의 눈에서 눈물이 하염없이 흘러내렸다.

바네치까는 나따샤가 빈틈없이 일을 처리하는 사람이란 걸 알고 있었기에 그녀가 얼마나 화가 나고 낙담해 있는지 알 수 있었다. 그래서 그녀가 이성을 잃고 어린애처럼 눈물을 흘린다는 게 흔한 일은 아니라는 것도 알고 있었다.

"진정하세요. 내가 당신 입장이라면, 그런 식으로 내 목숨을 버리지는 않겠습니다. 운다고 돈이 생기진 않는다는 건 알잖습니까? 자 이성을 찾고 얼마나 돈이 얼마나 필요한지 말해 보세요. 얼마나 필요한 겁니까?"

"당신 말이 맞아요, 바네치까. 아주 많이 필요해요, 말도 안 될 정도로 아주 많이요."

그리고 나따샤는 얼마가 필요한지 말했다.

"글쎄, 솔직히 말해서 큰돈입니다. 우리 자금에서 조달할 수는 없습니다. 근데 돈이 이렇게 꼭 필요한 사람이 왜 생각 없이 개인적인 돈을 다 써 버린 겁니까. 나중에 이렇게 다른 사람들에게 부탁해야 할 지경이면서. 아무리 당에 필요한 자금이라고 한들 그렇게 무리를 한 것은 무엇 때문이었나요?"

"바네치까, 하지만 내가 쓰려고 필요한 돈이 아닌걸요. 이게 얼마나 중요한 문제인지 잘 이해하지 못하시는 것 같군요. 내가 거기 갈 수 없다면, 어떻게든 이 돈을 마련하지 못한다면... 한마디로 말해서, 한 사람의 목숨이, 아니 두 사람의 목숨이 달린 문제예요."

"음... 그럼 도피 자금이란 말입니까? 경찰에 쫓기는 사람을 도우려고 하고 있다는 겁니까?" 바네치까는 끝에 가선 자기가 이해한 대로 믿어 버렸다.

"그렇게 이해를 하시니, 일단은 그렇게 말해 두죠..."

"'개인적인 이유' 때문이라고 둘러대지 말고 처음부터 정확하게 말하면 좋았지 않습니까? 귀부인께서 지금 이곳을 떠나셔야 하는데, 일주일이 될지 영원히 떠나는 건지 말씀을 않으시는군요. 설사 처음부터 비밀 임무와 관련된 것이라고 말했던들, 내가 이런저런 걸 캐물었을 것 같습니까? 전 관심 없습니다. 이런 일에 있어서 쓸데없는 질문 따위는 하지 말아야 한다는 것 정도는 저도 알고 있습니다. 그리고 당신이 말하지 않은 것들은 내가 알아서는 안 되는 것이라는 것도요. 근데 도움이 필요하다...? 가능하다면 당연히 도움을 드리겠습니다."

나따샤는 대답을 하지는 않았다. 하지만 자신이 처한 곤란한 상황에 대한 바네치까의 해석법에 꽤나 만족하고 있었다. 특히나 그녀에게는 너무나 간절한 그 자금을 얻을 수 있는 방안에 대해서 진지하게 고민하고 있는 게 틀림없었기 때문이었다. 결국 돈의 용도와 관련해서 그를 속이고 말았다. 큰 죄를 저지르는 걸까? 그녀는 단지 아무에게도 알리지 않은 채 돈을 빌리려 했을 뿐이었다. 그리고 그 대가로 마지막으로 다시 한 번 문서

작업을 성실을 가지고 하겠다는 결의를 할 준비가 되어 있었다. 논설은 이미 타이핑이 되어 있었다.

"이제 재정 계획에는 마음 쓰지 마십시오. 우선 돈을 제공해 줄 사람을 찾아야 합니다... 한 노신사가 있긴 한데... 예전에 우리 동지들 때문에 돈줄이 말라 버렸던 터라 다시 요구를 하는 게 만만치는 않습니다. 아마도 또다시 돈을 제공해 주려고 하지는 않을 겁니다."

"바네치까, 누구를 말하는지 알아요. 시도라도 한번 해 봐줘요. 나를 보아서라도. 당신이 가면 쉽게 풀릴 거예요. 그 사람한테 가서 내가 채무자라고 말하세요. 상환은 내가 개인적으로 책임질 거라고요... 필요하다면 당장 각서를 써 줄게요."

"일단 진정하세요, 진정. 어떤 한 여자가 한 푼도 자기에게 쓸 돈이 아닌데도 자기 이름으로 된 차용증을 써 주겠다... 당신이 재정 담당이로군요. 하지만 다음에 통화할 때는 재미있는 얘기나 합시다... 아이구 골치야. 나딸리야 알렉산드로브나. 귀부인께서 나같이 신실한 일꾼을 업무에 집중 못 하게 훼방을 놓질 않나, 정도에서 빗나가라고 꼬여 내질 않나."

이틀 뒤 바네치까가 호들갑을 떨면서 나따샤에게 봉투를 건네주었다.

"받아요. 내가 말이오 적진에 바로 뛰어들어서는 그를 구워 삶았답니다!"

"바네치까, 달링!" 그녀는 그에게 키스하려고 들었다.

"최고라는 칭찬에 키스까지 이게 다 뭡니까! 이런 별 것 아닌 일 가지고. 그건 그렇고 좋아하실는지 모르겠지만, 자 아가

씨! 여기 차용증 대령입니다. 그 노신사 깐깐한 사람입니다. 어찌나 앓는 소리를 하던지... 시기가 썩 좋질 않았습니다. 이미 돈을 많이 빌려 줘서 자기 쓸 돈도 없다지 뭡니까. 근데, 그에게 당신이 비밀을 확실히 지킬 거면 개인 명의로 차용증을 써 줄 용의가 있다고 했더니, 금세 태도를 바꾸더군요. 자, 자 돈 세 보기 전에는 그 봉투 주머니에 넣지 말아요. 혹시 압니까 내가 슬쩍 했을지? 아마 절반은 내 주머니로 들어갔을 겁니다."

"당신이 가져가는 거라면 얼마든지 상관없어요, 바네치까."

"이거 좀 민감한 발언인데요. 절반만 있어도 충분한데 왜 이만큼이나 필요하다고 했습니까? 혹시 나머지 절반으로 검은 담비 코트라도 사려고 한 거 아닙니까? 음 귀부인, 이번 일에서 대단히 수상쩍은 냄새가 나는 걸요. 도대체 누구 목숨을 구하려는 겁니까? 이번 일 끝나고 나서는 결혼식에서 멋진 신랑 역할을 하라거나, 세례해 줄 신부 역할을 하라고 날 찾아오지 말아요."

나따샤는 행복하게 웃으면서 그의 손을 꽉 쥐어 주었다.

"정말 고마워요. 바네치까. 진심으로 고마워요."

문 앞에서 바네치까는 한 번 더 그녀를 뒤돌아보았다.

"그러면, 도착해서 나한테 엽서 보내 주십시오. 받고 싶군요."

당황한 기색이 역력한 그녀를 보면서 장난스럽게 웃었다.

"한마디도 발설하지 않겠다고 약속하죠. 무덤까지 비밀은 가져갈 테니까요... 하지만 좀 궁금하군요. 내가 믿을 만한 사람이라고 생각하면 엽서 보내 주십시오. 소식이 없으면 우리 우정도 끝났다고 생각하겠습니다."

바네치까는 거짓말이 아니라고 짐짓 진지한 표정을 지으며 털모자를 푹 눌러 쓰고는 문밖으로 사라졌다.

VIII

나따샤는 기대감으로 들떠 있었다. 열차 객차 안에서의 시간은 멈춘 듯했다. 나따샤는 그를 다시금 만날 그 순간에 이르기까지 기다려야만 하는 시간들을 세어 갔다. 연인을 만날 수 있다는 생각에 심장은 즐거움으로 터질 듯이 부풀어 올랐다가는 다시금 조용해지곤 했다. 마지막 시간들은 격심한 고문이 되었다. 그가 역에 와 있지 않으면 어쩌지? 그가 어디에 있는지 알 수 있을까? 처음 와 보는 곳에 있는 적막한 여관에서 쓸쓸한 밤을 혼자서 지새워야 하는 건 아닐까? 마침내 객차 창문 밖으로 역의 불빛이 나타나자, 그녀의 가슴은 너무나 격렬하게 뛰었기에 주변 승객들을 놀라서 바라보았다. 아마도 다른 이들도 그녀의 심장 소리를 분명히 들었을 것으로 그녀는 확신했다. 툭, 툭, 툭. 실제로 가슴께에 통증이 왔다. 몸속을 흘러 다니는 피가 혈관 속을 떠다니는 섬뜩할 정도로 기분 나쁜 어떤 액체인 것만 같았다. 창문 너머로 어렴풋이 그 사람을 본 듯해서 창문 밖으로 몸을 기대었을 땐 손이 너무나 떨리고, 마비되어 움직일 수가 없었다.

그 사람, 거기 있었던 걸까? 그 사람이었을까?

역... 무리 지어 북적거리는 사람들... 사람들... 너무나 많았다! 그가 그녀를 찾을 수 있을까? 그는 그녀를 알아볼 수 있을까?

그 사람이었다. 당연히도 그는 거기 있었다.

그녀의 심장은 여전히 요란하게 뛰고 있었다. 그러나 이번에는 벅찬 기쁨과 흥분으로 인한 것이었다.

열차 객실에 앉아서 보낸 오랜 시간 동안 그녀는 둘의 재회를 머릿속에 그려 보았었다. 자신들을 모르는 사람들 속에서 거리낌 없이 그의 가슴에 안겨 있을 것이었다.

한없이 아름다웠던 기대는 현실과는 너무나도 거리가 멀었다.

객차 계단에서 급히 뛰어내리느라 그녀는 걸려 넘어지고 말았다. 우산과 가방 그리고 지갑이 사방팔방으로 볼품없이 튕겨 나갔다. 그녀는 흩어진 물건들을 주워 담느라 엎드려 있었고, 세냐는 인사도 못 나눈 채 그녀를 거들었다. 그러고는 그녀에게 손을 내밀었다.

나따샤는 한마디 말도 없이 악수를 받았는데, 그가 이방인 같았다.

"어서 갑시다. 나따샤... 저기 있는 사람들 중 우리를 아는 사람이 있는지 모르니... 내가 먼저 갈 테니 뒤따라오시오."

세묜 세묘노비치는 짐짓 태연한 척하면서 역 출구를 향해 성큼성큼 걸어갔다. 나따샤와는 생면부지의 남인 것처럼 행동했다. 그녀는 이미 그를 만났다는 사실을 받아들이려고 무진 애를 쓰면서, 뒤쳐져서 그를 놓칠 새라 허둥거리며 그의 뒤를 열심히 쫓아갔다...

그녀는 한눈에 그가 달라졌다는 걸 알아차릴 수 있었다. 뭔가 어색하고 낯선 면이 있었다. 살이 더 붙은 걸까? 아니면 전보다 턱수염이 더 길어진 걸까? 그와의 만남에서 느끼는 이런 두려움이 그녀에게 새로운 건 아니었다. 생면부지의 사람들이 살고 있는 낯선 도시를 영문도 모른 채 가로질러 가는 것도 처음 있는 일이 아니었다. 오늘 세냐가 보여준 바보스러울 정도로 병적인 흥분 상태도. 심지어 설명도 없이 그녀에게 엄청난 고통을 주었던 긴 이별의 지난 몇 달을 보낸 그녀에게 반가워하는 말 한마디 던지지 않는 것도 처음 겪는 낯선 것이 아니었다.

깜박거리는 등이 밝혀진 커다랗고 텅 빈 광장을 가로질러 호텔로 갔다. 제복을 입은 짐꾼이 두 사람을 맞아 주었고, 반짝이는 단추가 달린 옷을 입은 보이가 그녀의 가방을 받아 주었다. 방으로 올라가는 엘리베이터 안에서 세냐는 처음으로 친밀하게 그녀에게 다가섰다. 그러고는 그녀의 손을 잡으려 했다. 그녀는 단추 제복을 입은 보이를 눈짓으로 가리키며 본능적으로 뒤로 물러섰다.

"괜찮소," 그가 그녀를 안심시켰다. "부인이 곧 올 거라서 2인용 방이 필요하다고 말해 두었소... 계속 다른 호텔로 옮겨 다니게 될 게요. 오늘 밤은... 다 경험에서 얻은 거요. 알잖소."

세묜 세묘노비치는 금테 안경 너머로 능청스럽게 그녀를 바라보면서 흐뭇한 미소를 지었다. 나따샤는 구슬픈 미소를 지었다. 옆 승객들이 계속해서 그녀를 쳐다보게 만들 정도로 행복감에 젖은 두 눈을 밝히던 빛을 밀어내는 구슬픈 미소를 살짝 비쳤다. 그때의 눈에는 더할 수 없는 꿈같은 행복이 넘쳐흘렀었다. 지금은 오직 불안한 의문만이 있을 뿐이었다.

정말로 그렇게도 보고 싶어 하던 그 사람을 만났단 말인가? 아니면 이 사람은 그저 그녀 옆에 서 있는 이방인들 중 하나인가...?

반짝이는 단추를 매단 그 보이가 과장된 몸짓으로 너무나도 평범한 호텔 방의 문을 열었다. 그리곤 그녀의 가방을 옮겨다 놓고서 굿-나잇을 외쳤다.

"어디 얼굴 좀 봅시다. 수척해진 게요? 아니면 여행에 지친 게요?"

격정적으로 그녀를 껴안았다.

"세네치까, 잠시만 기다려 봐요. 모자라도 벗고요."

나따샤는 그에게 안긴 채 팔을 위로 뻗어서 모자를 벗으려 애썼지만 소용이 없었다. 모자핀이 그녀의 베일과 뒤엉켰기 때문이었다.

"세네치까, 제발 좀."

하지만 세네치까는 그녀의 절규에 귀 기울이지 않았다. 그녀를 꽉 잡고서 거칠게 키스했을 뿐이었다.

"내 사랑. 내가 얼마나 당신을 원했는지 아오... 내가 얼마나 당신을 원했는지!"

나따샤는 머리에 여전히 모자를 쓴 채 널따란 침대에 가로로 뉘어졌다. 그의 뜨거운 숨소리가 그녀의 얼굴 여기저기를 거칠게 탐하고 있었다. 그녀는 그저 참을 수 없는 불편함을 느낄 뿐이었다. 모자는 머리칼을 잡아 뜯고 있었고, 머리핀이 머리 속을 긁고 있었다… 세냐는 자기 세계로 멀리, 저 멀리 가 버린 듯 했다.

시퍼렇게 멍들어 산산조각 나 버렸다. 날듯이 그에게 달려오게 한 영롱하게 빛나던 그 행복은 세냐의 성급한 욕정으로 물든 배려 없는 애무로 멍들고 깨져 버렸다.

"키스하게 해 주오, 나따샤. 입술을 허락해 주오. 왜 이리 변해 버렸소? 당신 날 사랑하오?"

나따샤는 말없이 그의 머리를 가슴께로 끌어안았다. 너무나 사랑스런, 사랑해 마지않는 그이의 머리를.

그녀는 미소 지었다. 하지만 눈에는 눈물이 맺혔다. 그는 그것이 행복해서 흘리는 눈물이라고 생각했다.

맘대로 생각하라고 내버려 두자. 나따샤는 또다시 산산이 부서진 꿈들로 자신의 영혼이 흐느끼고 있다는 걸 알았다. 결단코 치유받을 수 없는 또 다른 상처로 자신의 심장이 피를 흘리며 아파하고 있다는 걸 알았다.

그는 잠이 들었다. 그리고 나따샤는 도대체 무슨 일이 일어난 건지 이해해 보려는 헛된 노력을 하면서 눈앞의 어둠만을 하염없이 바라본 채 침대 머리맡에 앉아 있었다.

"그이는 날 사랑해. 그가 사랑하는 건 나라는 사람일까 아니면 나라는 여자일까? 여자로서의 나이지, 나라는 사람은 아닐 거야. 그게 내가, 해야 할 일도 내팽개치고 빚더미에 앉은 이유란 말인가? 그게 내가, 하늘만이 아는 너무나 아름다운 무언가가 있을 거라고 믿으며 행복해하며, 기뻐하며 미친 듯이 달려

왔던 이유란 말인가? 바보 같으니라고, 내가 정말 어리석었어!"
이미 일어난 일을 되돌릴 수는 없었다. 가슴을 치며 울고 싶었다.
그녀는 세네치까와 좋은 추억거리를 가져본 적이 있었던가? 이 남자는 친구나 동지로서 그녀를 사랑했던 적이 있었던가? 한 여자로서의 나따샤를 사랑하는, 한 남자로서의 세냐가 아니었던 적이 없질 않은가?
그녀는 왜 여기에 왔던가? 수천 마일 멀리 그곳에선, 그의 옆에 있는 지금만큼 외로웠던 적이 없었다. 수천 마일 멀리 그곳에는 추억과 꿈 그리고 희망이 있었다. 이곳에는 희망이 없었다. 영원히 사라지고 만 것이다!

* * *

다음 날 아침 깨어났을 때 나따샤는 이상하게도 자신의 영혼이 차분해져 있다는 걸 알아챘다. 모든 것이 시들하고 귀찮게 느껴졌다.
"지난번 만났을 때 이후에 생긴 일들을 전부 다 얘기해 주구려."
방은 엉망진창이었다. 둘은 모닝커피를 마시려고 앉았다. 나따샤는 그 호텔방이 전혀 편안하지 않았다. 얘기를 하고 싶은 마음이 전혀 들지 않았다. 어제, 그를 만나러 오던 어제 마음속으로 그와 이야기하는 이 장면을 그려 볼 때는 이 모든 것들이 휘황한 아름다움으로 채색되어 있었다. 지난 몇 달간의 일들을 결코 끝나지 않을 노래처럼 들려줄 것이라고 여겼었다. 밤늦도록 함께 앉아서 이야기하고, 새로운 것들을 계획할 것이라고 여겼었다. 그가 관심을 가질 법한 특별한 사건들을 모두 떠올려 보며 지난 반년간의 댕내에서의 생활들과 그가 미처 관심을 가지지 못했을지도 모를 문제들을 끄집어내어 토론하려고 했었다. 그의 사랑을 의심했던 것에 대해서 용서를 구하려고까지 했었다. 그 사람 앞에서 자신을 책망하면서 마음속 상처들을 몰아내 버리고는, 가슴속 깊은 곳에서부터 우러나온 이해한다는 말을 다정스럽게 고백하려고 했었다. 하지만 그것은, 먼저 서로를 바라보아야만 가능한 것이었다. 그것은 사랑으로 인한 찬란한 화합 가운데에서 유영하는 영혼을 느낄 수 있어야만 했다. 그리고, 그러고 난 후에라야, 장엄한 대단원의 운율과도 같이 두 사람의 감각이 모든 장벽을 무너뜨리고, 열정이 둘 사이에 있던 낯섦과 어색함을 뜨겁게 작열하는 불꽃으로 태워 버릴 수 있는 것이었다.

그녀가 꿈꿔 오던 재회는 그런 것이었다. 하지만 '첫날밤'을 치러낸 후 나따샤는 말을 하고 싶은 욕구가 사라져 버렸다. 나른하고 생기를 잃은 대꾸를 할 뿐이었다.

"기분이 언짢은 것 같구려." 그녀의 얼굴을 유심히 살피며 그가 말했다.

"아니에요. 그냥 피곤해서 그래요. 잠이 부족해서요."

"에고! 나하고 고작 하룻밤밖에 같이 안 보냈는데 이렇게 지쳐 버렸단 말이오?"

이렇게 말하는 그의 얼굴에 야릇한 미소가 떠돌았다. 그러자

위대한 사랑 69

자기도 모르게 나따샤의 이마가 찌푸려졌다. 해 본 적도 없는 거친 말들이 입 밖으로 쏟아져 나오려는 걸 억지로 참아야만 했다.

문에서 노크소리가 났다.

세냐가 급히 문을 열었다.

전보였다.

아뉴따에게서 온 것이었다. 유치우편[1]으로 보낸 것이었다. 하지만 그건 우체국에선 호텔 주소를 알고 있다는 의미였다. 꼬꼬치까가 홍역에 걸려서 아뉴따가 옆을 지키고 있다고 했다. 그래서 완전히 기진맥진한 상태라고도 했다.

"항상 그렇지, 세냐는 한숨을 쉬었다."

그는 그녀 앞에서 두 다리 사이로 고개를 떨구었다. 어린애처럼 풀이 죽은 그의 모습은 이 남자에 대한 나따샤의 오래된 애정을 불러일으켰다. 커다란 일들에 있어서는 강인하고 결단력 있지만 이처럼 사소한 일들에는 한없이 약하고 무기력한 이 남자에 대한 애정이 다시 한 번 그녀를 휘감아 버렸다.

이 모습, 이것이 그녀가 사랑하는 세냐였다. 안타깝고, 안쓰럽고, 진심 어린 무기력함을 지닌 존재...

순간 그의 옆으로 다가가서 두 팔로 그의 머리를 안아주고서 그의 눈에 부드럽게 키스해 주었다. 어쨌든 그녀는 이제야 그를 되돌려 받은 듯했다. 좀 전까지는 그를 만나지도 못했던 것처럼 느껴졌었다.

---

1) 유치우편(留置郵便). 발신인의 청구에 의하여 그의 지정 우체국에 유치하여 두었다가 수취인이 직접 받아 가는 우편 제도.

"잠시만 나따샤, 미안하오만 지금은 싫소."

다시 한 번 그는 그녀의 순수한 감정 표현을 오해해 버렸다. "우리 이 문제에 대해서 먼저 생각해 봐야 하오. 내가 어떻게 대처해야겠소? 당신은 어떻게 생각하오?"

그는 낙담한 듯한 손짓을 하며 말했고 나따샤는 사랑스럽고, 무기력하며 현실에 어두운 그의 손을 잡고서 혼자서 더듬거리며 말했다.

"이제야... 지금 이 순간에야 내가 당신에게 돌아왔다는 걸 느낄 수 있게 되었어요. 바로 지금이요! 당신은 위대한 인물이에요, 세냐. 전 세계가 당신의 조언과 지시를 받으려고 당신을 쳐다보는데 그런데 정작 당신은 이렇게 작은 일에도 의지할 데가 없으니! 난 너무 행복해요. 당신을 다시 찾게 되어서 너무나 행복해요. 난 당신을 영영 잃어버렸다고 생각했어요... 당신을 오해하고 있었어요. 그건 정말 끔찍한 일이었어요, 세냐. 하지만 당신은 결국 여기에 이렇게 있군요..."

*　　　　*　　　　*

다음 날 두 사람은 다른 호텔로 옮겨 갔다. 둘이서 골라 놓은 크고, 전형적인 한 호텔에 나따샤가 먼저 가서 접수를 했고 세냐는 몇 시간 후에 같은 층에 있는 방에 묵게 되었다. 그는 업무 차 온 것이기 때문에 그녀는 그에게 안락하고 넓은 방을 쓰게 했다. 반면에 자신은 작고 누추한 방에 만족했다. 그가 찾아왔을 때 보기 좋도록 꾸미느라 자그마한 소파의 위치도 바꾸고, 가져온 책들도 정리해 놓았다. 그러고는 꽃도 약간 사 놓았다.

항상 그랬듯이 불쑥 그가 찾아왔다. 바네치까와 약속한 편지를 쓰느라 나따샤는 책상에 앉아 있었다.

"그래, 여기가 당신의 은신처인 게요? 당신 방을 찾느라 삼십 분 동안이나 복도를 왔다 갔다 하며 헤매고 다녔소. 방 번호가 이상한 순서로 되어 있는 게요. 가령 57호가 85호 바로 옆에 있다든가..."

"방이 참 좋구려. 도시 여기저기를 돌아다니느라 시간을 너무 보내 버렸더니, 낮잠 잘 시간을 아마 놓쳐 버린 듯하구려. 세상에나 여섯 시가 다 되었군. 곧바로 그 교수의 집에 가야겠소."

"왜요? 아침에 찾아가도 늦지 않잖아요."

"아니요. 아뉴따가 28일에 집에서 출발했다고 써서 교수에게 보냈지 아마?"

"그럼 그냥 도착하자마자 찾아간 게 아니라고 말하면 되잖아요. 복잡할 거 하나도 없잖아요. 그녀도 우리가 서로 다시는 만나지 않기로 결정했다는 걸 알고 있는데, 세상에 무슨 일로 내가 여기 있을 거라고 생각할 일이 생기겠어요?"

"아무것도 달라지는 게 없다고! 아뉴따를 몰라서 하는 소리요? 아니요. 그 교수네 집에 도착했다고 말하지 않으면, 여기 있는 동안 하루도 편할 날이 없을 게요. 무슨 일이 일어날지 아무도 장담 못 할 게요. 그리고 분란이 끊이질 않을 게요. 나따샤, 당신이 원하든 말든 난 가야만 하오. 오늘 말이요."

나따샤는 더 이상의 항변이 무의미하다는 걸 깨달았다. 그녀가 H시에 있을지도 모른다고 아뉴따가 의심할 수 있다고 여기는 그의 두려움은 확실히 병적인 것이었다. 그녀는 입을 닫아 버렸다.

"나 없는 동안 뭘 하고 있을 거요? 글을 쓸게요?"

"네."

탁자 위에 놓인 엽서가 그의 시야에 들어왔다. 그러고는 당황한 표정의 그녀를 인상을 쓰며 다시 쳐다보았다. 두 사람이 만나는 장소에서 서신을 왕래하는 건 언제나 절대 금지였다. 완전히 믿을 만한 제 삼자를 통해서 편지를 보내왔었다. 헌데 명확한 나따샤의 필체로 주소가 적혀 있는 엽서가, 이 지역의 풍광을 담고 있는 바네치까에게 보낼 엽서가 책상 위에 놓여 있었다.

"누구한테 엽서를 보내려는 게요?" 불안함을 감추려는 듯한 나따샤의 얼굴에 언짢아진 세냐가 다그쳤다. 적혀 있는 주소를 읽으려고 탁자로 몸을 숙였다.

장난스럽게 당황한 마음을 숨기려고 했지만 쓸데없는 일이었다. 나따샤는 손으로 엽서를 가렸다.

"말해 주지 않을 거예요. 보여줄 수 없어요. 비밀이란 말이에요."

"비밀? 봐야겠소. 당장 엽서 내 놓으시오. 보여 달라고 하지 않소. 보여 주지 않으면, 억지로 뺏어서라도 봐야겠소."

순간 장난치듯 엽서를 서로 뺏으려고 했다. 하지만 장난을 치는 동안 그들의 얼굴 뒤에는 심각함이 드러났다.

"음... 그 말은 그냥 넘어갈 수가 없는 듯하오. 예전에도 나한테 비밀을 가진 적이 있었소?... 예전에는 편지 따위를 나한테 숨긴 적이 없질 않았소?"

"내 편지예요. 보여 주고 싶지 않아요. 그럴 권리가 당신한텐 없어요... 나한테 이럴 수는 없어요! 이건 횡포라고요!"

그는 엽서를 움켜쥐고 있던 그녀의 손가락을 가까스로 펼쳐서는, 손에 편지를 움켜쥐었다.

"설마 그 엽서를 읽을 건 아니죠? 설마 그런 짓을 하진 않겠죠. 이건 폭력이라고요!"

나따샤는 분노로 목소리가 격앙되었고, 방심해 있던 그의 손에서 엽서를 낚아채서는 갈가리 찢어 쓰레기통으로 던져 버렸다.

"나따샤!"

분노가 가득 찬 눈빛으로 서로 뚫어질 듯이 쳐다보았다.

"이건 강요라고요, 무례하고 비열한 짓이란 말이에요. 내 편지에 손대지 말아요! 감히 그런 짓을 할 순 없어요!"

나따샤는 숨이 턱까지 차오고 뺨이 상기되었다. 격렬한 말들이 무의식적으로 계속해서 새어 나왔다.

"나따샤! 나따샤! 왜 이러는 거요? 그게 정말이었단 말이오?" 그는 소파에 주저앉았다. 그러고는 비참하다는 듯 얼굴을 두 손으로 감싸 쥐었다.

"정말 그런 거요?" 나따샤는 그가 무슨 말을 하는지 몰라서 쳐다만 보았다.

"벌써 다른 애인이 생겼다는 말이. 다른 사람을, 좋아하는 사람을 남겨 놓고 왔다는 게요...?"

"제 정신이에요?... 뭣 때문에 그런 생각을 하게 된 거죠?"

"자세한 내용이 보고된 익명의 편지를 두 통이나 받았소..."

"그걸 믿는 건가요?"

"바로 다 태워 버렸소... 하지만 이렇게 구는데 내가 달리 어떻게 생각할 수 있겠소? 내가 들어왔을 때 당신이 당황했던 것, 말도 안 되게 이렇게 고집부리는 것, 이렇게 화내는 것... 예전엔 이런 목소리로 나한테 말했던 적이 한 번도 없었소. 나따샤, 나따샤! 어떻게 그럴 수가 있소? 난 어쩌란 말이오? 딴 사람을 좋아하면서 여긴 왜 온 거요? 솔직히 털어 놔 봐요. 이렇게 어정쩡한 것이 난 제일 참기 힘드오."

"세냐, 제발 정신 좀 차려요. 지금 무슨 말을 하고 있는 건지 생각해 봐요. 내가 당신한테 거짓말할 이유가 뭐예요? 내가 다른 사람을 사랑한다면 뭣 때문에 여기 왔겠어요?"

"불쌍한 사람."

"당신이 안 됐다는 건가요?"

"당신은 정말 마음이 따뜻한 사람이오."

고통으로 일그러진 얼굴과 진심 어린 슬픔으로 가득 찬 그의 두 눈을 보자 나따샤는 미소 짓지 않을 수가 없었다.

"바보 같은 세네치까! 어떻게 단 한 순간이라도 그걸 믿을 수가 있나요? 당신이 나에게 어떤 의미인지 모른다는 건가요?"

그녀는 무릎을 꿇어서는 그를 껴안고 키스했다. 처음에 그는 그녀의 손길들을 거부하고 뿌리쳤다.

"그럼 그 편지는?" 하고 의심스럽다는 듯 그가 다그쳤다.

"편지요?... 이런 세냐. 읽어 봐요. 당신이 정 이렇게 바보같이 굴 거라면."

그녀는 급히 탁자로 가서는, 쓰레기통을 꺼내서 엎었다. 엽서 조각들이 그녀가 서 있는 바닥 위로 널브러졌다. 그리고 쭈그리고 앉아 찢어진 조각들을 맞추면서, 돈을 마련하느라 있었던 일과 그때 바네치까가 도움을 주었다는 사실을 말해 주었다.

세냐도 바네치까를 알고 있었다. 확실히 그는 맞수가 아니었다. 솔직 담백한 엽서의 내용을 보고 나서야 그는 완전히 안심을 했다.

"내가 당신 때문에 얼마나 놀랐는지 모를 게요, 나따신까. 그럼 이제 말해 주겠소? 이 웃기는 꼴이 다 뭐란 말이오? 뭣 때문에 이런 어처구니없는 행동을 한단 말이오?"

거칠고 쉰 목소리였다.

"난 당신이 내가 여기서 편지를 써서 보내는 것 때문에 화내는 줄 알았어요. 하지만 우리한테 해 준 게 있는데 이 정도 호의를 어떻게 거절할 수 있겠어요? 우릴 배신할 사람이 아니란 걸 당신도 알잖아요. 발설을 하느니 차라리 죽음을 택할 거라고 나한테 약속했어요."

"그래요. 나도 아오. 그렇지만 나따샤, 여기서 편지를 써 보내는 건 너무 조심성이 없는 거요. 무슨 일이 일어날지 아무도 모르는 거요. 그 엽서가 어떤 무책임한 사람 손에 떨어질지도 모르는 거고... 게다가 바네치까가 뭐라고 생각하겠소?"

"좋을 대로 생각하라죠. '로맨스'라고 생각할 거예요. 상대가 누구냐고요? 그런 건 신경 쓸 사람이 아니에요."

"아니, 그런 식으로 말하지 마요. 당신이 여기에 있었다는 걸 우연히 알 수도 있소. 누가 알겠소? 그러면 여기저기 추측과 소문이 나돌 테고. 다시 한 번 부탁하오. 여기선 아무에게도 편지 같은 건 보내지 마오. 바네치까한테라도."

그 말을 하는 그의 목소리는 확고했다. 명령과 다름없었다.

"당신이 정 싫다면, 좋아요. 엽서 안 보낼게요."

세냐는 다시 한 번 살피는 듯 그녀를 쳐다보았다.

"하지만 당신 속이 상한 게로군. 당신한테 명령을 내리는 사람이 생겼다는 것 때문에 그러는 것 같구려." 그는 그녀를 껴안았다. "당신네 여자들이랑 같이 일할 수 있는 사람은 어떤 사람들이오? 사람은 상황에 따라서 그에 적절한 시각을 갖는 게 필요할 뿐이오. 그리고 당신은 이렇게 행동해야 하오. 지금은 어떻소? 내가 또 상처를 준거요?"

그녀는 화가 나서 고개를 뒤로 젖혔다. 그는 그녀 특유의 그 행동이 무슨 의미인지 알고 있었다.

"이리 와 봐요, 내 사랑. 내게 화를 내지 말아요. 그냥 놀란 것뿐이오. 내가 화나지 않았다는 거 알지 않소. 화나기는커녕 내 맘의 짐을 이렇게 덜어 주니 난 너무 고맙고 행복하오. 내가 얼마나 불편했는지 모를 거요. 당신이 화를 내는 바람에 얼마나 겁먹었는지 아오? 난... 난 당신을 잃고 마는 줄 알았소. 당신 없이 난 못 산다오."

그는 품에 그녀를 안은 뒤 그녀의 가슴에 자신의 얼굴을 파묻었다.

"당신이랑 함께 있는 게 너무나 좋소. 나따샤, 항상 당신 곁에 있고 싶소... 내 안식처인 당신 곁에!"

"아, 교수! 7시가 다 되었군. 뛰어가야겠소. 잘 있으오, 나따샤. 오늘 저녁에 봅시다." 나따샤가 바네치까에게 쓴 엽서 조각들을 바닥에서 모아서는 생각에 빠진 채 다시 쓰레기통으로 떨어뜨려 넣는 동안 그는 서둘러 나갔다.

피곤이 몰려왔다. 마음 깊숙한 곳에서 떠오르는 생각들로 집이 또다시 그리워졌다. 서로에게 우리는 이방인이 되었구나.

IX

세냐는 다시 한껏 기분이 들떠서 돌아왔다. 머릿속은 교수와 대화를 나누는 동안 떠오른 새로운 생각으로 가득 차 있었다. 그 교수의 연구 작업은 최근 세냐가 조사하고 있는 것과 일치되는 점이 있었다.

"기본 개념부터 구구절절이 설명하지 않고도 대화가 되는 누군가를 만났을 때 느끼는 전율을 당신은 상상도 못할 게요. 자신이 잘 알고 있는 주제들에 본인이 접근했던 방식들을 보여주고, 자신의 논제들이 타당한 것인지 점검해 보고 그것을 위해 본인의 관찰 결과들이 올바른지 검토해 보는 그런 사람을 만난다는 건... 그분과 이야기하는 동안 내 연구 주제가 보잘것 없는 것이 아닌가 하는 생각을 거듭하게 되었소. 나에겐 완전히 새로운 접근 방향이 필요하다는 걸 알게 해 주는 문제 제기들도 있었소. 이런 문제들은 정말이지 제대로 된 지식을 갖춘 사람과 대화를 해 보는 것이 중요하다오. 그리고 내 작업에 도움을 되는 지적 교류와 영감을 주는 사람에 내가 얼마나 목말라 있었는지 이제야 깨닫기 시작했다오."

하지만 세냐는 지금 자신이 내뱉고 있는 말들 하나하나가 마치 길고 날카로운 바늘로 심장을 뚫어 내는 듯한 극심한 고통을 그녀에게 남기고 있다는 걸 상상이나 할 수 있었을까! 그렇다면 그의 눈에 나따샤는 자신의 문제를 토론할 수 있는 지적인 사람으로 보인 적이 한 번도 없었던 말인가? 그녀는 착각 속에 빠진 불쌍한 멍청이로 지난 모든 세월들을 보냈단 말인가? 자신이 그에게 영감을 불어넣어 주고 그의 일을 도울 수 있는 사람이라는, 그래서 그에게 없어서는 안 될 존재라고 상상하면서!

"그 교수가 그렇게 남다른 명석함으로 당신에게 무슨 말을 해 주던가요." 그녀는 물었다. "당신의 논제에 대한 확신을 의심하게 할 만한 것이 도대체 뭐던가요?" 목소리에 날카로운 도전 의식이 묻어 있었다. 하지만 세냐는 그런 것에 주의를 기울이지도 않았다. 그는 그 교수와 나눈 대화에 대해서 그녀와 토론을 할 마음이 없는 게 확실했다. 내일쯤, 혹은 나중에 시간 날 때쯤이면 몰라도. 하지만 나따샤는 고집을 부렸다. 그녀는 질문들을 하고서 평소 같지 않게 고집을 부리며 답변을 요구했다. 그리고 마치 제 정신의 온전함에 의문을 제기받은 것처럼 열렬히 세냐의 원래 생각을 옹호했다... 나따샤가 자신의 마음을 들여다볼 수 있도록 세냐에게 허락해 주어서 그가 그녀의 이 이상스런 흥분이 어디서 온 것인지를 발견해 낼 수 있었다면 그는 깜짝 놀랄 수밖에 없었을 것이다. 나따샤는 인생에 있어서 처음으로 질투를, 질투심을 느꼈다. 부인에 대한 호들갑스런 배려에 대해서도 분노라곤 느껴 본 적이 없었던 그녀가, 아뉴따의 건강과 두 사람이 이미 사랑에 빠져 있었을 때 이루어졌던 최근의 임신과 출산의 어려움에 대해서도 진심 어린 걱정을 함께 해 주었던 그녀가, 질투를 느꼈다. 한 번 본 적도 없고, 알지도 못했을 이 교수라는 사람이 그녀의 마음속에 고통스런 질투심을 불러일으켜 그녀를 눈멀게 했다. 세냐 인생에 있어서 자기 말고는 아무도 대신할 수 없을 것이라 믿었던 그 자리에서 그녀를 밀어내고는 자기가 그것을 차지해 버리는 게, 그래서 그녀를 무용지물로 만들어 버리는 게 그 교수에겐 힘들게 하나도 없는 일이었다.

화가 난 세냐는 그녀가 이해할 수 있는 그런 유의 것이 아니라는 투로 그 교수와의 논쟁 내용을 대충 수박 겉핥기식으로 반복해서 얘기해 줄 뿐이었다. 그의 태도에서는 단지 그녀의 터무니없고 유치한 호기심에 어쩔 수 없어 이러고 있다는 분위기가 풍겨 왔다. 나따샤는 작심을 하고 교수의 논리에서 잘못된 점을 공격하고는 자신의 견해를 밀어붙였다. 하지만 그는 퉁명스런 태도로 그런 것들에는 신경 쓰지 않으려고 들었다.

"당신이 그분의 사고를 따라잡지 못해서 그런 거요. 당신이 이해하고 있는 것보다 훨씬 복잡하고 대단한 거요." 그러면서 화를 치밀어 오르게 할 만큼 지루해하는 목소리로 화제를 바꾸어 버렸다. "정말 피곤하구려." 그러면서 하품까지 했다. "그만 자야 할 것 같소... 잘 자구려, 나따샤."

"벌써 간다고요? 당신이랑 이런 이야기들을 하려고 오늘 저녁 내내 시계를 보며 기다렸어요. 하루 종일 당신을 만나기도 힘들잖아요."

"뭐에 대해서 이야기를 하자는 거요? 이미 자정이 넘었소. 내일 이야기하면 되잖소. 사실 며칠 동안 잠도 제대로 못 잤소. 그리고 내일 일할 때에 맑은 정신을 유지하려면 밤에 잘 쉬어야 하오. 그 교수랑 내일 같이 도서관에 가기로 되어 있소."

그는 의무를 수행하듯 그녀에게 키스를 했다. 하지만 문에서 다시 한 번 뒤돌아보았다.

"나따샤, 그게 말이요, 당신을 여기 오라고 내가 생각한 건 정말 잘한 일인 것 같소. 멋진 생각이었소. 오늘은 정말 만족스럽고 유익한 날이었소. 잘 자오, 나따샤." 그는 친근한 태도로 고개를 한 번 끄덕이고는 나가 버리고 말았다.

나따샤는 덜거덕 소리를 내며 문고리를 눌러 잠갔다.

가 버렸다. 그녀 생각은 해 주지도 않고, 그녀가 보낸 견디기 힘들었던 시간들, 외로움의 시간들에 대해서는 생각해 보지도 않고서. 진심을 담아 "멋지고, 유익한 날이었소", 이 말을 할 때 그가 보인 생색을 내는 태도. 그가 그녀라는 존재를, 그가 하는 일에 대한 깊은 관심을 갖고 있는 동지라기보다는 경박한 섹스 상대로 여기는 듯한 것이었다. 예전엔 있을 수도 없었던 이런 일을, 이런 모욕을 그녀는 잊을 수도 용서할 수도 없었다. 그에게 이해받고 있고 그녀의 견해가 인정받고 있다는 확신. 그가 그녀의 일에 객관적 견지에서 관심을 가지고 있으며 그녀의 견해에 대해 높이 평가하고 있다는 확신. 그것이 비판들로부터 실패로부터 그리고 그녀에 대한 공격들로부터 평정심을 잃지 않게 해 주었었다. 자신이 단지 남자인 그에게 매력적인 여자이기 때문에 그가 그녀의 일에 관심 있는 척했다는 게 어떻게 있을 수 있는 일이란 말인가? 그녀가 시대에 뒤떨어지는 차림을 하고 다니는 사람이었더라도 그가 그녀에게 똑같이 관심을 보였을까, 아니면 오늘 저녁 보여 준 모습처럼 그녀가 제기한 반대 의견들을 묵살하고 화제를 돌려 버렸을까?

"내 감정이 어땠는지 당장 말해 주러 가야겠어. 내일이면 난 나의 일과 동지들에게 돌아갈 테야. 이건 스스로를 존중할 줄 아는 여자의 삶이 아니야. 이 굴욕의 끈을 더 이상 잡고 있을 수는 없어. 난 더 이상 그 사람을 사랑하는 게 아냐. 난 그 사람을 증오하고 있는 거야."

굳게 결심을 하고서 그녀는 문으로 다가갔다. 하지만 그녀의 손이 문고리에 닿자 자신의 방문이 불러올 결과가 영상처럼 그녀의 마음속에 번뜩 스쳐 지나갔다. 그를 이해시키려는 어떤 시도도 무용지물이 될 것이라는 생각이 조금씩 번져 왔다. 그녀는 주체할 수 없는 분노를 끌어안고서 침대로 되돌아왔다.

두 사람 사이에 쌓여 가고 있는 이 오해의 벽을 꿰뚫어 부수어 버릴 수 있는 가능성은 점점 없어져 가고 있었다. 화난 입술에서 내뱉어져 나온 단어들이 엉겨 붙어서는 그 벽은 더더욱 뚫고 지나갈 수 없게 견고해지고 있었다.

그렇다면 좋아. 그가 귀 기울이려 하지 않으니. 그냥 내버려 두는 수밖에. 그녀는 더 이상 설명하려고 들지 않았다. 내일, 그에게 조용하고 침착하게 말할 것이었다. "난 돌아 가겠어요.

그곳이 나를 필요로 하는 곳이에요." 그는 그 교수랑 여기 있으라지!

그녀는 신발끈을 확 잡아당겼다. 더 이상 생각을 하지 않으려고 잠자리에 들려고 애썼다... 죄 없는 신발끈만 꼬여서 풀 수 없는 지경으로 엉켜 버렸다.

"이런 거야?" 그녀는 모질게 내뱉었다. "이게 내가 일을 처리하고 있는 방식이구나." 엉망이 된 신발끈들이 바닥에 널따랗게 펼쳐져 있었다. 드레스는 아무렇게나 뭉쳐져서 의자 위에 널브러져 있었다. 헝클어진 대로 두라지! 그녀는 머리카락을 확 잡아채서는 풀어헤쳤다. 그러고는 잠자리에 들 준비를 하면서 이를 꽉 다물었다. 하지만, 자기도 모르는 새 그녀는 자신을 매력적으로 보이게 만들었다. 그리고 유리에 비친 자신의 모습을 보았다. 눈부신 빛깔의 가운, 그는 그녀가 그 가운을 입을 걸 처음 보고서는 "키르케"[2]의 가운이라고 명명했었다. 그 가운을 걸치고 있는 자신의 모습을 보자 다시 한 번 헤어 나오기 힘든 우울한 감정에 빠져 버렸다. 이 가운을 입은 모습을 다시 보여 주지 않고서 떠날 수는 없었다. 그가 폭이 풍성한 이 옷으로

---

[2] 키르케(Circe). 그리스 신화 속 최고의 요부로 눈부신 미모를 지녔고, 남자를 동물로 바꿀 수 있었다. 남자를 호리는 팜프파탈의 매력을 대표한다. 호메로스의 ≪오딧세이≫에서는 자신의 땅에 상륙한 오딧세이의 부하들을 돼지로 만드나, 오딧세이와 사랑에 빠진 후 부하들을 다시 사람으로 만들어 주고 오딧세이의 아들을 낳는다. 구스타프 아돌프 모사(Gustav Adolf Mossa)의 그림 ≪키르케≫나 게오르게 그로스(George Grosz)의 그림인 ≪키르케≫를 찾아보면 어떤 이미지인지 구체적으로 알 수 있을 것이다.

그녀를 감싸 주는 걸 얼마나 즐거워했던가를 그녀는 기억하고 있었다. 그녀는 그를 떠날 수 없었다. 다시는 그를 만날 수 없다면 삶을 헤쳐 나갈 힘을 어디서 얻을 수 있단 말인가?

그를 찾아가는 게 당연한 수순이었다. 그에게 이야기하고 자신이 부족했다는 걸 스스로 시인하도록 그를 설득하기 위해서 그를 찾아가야만 했다. 세냐가 앞뒤 분간을 제대로 하지 못해서 그녀에게 상처를 주었던 것이니 그녀는 그 모든 걸 용서해 줄 터였다. 처음에 그를 찾아가려고 했을 때도 화가 나서 그랬던 것은 아니었다... 그는 그녀 말을 들어 줄 것이고 그녀는 그를 이해시킬 수 있을 터였다. 그녀의 마음을 가장 잘 알게 해 줄 수 있는 것들에 대해서 숨겨야만 한다면, 두 사람이 자랑스러워 마지않는 둘 사이의 이해라는 것이 무슨 가치가 있단 말인가? 그에게 말하기 전에는 어쨌든 잠들 수가 없었다.

세네치까에 방으로 이어지는 기다란 복도를 조심스럽게, 누군가와 맞닥뜨리지 않으려고 조심스럽게 걸어갔다. 기분 나쁘도록 발이 푹푹 꺼지는 푹신한 카펫 위를 천천히 걸었다. 65호, 66호, 68호... 그의 방... 그의 신발.

들어가야만 하나... 들어가지 않는 게 나으려나. 방을 나온 지 한 시간이 넘었다. 그는 금방 잠에 들었을 것이다. 하지만 그를 만나 그의 사랑스런 머리를 쓰다듬고자 하는 욕망, 뜨거운 포옹으로 이 참을 수 없는 의혹들을 씻어내 버리고 싶은 다급한 마음 그리고 그녀의 영혼을 얼어붙게 하고 있는 이 냉기들을 녹여내 버리고픈 갈망은 그녀를 몰아세웠고 결국 그녀는 문고리를 돌렸다. 날카로운 소리를 내며 문이 열렸다... 복도의 불빛이 그의 잠든 얼굴 위로 떨어졌다.
"뭐요?... 거기 누구요?..." 그녀를 향해 껌벅거리는 그의 근시안은 아무것도 알아보지 못했다.
"나예요. 세네치까."
그녀는 문을 닫고서 침대 곁에 무릎을 꿇고 앉았다.
"당신이구려, 나따샤. 이런, 이런, 결국 이렇게 왔구려…"
남자들 특유의 거만한 자족감이 그의 낮은 목소리에서 드러났고 그것은 그녀 가슴을 베어 버렸다.
"세네치까, 난 기분이 너무 나빠서 여기에 온 거예요. 너무나 비참하고 고독해서…"
"이리 와 봐요, 이제. 날 찾아온 걸 사과할 필요가 뭐가 있소? 내가 너무 가까이 있어서 그저 잠들 수가 없었던 게지. 아하, 입고 있는 이게 뭐요, 날 유혹하려고 그런 게요?" 그는 두 팔로 그녀를 끌어당기면서 침대로 눕히려고 했다.
그녀는 반쯤 저항을 했지만 그의 키스는 받아 주었다.
"놔줘요, 세네치까. 이러지 마요. 난 이러려고 온 게 아니라… 당신한테 꼭 할 말이 있어요. 난 그저 마음을 진정시키려고 왔을 뿐이에요, 당신 곁에서요."
"이리 와요. 당신은 항상 '난 단지 이것 때문에 온 거예요' 그리고 '난 단지 저것 때문에 온 거예요!' 하지. 당신네 여자들이란 이상한 부류요. 여자들도 죄라 생각하는 욕망을 품고 있다는 사실을 숨기려고 항상 핑계거리나 가면 따위를 찾아 대니 말이오. 우리 남자들만 항상 몹쓸 유혹을 하는 사람들이구려. 여기 이 아가씨는 자유 의지로 날 찾아와서, 날 잠에서 깨워 놓고서 이제 와서는 쌀쌀맞은 척을 하니... 내 말에 맘 상했소? 난 그저 장난이었소, 이런 소심한 아가씨야. 당신이 와 준 게 얼마나 기쁜지 알지 않소. 사랑스럽고, 경이로운 당신이... 여기 마음을 진정시키려고 여기까지 온 아가씨는 찬 마룻바닥에 앉아 있어야만 하는 게요? 이리로 나한테로 오구려."

호텔방 카펫 위로 나따샤의 가운이 만들어 내는 찬란한 빛의 향연이 펼쳐지고 있었다.

    *   *   *

"지금은 아무 말 말구려. 자고 싶소." 세몬 세묘노비치는 자기가 "나따샤의 심리학 논문"이라고 명명해 놓은 게 또 시작되려고 한다고 여기며 이를 가로막았다. "대화란 낮에 하는 거요. 지금은 쉬고 싶소. 난 내일 일을 해야만 한다는 걸 잊은 게로군. 또, 내가 맑은 정신이 아니면 일을 못 한다는 걸 잊은 것 같구려."

그는 벽으로 얼굴을 돌리고는 담요로 몸을 감쌌다. 그의 등 뒤에서 제 팔을 베고 누운 나따샤의 가슴은 분노로 진저리를 쳤다.

언제나 이런 식으로 모욕적으로 그녀를 대하는 태도는 예전에도 그랬고 앞으로도 변하지 않을 터였다. 나따샤가 그를 가깝고 친근하게 여길 때, 그녀가 둘의 일치감에 더욱 행복해 할 때, 그의 애무를 더욱 갈망할 때, 서로 사랑하고 있다고 더욱 강렬하게 확신할 때 그때에 그는 냉담했고 낯선 사람 같았다.

그녀는 슬픈 눈으로 그의 친숙한 목을 바라보았다. 그의 머리는 변함없이 사랑스러웠다. 명석한 세네치까. 가만히 그의 목덜미에 키스를 하고 조용히 침대에서 일어났다. 하지만 그녀의 영혼은 전과 다름없이 얼어붙은 듯 외로웠다.

"잘 자요, 세네치까. 내가 없어야 더 푹 잘 수 있을 거예요. 가기 전에 나에게 키스해 주지 않을래요?"

그녀는 그에게 몸을 숙였다.

"오늘은 키스를 할 만큼 하지 않았소? 그게 당신에 대해서 이해할 수 없는 것들 가운데… 가끔 당신은 만족을 모르는 사람 같소, 그 이유 때문에 당신이 불행해지는 듯하오!" 나따샤는 얻어맞은 듯 뒤로 물러섰다. 그저 작은 위로를 갈망한 것뿐인데 그것을 이렇게 받아들인단 말인가?

그녀가 어둠 속에서 옷을 챙겨 입는 동안 세몬 세묘노비치는 머리를 베개에 묻어 버렸다. 그녀가 기분 나쁠 정도로 푹신거리는 붉은 카펫이 깔린 끝없이 긴 복도를 뚫고 지나가기도 전이었다. 복도가 꺾이는 곳 한 구석에 야간 담당 보이가 작은 탁자 곁에서 제자리를 지키고 앉아 있었다. 나따샤가 그를 지나쳐 갈 때, 그 보이는 경멸하는 눈초리를 숨기지 않으며 그녀를 쳐다보며 한마디를 내뱉었다. 모욕하는 의미의 단어일 거라고 그녀는 추측할 따름이었다… 나따샤는 괴로움에 몸을 떨었다.

X

H시에서의 나날들은 외로운 유배 생활을 자청한 꼴이 되었다. 두 사람의 비밀스런 관계가 처음 시작되었을 때에 정성을 들여 만남을 계획을 할 동안에는 이 "은거"의 시기가 그녀에게 커다란 기쁨을 선사했다. 그녀는 세냐를 그녀의 "빠스하"[3], 자신을 그의 "할렘의 여자"[4]라고 불렀다. 신경 쓸 일이 끊이지 않고, 항상 인간관계 속에 묻혀 북적거리며 활동을 하던 삶에서 이 세상과 사람들로부터의 완전히 고립되는 삶으로 갑작스레 변화한 것에 그녀는 흥미를 느꼈었다.

동지들은 그녀가 갑작스레 종적을 감춘 것에 대해서 놀라워하지는 않았다. 어떤 이들은 그녀가 가족들에게 붙잡혀 한동안 자리를 비운 것이라고 믿은 반면 다른 이들은 어떤 알 수 없는 "비밀 임무"가 생긴 것이라 했다.

---

[3] 빠스하(пасха, pascha). '거르고 지나간다'란 말로 유월절(逾越節), 과월절(過越節)을 의미한다. 《구약》에서는 모세에게 야훼 하느님께서 이집트를 치실 때 양의 피를 문설주에 바른 집은 '거르고 지나가겠다'고 하여 이후 이를 기념하여 과월절을 정해 축제를 했다. 《신약》에 들어와서는 예수가 죽음을 당하기 전날인 과월절에 최후만찬을 했기에 부활절을 준비하는 기간으로 되었다. 본문에서는 "새로 받은 약속, 징표"로 받아들이면 될 듯하다.

[4] 할렘의 여자들(harem odalisk). 할렘은 아랍어 어원으로 "깊숙한 것" "신성한 것" "손 닿을 수 없는 것"이며, 터키 이슬람 제국의 황제인 술탄의 궁에서 여자들만 거주하는 장소로 외부의 출입은 철저하게 막았다. 비밀의 장소의 은유로 주로 사용된다. 오달리스크는 이 할렘에 거주하는 여자들이다. 황제의 잔시중부터 성적 노리개 역할까지 하는 여자 노예부터 황녀까지 다 이 할렘에 거주하였다. 본문에서는 "숨겨둔 여자" 정도로 받아들이면 될 듯하다.

바쁘고, 날 선 삶과의 이런 짧은 단절은 항상 그녀에게 달콤한 휴식을 가져다주었고 재충전의 시기가 되어 주었었다. 하지만 이번에는 할렘의 여자라는 역할을 하느라 풀이 죽고 화가 났다. 혹여 길에서 아는 이를 만날까 호텔을 떠나지도 못했다. 세냐가 그녀 방으로 왔을 때 자신을 만나지 못하고 되돌아가지 않게 하려면 서재에 오래 머물러서도 안 되었다. 세냐는 일에 완전히 푹 빠져 있었다. 사실 나따샤 눈에는 그가 그 교수와 반갑게 자신을 맞아 주는 교수 가족들에 더 깊이 빠져 있는 듯했다. 그래서 그는 지루하고 싫증 나기 쉬운 소득 없는 기나긴 기다림만이 이어지는 시간 속에다 그녀를 혼자 내버려 두었다. 그는 모닝커피를 마시면서도 약속 시간에 늦지 않으려고 시계에서 눈을 떼지 못했다. 저녁 식사도 그 교수 집에서 하고, 대부분의 저녁 시간을 그곳에서 보냈다.

그는 바쁜 나날들을 보냈고 나따샤는 그가 그 와중에 토막 시간이라도 내주는 것에서 위안을 찾아야 했다. 그나마도 써야 할 중요한 편지가 있다는 둥, 제출해야 할 문서가 있다는 둥의 핑계에 밀려나기 일쑤였다. 그는 항상 그녀에게 기분이 좋아서 찾아오곤 했다. 하지만 그는 어떤 대화를 하건 끊임없이 피상적인 주제로 방향을 틀어 버리곤 했다. 그는 나따샤가 차를 준비하는 동안 소파에 누워 있는 걸 무엇보다도 좋아했다. 그는 그걸 즐기는 척했다. 그는 점점 더 일에 대한 이야기를 하지 않게 되었고, 교수와의 대화 내용에 대해서는 인색하리만치 말을 아꼈다.

교수에 대한 그녀의 반감은 점점 자라났다. 그녀는 그 교수가 나쁜 사람이라는 결론에 이르게 되었다. 그 먹물 먹은 '장서실의 늙은 쥐'는 세냐가 자신 자신의 견해들을 의심하게 현혹하고 있었다.

"어쩜 그렇게 순진한 거예요." 한번은 그에게 그 문제를 말한 적이 있었다. "어째서 그 교수에게 바보스러울 정도로 솔직하게 대하는 거죠? 당신은 당신 스스로 충분히 숙고해 보기도 전에 당신의 논제들을 그 사람에게 노출시키고 있어요. 당신이 그것들을 글로 옮길 준비가 되었을 때쯤에 그 사람은 이미 그걸 자기 걸로 만들어 버리고 말 거예요. 그 사람의 전문 지식을 보태서 한결 돋보이게 할 테죠."

이런 식의 즉흥적인 언사들은 세묜 세묘노비치를 짜증나게 만들었고, 차분함을 잃게 하는 듯했다.

"나따샤, 정말 유치하구려. 당신 점점 아뉴따와 같아지는구려. 언제부터 동료의 아이디어를 서로 훔치는 짓이 가능했었단 말이오?"

"물론 당신은 그런 일이 일어날 거라고 믿고 싶지 않겠죠. 그런 일이 있었단 얘길 들어 본 적도 없을 테죠! 내가 당신 입장이라면, 좀 더 신중하게 행동하겠어요... 그렇게 순진하게 대처하느니..."

세묜 세묘노비치는 동의하지 않았지만, 그녀가 보기에 불신의 씨앗은 이미 뿌리를 내리고 있다는 게 확실했다. 그리고 그런 생각들이 그녀에게 순간적인 만족감을 안겨 주었다.

하지만 그가 가 버리고 나면 다시금 깊은 우울의 나락으로 빠져들었다. 자신의 본성에 숨겨져 있던 혐오스러운 것들이 끝간 데 없이 뻗어 나가는 것에 크게 놀랐다. 자기 연인의 눈에 비친 그 교수의 명망에 흠집을 내고 싶은 이런 비열한 욕망은 질투의 산물이었던가? 그녀는 지난날 아뉴따가 보여 주었던 그 알 수 없는 심술들을 조금씩 이해할 수 있게 되었다.

그 이후로 교수와 교수 가족에 대한 연인의 칭찬을 말없이 듣고 있으려고 스스로를 다잡았다. 더구나 교수의 지성과 성격에 대해서 공공연히 환호해 줌으로써, 자신이 그의 영혼에 뿌려 놓은 불신의 씨앗들이 싹트지 못하게 하려 했다. 하지만 그녀는 싹이 완전히 죽어 버린 건 아니라는 걸 알고 있었다.

아침이면 언제나 그녀는 말없는 희망으로 잠자리에서 일어났다. "오늘은 그 사람이 나와 함께 있어 줄 거야… 그래, 하루 종일은 물론 아닐 테지만, 그래도 몇 시간 정도는, 어찌 되었든 툭 터놓고 이야기할 기회가 있을 거야." 하지만 같은 실망감으로 하루는 마감되곤 했다. 키스도 주고받고, 차를 마시며 가벼운 농담도 했고, 밤이면 애무도 주고받았다. 하지만 결코 친밀한 일체감의 순간은 오지 않았다. 나따샤는 일을 하려고 해 보았다. 중압감이 느껴질 정도로 마감 날짜가 바싹 다가와 있는 팜플렛을 쓰기로 약속했지만 일은 진전되지 않았다. 내키지 않는 마음으로 잡는 펜대가 쉽게 나아갈 리 없었다. 그리고 매일 다음 날이면 전날의 시원찮은 결과물들에 대한 불만은 커져 갔다. 세냐는 그녀의 일이 잘되어 가는지조차 한번 묻지 않았다. 시간은 손가락 사이의 모래알처럼 빠져나가 쓸모없이 탕진되고, 무의미하게 흘러갔다.

미뤄 두었던 우편물을 보내러 갔다가, 나따샤는 큰 편지 꾸러미를 받았다. 개인적인 편지 몇 통과 당의 일과 관련된 것들이었다. 당에 관련된 편지에는 핵심 동지 두 명이 아프다(체포되었다는 뜻의 은어였다)는 불안한 소식과 함께 그들의 병이 오래갈 것 같으며, 그것이 심각하고 위협적인 결과를 몰고 올지도 몰라 걱정하는 내용이 담겨 있었다. 그 후 나따샤의 일상에는 재앙이 덮쳐 올지도 모른다는 불길한 징조가 내려앉았다. H시에 더 머물러 있는 건 정당한 게 아니지 않는가? 하지만 세냐와의 사이에서 감지되는 낯설음이 계속되는 한 그에게서 떠나올 수가 없었다. "지금 떠난다면, 자책감에 내 스스로를 망쳐 버리게 될 거야... 떠나기 전에 서로에 대해서 이해해야만 해." 그녀는 스스로를 거듭 다독였다.

그날 저녁 이 문제를 강하게 제기하려고 마음먹었다. 하지만 그는 자신을 위해 열린 만찬 때문에 평소보다도 늦게 돌아왔다. 술도 약간 했고 기분이 좋아서 아주 즐거워하고 있었다. 그런 그가 나따샤의 얼굴에 내려앉은 먹구름을 눈치챌 리 없었다.

"너무 많이 먹고 마셔서 움직이기 힘들 지경이오. 몸도 약간 안 좋은 듯하오만 좀 지나면 괜찮아질 게요. 내가 보고 싶었소? 당신의 조그마한 귀에다 키스해 주리다..."

"제발 이러지 말아요, 세냐." 그녀는 참지 못하고 몸을 움츠렸다. "생각해 봐야 할 중요한 문제가 있단 말이에요. 편지를 받았어요... 까쩨리나 뻬뜨로브나와 니까노르가 체포되었대요."

"좋지 않은 일이구려."

"특히 내겐 큰 충격이에요... 내가 어떤 상태인지 표현하려니 어떻게 말을 떼야 될지 모르겠어요." 갑자기, 그녀 자신도 의아할 정도로 갑자기 눈물이 터져 나왔다. 그것은 감옥에 있는 동지들 때문이라기보다는 그녀 자신 때문에 흘리는 눈물이었다... 실패와 비통함. 극심한 고통의 고리 말고는 인생에서 맛볼 게 진정 없단 말인가?... 지금 그 두 사람이 사라져 버린 마당에 그들이 희망에 부풀어 시작했던 그 일들은 어떻게 될 것인가? 그녀가 자기 자리만 지키고 있었더라면, 그곳에서 그녀가 할 일이 있었을 것이다.

"음... 이봐요, 나따샤, 그건 절대 그렇지가 않아요. 그렇게 해서는 절대 안 되오. 고개를 들어 봐요, 사랑스런 아가씨, 울고 있을 때가 아니오." 목소리에 책망하는 기색이 묻어났다. 그는 여자의 눈물에는 완전히 질려 있었다. "모든 가능성을 염두에 두더라도 그건 생각하는 것만큼 그리 심각한 문제가 아니오. 결국에 모든 것이 잘 마무리될 게요. 두고 봐요."

"그건 그저 그들만의 문제가 아니라고 생각해요. 모든 게, 산다는 게 무슨 의미가 있는 거죠? 불행만이 있을 뿐이잖아요!"

"내가 볼가(Volga)에서 일했던 시절에는 말이오..." 세냐는 그녀의 주의를 딴 데로 돌리려고, 혁명 당시에 경험한 에피소드 중에 하나를 들려주었다. 그건 그저 작위적으로 선택된 이야깃거리일 뿐이었다. 나따샤는 그때의 이야기는 하나같이 외울 만큼 잘 알고 있었다. 그녀는 멍하니 듣고만 있었다. 이런 이야기가 다 무슨 소용이란 말인가? 그녀는 그녀가 갖게 된 의문과 자신의 고통에 대해서 이야기를 나누고 싶었다.

"... 그러니 우리가 직면했던 어려움을 알 게요... 그런데 난

위대한 사랑 93

여기에 건재해 있고 지금은 그 일들에 대해서 이렇게 이야기하고 있질 않소… 난 매력적인 여인에 대한 열정마저도 잃지 않고 살아가지 않소. 당신도 알지 않소. 나따샤! 당신 내가 하는 말을 하나도 제대로 듣고 있질 않는구려!"

"듣고 있어요, 세냐. 근데 당신한테 꼭 해야 할 말이 있어요… 난 내일 떠날 거예요. 여기선 더 이상 마음의 평정을 유지할 수가 없어요."

"말도 안 되오. 지금 가면 체포될 것이오. 난 허락할 수 없소. 당신은, 다혈질인 당신은 문제를 일으키고 말 게요. 모든 게 다시 진정될 때까지 기다리시오. 어쨌든 당신이 생각하는 만큼 그쪽에서 당신을 절실하게 필요로 하는 건 아니오. 당신이 없어도 그쪽에서 잘 알아서 처리하리란 걸 당신도 잘 알지 않소."

나따샤는 있는 힘껏 그를 반박했다. 특별히 지금 이 시점에는 자신이 운동에 있어 중요한 인물이라는 걸 그에게서 인정받으려고 열의를 기울였다.

"제발, 나따샤. 어린애같이 굴지 마오. 그쪽에서 그 일을 처리할 사람을 찾을 수 없을 거라 믿길 바라오? 그 사람들이 알아서 할 게요, 당신보다 더 잘…"

그에게 몇몇 편지들을 읽어 주었다. 하나같이 그녀에게 돌아올 것을 촉구하고 있었다. 하지만 어느 것도 그에게는 와 닿지 않았다.

"그래, 이 편지을 쓴 사람들이 누구요? 히스테리나 부리는 그 마리야 미하일로브나라는 여자는… 모두 여자들의 호들갑이오.

돈체프가 편지를 보냈다면 일의 심각성을 믿을 수 있겠지... 하지만 마리야 미하일로브나라면 그냥 흘려들으시오. 흥분할 이유가 전혀 없소."

무심결에 세냐는 그녀에게 있어 가장 민감한 부분을 건드리고 말았다. 왜 돈체프가 쓰지 않았느냐고? 만약 돈체프가 그녀를 그녀의 위치로 불렀으면 세냐조차도 얼마나 그녀가 필요한 사람인가를 알았을 것이다. 그 경우에는 아무 생각할 필요도 없이 그녀는 즉시 떠나야 했다.

돈체프가 그녀를 부르지 않은 것이 그녀에게 얼마나 큰 상처를 주었는가를 세냐는 알았어야 했다. 그걸 그렇게 콕 집어 말해야 했던가? 그는 그녀 마음에 무슨 일이 일어나고 있는지 이해하려고 든 적이 없었다. 그가 던진 경솔한 말들이 그녀에게 어떤 상처를 주는지 생각해 보는 수고를 한 적이 결코 없었다.

세냐가 방을 나설 때에 보인 그녀의 태도는 냉담하고 침착했지만 그는 그것에 신경 쓰지 않았다. 그녀는 또다시 홀로 실의와 공포에 휩싸였다. 눈물과 말로는 표현되지 않은 그녀만의 공포였다.

그에게 말하리라. 세냐가 둘 사이에 존재하는 간극을 이해할 수 있을지 없을지는 그 후에 자연스레 알 수 있을 것이었다. 이해받고 싶은 이러한 갈망보다 더 비참한 것은 없을 것이다. 그의 무관심에다 대고 더 이상 날개만 퍼덕거리고 있지는 않을 것이었다.

또다시 맘에 들지 않게 푹신거리는 복도의 그 카펫을 밟았다. 처음에는 재빨리 걸었지만 문에 다가갈수록 걸음은 느려졌다. 그리곤 멈추어 서서 귀를 기울였다. 적막이 감돌았다. 그는 아마 잠들었을 것이다. 그는 베게에 머리를 대면 바로 잠드는 사람이니까. 그녀는 문고리에 손을 갖다 대었지만 얼굴에 어두운 기색을 띠며 손을 거두어들이고 말았다. 잠에 취한 그의 눈이 너무나 생생하게 눈앞에 그려졌고 지난번에 찾아갔을 때 그가 던진 질문들이 마음속에 되살아났던 것이다.

안 돼, 안 돼, 그것만은 절대 안 돼! 오늘 밤에는 오해를 견디어 낼 수가 없었다. 그리고 뒤따라 올 것이라고 확신하는 것들도... 서둘러 복도를 따라 걸었다. 놀란 당직 보이를 뒤로 하고 다시 방으로 돌아왔다. "도대체 뭣 때문에 맘을 바꾼 거지" 구석에 앉은 보이는 호기심이 생겼다. 그가 내린 결론은 "싸운 게로군"이었다.

XI

계속해서 나따샤는 방문을 열어서는 화가 난 듯 복도를 내다보았다. 그늘진 밤의 불빛들이 어슴푸레 비쳐 들어 있었다. 텅 빈 적막감만이 감돌았다.

멀리서 들리는 기침 소리와 길게 이어진 텅 빈 복도 한쪽 끝에서 언뜻 비친 남자의 모습이 그녀의 심장을 방망이질 치게 했다. 아니야. 그 사람이 아니야. 이러고 있는 게 무슨 의미가 있담? 그 사람은 이렇게 늦은 시간에 돌아온 적이 없어. 무슨 사고라도 난 걸까?

그녀는 자신을 보러 들르지 않고 바로 잠자리에 들었을 거라는 실낱같은 희망을 품고서 그의 방으로 향했다. 보이는 그녀가 들락날락하는 모습을 호기심 어린 눈으로 지켜보고 있다가 자기 옆으로 지나갈 때면 음흉하게 히죽거렸다. 말하진 않았지만 경멸하는 태도가 엿보였다. 하지만, 나따샤도 오늘만큼은 신경 쓰지 않았다.

세냐는 아침 일찍 호텔을 떠났었다. 그는 평소 정해진 하루 일과처럼 잠깐 그녀에게 들렀었다. 그런데 평소와 달리 그가 돌아오지 않았다. 그녀는 그 사실로 불안해하고 있었다.

무슨 일이 생겼으면, 전화를 했을 것이다. 이렇게 늦은 밤까지 그 교수에 집에 머물러 있다는 건 있을 수 없는 일이었다! 그게 사실이라면 그건 그녀에 대한 배려심이 결여되어 있다는 것이었고, 용서할 수가 없는 것이었다. 그에게 무슨 일이 일어난 게 분명했고 그녀는 마음이 급했다. 기다리는 사람이 아뉴따였어도 이렇게 내버려 두었을까?

나따샤는 침대에 몸을 맡겨 보았다. 하지만 복도에서 무슨 소리라도 들릴라치면 자리에서 벌떡벌떡 일어났다. 그러나 그때마다 변함없이 거기 있는 것은 여전히 친밀하지 않은 호텔, 여전한 적막감, 그리고 카펫으로 떨어지는 희미한 불빛 속의 광활한 공허감이었다. 저 지긋지긋한 카펫만 아니면 그의 발자국 소리를 들을 수 있을 것을... 누군가가 코를 골고 있었다... 기침 소리가 들렸다!

텅 빈 적막감이 또 한 번 감돌았다. 멀리 교회 종탑이 울렸다... 딩. 딩. 딩. 딩.

네 시 반. 이 끔찍한 밤은 언제 끝나려나?
하나 남은, 비참한 희망에 그녀는 매달렸다... 아침이 되면 미안해하며 세냐는 돌아오겠지. 호텔로 돌아오기에는 너무 늦은 시간까지 교수가 붙들어서 아무 생각 없이 그렇게 해 버렸다고, 언제나처럼 터무니없이 유치한 변명을 늘어놓겠지.
"교수가 바로 눈치를 챌 텐데... 어떻게 전화를 할 수가 있었겠소"라고 그는 대꾸할 테지.
보통 부부 사이에서 마누라들이 해 대는 잔소리나 잔뜩 쏟아부을 거라고 예상했던 그 사람은 눈치를 살필 것이었다. 그러다 나따샤가 잔소리 대신 그의 뻣뻣한 머리칼을 부드럽게 어루만지며 찌푸린 눈썹에 키스하면서 미소를 지어 보이면 그는 안도의 한숨을 내쉬게 될 것이었다. "사과할 필요 없어요, 세냐. 난 물론 다 이해해요"라고 그녀는 말하리라. "당신은 정말 훌륭하오. 이렇게 이해심이 많으니 말이오"라고 그는 대답할 터였다.
둘은 모두 안도의 한숨을 다시 한 번 쉬게 되고, 그녀는 지난밤 자신이 흘렸던 바보 같은 불안을 웃음으로 넘겨 버릴 수 있을 것이었다.
"다 내가 쓸데없이 예민하게 굴어서 이러는 거야. 지금 바로 자야겠어, 그 사람이 돌아오면 아마 금방 잠들 수 있을 거야. 문은 잠그지 말아야겠어."
그녀는 억지로 자리에 누웠다. 사실 잠에 들었었다. 하지만 어수선한 꿈속을 헤매면서도 그의 인기척 소리가 들릴까 싶어 귀를 기울이고 있었다. 침대에 앉아 복도에서 뭔가가 움직이는 소리가 들려서 그것에 귀를 기울였다. 심장이 미친 듯이 뛰었다. 하지만 그 소리는 옆방에서 나는 소리였다. 누군가가 바닥을 문지르고 있었고, 객실 청소부 두 명이 낮은 목소리로 소곤거리고 있었다. 잿빛 안개가 드리운 미명이, 옅어지는 어둠 사이로 밀려오고 있었다. 몇 시나 되었을까? 막 여덟 시가 지나고 있었다.

나따샤는 침착하게 가만히 일어나 옷을 입었다. 온갖 소리에 귀를 세우고는 다시 한 번 문을 열어 복도를 내다봤다. 불빛이 꺼져 어슴푸레한, 더욱 희망 없는 고요함. 아예 밖을 내다보지 않았으면 더 나았을 텐데라며 자신을 책망했지만 얼마 지나지 않아서 다시 밖을 슬쩍 내다보았다. 복도 모퉁이에 사랑스럽고 낡은 그의 오래된 모자의 넓은 챙과 친숙한 그 사람의 모습이 나타난 듯했기 때문이었다.

그 사람에 대한 자신의 사랑을 의심스러워했다니! 자신이 얼마나 그를 사랑하는지, 얼마나 그를 필요로 하는지 그날 밤 판명이 나 버렸다. 그녀는 심하게 자신을 자책했다. 지난밤 돌아오지 않은 그를 원망하는 마음을 쌓아 올렸던 것, 성질을 내며 분개했던 것. 그에 대한 반감을 가졌던 것. 그 기억들이 원망스러웠다. 그가 돌아오기만 한다면! 그에게 아무 일이 없기만 하다면! 그녀는 자신이 잠든 후에 그가 방에 들렀을지도 모른다는 갑작스런 희망에 모든 정신을 빼앗겼다. 손에 빗을 들고 있다는 사실도 잊고서 머리를 풀어헤친 채 그대로 복도를 따라 뛰었다. 그녀와 마주치게 된 호텔 투숙객들은 놀라서 옆으로 비켜섰고, 바닥을 훔쳐 내고 있던 청소하는 여자는 투덜거리며 들통을 옆으로 치웠다. 나따샤는 서두르다 들통에 걸려 버렸고, 바닥의 카펫 위로 물을 엎질렀다.

"죄송합니다."

세냐의 방은 비어 있었고, 침대에도 아무런 흔적이 없었다.

침대에 앉아서 그가 오기를 기다리기로 했다. 그의 방에 있으니 그가 가깝게 느껴졌다. 그이 소지품들이 있었다. 낡은 바지가 의자에 난 홈에 걸려 있었다. 아뉴따가 H시에 온 걸까. 그래서 가련한 세냐가 아뉴따가 그녀와 마주치게 될지도 모른다는 두려움에 당황한 걸까? 어떻게 하면 그를 안심시킬 수 있을까? 걱정하지 않고 아뉴따를 호텔에 데려와도 된다고 어떻게 알려 주어야 하지?

교수네 집에 전화를 해 봐야 하지 않을까? 하지만 아뉴따가 거기 있을 거야.

아뉴따가 올지도 모른다는 생각이 들자 그녀는 황급히 침대에서 일어나서 자신이 여기 머무르고 있다는 걸 말해 주는 증거들이 있는 건 아닌지 빈틈없이 살폈다. 책들은? 개인 소지품들은? 아무것도 없었다. 그녀는 방으로 돌아왔다.

열 시... 열 시 반... 열한 시... 열한 시 반... 한 시. 나따샤는 더 이상 그의 발자국 소리에 귀 기울이지 않았다. 그녀는 자신이 이미 오래 전에 그가 나타나리라는 기대를 포기하고 말았다는 걸 인정했다. 세냐를 다시 볼 수 있으리라는 희망이 모두 사라져 버렸다는 걸 인정했다. 그 사람은 죽었을지도. 그것만이 그녀가 두려움에 떨고 있을 거란 것을 알고 있는 그가 그녀의 이 두려움을 누그러뜨려 줄 어떤 방법도 찾지 못했다는 사실을 설명해 줄 수 있었다. 그 생각이 그녀를 견딜 수 없게 만들었다. 체포되었을지도 몰라. 하지만 왜? 이곳에서? 여전히, 완전한 적막감뿐이었다… 뭔가 끔찍한 일이, 뭔가 이해할 수 없는 엄청난 일이 일어난 게 분명했다.

나따샤는 두 눈을 감았다. 햇살이 그녀의 눈을 멀게 하고 고통스럽게 했다. 끝날 것 같지 않던 긴긴 밤 내내 이 빛을 간절하게 기다렸었다… 그때는 희망이 있었기 때문이었다… 그리고 이제 더 이상은 그를 찾지 말아야겠다고 결심한 바로 그때, 누군가가 큰 소리로 문을 두드렸다.

"들어오세요."

심부름꾼이 편지를 주었다. 봉투도 열 수 없을 정도로 심하게 손이 떨렸다.

"예기치 않은 좋지 않은 일이 있었소. 어제 저녁 식사 때, 극심한 복통이 찾아왔소. 그래서 그 댁 주인이 바로 나를 침대에 눕히고 의사를 불렀소. 열이 너무 높아서 의사가 처음에는 맹장염이 아닌가 염려를 했었다오. 말로 다 할 수 없을 극심한 고통이라 진통제로 모르핀 주사를 두 번 놓아 주었소. 하지만 오늘은 좀 나아진 듯하오. 그리고 좀 전에 의사가 다 괜찮아졌고 수술은 필요 없을 듯하다고 했소. 아직 정상은 아니지만 열도 조금은 내렸소. 아직 좀 아프지만 참을 만은 하오. 휴식을 취하는 게 급선무요. 절대 안정을 취해야 한다는구려… 너무 걱정하지 마시오.

나는 여기서 더할 나위 없이 잘 보살핌을 받고 있소. 교수와 교수 가족들이 밤새 돌아가며 침대 곁을 지켜 주었소. 당신에게 편지를 쓸 핑계로 책을 좀 가져다 달라고 사람을 보냈소. 내 방에서 책을 가져다 줄 사람은 호텔에서 만난 러시아인 가족이라고 말해 두었소. 편지를 쓰거나 전화를 하면 안 되는 상황이란 걸 명심하시오. 키스를 보내오.

당신의 세냐가."

"가여운 세냐." "전하실 답장은 있으신지요?" 심부름꾼이 그녀가 편지를 다 읽기를 기다리고 있는 채였다.

"네... 그게... 잠시만 기다려 주세요. 금방 책을 가져다 드릴게요." 그녀는 이 새로운 상황에 적응하려고 애쓰면서 뭔가를 가지러 가는 듯이 황급히 세냐의 방으로 향했다. 자신의 염려와 사랑, 무한하고 끝없는 그에 대한 사랑을 단 한 줄이라도 써서 보낼 수는 없을까? 자기 걱정은 말라고, 그가 살아 있는 걸, 거기에 있다는 걸, 자유의 몸이란 걸 알게 된 것만으로도 만족한다고 그를 안심 시킬 수는 없는 걸까?

그녀는 책 꾸러미에 작은 쪽지 하나라도 끼워 보내고 싶었지만, 감히 그럴 수 없었다. 누군가가 보게 될 테고, 그러면 세냐는 핑계를 대야 할 터였다. 그는 핑계거리를 찾는 데는 소질이 없었다. 가여운 사람.

책을 심부름꾼에게 주고서 다시 방에 홀로 남겨졌다. 점심시간에 나온 커피가 그녀 앞 탁자에 놓여 있었다. 그녀의 기분만큼이나 차갑고 맛없는 커피였다.

공허한 마음으로 보내는 낮들. 황당하고 기운 빠지게 만드는 꿈들로 지쳐버린 밤들. 그렇게 삼 일을 보냈다. 끔찍한 느낌에 놀라 잠에서 깬 게 한두 번이 아니었다. "세냐! 무슨 일이 생긴 건가요?"

한번은 그녀를 부르는 그의 또렷한 음성을 들었다. 그러고는 불길한 일이 일어날 징조라는 공포스런 느낌에 몸을 떨었다.

날마다 하루에도 몇 번씩 그가 남긴 메시지가 있는지 물었다. 전보 혹은 전화가 왔는지. "아니오. 없습니다! 그 신사 분 아직도 그 방을 쓰시나요?"

물론이었다. 그저 그 신사 분은 아플 뿐이었다. 그래서 호텔 방보다 좀 더 나은 보살핌을 받을 수 있는 친구네 집에 머무는 것일 뿐... 설명을 요구받은 것도 아닌데 왜 그녀는 변명을 해댄 걸까? 무슨 상관이라고? 세냐의 병세가 결국 악화된 게 분명했다. 의식이 있다면 그녀와 연락을 취할 방법을 알아냈을 테니까.

시간은 더디게 갔다... 일 분이 한 시간같이...

삼 일째 되는 날 저녁 나따샤는 세냐의 상태가 어떤지 물어보기 위해 교수 집으로 전화를 걸어 보기로 결심했다. 이렇게 불확실한 상태로 또다시 이 끔찍한 밤을 보낼 수가 없었다. 고문과도 같은 불면의 시간이 찾아올 것을 생각하니 두려움에 몸이 움츠러들었다. 어떤 상황이든지 간에 그녀는 알아야만 했다. 호텔 직원을 불렀다.

"부인, 부르셨습니까?"

머뭇거리며, 호출을 받고 온 남자를 쳐다봤다. 순간적 충동으로 호출은 했지만 그 다음엔 어떻게 해야 할지 몰라 당황했다. 실수하지 않으려면 신중해야만 했다.

그녀는 차를 주문했다. "크림차를 드시겠습니까 레몬차를 드시겠습니까?" 호텔 직원이 새 하얗게 반짝거리는 냅킨을 팔에 걸친 채 사라지는 걸 물끄러미 바라보았다. 절망으로 신음하고 두 손을 쥐어뜯게 만들 고통스런 소식을 들을지도 모른다는 상상에서 벗어나려고, 무겁고 쓰린 가슴을 안고서 방 안을 한없이 서성였다.

근처의 시계탑에서 아홉 시를 알려 왔다. 나따샤는 다시 호출을 했다.

호텔 직원이 그녀 앞에 서 있었다. 누가 왜 전화를 거는 것인지를 설명하는 게 그녀에겐 얼마나 힘겨운 일인지, 이 남자가 상상이나 할 수 있을까? 어떤 상황에서도 그는 "부인"이라는 호칭을 써서는 안 되었다. 반드시 "그 러시아인 친구들..."이라고 해야만 했다.

기억할 수 있을까? 만약 "부인"이라는 표현을 쓰면 어쩌나.

나따샤에겐 그것이 가장 중요했다.

다시 그녀는 방을 서성거렸다. 그리고 팽팽하게 조여진 바이올린 줄처럼 긴장해서는 의자 구석에 앉았다. 목이 너무 아파서 침도 삼킬 수 없었다. 심장이 쿵쾅거리는 걸 느낄 수 있었다. 다음 순간에, 무슨 소식을 전해 듣게 될까? 그 다음엔 또... 뭣 때문에 못 오는 걸까?라는 생각들이 들끓었다... 오 분... 십 분. 왜 돌아오지 않은 걸까? 아마도 그 답변은 간담이 서늘해질 만한 것이리라. 그래서 직원이 그녀에게 전해 주지 못하는지도! 나따샤는 오싹한 느낌에 몸이 떨렸다. 갑자기 어떤 생각이 번쩍 떠올랐다. 몇 분 후면 이런 고통스런 기다림의 시간을 추억으로 뒤돌아보게 될는지는 아무도 알 수 없다고 생각하면서 아직은 꺼지지 않은 희미한 희망의 빛을 놓지 않았다.

문을 두드리는 소리.

"들어오세요."

그녀의 눈빛은 간절했다. 어서! 어서! 하지만 그 웨이터는 분통 터지도록 게으른 움직임을 이어갔다. 냅킨이 문고리에 걸렸다. 그리고 멈춰 서서는 그걸 푸느라 야단법석을 떨었다.

"신사분께서 '러시아 친구분들'에게 안부를 물어 주시는 친절을 베풀어 주신 것에 감사를 표하셨습니다. (이 말을 하는 그의 콧수염 밑으로 조롱하는 듯이 엷은 웃음이 번져 입술이 일그러졌다.) 그리고 대단히 호전되었다고 전해 달라는 요청을 하셨습니다. 병석에서 일어나셔서 방 안에서 주로 지내신다고 합니다. 그리고 이제 곧 떠날 채비를 하는 중이라고 하십니다."

나따샤는 미동도 없이 침묵을 지켰다.

"더 필요한 건 없으신지요, 부인?"

그녀는 혼자였다.

웨이터가 세냐의 목숨에 한 가닥 희망이라도 품을 수 있는 답변을 들고 온다면 환희에 찬 눈물을 흘릴 것이라고 믿었었다. 단지 삼십 분 전만 해도 방금 전해 들은 소식의 대가로 자신의 인생의 절반이라도 기꺼이 바칠 수 있었다. 하지만 그녀는 자신의 방 한가운데 서 있었다. 기쁨도 없이... 오히려 깊은 상처와 모욕을 받았다는 확신이 들어감에 따라 혼란스러움에 어쩔 줄 몰랐다.

세냐, 친절하고, 따스하고, 섬세한 세냐, 아뉴따에게는 어떤 작은 아픔도 주는 걸 두려워하는 사람. 그가 그녀 자신의 고뇌를 위해선 손끝 하나 움직이질 않았다니! 그녀에게 어떤 소식도 보내지 않은 그 모든 날들을, 자신이 건강을 거의 회복했다는 걸 그녀가 알 필요가 전혀 없다고 생각하면서 보낸 것이다. 이러고도 그가 여전히 그녀를 사랑한다고 말할 용기를 있단 말인가? 이건 그녀가 이제껏 용서해 준 일들과는 전혀 다른 차원의 문제였다.

XII

나따샤는 푹 잘 잔 후 아주 상쾌한 기분으로 잠에서 깨어났다. 영혼 저 깊숙한 밑바닥에서는 뭔가 엄청나게 잘못되었다는 생각이 자리 잡고 있었지만, 신경 쓰지 않았다. 세냐는 살아 있고 위험에 처한 것도 아니었다. 며칠만 지나면 그를 다시 볼 수 있다. 그러면, 그래 그때가 되면 그에게 말할 수 있을 것이다. 너무나 소홀히 다루었던 사랑은 없어져야 함을, 이렇듯 극심한 긴장 상태 속에서는 그들의 위대한 사랑도 지속되지 않음을 설명해 줄 수 있을 것이다. 너무나 팽팽하게 당겨진 현은 끊어질 수밖에 없는 것이다.

그날 아침은 기분 좋게 모닝커피를 마셨다. 세냐가 호텔을 비운 후 처음 있는 일이었다. 심지어는 바깥 날씨가 너무 좋다고 말하는 청소부 여자에게 미소를 지어 보였다. 그제서야 당의 일과 관련된 편지 생각이 났다. 동지들에게 그렇게나 긴 시간 동안 무관심했다니 믿기지 않는 일이었다.

답장들을 적었고 부칠 준비를 했다. 마지막 편지를 봉투에 넣고 나자 처음 이곳에 왔을 때 작업하려고 했으나 실패만을 거듭했던 그 불운의 팜플렛을 다시 시작하고픈 충동에 마음이 급해졌다. 일을 할 흥이 났다. 짜증스럽게 맴돌기만 하던 단어들이 쉽사리, 기탄없이 떠올랐다. 논리적인 생각들이 즐겁게도 꼬리에 꼬리를 물고 이어졌다. 나따샤는 어스름이 내릴 때까지 시간 가는 줄을 몰랐다.

그때서야 강렬한 만족감에 차서 의자에 몸을 기대고 팔을 쭉 폈다. 마음에 평온이 다시 찾아왔고 결국 팜플렛을 끝냈다는 생각에 기쁨이 넘쳤다. 오지 않는 소식을 기다리며 절망에 휩싸이지도, 세냐의 상태에 대한 걱정에 갇혀 지내지도 않았다. 일을 끝내고 나니 마음이 후련했다. 그는 위험에 처해 있지 않았다. 그리고 교수 집에서 너무나 잘 보살펴 주어서 나따샤에 대한 생각마저도 잊어버렸다. 그것을 알게 되었지만 쓰라린 고통으로 다가오지는 않았다. 그 깨달음을 의연하게 마음속에서 쫓아내 버렸다.

진정한 삶과 행동만이 그녀가 지금 원하는 것이었다. 그녀는 사람들이 다시 보고 싶어졌다. 그녀가 해 온 이런 은둔의 삶은 말도 안 되게 어리석은 짓이었다. 우체국에 편지를 붙이러 가기로 결심했다. 그러고는 근처에 있는 햇볕이 잘 드는 까페에서 커피를 한잔하기로 했다.

그녀가 거울 앞에서 모자를 쓰고 있을 때 문이 열리고 세묜 세묘노비치가 방으로 걸어 들어왔다.

"세냐, 당신이에요?" 그녀는 소리쳤다. 기쁨보다는 놀라움이 묻어나는 목소리였다.

"그렇소. 나요, 나따샤. 당신이 보다시피 난 병 때문에 완전히 지쳐 버렸소. 의사가 내일까지 기다리라고 했지만, 오늘 오기로 결심해 버렸소. 더 이상은 기다릴 수가 없었소."

"이리 와서 어서 누워요, 세네치까.

이런 가여운, 너무 수척해졌군요! 눈에 병색이 역력해요, 세냐. 왜 완쾌되기 전에 온 거예요?"

"당신이 너무나 그리웠소, 견딜 수가 없어서..."

"머리에 쿠션 받쳐 줄까요? 신발 벗겨 줄까요?... 여기 이불 좀 덮어요... 차 좀 마실래요? 레몬차, 아니면 크림을 곁들일까요? 당장 사람을 불러서 주문할게요." 걱정스레 호들갑을 떨면서 나따샤는 그가 돌아온 것에 대한 기쁨이나 흥분이 아닌 놀람이 배인 얼굴을 무의식중에 숨기고 있었다.

그를 기다리던 타는 듯한 조바심은 어디 있었나? 그가 돌아오면 느끼게 될 것이라 여겼던 미칠 듯한 행복은 어디에 있었나? 세냐는 잘못된 시점에, 견딜 수 없는 정신적 압박의 시기를 벗어나 근심을 벗어던져 버린 때에 맞춰서 도착한 것이었다.

"아주 편안하오, 나따샤. 이리 와 내 옆에 좀 앉으시오. 이렇게 다시 함께 있으니 얼마나 좋은지!... 들어올 때 보니 모자를 쓰고 있던데. 어디 나가려는 참이었소? 내가 없는 동안 산책을 다닌 게요? 눈에 안 띄게 잘한 거요?"

"정말이지 이번이 처음이에요. 당신이 없는 내내, 문밖으로 콧바람도 쐰 적이 없어요. 하지만 편지가, 이봐요 얼마나 많은

지, 이걸 꼭 보내야 해서요."

"물론 그렇지만 그건 너무 무모한 짓이요. 아뉴따가 이걸 알게 된다고 생각해 보시오... 그건 정말... 교수 집에 전화도 하지 말라고 하지 않았소... 내가 한 말을 정말 조금이라도 진지하게 받아들여 주어야 하는 것 아니오. 병석에 누워 있는 동안에도 이런 일들이 일어날까 걱정하고 있었소. 당신이 어제 전화를 한 후로 한시도 맘이 편할 때가 없어 무슨 일이 있어도 오늘 여기 오기로 결심을 한 거요. 누가 또 알겠소, 내가 돌아오지 않았다면 당신이 거기에 불쑥 나타났을지..."

"아...그래서 당신이 돌아온 거로군요?"

그녀의 날 선 목소리 한 귀퉁이에, 세묜 세묘노비치는 잠깐 살피는 듯한 눈초리를 그녀 쪽으로 보냈다.

"아니오, 나따샤, 그것 때문만은 아니오. 말했다시피 당신이 너무나 그리워서..."

"진심으로요? 하하하."

세냐는 나따샤가 이런 투로 이야기하는 것을 전에는 들어 본 적이 없었다.

"그래, 내가 그리웠다고요? 그래요, 이제 와 그렇게 말하죠. 당신 소식을 하나라도 들으려는 나를 날이면 날마다 기다리게 해 놓고서. 더할 수 없는, 형언할 수 없는 잔혹함으로 날 고문하고 한없이 고통받게 해 놓고 나서 이제야..."

"나따샤! 무슨 말을 하는 게요? 병에 걸린 게 내 잘못이라도 된단 말이오? 내가 어찌 당신을 고통받게 했소? 어떻게 말이오? 내가 고의로 그런 건 절대 아니란 걸 잘 알지 않소? 왜, 나따샤, 당신 아뉴따랑 같은 말을. 아마 결국은 그녀가 옳나 보오. 내가 아뉴따를 사랑하는 게, 그게 그녀를 고문하는 거라고 한 말이... 당신... 아, 정말 무섭구려."

그는 두 손으로 머리를 감쌌다. 풀이 죽은 그는 터무니없는 운명에 속수무책으로 체념하는 모습이었다. 나따샤는 이내 마음이 약해졌다.

"세냐, 세네치까. 내 사랑스런 친구. 당신 말이 옳았어요. 난 내가 무슨 말을 하고 있는지도 몰라요, 나한테 중요한 게 뭔지도요. 당신이 없는 동안 내가 당했던 일을 이해하려고 노력해 줘요. 당신의 목숨이 위태로울까 얼마나 두려웠을지, 아무것도 모른 채로 그렇게... 세냐, 내가 했던 생각, 내가 뚫고 온 공포, 그게 다 당신을 사랑하기 때문이에요. 듣고 있죠, 시메온5)!"

시메온. 이 이름은 두 사람 모두에게 특별한 의미를 지닌 것이었다. 그녀가 그의 곁으로 무릎을 꿇어 다가와 그의 머리를 쓰다듬자 그는 그녀를 향해 미소 지어 보였다.

"당신 이마에 키스하게 해 줘요... 얼마나 그걸 꿈꿔왔던지! 내가 사랑하는 이의 이마에다 다시 키스할 수 있는 이 순간을 얼마나 머릿속으로 그려 봤던지!"

"나쁜 사람. 당신이, 당신의 그 오싹한 웃음이 날 까무러치게 만들었소. 바보 같은 짓이지 않소. 당신이 그렇게 날카롭게 굴

---

5) 시메온(Симеон). 남자 이름이다. 히브리어 시므온(שמעון)에서 비롯된 이름이다. 이 이름은 영어에서는 시미언(Simeon) 혹은 사이먼(Simon)으로 쓰이고, 불어에서는 시몽(Simon)으로 쓰인다. 여기에서는 연인 대한 애칭으로, 레미 드 구르몽(Rémy de Gourmont, 1858-1915)의 시 "낙엽"과 "눈" 등에 나오는 '시몽'으로 읽으면 좋을 듯하다.

면 난 견딜 수가 없소. 삶이란 아름다운 거요, 나따샤. 이런, 내게 너무 가까이 오지 마오."

"당신과 다시 함께 있는 게 너무 좋아요. 그냥 당신이 살아 있다는 걸 안다는 것만으로... 무슨 말인지 알겠어요?"

"다 아오, 내 사랑. 하지만 병으로 난 아직 약한 상태요 그리고 당신의 체취가 날 흥분시킨다오. 항상 긴장해 있는 게 주된 발병 이유라서 절대 안정을 취하라고 의사가 처방했소. 화내지 말구려, 너무 가까이 오지 말라고 해서 화난 거요?"

나따샤는 자신의 눈에 치욕스런 감정이 담겨 있다는 걸 그가 알아채지 못하도록 얼른 자리에서 일어나서 몸을 돌렸다. 그녀는 사람의 온기, 사람의 따사로움을 원했다. 그가 했던 말들은 머릿속에 남아 있지 않았다.

그녀가 차를 준비하는 동안 세묜 세묘노비치는 담배를 피며 긴 소파에 누워서 병의 경과며 교수 가족과 그들의 친밀한 염려, 교수네 집으로 그녀가 얼굴을 들이밀지도 몰라서 근심 걱정에 싸였던 것들, 그녀에게 연락을 취하는 게 거의 불가능했었다는 이야기들을 읊어 대었다.

"조그만 메모라도 하나 보냈더라면. 다시 책을 가지러 오게 할 수도 있었잖아요... 물론 다른 방법을 뭔가 생각해 봤을 테죠!"

"내가 그런 일엔 소질 없는 걸 알잖소. 그래서 몸을 움직일 수 있는 대로 그냥 바로 여기 온 거요."

그가 차를 마시는 동안 그녀는 자신이 받은 편지들을 큰 소리로 읽어 주었다. 걱정스러운 내용을 담은 것도 있었고, 힘을 불어넣어 주는 것들도 있었다. 가까운 시일 안에 의미 있는 진전이 이루어질 가능성이 있기에 당의 미래는 대체로 밝아 보였다. 둘은 그 가능성에 대해 열정적인 토론을 했고, 반대파의 정황을 고려해 볼 때 두 당파 간에 새로운 투쟁이 벌어지는 상황이 닥쳐올 것이라는 점에서 의견이 일치했다. 그 가능성은 나따샤로 하여금 당장 이곳을 떠나 진정한 삶으로, 피를 끓게 하는 일로 돌아가고자 하는 열망에 불타게 했다.

"여기서 당신과 이야기하는 건 이 세상의 모든 것들을 잊게 해 줘요." 세냐가 갑자기 끼어들었다. "늦어지는구려. 의사에게 일곱 시 반까지는 돌아가겠다고 약속했소. 왜 벌써 여덟 시인 건지. 시간이 쏜 살 같구려. 교수가 날 부르러 여기 나타나지 않았으면 좋으련만. 그분은 진심으로 날 걱정한다오."

"돌아가려고요? 오늘 밤 여기서 지내지 않고요?"

"내 말을 들어 주지 않더구려... 그래 진작 당신한테 말하려 했소만..." 말하면서 그는 그녀 쪽을 쳐다보지 않으려 했다. 그리고 그것이, 그가 지금 털어놓으려는 말들이 언짢은 이야기임을 의미하는 것을 그녀는 알고 있었다. "내 생각에는 당신이 W시로 가는 게... 좋을 듯하오만."

"W시로요? 하지만 왜요?"

"그 사람들 말로는 아주 멋진 건물과 예스러운 흥취의 거리가 있어서 아주 흥미롭고 유서 깊은 곳이라고 하더군. 그리고 당신은 아름다운 경관을 사랑하잖소." 마치 어린애에게 쓴 약을 먹이려고 재촉하는 투였다. "무슨 말인지 모르겠군요."

"나를 보고 싶지 않소?" 그는 조르듯 그녀를 쳐다보았다. "그래요, 당신한테 고백을 해야겠구려. 난 여기 있는 동안 평안한 맘을 가져 보질 못했소. 아뉴따에게 내가 병이 났었고 이제는 괜찮아졌다는 편지를 썼소, 당신도 아뉴따를 알지 않소. 언제든 여기에 나타날 수 있다는 걸. 모든 걸 고려해 보건대 당신이 W시로 가는 게 나을 거라 생각하오. 거기가 훨씬 조용하고 안전할 게요."

나따샤는 두 눈으로 솟아오르는 커다란 눈물방울을 숨기려고 반쯤 빈 찻잔으로 고개를 숙였지만 세냐가 보고 말았다.

"나도 아오. 나랑 다시 떨어져 있으라고 하는 게 나도 힘드오." 그는 약간은 미안해한다는 걸 생색이라도 내려는 듯 그녀의 머리를 부드러운 손길로 쓰다듬었다.

"하지만 왜 W시죠? 곧장 일을 하러 돌아가는 게 더 합리적인 선택인 걸요."

그녀는 다소간은 진심으로 화가 난 듯한 모습으로, 눈물을 그친 채 진지하게 그를 쳐다보았다.

"당신 날 오해하고 있구려. 여기 도서관이 휴가 때문에 이번 주말에는 문을 닫을 예정이라서 그 기간 동안은 W시에서 머물겠다는 의사를 교수에게 이미 말해 두었소. 그 유서 깊은 도시를 좀 둘러보겠다고 말이요. 당신은 W시로 가구려. 그리고 나도 며칠 안에 곧 뒤따를 테니."

"이건 너무나 이상하고 너무나 이해하기 힘든 일이에요... 말해 봐요, 당신이 먼저 출발하면 내가 곧장 따라나서면 되는 거잖아요. 그게 모두에게 다 편해요."

"어리석구려, 내 얘길 어떻게 그런 식으로 받아치는 게요? 아뉴따 때문에 당신한테 그렇게 하라는 거지 않소. 아뉴따가 여기 갑자기 들이닥칠 수도 있단 걸 생각해 보란 말이오!" 그에게 이것은 논쟁할 가치도 없는 것이었다. "그녀의 심기가 얼마나 불편할지 상상이 안 되오? 지금까지도? 나는 교수의 집으로 갈 것이오. 어쨌든 당신은 W시로 가는 게요. 그리고 난 금요일에 뒤따르겠소. 그렇게 알고 있으시오. 그렇게 되면 하루 종일 함께 시간을 보낼 수 있지 않소. 우리를 거추장스럽게 하는 어떤 것도 없이, 교수도 거기 없고... 매력적으로 들리지 않소?"

"하지만 난 화요일엔 돌아가야만 해요. 내가 떠나는 건..."

"아, 그건 두고 봅시다. 모든 게 순조롭게 돌아가고 있으면 하루 이틀 가 볼 수도 있겠구려. 우리한테 중요한 건 우리가 바깥에 나가는 것이 위험하지도 않고 완전한 안전이 보장된 가운데 함께 지낼 수 있다는 거요. 내 마음 상태도 많이 다를 테고... 여기저기 우리 둘 사이엔 뭔가가 항상 있질 않소... 교수가 날 쫓아왔을지도 모른다는 생각에 지금 당장도 신경이 쓰이오..."

"생각해 볼게요. 우리 내일 이야기해요." 나따샤는 순순히 승낙하고 싶지가 않았다.

"왜 내일이오? 오늘 당장 떠났으면 하오. 기차 시간이... 어디 보자. 어디에다 적어 놓았었는데." 그는 근시인 자기 눈에다 노트를 가까이 대고서 페이지를 넘겼다. "여기 있군. 열 시 반에 출발해서 새벽 한 시 반에 도착하는 기차가 있구려. 급행열차라 편리하겠군. 준비할 시간도 충분할 게요. 나따샤, 자 이제 그렇게 불행해하지 말구려. 안 그러면 내가 당신에게 상처를

줬다고 여기게 될 게요... 당신을 가도록 만드는 게 나도 편치
만은 않다는 걸 당신도 알 게요. 하지만 단 며칠뿐이오, 결국은
금요일에 나도 거기 갈 테니. 머무는 곳을 알려 주구려. 흔한
이름을 하나 골라서 일반우편으로 전보를 치시오. 함께 쓸 방
하나를 잡아서 남편이 나중에 올 거라 말해 두구려." 이것은
나따샤가 실망한 것에 대해서 보상해 주려고 나중에 궁리해 낸
것임이 명백했다.

"지금 교수네 집에 가져갈 물건 싸는 걸 좀 도와주구려. 당
신이 호텔비는 처리해 줄 거라 생각하오. 말이 난 김에, 돈이
필요하면, 교수가 내게 필요할 거라며 준 돈이 좀 있소. 그렇게
기죽은 모습은 보이지 말구려, 나따샤. 내가 마음이 아프니."

"신경 쓰지 말아요, 세냐. 그냥 넘어가요. 그냥 여기 소파에
좀 기대세요. 내가 짐을 쌀 테니."

그가 애처로운 얼굴로 방에 들어섰을 때, 나따샤는 그의 방
에서 그의 여행가방 끈을 당겨 매고 있었다.

"왜 그냥 있지 않고서." 그녀가 나무랐다. "봐요, 이미 짐은
다 쌌어요."

"누워 있자니 당신이 여기 앉아서 울고 있을 거란 생각에 편
치가 않았소. 당신을 달래 주러 올 수밖에. 사랑하오, 나따샤."

그가 이 말을 너무나 진지하게 했기 때문에 나따샤는 자신의
처한 상황에도 불구하고 그에게 미소를 지어 주었다. 하지만
그녀의 영혼에서부터 올라오는 냉담한 기운은 사라지지 않았다.
그는 그녀는 사랑했다. 하지만 그것이, 그의 이 사랑이 그녀에
게 어떤 의미였던가? 통증, 고통, 상처...

"와서 옷 입어요, 세네치까. 늦을지도 몰라요 그러면 교수 부인이 당신을 꾸짖을 테고…"

"음, 당신 그 부인에게 질투를 느끼고 있는 게로군. 부인은 아주 나이 많은 노부인이라…"

나따샤는 웃었다. "당신은 어린애로군요, 세네치까. 당신은 너무 터무니없는 사람이라 이해하기가 힘들다니까요. 이제 가요. 조심하고 어서 회복해야 해요. 당신 원고는 이 서류철에 있어요. 이것들은 당신 책이고요. 잘 가요, 세네치까." 그들은 포옹했다.

"너무 냉랭하고 의무적인 키스구려."

"품행방정한 부인의 의무로서 해 주는 그런 유의 키스죠. 당신을 유혹하지 않으려는 거예요." 그녀는 농담조로 대답하면서 그의 짐을 들어다 줄 짐꾼을 서둘러 불렀다.

문 앞에서 세몬 세묘노비치는 다시 한 번 그녀에게 포옹하고서 걱정스레 속삭였다.

"당신 화난 거 아니지, 그렇지? 내 귀여운 아가씨, 당신이 내게 얼마나 필요한 사람인지 당신은 모를 거요. 이건 다 아뉴따 때문이니…"

복도 모퉁이를 돌면서 그는 마지막 작별인사로 손을 흔들어 주려고 뒤돌아보았다. 뭔가 할 말이, 그녀에게 변명하고 싶은 것이 있는 듯한 인상을 받았지만 나따샤는 손수건을 휘휘 흔들었다.

"교수 부인이랑 눈 맞지 말아요. 금방 와야 해요."

그러자 그는 고개를 들었고, 안심한 듯 보였다. 그는 특유의 결연한 큰 걸음걸이로 모퉁이를 돌아 걸어갔다. 나따샤는 친숙하고 지긋지긋한 카펫을 따라 방으로 돌아와서는 고개를 숙여 골똘히 생각에 빠졌다.

XIII

W시는 매력적인 옛 도시였다. 아름다운 교회들, 고즈넉하며 고색창연한 거리들은 관광객들이 길을 멈추고 상냥한 분위기 속에서 며칠을 보내도록 유혹했다. 소박하고 적당히 꾸며 놓았으며, 식상한 장식이나 카펫 그리고 흔히 볼 수 있는 흉측스런 커튼도 없어서 아주 맘에 드는 방이 있는 적당한 가격대의 깨끗한 여관을 쉽게 찾았다. H시에서와는 달리 밖이 내다보이는 창을 통해서 들어온 햇살이 가득했다. 위로는 지붕들과 굴뚝들이 보였고 아래에는 좁다란 안뜰이 보였다. 한편 길 건너로는 유서 깊은 집들 주변에 조용하고 탁 트인 광장과 다양한 세대의 행인들이 보였다..

나따샤는 아침에 일어나서 봄날의 태양이 선사하는 따스한 햇살을 향해 미소 지어 주려고 차양을 걷었다. 그녀의 혈관을 세차게 흘러 다니고 있는 것은 자신의 존재 그 자체였다. 그것에서 그녀는 절절한 기쁨을 느꼈다. 가까운 정원의 새가 부르는 봄의 찬가와 함께 얼굴을 간질이는 향기로운 봄바람에 실려 오는 소박한 생의 기쁨을 맛보는 게 그녀에게는 실로 오랜만의 일이었다.

"삶! 이게 삶이야. 삶 자체가 이렇게 사랑스러울진데 왜 난 이런 고통 속에서 살아야만 하는 거지? 왜?"

그녀는 곧장 일에 들어갔다. 그러고는 페이지마다 몰입했다. 어려움도 주저함도 없이 순조롭게 쭉 글을 써 나갔다. 영원히 이렇게 계속해서 글을 쓸 수 있을 것만 같았다. 하지만 얼마 후, 마법을 거는 듯한 집들과 레이스같이 보이는 돌 장식으로 꾸며진 첨탑들, 둥근 지붕들을 즐기며 이 유서 깊고 기분 좋은 옛 도시를 산책해야겠다고 스스로에게 약속을 했다. 그녀는 학교생활의 엄격함에서 벗어나 방학을 맞은 학생처럼 원하는 대로 오갈 수 있는 이 자유에 다시 한 번 흠뻑 취했다. 그녀는 거리 여기저기를 돌아다니며 미소를 지었다. 수수한 레스토랑에서 식사를 주문하면서도 미소 지었다. 뺨을 달구는 뜨거운 햇살에 미소 지었다. 그리고 하루 일과 끝에 찾아오는 육체와 정신의 피곤함이 주는 달콤한 느낌을 안고 침대로 뛰어들면서도 여전히 미소 짓고 있었다.

금요일. 나따샤는 우편물이 왔나하고 우체국에 들렀다. 몇 개의 편지들이 와 있었고 그중 하나는 세몬 세묘노비치에게서 온 것이었다. 이건 무슨 의미일까… 새로운 절망? 아마도 결국 그는 오지 않기로 결정했을지도…

잠깐 망설이다 열어 보지 않은 채 편지를 가죽 가방에 집어넣었다.

자그마한 공원으로는 아몬드 빛 붉은 장미와 살구꽃들을 화려한 배경으로 삼고서 가득 들어차 있는 상록수의 짙고 풍성한 녹음들 사이로 새들이 희롱하듯 앞 다투어 숨어들고 있었다.

나따샤는 편지들을 뜯어보았다.

동지들은 그녀가 돌아올 것을 촉구하고 있었다. 일촉즉발의 정치적 상황으로 인해 모든 이들이 제자리를 지키고 있어야만 했기 때문이었다. 모두들 그녀가 아무 설명도 해 주지 않고서 침묵을 지키고 있는 것에 당황하고 있었다. 약간은 화를 내거나 당혹스러워하고 있는 듯했다.

세냐가 편지에 뭐라고 썼든, 그녀는 돌아가야만 했다. 그가 오지 않기를 바라는 마음이 그녀에게는 더 컸다. 내일은 떠날 참이었다.

마음속에 이런 비밀스런 희망을 품은 채로 그녀는 마지막으로 그에게서 온 편지를 뜯었다.

하지만 세냐는 그 편지를 그녀가 출발하자마자 쓴 듯했다. 둘의 사랑에 드리워 있는 그림자를 그가 어렴풋이나마 감지한 듯했다. 편지는 의외로 너무나 다정다감했다.

"당신 눈 속에 어려 있는 상처가 나를 계속 괴롭히고 있소... 내가 죄인같이 느껴지오... 당신의 사랑이 내게 어떤 의미인지 당신은 모를 거요. 당신의 사랑을 다시 확신할 수 있다는 게 어떤 의미인지 도저히 말로는 표현할 수가 없소. 당신 없이 산다는 건 태양을 잃고 살라는 것과 다름없소."

그리 오래지 않은 예전에는, 이런 편지에 나따샤는 목이 메어 왔을 것이다. 손으로 눈물이 흐르지 않게 하고서, 편지에 담겨 있는 사랑의 항변을 굶주린 사람처럼 실컷 향유했을 것이다. 지금 그녀는 조금은 슬픈 듯한, 조금은 씁쓸한 듯한 미소를 지을 뿐이었다. 너무 늦은 것이다. 너무 늦었다.

다시 만날 날을 손꼽아 기다리고 있다는 추신이 덧붙여져 있었다.

그의 편지를 가방 속 다른 편지들 옆에 집어넣었다. 그녀의 마음은 바네치까에게로 가 있었다. 언뜻 그에 대해서 이야기한 편지가 하나 있었다. 그녀도 편지를 쓸 때 그렇게 했었다. 그의 뜻을 무시하고서 보내지 않았던 그 엽서를 생각하니 그를 볼 면목이 없었다. 사랑스럽고 선한 사람. 도움이 필요할 때 함께 해 주었던 동지!

그 길로 문구점으로 가서 제일 눈에 띄는 엽서를 사서 가벼운 농담조의 인사로 시작하는 편지를 썼다. 빠른 복귀에 대한 약속과 더불어 동지들 모두가 끔찍하리만치 보고 싶다는 내용을 써서 보냈다. 심지어 돈체프까지도 그리워하고 있다고.

그건 사실이었다. 너무나 동지들 모두를 다시 보고 싶었다. 그녀의 동료이자 동지들인 그들을.

여관으로 걸어오면서 거슬리는 빨간 카펫과 탁자에서 졸고 있는 남자 종업원이 있던 긴 복도가 떠올랐다. 머리카락을 풀어헤친 채, 구걸하듯 세네치까의 문 앞에 서 있는 자기 자신이 보였다.

"생각하지 말아야지... 그런 자존심 상하는 일은!"

방을 비운 동안 전보가 와 있었다. "내일 오전 1시 30분 도착 예정. 역에서 만남."

"남편이 오늘 밤에 도착할 거예요." 사무원에게 그 말을 던지고 방으로 오면서 방해받지 않을 수 있는 자유의 마지막 시간을 팜플렛 작성에 할애하기로 작정했다.

XIV

기차 도착 삼십 분 전에 역에 도착한 나따샤는 기차가 연착한다는 게시물을 발견했다. 짐꾼도 이유를 몰랐지만 근처에서 나따샤가 질문하는 걸 들은 한 신사가 모자를 들어 올리며 얘기를 해 주었다. 기차는 사십오 분 늦는다고 했다. 폭우에 철로가 떠내려갔고 다친 사람은 없다고 했다. 그 사람은 같은 기차를 타고 오는 자신의 어머니를 기다리고 있었다.

나따샤는 그 사람이 친근하게 느껴졌다. 큰 키에 잿빛 콧수염과 검고 활기 있는 눈을 가진 사람이었다. 이 모든 것이 금세 그녀에게 호감을 느끼게 했다.

그는 계속 이야기를 했다. 자신의 어머니가 두 달 만에 방문하는 것인데 참 긴 시간이었다고 했다. 어머니와 함께 살기를 바란다고도 했다.

"어머니의 사랑만이 이기적이지 않은 사랑이지요. 제가 존중하는 유일한 사랑이랍니다."

그는 남부 사람 특유의 거리낌 없이 솔직한 태도로 말했다.

"누구를 기다리는지 묻는 게 실례가 될는지요?" 그는 이어서 물었다.

"친구? 남편?"

"남편이요." 자기도 모르게 나온 말에 그녀는 당황해서 얼굴이 붉어졌다.

"결혼한 지는 얼마나 되셨습니까?"

"그게, 지금이, 어떻게 보느냐에 따라서…" 나따샤는 웃어 버렸다.

"아, 알겠습니다. 알겠어요. 제가 이런 이야기는 좀 알지요. 보통 여자들은 그렇게 생각 안 하지만, 제 눈에는 아내나 애인이나 그게 그거죠. 반면에 남자들은 법적 혼인 관계보다도 자유로운 관계에 훨씬 더 구속받는 답니다. 물론 법적인 굴레, 형식적 굴레를 말하는 게 아니라 내면적, 도덕적 책임감 같은... 자유롭지 못하고, 상대의 내면적 경험에 좌우되고, 그 사람을 사랑하는 여자는 영원히 만족감을 얻지 못하는 법이죠. 여자가 치러야 하는 정신적 대가는..."

"그 여자는 항상 작은 일에도 상처를 받게 되죠. 그런 과정을 다 겪어 봤어요. 근데... 물어봐도 될는지... 독일 사람이십니까?"

"아니요." 나따샤는 웃음을 지었다. "러시아 사람입니다. 작가고요. 편하게 이야기하셔도 괜찮습니다. 인생이나 진실에 대한 이야기를 두려워하는 편은 아니거든요."

"작가 선생님?" 그는 모자를 들어 올리며 예의를 차렸다. "난 전문적인 일을 하려는 여자들을 아주 존경합니다. 제 어머니는 선생님이었죠. 하지만 그런 건 남녀 관계에 있어서는 아무 상관이 없답니다. 거짓말, 어느 한쪽에서든 거짓말을 하는 것일 뿐이죠. 사랑하는 사람의 마음을 편하게 해 주려는 거짓말들, 두려움으로 인한 거짓말들, 습관적으로 하는... 결혼을 하고 난 후에 여자나 남자나 진정한 자기 자신의 모습을 가진 적이 있을까요? 난 법적인 결혼관계나 두 사람이 그저 같이 지내는 거나 별 다르게 생각지 않는다는 걸 잊지 마슈. 그 사람들이 그저 친구나 동료 혹은 성적으로 별 관심 없는 사람이었던 때처럼, 함께 있을 때 진정한 자기 자신의 모습을 가진 적이 있을까요? 당신은 남편이랑 함께 있을 때 댁의 진짜 생각이나 느낌을 온전히 표현해 본 적이 있으신지? 당신 기분을 전적으로 따르거나 당신 안에 있는 가장 강렬한 충동을 그대로 좇을 수 있으신지? 못 할 겁니다. 다 연기고, 겉치레고 기만이죠…"

그는 거리낌 없이 결혼에 대한 비난들을 늘어놓았다. 다소 제 흥에 겨워 앞뒤가 맞지 않는 면이 있었지만 나따샤는 이해할 수 있을 것 같았다. 그녀는 어떨 때는 예를 들어 보이기도 하고, 어떨 때는 자신의 의견을 피력하기도 하면서 그의 생각을 바로잡거나 보완해 주었고 그는 그녀가 완벽히 이해하고 있다는 사실에 기뻐하면서 고개를 끄덕였다. "그거요 바로. 그 말이라니까!"라며 동의를 표했다.

이 낯선 남자에게 자신의 생각과 고통을 말하고 싶어 안달이 난 사람처럼, 나따샤는 대략적인 자기 이야기를 서둘러 이야기했다… 그녀가 이야기하는 동안 그는 쭉 그녀의 얼굴을 쳐다보면서 진지하게 들어 주었고, 때때로 딱 들어맞는 말을 그녀의 이야기에 보태기도 했다. 시계 바늘이 기차가 도착하기로 한 시각 근처를 가리키고 있는 것을 먼저 알아차린 것은 나따샤였다. 흐린 날씨의 음울한 역에서 희한하게도 시간이 엄청나게 빨리 흘러갔다.

"이렇게 만남의 기회를 얻을 수 있다니, 이런 행운을 얻게 되어 진심으로 기쁩니다. 이름을 물어보는 실례를 범하고 싶진 않군요. 하지만 치켜세우려는 말이 아니라 인생에 대해서 이렇게나 성숙한 시야를 갖고 있는 젊은 여성을 만나 볼 특권을 누려 본 건 이번이 처음이란 말은 해도 괜찮겠죠? 젊은 사람이라고 말한 걸 기억해 주시죠. 나랑 같은 생각을 하는 나이든 여성들은 자주 만날 수 있다오. 그 사람들은 말로 하는 걸 좋아하는 경우가 드물지만 말이오. 하지만 그 사람들은 많은 걸 알고 있답니다... 우리 어머니가 그런 경우지요."

"우리 어머니는 비범한 여자랍니다. 그리고 돈으로 해 드릴 수 있는 거라면 뭐든 사서 어머니를 즐겁게 해 줄 수 있어서 자랑스럽고 기쁘답니다. 어머니께서는 이제 늙으셨거든요. 난 내 손으로 일해서 그걸 해 드리고 있죠. 난 포도 농사를 하는 농부랍니다. 팔 형제 중 막내였죠. 포도주 창고 심부름부터 시작했지요. 우리 어머니께서는 선생님이셨답니다. 우리 중 아버지가 누군지 아는 사람은 없었죠."

기차 도착 시간이 가까워 오자 역 플랫폼은 점점 기다리는 사람들로 넘쳐 났다. 기차가 들어오고 있었다. 나따샤는 새로 알게 된 이에게 손을 한 번 더 흔들어 주었고 그는 예의를 갖춰 모자를 들어 올리고는 키스를 보내는 듯이 손을 들어 올리다 그만 두었다.

두 사람의 눈이 잠깐 마주쳤다. 그러고 나서 나따샤는 선로가에 서 있는 군중들 사이로 그를 놓쳐 버렸다.

자욱한 연기와 함께 기차가 역으로 미끄러져 들어왔다.

"이제야 볼 수 있게 된 게요? 우리 불쌍한 아가씨, 견딜 만 했소? 우리 나따샤, 어떻게 지냈소? 당신 눈이 부시구려... 장밋빛 볼에 건강해 보이고... 어린 소녀 같구려. 집이 그리웠소?

기차에서 보낸 마지막 한 시간이 어찌나 한없이 길던지, 하마터면 뛰쳐나올 뻔했소."

그는 거기서 스스럼없이 그녀를 껴안았고 사랑스레 키스까지 하고서 팔짱을 꼈다. 그리고 과할 정도로 끈질긴 교수의 호의에서 도망쳐 오느라 펼쳤던 치밀한 작전에 대한 이야기를 늘어놓기 시작했다.

"여기선 우리 둘이서만 지낼 수 있을 게요. 우리 사이의 문제에 대해서 이야기해 볼 시간도 많이 가질 수 있을 게고. 신혼여행이나 진배없지 않소. 앞으로 얼마나 또 이런 시간을 가지게 되는지, 나따샤...?" 그는 그녀의 손을 황홀한 듯이 움켜쥐었다.

"사랑스런 사람. 당신을 보니 정말 미칠 듯이 행복하오!"

나따샤는 낯선 사람을 보는 듯 아무런 감정 없이 그를 쳐다보았다. 자신이 이렇게 완전히 무심할 수 있다는 게 너무나 놀라왔다. 왜 예전엔 이럴 수 없었던 걸까?

플랫폼에서 보니 나따샤가 우연히 알게 된 그 사람이 역 입구에 보였다. 그는 자신의 팔에 온몸을 맡기고 있는 희끗한 머리에 자그마한 체구를 가진 여인을 다정스레 부축하고 있었다. 아는 체를 한다는 건 곧 이런저런 질문들과 의심스런 추궁, 성가신 변명과 부인을 의미하는 것이기에, 나따샤는 못 본 체했다. 이렇게 다른 사람의 기분과 변덕스런 마음에 예속되는 것에 대해서 마음속으로는 반항하고 있었지만 말이다. 그녀는 이런 것들에 완전히 질려 버렸다.

돌아가는 마차 안에서 세냐는 그녀의 팔을 당겨서는 입술에 키스하려 했다.

"날 사랑한다고 말해 주오. 너무나 외로웠소, 두렵기도 하고... 당신이 상처 받았을까 봐, 그런 게요? 당신을 여기로 보낸 건 실수였소. 천치같이 너무 예민했었소! 사람이 아프면 이성을 다 잃게 되나 보오. 당신은 이해해 줄 게요, 그렇지 않소, 나따샤?"

"그래요, 나도 그래서일 거라고 생각했어요."

"그럼, 화나지 않은 게요? 내가 찾아온 걸 보통 때처럼 기뻐하지 않는 것 같소." 그는 의아스런 눈빛으로 그녀를 보았다. "설마 날 더 이상 좋아하지 않는 게요?..."

그는 이 말을 하면서 갑자기 떠오른 생각을 말하기가 두려운 듯 가쁜 숨을 몰아쉬었다.

"내가 당신을 좋아하냐고요? 난 당신을 전혀 좋아하지 않아요!" 그녀는 농담 섞인 말투로 그의 침울함을 없애 주려 했지만 그러기엔 부족한 감이 있었다. 세냐는 슬프듯이 한숨을 쉬고는 의자 등받이에 풀썩 기댔다. 안쓰러운 마음이 날카롭게 나따샤에게 파고들었다. 그에게 상처를 준 것이 진심으로 마음 아팠다. 다른 이야기로 마음을 돌려 보려고 그녀는 자기가 받은 편지들에 대해서 이야기해 주었다. 그리고 그는 이내 이야기에 빠져 들었다. 여관에 도착할 즈음에는 두 명의 동료는 공동의 관심사에 대한 논쟁에 완전히 몰입했다.

*　　　*　　　*

느지막한 아침에 나따샤가 차양을 걷고 창문을 걷어 올렸을 때엔 이미 태양은 하늘 높이 솟아 있었다.

"봐 봐요, 세냐, 너무 아름다워요! 저 집들 정말 매력적이지 않아요? 저 새들하며... 완연한 봄이에요!"

"그렇겠지. 그리고 당신이랑 이 낙원에 함께 있잖소."

그는 그녀에게 다가와서 그녀 어깨에 팔을 내밀었다. 말없이, 두 사람은 각자의 생각에 빠져든 채 창가에 서 있었다. 나따샤의 영혼은 고요하고 평온했다. 자기 자신과는 완전히 다른 누군가가 그곳에 서 있고 진정한 자신은 그 곁에 서서 그 누군가를 물끄러미 바라보고 있는 듯한 기묘한 느낌에 그녀는 빠져들었다. 세냐에 대해서는 우연히 알게 된 사람에게 가질 법한, 딱 그만큼의 호감을 느꼈다. 그의 뜻을 따라 줘야 한다는 게 약간 지겹다는 생각을 하면서도 그녀는 지난밤 그의 애무들을 받아 주었다. 하지만 그가 쏟아 내는 열정에 한 번도 반응을 보내 주진 않았다. 그의 주의를 돌리려고 이런저런 핑계들을 둘러대었다.

"좀 더 조심해야죠, 세네치카. 안 그러면 또 앓아누울 거예요. 어제 내가 뭘 봤는지 말해 줄게요." 어른이 철없는 아이 대하듯 그를 대했다. 두 사람의 교제를 이끌어 가는 사람은 그가 아니라 그녀였다. 지금까지 그녀는 그의 순종적인 메아리에 불과했다. 이제 그녀가 보기에 그는 그녀가 제시하는 방향으로 무의식중에 따라오는 것 같았다.

한편, 세냐도 완벽한 행복감에 빠졌다. 자신이 나따샤를 떠난 이후로는 그녀가 휘둘러 대는 "심리적 논설"들에 엄청나게 시달려 왔었는데 그녀가 정말 활발해지고 자신의 짧은 방문에도 전혀 개의치 않는 걸 보니 너무나 감사했다. 불가사의한 그녀의 기분들을 이해할 수 있었던 적은 한 번도 없었는데 사실 그게 그를 슬프게 만들어 왔었던 것이다. 자신이 뭔가 잘못하고 있다는 느낌이 짐처럼 버거웠다. 그녀를 완벽하게 행복하게 해 주고픈 욕심 말고 다른 생각은 해 본 적이 없었건만 그녀를 이해하고 기쁘게 해 주려고 했던 모든 노력들은 어쩐지 상황을 더 꼬이게 만들어 버릴 뿐이었다. 아뉴따와 함께 있을 때도 마찬가지였었다. 여자의 변덕스런 마음에 대해서 느끼는 이런 똑같은 무력감이 나따샤와의 관계에 있어 걸림돌처럼 느껴지는 경우가 점차 잦아지고 있었다.

하지만 이곳 W시에서, 견고한 공통분모를 다시 찾은 듯했다. 나따샤가 자주 사용하는 표현대로, 둘은 서로를 다시 발견하게 되었다. 그리고 결론적으로 세몬 세묘노비치는 행복해지고 마음이 홀가분해졌다.

아침 식사에는 즐거움이 가득했다. 세냐는 식탐을 부렸고 나따샤가 멋진 주부가 될 수 있을 거라고 우겨 댔다. 그는 이 새로운 거처에 무척이나 기뻐했다. 나따샤는 안주인 역할을 매력적으로 해냈다. 그녀는 마음 맞는 이 반가운 손님을 즐겁게 해 주었다.

"여기서 좀 더 머무를 수 있으면 좋겠다는 생각을 했소만, 도서관이 화요일에 문을 열게 되오. 자료들 중에서 몇몇 것들을 우리와 함께 검토해 볼 많은 손님들을 교수가 초대해 놓았소. 하필 화요일에 말이오. 그건 내가 월요일에는 여기를 떠나야만 한다는 뜻이오."

"월요일요? 나한테도 아주 적절한 때가 되겠네요."

"그게 무슨 말이오?"

"상황이 그렇다면 나도 월요일에 떠날 거예요. 동지들이 목이 빠지게 기다리고 있는데 여기서 이렇게 빈둥거리고 있어서 얼마나 양심에 가책을 받고 있는지 알잖아요."

"하루 이틀 차가 뭐 그리 대수요? 난 왜 당신이 그리 서둘러 여기를 떠나려는지 모르겠소."

"하루 이틀 차는 엄청난 거죠, 이런 엄중한 정치적 상황에선…"

"동지들이 과장해서 이야기해 댄다는 걸 알지 않소."

나따샤는 다시 침묵에 빠져들었다. 항상 그랬듯, 그는 자기 자신밖에 생각할 줄 몰랐다. 그 사람이 그녀를 위해서 단 한 시간이라도 자기 시간을 포기하도록 설득할 수 있었던 적은 한 번도 없었다. 그는 가야만 했다… 아뉴따에게 그 사람이 한 결심은 법과 같은 것이었다. 그의 결심은 흔들림이 있거나 약화시킬 수 있는 것이 아니었다. 나따샤에게도 마찬가지였다. 그녀 역시나 수행해야 할 책무가 있고 자신의 시간에 대한 중대한 권리가 있다는 것, 그와 함께 보낸 많은 시간들이 그녀 자신 그리고 운동에 있어서는 희생이며, 손실이라는 것, 그것을 그는 결코 인정하려 든 적이 없었다.

"당신 기억해요?" 그녀는 기억을 떠올렸다. "우리가 몇 년 전에 N시에서 만났던 때?"

"당연히 하오, 그게 왜?"

"우리가 거기 있는 동안 내가 얼마나 아팠던가 기억하나요? 고열로 호텔방에 혼자 누워 있었죠. 그리고 그 도시를 통틀어서 아는 사람이라곤 한 명도 없었고요... 하루만 더 같이 나랑 있어 달라고 애원했던 것 기억하나요... 단 하루만 더 같이 있어 달라고 했던 걸요? 아뉴따가 당신과 하루를 함께 보내는 게 그녀 인생 전체에서 어떤 의미였나요? 내가 당신한테 뭘 부탁하는 일이 거의 없다는 건 당신도 알 거예요. 하지만 그땐 당신한테 애원하고 간청했었죠. 근데 당신은 날 떠났어요. 아프고, 정신도 못 차리는 날 남겨 놓고서..."

세묜 세묘노비치는 맥이 빠진 듯했다.

"왜 이제 와서 그 이야기를 하는 게요?"

"당신이 관심을 가진 것들에 대해선 당신이 하루라는 시간에 얼마나 큰 의미를 부여하는지를 보여 주려고요. 내게 필요한 것, 내가 원하는 것은 안중에도 없죠. 이게 당신이 말하는 평등의 개념인가요?" 나따샤는 유달리 침착했다.

"내가 당신이 원하는 걸 무시한다고 진심으로 말할 수는 없을 게요. 당신이 약간은 부당하게 구는 거라고 생각지 않소? 내가 언제 당신 의지에 반한 행동을 한 적이 있소? 말해 보오? 근거도 없이 책임을 추궁하는 게 정당한 거요? 내가 만약 부당하게 행동했다면 그건 나도 모르게 그런 걸 게요, 내 의지는 아니오. 내가 남녀평등을 해치고 있다고 진심으로 말할 수는 없을 게요."

"음... 그건 이야기하지 말아요. 중요한 게 아니니까. 그냥 그 생각이 나서 말한 것뿐이에요."

주제를 바꿔 보려고 했지만, 세냐는 멍하니 대답을 하고서는 한동안 골똘히 방 안을 천천히 걸어 다니었다. 그러다 그의 얼굴이 갑자기 밝아졌고, 나따샤가 너무나 사랑스레 그의 입술에 장난치자 씽긋 미소를 지었다. 안경 너머 그녀를 바라보는 그의 눈빛에 기묘함이 어려 있었다.

"음… 난 이발소를 좀 가야겠소. 갔다 와서, 같이 시내를 둘러봅시다."

그는 그녀에게 다가와 눈가에 키스를 했다. 그리곤 진심 어린 따스함을 담아 손에 입을 맞추고는 서둘러 방을 나갔다.

"금방 와야 해요." 그를 쫓아 나가 그녀가 소리쳤다, "안 그러면 출발하기 전에 어두워질 거예요."

그는 생각했던 것보다 훨씬 일찍 다시 모습을 나타냈다.

"벌써 온 거예요? 이발소에 갔다 왔다고 둘러대진 말아요."

그녀를 바라보는 그의 눈엔 여전히 그 알 수 없는 기묘함이 남아 있었다.

"지금까지 뭐한 거예요?" 나따샤는 저도 모르게 웃음 지었다. 궁금증이 생기기도 했다. 제 자식의 아리송한 비밀에 웃음 짓는 엄마의 궁금증 같은 것이었다.

"맞춰 보오."

"내가 어떻게 알겠어요. 말해 봐요, 세네치까."

그녀는 짐짓 못 참겠다는 듯이 그를 졸랐다.

그는 어린애처럼 그녀에게 혀를 내밀었다.

"교수에게 전보를 보냈소."

"전보요? 뭣 때문에?"
"금요일 전에는 돌아가지 않을 거라고 말하려고."
"세냐!"
그는 나따샤가 그의 사려 깊음에 감사해하며 환한 미소로 자신의 목에 매달릴 거라고 예상했었다. 하지만 그녀는 그 대신 절망한 듯 손을 제 쪽으로 떨어뜨리고 얼굴에는 알 수 없는 표정을 지은 채 그를 바라보았다.
"전보를 보냈군요. 나랑 상의도 없이 출발 날짜를 바꾸려고? 어떻게 그럴 수 있죠? 어떻게 그런 짓을?"
"하지만, 나따샤..."
"내가 늦어도 화요일에는 떠나야만 한다고 했을 때..."
"음. 당신을 이해시키지 못한 게구려. 내가 월요일 떠나고 싶다 말한 게 당신을 화나게 했던 것 아니오? 당신을 위해서, 내가 얼마나 당신을 기쁘게 해 주고 싶은지, 일이나 다른 어떤 것보다 당신이 내겐 더 큰 의미라는 걸 증명해 보이려고... 이러면 당신이 기뻐할 줄 알았는데... 근데 지금..."
그는 걷잡을 수 없이 화가 났다.
나따샤는 설명을 해 보려 했다. 하지만 갑자기 관둬 버렸다. 그게 무슨 소용이랴? 둘은 언제나 서로에게 닿지 못한 채 생각하고 말했었다. 더 이상은 상대방의 말을 들을 수도 이해할 수도 없는 지경에 이른 것 같았다. 세네치까는 단지 그녀를 기쁘게 해 주고 싶었을 뿐이었다. 그가 보기에 교수에게 전보를 보낸 것은 엄청난 양보였고, 그녀를 향한 자신의 사랑이 얼마나 깊은가에 대한 증거였다. 예전이었다면... 아, 이것이 얼마나 그녀를 기쁘게 해 줬겠는가. 너무 늦었다. 너무 늦어 버린 것이다.

어쨌든 그녀는 이 말도 안 되는 상황을 뚫고 나가야만 했다.

그녀는 재빨리 여기에 머무는 데 드는 비용을 계산해서 그에게 보여 주었다. 너무나 미안해하며 수요일 지나서까지 머무르는 건 무모한 짓이라고 했다. 단지 재정 상황이 허락하지 않는 거라고. 그리고 교수는 또 뭐라고 생각할 것인가? 아뉴따가 H 시에 나타나기라도 한다면…

그녀는 아이의 맘을 잘 아는 훌륭한 엄마처럼 말했다. 또 그에게 며칠을 더 그녀와 머물려고 한 것도 감사하다고 했다.

그는 다시 평정을 되찾고 생기를 되찾았다. 그리고 몇 시간 후 팔짱을 끼고서 마을 거리를 따라 걸을 땐 다시 즐거운 기분이 되었다.

나따샤는 애정을 듬뿍 담아서 시내 풍경을 그에게 보여 주었다. 다른 사람들에겐 반갑고 마음 맞는 친척에게 하는 행동처럼 보였다. 하지만 자신의 생의 일부와 같은 없어서는 안 될 존재를 대하는 그런 행동으로 보이는 것은 아니었다.

XV

"나따샤, 우리가 함께 해 왔던 오랜 시간 가운데 지금이 가장 행복한 순간이라고 느껴진단 걸 아오." 세냐는 여행 가방을 잠그며 말했다. 그는 나따샤보다 한 시간 앞서 떠날 예정이었다.

"그래요?"

"당신은 그렇지 않소? 사실 난 당신이 잘 이해가 안 될 때가 있었소. 가령, 당신이 날 떠나려 한다고 느껴진다던가 그런 때도 가끔 있었단 말이오. 하지만 내가 당신의 영혼에 귀 기울이는 순간(그는 나따샤가 쓰는 표현을 사용하고 있었다) 난 당신과 다시 가까워졌었소. 그리고 낯설음도 다 사라져 버렸소. 그렇지 않소? 당신도 쾌활해 보이고, 평소보다 더 잘 웃고. 당신이 이렇게 행복해하는 걸 본 적이 없소... 아, 한참 동안... 난 행복해서 날아갈 듯하오, 너무나 행복해서"

마지막 말은 무슨 생각 끝에 뱉은 것이었다. 그는 갑자기 그녀 앞에 무릎을 꿇고는 그녀 무릎에 얼굴을 묻었다...

"세냐, 무슨 일이에요?"

"나도 어쩔 수가 없소. 이 무시무시한 느낌이 가끔씩 날 사로잡을 때면, 당신을 잃을지도 모른다는 두려움이..."

"멍청한 생각이란 걸 나도 아오. 하지만 그런 생각에 휩싸이면 난 거대하고 어두컴컴한 숲 속에 엄마가 내다 버린 어린애처럼 어찌할 바를 모르겠소. 나따샤, 우리가 서로에게 무관심해진다는 게 가능하오? 말해 보오. 오 내 사랑, 당신 아직도 날 사랑하는 거요?"

그의 눈빛은 그녀가 예전엔 한 번도 본 적이 없었던 강렬한 것이었다. 그 눈빛이 그녀의 눈이 말하는 걸 찾으려 하고 있었다.

"세냐, 당신이 생각하는 그런 게 절대 아니에요. 당신은 내 마음속 근심들을 달래 주기 시작하고 있잖아요, 세네치까. 바보처럼 구는군요."

그녀는 그에게 웃음을 지어 보였다. 그의 질문에 그녀가 대답하지 않았다는 걸 그는 알아챘을까?

"그래, 그런 것 같소. 우리 역할이 바뀐 것 같지 않소?"

그는 생각에 빠져 말했다. 그리고 부드럽게 그녀의 손을 어루만졌다.

"설명을 잘 못하겠소. 평소와는 다른 이게 도대체 뭐요? 별거 아니겠지... 하지만 뭔가 달라진 게 있소. 난 그게 두렵고..."

나따샤는 마음이 쓰렸다. 이제야 그게 가능하단 말인가, 모든 것이 다 끝나 버린 지금 그가 그녀를 이해하기 시작한다는 게? 그녀는 그걸 알게 되는 걸 두려워하고 있음을 그는 눈치챘을까?

"몇 년간이나 깊은 우정을 나누어 온 우리가 서로 남남이 된다는 건 있을 수 없죠... 나 역시 당신을 좋아하고... 당신은 내 남동생과 같은 믿을 만한 친구가 되었잖아요..." 그녀는 그의 머리를, 자신을 고통스런 사랑에 빠지게 했던 그 명석하고 명민한 머리를 다시 한 번 어루만졌다.

"잘 가요, 내 사랑, 사랑스런..." 심장은 터질 듯했다. 그리고 쏟아지는 눈물을 막을 길이 없었다. 그녀는 자신 안에 간직해 왔던 위대한 사랑과 이별하는 중이었다. 그녀에게 닥쳐왔던 고통과, 둘이 함께 나누었던 행복들과 이별하는 중이었다. 영영 가 버린, 다시는 돌아오지 못할 그것들과.

나따샤는 매번 이별을 할 때면 어김없이 눈물을 흘렸었다. 그래서 세냐는 마음에 위안을 얻었다.
그리곤 모든 것이 여느 때와 다름없게 진행되었다.

*　　　*　　　*

나따샤는 역 플랫폼에 서 있었다. 세냐는 이미 객차에 올라 있었다. 기차는 곧 떠날 터였다.
"이제 당신은 동부로 가고 난 서부로 가는구려… 언제 어디서 또 만날 수 있을지? 금방은 힘들겠지. 하지만 다시 만나서 미래를 향한 새로운 용기를 얻게 될 날이 있을 게요. 정말 멋진 일이오, 그렇지 않소, 나따샤? 그건 정말 멋진 일이오!" 그는 그녀의 입에서 그렇게 하겠다는 말이 흘러나오길 바랐다.
"그래요. 이곳은 매력적인 곳이에요. 시적 감수성이 넘쳐요. 여기서 새로운 생각들을 많이 얻어서 떠나게 되었어요. 당신한테서 훔쳐 온 것들이죠."
"당신의 작고 명석한 머릿속에 아무것도 든 게 없다는 듯한 태도로 그렇게 날 추켜세우려 하지 마오. 내가 H시에 머무는 동안 편지 써 줄 테지, 그렇지 않소?"
"당연하죠."
"난 벌써 당신을 다시 만날 날을 꿈꾸게 되오."
"어쨌든," 그녀는 사무적인 목소리로 끼어들며 말했다. "내가 고향으로 돌아가서 동지들과 함께 시작했으면 했던 그 사업들을 좀 더 정확하게 정리해 주겠어요?"

문이 쾅하고 닫혔다.

"잘 있으오, 나따샤. 다시 만날 때까지... 당신에게 너무 고맙소..."

"뭐가 고맙다는 거죠?"

"모든 게... 손을 이리 줘 보오. 불행해지면 안 되오! 곧 다시 만나게 될 게요. 이제 들어가요. 기차가 출발하고 있으니."

그녀가 역 플랫폼에 서 있는 동안 세냐는 그녀를 마지막으로 보려고 어린 소녀들이 하듯이 창문 밖으로 몸을 길게 내밀었다. 언제나 그녀의 마음을 심하게 흔들어 놓는 그 친숙하고 오래된 회색 모자를 흔들었다. 그 모자가 얼마나 낡아 빠졌는지가 예전엔 눈에 들어오지 않았다는 건 참 이상한 일이었다. 축 처진 챙이 그의 얼굴에 드리워졌다.

기차는 어둠 속으로 자취를 감추었다. 나따샤는 예전처럼 갈망으로 가득 차 기차를 눈으로 뒤쫓지 않았다. 그 갈망하던 마음이 그 기차를 따라 급하게 그녀 몸속에서 빠져나가고 있는 것이 느껴졌다. 침착한 자신의 모습에 새삼 놀라면서 친구들을 기차에 태워 보낸 다른 이들과 함께 역 밖으로 빠져나왔다. 보통 사람들이 이런 경우에 느끼는 작별의 우울함, 수많은 사람들이 하는 그런 이별. 단지 그것일 뿐이었다. 하지만 나따샤는 이것이 마지막이란 걸 알았다. 둘은 서로 최후의 이별을 한 것이었다.

미래의 어느 날, 인생이 그들이 서로 협력해야 하는 일을 맡길지도 모른다. 하지만 단지 그뿐이다. 지난 몇 년간 그녀의 심장을 뛰게 했던 그 위대한 사랑은 영원히 사라져 버렸다. 다

정함도, 애원도 심지어는 이해도, 그 무엇도 인생을 되돌릴 수는 없었다.

너무 늦었어! 기차에서 그녀의 생각들은 세냐와 그를 향해 품어 왔던 사랑으로부터 이미 멀어졌다. 여러 걱정거리들로 머리가 무척이나 무거웠다. 문서들이 그녀를 기다리고 있었다. 당장 가서 훑어본 후, 일부는 없애 버리고, 일부는 요약을 해 두거나 나중에 참고하기 위해서 정리해 둬야 했다...

다시 일로 돌아왔다. 아주, 아주 오래전 위대하고 멋진, 아름다운 사랑이 있었다. 하지만 이젠 사라져 버렸다. 그 사랑은 세냐가 남긴, 으레 남자들이 저지르는 이해 부족으로 만들어 낸 셀 수 없이 많은 작은 상처들을 거쳐 그녀의 심장을 빠르게 스쳐 지나갔다.

인명 한글 표기

- 나딸리야 알렉산드로브나:　　　　　　　소설의 주인공
  Наталья Александровна, Natalja Alexandrowna
- 나따샤:　　　　　　　　　　　　　　　나딸리야의 애칭
  Наташа, Natascha
- 나따신까:　　　　　　　　　　　　　　나딸리야의 애칭
  Наташинка, Nataschinka
- 세묜 세묘노비치:　　　　　　　　　　　나딸리야의 연인
  Семён Семёнович, Ssemjon Ssemjonowitsch
- 세냐:　　　　　　　　　　　　　　　　세묜의 애칭
  Сеня, Ssenja
- 세네치까:　　　　　　　　　　　　　　세묜의 애칭
  Сенечка, Ssenjetschka
- 아뉴따:　　　　　　　　　　　　　　　세묜의 부인
  Анюта, Anjuta
- 사샤:　　　　　　　　　　　　　　　　세묜 부인의 애칭
  Саша, Sascha
- 비쮸샤:　　　　　　　　　　　　　　　세묜의 아이
  Витюша, Witjuscha
- 비챠:　　　　　　　　　　　　　　　　비쮸샤의 애칭
  Витя, Witja
- 꼬꼬치까:　　　　　　　　　　　　　　세묜의 아이
  Кокочка, Kokotchka
- 안똔:　　　　　　　　　　　　　　　　나딸리야의 동지
  Антон, Anton
- 바네치까:　　　　　　　　　　　　　　나딸리야의 동지
  Ванечка, Wanjetschka
- 돈체프:　　　　　　　　　　　　　　　나딸리야의 동지
  Дончеф, Donzeff
- 까쩨리나 뻬뜨로브나:　　　　　　　　　나딸리야의 동지
  Катерина Петровна, Katerina Petrowna
- 니까노르:　　　　　　　　　　　　　　나딸리야의 동지
  Никанор, Nikanor
- 마리야 미하일로브나:　　　　　　　　　나딸리야의 동지
  Мариа Михаиловна, Marja Michailowna

위대한 사랑 139

자매

그녀는 힘든 나날을 보내고 있어 조언과 정신적인 도움을 구하려고 나를 찾아온 많은 사람들 중 한 명이었다.

몇몇 협의회에서 대표로 그녀를 봐 왔는데 슬픈 듯하지만 지적인 눈에서 나오는 강렬한 인상보다는 그녀의 미모 때문에 받았던 충격이 더 기억에 남아 있었다.

오늘 본 그녀의 얼굴은 창백했고, 두 눈은 평소보다 더 크고 슬퍼 보였다.

"찾아 갈 사람이 아무도 없어서 여기 왔어요. 지난 삼 주 동안 갈 곳이 없었어요. 가진 돈도 없고요. 할 일이 필요해요! 안 그러면, 생계를 이을 수단을 곧 찾지 못하면, 선택할 수 있는 건 하나밖에 없어요. 거리로 나가는 수밖에."

"어디 봅시다. 내 기억이 맞는다면, 일을 하고 있었지 않습니까? 좋은 지위에 계셨던 걸로 아는데, 해고되었나요?"

"네. 두 달 전까지는 우리 출판사의 운송부서에서 일하고 있었습니다. 직업을 잃은 건… 내 아기 때문입니다. 아기가 심하게 병을 앓았어요. 그래서 아기를 돌보느라 계속 집에 머물러 있어야만 했죠. 직장을 잃고 이 주 후에 아기는 죽었답니다. 하지만 직장으로 되돌아갈 순 없었죠."

숙여진 고개와 기다란 속눈썹 사이로 흘리지는 못했지만 주체할 수 없는 비탄의 눈물이 숨겨져 있음을 느낄 수 있었다.

"하지만 왜 해고된 거죠? 만족할 만하게 일을 해내지 못했나요?"

"아니요, 그 반대였죠. 전 능력을 인정받았거든요. 하지만 내 남편이 돈을 잘 번답니다. 그 사람은 꼼비나뜨[1)]에서 중요한 직책을 맡은 관리거든요…"

"하지만 그런 상황이면, 생계수단이 필요 없잖아요. 두 분이 헤어지셨나요?"

"아니요. 헤어진 건 아니에요… 그냥, 내가 떠난 거예요. 그리고 돌아갈 수 없어요. 무슨 일이 있어도 난… 난 절대 돌아가지 않을 거예요. 그것만 아니라면 뭐든지…"

기다란 속눈썹으로도 더 이상은 눈물이 가리어지지 않았다.

"용서하세요! 원래는 울지 않아요. 울지 않고서 이 형벌을 버텨 왔어요. 하지만 당신이 너무 친절히 대해 주시고, 내게 공감해 주시니… 눈물을 참기가 힘드네요… 알아듣게 이야기해 드릴게요."

그녀가 남편을 만난 건 혁명의 기운이 고양되어 절정에 이르렀을 때였다. 당시 남편은 그녀가 운송부에서 일하고 있던 출판사의 식자공이었다. 둘은 모두 볼쉐비끼의 주장에 강력하게 동의하고 있었다. 착취의 굴레를 떨쳐 내고 새롭고 좀 더 정의로운 세상을 건설하고자 하는 혁명에의 강렬한 열정이 둘을 가깝게 했다. 둘은 모두 무척이나 책을 좋아했는데 책에 대한 이런 애착이, 교육을 충분히 받지 못한 데서 오는 한계를 극복하고자 하는, 지치지 않는 한결같은 노력을 기울이던 두 사람의 모습을 만들어 냈다. 극심한 변화의 소용돌이 속에 있던 10월

---

1) 꼼비나뜨(комбинат, combinat), 쏘련에서 내전 이후 경제를 회복시키는 시기부터 쓰기 시작한 용어로 우선적으로 개발해야 할 전략사업기지를 의미한다. 지금은 각국에서 산업단지, 산업기지, 공업단지 등의 의미로 사용되고 있다.

혁명의 도정에서 두 사람은 임무를 부여받았다. 그리고 불꽃 튀는 전장의 덜컹거리는 기관총 소리 속에서도 두 사람의 마음은 서로를 찾고 있었다. 두 사람의 결합을 정식 혼인으로 등록할 시간이 없던 때였다. 둘은 각각 자신의 삶을 살아 나갔다. 일을 하면서 함께 볼 수 있었다. 함께 하고픈 갈망을 채울 수 없었던 시간들로 인해 더욱 뜨겁게 타오르던 행복감이 있었다. 일 년 후 두 사람은 법적인 결혼을 했다. 임신을 한 후, 그녀는 둘이 함께 살고 있던 평온한 가정으로 두 사람의 작은 아기가 찾아오게 될 날을 희망에 가득 차서 고대하고 있었다. 하지만 작은 여자아이의 탄생은 골치 아픈 문제들을 불러왔다. 그녀는 집안일에 모든 열정을 집중시켜야겠다는 생각으로 일을 관두었다. 물론 일은 남자에게만큼이나 여자에게도 중요한 것이었다. 가족을 배려한다는 이유로 밀려나서도 안 되는 것이었다. 그녀는 일하는 여성들의 아이들을 위한 탁아소의 창설을 촉구했고, 그것은 성공적인 결실을 맺었다. 하지만 새로운 문제들이 일시에 터져 나왔다. 일을 하면서 아기를 키운다는 것은, 수없이 많은 자잘한 일거리들로 집에서도 편히 쉴 수가 없고 가사를 할 시간도 거의 없어진다는 걸 의미했다. 남편은 불평을 늘어놓았다. 그녀는 그가 제기하는 것들에 옳은 면이 있다는 걸 인정하면서도, 둘 사이의 공평하지 못한 점을 토로하지 않을 수 없었다. 그도 집에 있질 않나? 그리고 그녀가 지역의 회의 대표로 선출되었을 때 자랑스러워하지 않았던가?

"하지만 다 식어빠진 저녁 식사에 골내지 않을 거죠?" 그녀의 성공을 축하해 주는 남편을 그녀는 놀려 댔었다.

"하, 식어 빠진 저녁 식사라, 가당치도 않지! 보라구! 거기서 새롭고 매력적인 사람들을 그렇게나 많이 만나고 나서도 당신은 여전히 나한테 다정한 사람이잖아. 누구도 그런 소리를 하지 않아. 조심하라구."

두 사람은 그날 저녁 신나게 웃었다. 그들과 같은 사랑에 어떤 어두움이 있었겠는가? 두 사람은 남편과 부인, 그 이상의 관계였다. 손을 맞잡고 인생을 헤쳐 가는 동지였다. 결코 둘만의 고민에 갇혀 있는 그런 관계가 아니었다. 둘의 관계는 이상을, 동일한 이상을 함께 추구해 가면서 맺어진 것이었다. 두 사람이 함께 해 나가는 일이 있었기에 그것이 가능했다. 둘이서 함께 그것을 해내 갔다. 물론 사랑스럽고, 기쁨이 넘치게 해 주는 건강한 여자아이까지 있질 않았나!

이 모든 것이 어떻게 그렇게 바뀌어 버릴 수 있었을까? 꼼비나뜨 때문일지도 모른다고 그녀는 가끔씩 생각했다. 그가 임명되었을 때 물론 그들은 무척이나 기뻐했다. 그것은 지금까지 그들이 살아온 힘든 인생 뒤에 찾아온 작은 안식과 평안을 의미했었다. 더 이상 배고픔도, 낡고 누추한 옷도, 돈이 없어서 탁아소에 보내지 못할까 하는 걱정도 할 필요가 없었다. 직장과 가사 사이의 갈등이라는 문제에서도 벗어날 수 있을 터였다. 꼼비나뜨에서의 새로운 일을 시작하게 되었을 때, 남편은 그녀에게 직장을 관두라고 성화였다. 임금 때문에 그녀가 계속 일해야 한다는 사실에 그는 자존심이 상했었는데, 이제는 자신이 가족을 부양할 수가 있게 되었던 것이다. 하지만 바로 그 요구가 그녀를 화나게 했다. 그녀는 직장 동료들과 함께 일하는 하루 일과에 익숙해 있었고, 날마다 자신의 일을 즐겁게 해내고 있었다. 더구나 일찍부터 자신의 생계는 스스로가 해결해 왔던 그녀였기에 의존적 존재가 된다는 걸 받아들일 수 없었다. 하지만 문제는 간단히 해결되었다. 그들은 두 개의 방과 부엌이 딸린 집이 있는 좀 더 안락한 거주지로 옮겨 갔고, 아이를 돌봐 줄 유모를 고용했다. 그래서 지금까지보다도 훨씬 더 집중해서 레이온에서 하는 일에 몰두할 수 있었다. 남편도 역시나 바빴다. 그는 집에서는 잠만 잘 뿐이었다.

그래서 둘은 바쁘지만 행복한 나날들을 보냈다. 남편이 업무차 네쁘(NEP)[2] 사람들을 수행하러 십여 차례 여행을 다녀오기 전까지는. 그는 완전히 딴 사람이 되어서 돌아왔다. 멋들어진 옷에 향수 냄새를 풍기며 예전에는 두 사람 모두의 관심사였던 그런 유의 일들을 이야기해도 잘 듣지도 않았다. 이전에는 특

---

2) 신경제정책(НЭП: Новая экономическая политика, NEP: New Economic Policy). 내전 기간 이후 1921년부터 1928년의 5개년 계획 개시까지 채용한 과도기의 경제 정책이다. 내전 기간에는 전시의 필요에 따라 물자를 배분하는 전시공산주의 정책을 채택하지만 내전 이후에는 내전으로 황폐화된 전국을 재건하기 위하여 네쁘가 필요하였다. 네쁘의 가장 중요한 정책은 짜르 시대의 기술, 경영 전문가들을 재고용하는 것과 국내에서의 자유거래 허용이었다. 본문에 나오는 "네쁘 사람들"은 재고용된 기술, 경영전문가들이나 자유거래 허용으로 재등장한 상업자본가들이라고 보면 된다. 꼴론따이의 소설들은 이 네쁘 시기에 저술이 되었는데 네쁘 사람들로 인해 짜르 시대의 병폐가 돌아오는 것을 경고하는 목적도 있었다. 과도기 네쁘 이후 본격적으로 도입한 5개년 경제개발계획에서 쏘련은 인류 역사상 초유의 생산력 발전을 이루어 내어 2차 대전에서 독일과의 전쟁에서 승리할 수 있었다.

별한 휴가 때 말고는 전혀 마시지 않던 술을 마시기 시작했다. 혁명 기간엔 술을 마실 틈도 없었었다.

그가 처음으로 술에 취해서 집으로 왔을 때, 그녀는 슬펐다기보다는 놀랐었다. "술 때문에 망가질 거야"라고 그녀는 걱정스레 생각했었다. "그의 명성은 실추될 테지." 하지만 다음 날 아침, 그에게 잘못을 지적하자 그는 언짢은 표정으로 차만 마셨고 대답하려 하지 않았다. 사흘 뒤, 그는 또 술에 취했다. 그날은 너무 취해서 침대에 그를 눕히기도 힘들었다. 정말 짜증나는 일이었다. 아무리 진심으로 상대를 사랑한다 하더라도 그건 짜증나는 일이었다. 그리고 다음 날 그녀가 그 문제를 다시 거론하려고 하자 그녀를 바라보는 그의 눈빛이 분노와 증오로 폭발할 듯했다. 그녀는 목에까지 걸려 있는 말들을 입 밖으로 꺼낼 수가 없었다.

그 후, 남편은 점점 더 자주 술에 취해서 집에 돌아왔다. 참을 수가 없었다. 그녀는 아침이면 남편이 술이 깰 때까지 집에서 기다렸다. 그가 태도를 고쳐야 한다는 것을, 계속 이런 식일 수는 없다는 걸 보여 주기 위해서였다. 그녀는 그가 둘의 결혼 생활을 어떻게 만들어 버렸는지 보여 주었다. 더 이상은 동지가 아니라 단지 같은 침대를 사용하는 남자와 여자일 뿐이라는 걸 보여 주었다. 그에게 경고했다. 부끄러운 줄 알라고 소리쳤다. 울었다... 처음에는 그가 그녀의 말을 들으려 했고, 변명하려 했다. 그녀는 이해할 수가 없었다. 그는 나쁜 사람들과 함께 어울려야만 했다. 그들과 함께 여흥에 어울려 다니지 않는 사람들은 그곳에서 일할 수가 없었다. 남편은 이따금 깊이 생각해 볼 것이었고, 자리에 끌려다니는 그런 삶이 지긋지긋하다고 인정할 것이었다. 두 손으로 머리를 감싸고서 그녀의 눈을 깊이 바라보며 그녀에게 조금만 참아 달라고 부탁하면, 홀가분한 마음으로 그녀가 다시 일을 하러 가게 하면 되는 때였다.

일주일 뒤 남편은 다시 엉망으로 취했다. 그녀가 말을 하자, 탁자를 주먹으로 두들겨 댔다. "상관 마. 다들 이렇게 산다구. 싫으면 가 버려. 아무도 당신을 여기 붙들어 매 놓지 않으니까!"

그 일이 있은 후 그녀는 가슴속에 견딜 수 없는 상처를 부둥켜안은 채 하루 종일을 보냈다. 더 이상 그녀를 사랑하지 않는다는 게 있을 수 있는 일인가? 그녀가 떠나기를 바랐던 걸까? 하지만 그날 저녁 남편은 깊이 후회하며 자신이 말했던 것에 대해서 비굴하리만큼 사과를 했다. 둘은 그 문제에 대해서 많은 이야기를 했고, 그녀는 마음이 좀 가벼워지고 다시 자신이 생기는 듯했다.

물론 그녀는 이해했다. 그는 이 직장을 지켜 내야만 했다. 수월하게 버는 돈이었다. 그래서 다른 사람들처럼 쓰기도 해야 했다. 여느 남자들과 다를 바 없었다. 일과 후의 일들에 어울리는 걸 거절할 수 없었다. 그는 네쁘 사람들이 살아가는 이야기를 해 주었다. 그들과 그 부인들이 어떻게 살아가는지, 어떻게 비지니스를 해 나가는지를. 그리고 노동자가 그들과의 게임에서 그 상어들을 이기는 게 얼마나 힘든지를 이야기해 주었다.

그 모든 것들로 그녀는 불행했다. 그 비참했던 전쟁이 끝나

자매 149

고 혁명이 아직 일어나지 않았던 그 시절들에 경험했던 낙심보다 더 큰 낙담이 찾아왔다. 혁명의 영광이 쓰라린 현실에게 길을 내주었다. 네쁘 사람들과 새로이 결정된 비용절감 정책에 따른 노동자의 험악한 감축이라는 현실 속으로.

이런 이야기를 들은 게 거의 처음이었기 때문에 그녀는 곧 닥칠 일시해고3)에 충격을 받을 법도 했다. 남편은 무서울 정도로 침착하게 곧 그녀가 해고가 될 거라는 소식을 전해 주었다. "크게 볼 때, 우리 둘 다에게 나쁜 일은 아니야. 당신은 널려 있는 집안일들을 하며 집에 있으면 돼. 지금 꼴을 봐. 이런 곳에 높으신 분들을 초대할 수는 없잖아"라고 그는 말했다.

그녀가 참을 수 없다는 듯이 몰아붙이자, 그도 인내심을 잃었다.

"좋아, 좋다고. 어쨌든 당신이 결정할 문제야. 나도 말리지 않아. 계속 일하고 싶으면 계속 일을 하라구."

남편의 마음을 상하게 했다는 생각이 그녀의 마음 깊은 곳을 아프게 했다. 그가 자신을 이해해 주지 못한다는 생각 때문에 더욱 상처를 받았다. 그렇지만 그녀는 주장을 굽히지 않았다. 그녀는 영향력 있는 동지들에게 가서 논쟁을 벌였다. 남편의 수입은 그녀 자신의 일할 권리와는 별개의 문제라는 걸 이해해 주지 않아서 거의 싸우다시피 했고 결국은 그녀의 해고를 재고

---

3) 네쁘 기간 중의 해고는 완전해고가 아닌 일시해고(Layoff)로 경제가 회복이 되면 다시 부른다는 조건을 달고 해고가 진행이 되었으나, 내전으로 혁명 이전보다 악화된 경제상황은 언제 좋아질지 아무도 모르는 게 당시 현실이었다.

해 보도록 사실상 설득을 했다. 하지만 그녀는 아기가 심하게 앓게 되자 그 문제를 바로잡기가 힘들게 되었다.

"아기의 침대 곁을 불행한 일들이 생길까 걱정하며 혼자서 지키며 앉아 있는 그 밤들이 얼마나 비참한지 당신은 상상도 못할 거예요. 몸서리치게 외롭고, 앞으로의 일들이 얼마나 걱정이 되던지! 어느 날 저녁, 벨이 울렸어요. 함께 있어 줄 남편이 왔다는 기쁨에 평소처럼 달려가 문을 열어 주었죠. 내 두려움을 말할 수 있는 사람, 우리 아기를 사랑하는 사람이죠. 술만 취해 있지 않다면요... 문을 열었을 때, 난 내 눈을 믿을 수가 없었답니다. 어떤 젊은 여자가 옆에 서 있더군요. 진한 립스틱에 술에 취한, 뻔한 그런 부류였죠. 남편이 술에 취해 비틀거리며 큰 소리로 '마누라, 우리 좀 들어가겠소, S라고 하는데 내가 부른 귀여운 친구지. 오늘 밤 나랑 지낼 거야. 다른 사람들처럼 인생을 즐기고 싶어, 인생을 즐기고 싶다고... 우리를 내버려 두라고'라고 말하더군요."

"다리가 덜덜 떨렸어요. 낄낄거리며 둘이서 거실로 가더군요. 남편이 보통 자는 곳이죠. 나는 서둘러 아기한테 돌아갔어요. 시끄러운 소리에 울먹이기 시작했거든요. 그리고 문을 걸어 잠갔어요. 어린 것을 진정시킨 후에 아기 침대 곁에 앉아서, 세상이 내 눈앞에서 잿더미로 무너져 내리는 걸 지켜보고 있었어요. 남편에게 화가 난 게 아니었어요. 술 취한 사람한테 뭘 기대하겠어요? 하지만 끔찍한 일이었죠. 옆방에서 나는 소리를 다 들을 수 있었어요. 귀를 손으로 막아 버리고 싶었지만, 어린 것을 계속 돌봐야 했어요. 다행히도 두 사람은 이내 조용해지더군요. 깨어 있을 수도 없을 만큼 취해 있었던 거죠. 아침이 밝아 올 때, 남편이 여자를 배웅해 주느라 문 여는 소리가 들렸어요. 그리고 자기는 다시 자러 가더군요."

"남편은 그날 아침에 내 눈을 피해서 집을 빠져나갔어요. 그날 저녁 남편이 돌아왔을 때 난 쳐다보지도 않았어요. 남편이 서류들에 얼굴을 박고 있었지만 가끔씩 내 쪽에 몰래 눈길을 주는 걸 알 수 있었죠. '내버려 두자, 어쨌든 용서를 구할 테고 예전처럼 돌아올 수밖에 없을 거야'라고 생각했거든요. 하지만 난 그를 떠나기로 결론을 내렸어요. 아직도 그 생각을 하면 마음이 아파요. 여전히 그이를 사랑했거든요… 왜 그걸 부정하겠어요. 지금도 그이를 사랑하는 걸요, 모든 게 끝나 버린 이 마당에도요. 하지만 그인 죽어 버린 것 같아요. 이제 그 사람한테 다시 돌아갈 수 없잖아요. 하지만 그때 그 사람에게 가졌던 감정은 여전히 살아 있어요."

"참석하기로 되어 있던 레이온 모임에 가려고 코트를 걸쳐 입었던 일을 바보같이 아직도 기억하고 있답니다. 문 앞에 가기도 전에 그 사람이 의자에서 벌떡 일어나서는 믿을 수 없을 만큼 화를 내면서 날 끌어당겼어요. 그 후에 팔에 멍 자국이 생겼어요. 그 사람이 내 코트를 벗겨서는 바닥에 내팽개치느라 날 잡아서 말이에요."

"'당신이 히스테리 부리는 거에 완전히 질려 버렸소'라고 소리치더군요. '어딜 가는 거야? 나한테 원하는 게 뭐냐고? 나 같은 남편을 찾으려면 한참 헤매야 될 거요, 당신을 보살펴 주고 남부럽잖은 집이랑 좋은 옷을 줄 사람 말이요. 당신이 원하는 걸 다 해 줬잖소. 당신이 무슨 권리로 나에 대해서 판단한단 말이오?'라고 하더군요."

"끝도 없이 계속 말을 했어요. 화내고, 설명하고, 자신을 정당화하려 하더군요. 그리고 그 사람 얼굴이 일그러져 있는 걸 봤죠. 그 사람이 고통스러워하는 걸 봤어요. 그래서 그이에게 너무 미안한 마음이 들어서 다른 모든 건 다 잊어버렸어요. 당신도 알겠지만 난 여전히 그 사람을 너무 사랑하고 있었거든요. 내가 그 사람을 격려해 줄 수 있다면, 사람들이 생각하는 것처럼 상황이 그리 나쁜 건 아니란 걸 알게 해 줄 수 있다면, 그이 잘못이 아니라는 걸, 비난받아야 할 사람은 그 네쁜 사람들이라는 것을..."

"어쨌든 우린 다시 서로 화해를 했어요. 하지만 난 그 사람에게 화를 내지 않기로 약속을 해야만 했어요. 물론 술이 취하지 않으면 그 여자를 다시 집에 데리고 오지는 않았을 테니까요. 난 술을 끊으라고 애원을 했어요. 난 매춘부와의 일은 그렇게 크게 신경 쓰지 않았어요. 그건 짐승 같은 짓이라고 그 사람을 타일렀어요. 그이는 자제를 하겠다고 약속했죠. 앞으론 자신을 파멸의 길로 끌고 가는 사람들과는 어울리지 않겠다고요."

"하지만 물론 앙금은 남아 있었어요. 여전히 날 사랑한다면 어떻게 그이가 그런 일을 저지를 수 있는지 난 내 자신에게 거듭거듭 물어보았죠. 우리가 너무나 행복하게 지냈던 그 혁명의 시절에도 그가 그런 여자들을 찾아다녔냐고요? 우리가 처음 만날 즈음에 나보다 훨씬 예쁘고 젊은 내 친구 하나가 그이에게 환심을 사려고 한 적이 있었어요. 하지만 그인 그 친구에게 눈길 한 번 주지 않았었죠. 난 그이와 이야길 해 보려고 했었답니다. 그가 날 더 이상 좋아하지 않는다면 나한테 반드시 말해 줘야 하니까요. 난 그 사람에게 걸림돌이 되고 싶지는 않았습니다. 하지만 그이는 바로 화를 냈어요. 여자 문제 같은 그런 말도 안 되는 이야기로 내가 자기를 집 밖으로 몰아내려 한다면서 버럭버럭 소리를 질렀어요. '빌어먹을 여자들이란!'이라고 하면서요. 그이는 또 너무 바빠서 일 걱정으로 허우적거리고 있었어요!"

"그래서 그냥저냥 흘러왔어요. 그러는 동안 나의 해고 문제는 더욱더 가망 없는 사안이 되었어요. 어린 딸은 여전히 아팠어요. 그리고 그때 상황에서는 일을 하러 돌아갈 수 없는 게 명확했으니까 내 자리를 비워 놓고 있어 주길 바라는 건 너무 무리한 기대였죠. 난 집에 남았고 남편에게 좀 더 편안한 가정을 만들어 주려고 노력했어요. 직장을 지킬 수 있는 모든 수단을 강구했었더라면 상황이 좀 더 나아졌을 거라는 생각을 아직도 해요. 남편에게 경제적으로 완전히 종속되어 있다는 생각이 날 캄캄한 절망 속으로 빠뜨렸거든요. 우린 같은 공간에 살았지만 남남 같았어요. 얼굴을 마주 대하는 일도 거의 없었죠. 그인 어린 것에 대해서조차도 관심을 잃었어요. 아기를 거의 쳐다보지도 않았어요. 그이가 술을 덜 마신 건 사실이에요. 그리고 대부분은 취하지 않은 채로 집으로 왔고요. 하지만 그이에게 난 존재하지 않는 것이나 마찬가지였어요. 난 어린 딸이랑 침실에서 지냈고 그인 거실에 있는 소파에서 잠을 잤어요.

가끔 밤에 날 찾아오는 경우도 있었죠. 하지만 난 그이가 안아 주는 게 전혀 기쁘지 않았어요. 만약에 이후에도 함께 지냈다면, 그게 가능했다면 그건 더 쓸쓸한 일이 되었겠죠. 새로운 고통이 옛 상처에 덧입혀진 것처럼요. 그 사람은 내가 당연히 그래야 한다고 여겼어요. 내 내부에서 일어나고 있을 것들, 내 마음속에서 일어날 수밖에 없었던 일들에 대해선… 생각조차 않는 듯이 보였어요… 그래서 우린 외로운 침묵 속에서 살았어요."

"우리 아기의 죽음을 목전에 두고 전 완전히 해고되었어요. 아기가 우리 곁을 떠날 땐, 고통 속에서도 한줄기 희망은 있었어요. '우린 함께 이 일을 헤쳐 나갈 거야. 이제 우리 둘이서 함께.' 그리고 생각했죠. '이 일로 그이도 내게 돌아오게 될 거야.' 하지만 내 착각이었어요. 그 사람은 중요한 모임이 있다면서 장례식에조차 나타나지 않았어요. 난 슬픔 속에 혼자 내동댕이쳐졌어요. 일도 없이, 더 이상 날 아끼지도 않는 남자가 부양해 주어야만 하는 종속적인 존재로 전락한 채로요."

"레이온에는 할 일이 많았어요. 하지만 당 선전 업무, 교육 사업, 조직 사업 같은 자원 봉사로 하는 일들이었어요. 물론 그런 일들은 돈을 주지 않거든요. 너무나 많이들 실직 상태였기 때문에 내 자리를 달라고 할 수도 없었습니다. 우리 남편은 돈이 잘 나오는 관리이질 않습니까? 난 여러 가지 시도를 해 보았지만 어쩔 도리가 없었어요. 전 참아 보기로 했답니다. 무슨 일이라도 생기겠지 하며 여전히 희망을 가졌었어요. 우리 여자들은 참 어리석어요. 남편이 더 이상은 날 아끼지 않는다는 건 너무나 명확했거든요. 그리고 비참함과 분노 같은 것들로 내 마음속에서 남아 있던 사랑마저도 서서히 사라지고 있었어요. 하지만 여전히 기다릴 뿐이었죠. 아침에 일어날 때마다 기적이 일어나길 빌었어요. 밤이면 어린애처럼 레이온에서 급히 돌아왔어요. 그이가 집에 와서 날 기다리고 있을지도 모르니까요! 그럴지도 모르니까... 하지만 그이가 집에 와 있을 때조차도 내 외로움은 사라지진 않았어요. 그인 내겐 신경도 쓰질 않고 일에만 매달렸어요. 네쁜 동료들이 찾아오기도 했고요. 난 여전히 희망을 품고 기다렸답니다. 내가 그 사람을 떠나게 만든 그 사건이 일어날 때까지는요. 난 이번엔 결단코 절대 그이에게 돌아가지 않을 거예요."

"나는 그날 저녁 모임에서 늦게 돌아왔어요. 차를 마시려고 사모바르[4]에 막 불을 켜고 있는데, 바깥문이 스르르 열리는 소리가 들렸어요. 그날 밤 일이 있은 후로 남편은 열쇠를 따로 가지고 다녔어요. 항상 그렇듯이 자기 방으로 곧장 가더군요. 그날 오후에 그이 앞으로 특별 우편 소포가 배달되었던 것이, 얼마 뒤 생각이 나더군요. 내 방에서 그걸 가져다가 그이에게 갖다 주러 갔어요. 거기서 내가 본 건, 처음 그런 일을 당했을 때보다 더 기가 막힌 장면이었죠. 그인 술에 취하지도 않았었거든요. 남편 옆에는 큰 키에 날씬한 여자가 있었어요. 둘 다

---

4) 사모바르(самовар). 차를 끓여 마시기 위해 제작된 용기(容器)로 주전자라기보다는 주전자와 풍로가 같이 있는 기구이다. 전통적인 사모바르는 몸통을 구리로 만들고 그 내부에는 그릴(화로)과 연통(굴뚝)이 들어가 있어 물을 끓인다.

날 뒤돌아봤어요. 그리고 눈이 마주쳤죠."

"그 이후의 일은 희미하게 기억날 뿐이에요. 내 생각엔 가만히 소포를 테이블 위에 올려놓고는 특별 우편으로 온 소포라고 겨우겨우 말했었던 것 같아요. 그리고 내 방으로 갔어요. 하지만 혼자서 또다시 온 몸을 벌벌 떨었습니다. 어떻게 할 수가 없었어요. 바로 옆방에서 두 사람이 벌이는, 날 향한 배신행위가 공포스럽게 느껴져서 난 침대로 기어가서 머리까지 이불을 뒤집어썼어요. 듣고 싶지도 느끼고 싶지도 않았어요! 하지만 누가 내 머릿속에 떠오르는 고통에서, 그 사람에 대한 생각 때문에 생겨나는 고통에서 날 구할 수 있었겠어요?"

"두 사람의 목소리가 들리더군요. 남편보다 여자 목소리가 더 컸어요. 그 여자가 그이를 몰아붙이는 것 같더군요. '저 여자는 아마 남편의 애인일 테지. 그리고 그이가 결혼했다는 걸 방금 알게 되었나 보군. 그리고 그인 내가 자기 부인이 아니라고 잡아떼고 있을 거야!' 난 모든 가능성들을 다 떠올려 봤어요. 하지만 하나같이 내 자신을 말할 수 없이 비참하게 만들 따름이었습니다. 그이가 매춘부를 집에 데리고 왔을 땐 그만큼 심하게 상처를 받지는 않았어요. 흥청망청한 술자리 후에 저지른 일이잖아요. 하지만 이번엔. 이제야 그가 날 더 이상은 아끼지 않는다는 걸 알게 되었죠. 동지로서도 심지어 여동생같이 여기지도 않다는 걸요. 자기 여동생이 살고 있는 집에 여자를 데려오지는 않았겠죠. 여동생이 살고 있는 집이라면 그런 여자들을, 거리의 여자들을 데려오는 행동보다는 좀 더 상대를 배려하면서 행동을 했겠죠. 이번에도 역시 그런 유의 여자인 게 분명해 보였어요. 단정한 여자라면 이런 밤늦은 시간에 남편이랑 오지는 않았을 테니까요! 그 여자에 대한 분노의 물결이 날 휘감았습니다. 내 남편이랑 그 여자가 누워 있는 방으로 달려가서 내 집에서 그 여자를 쫓아내 버릴 수도 있을 것 같았죠."

"하지만 난 무기력하게 누워 있었어요. 새벽이 밝아 올 때까지요. 그때 복도에서 살금살금 걸어가는 발자국 소리가 들리는 듯했습니다. 그 여자인 게 분명했죠! 부엌문이 가만히 열리더군요. '거기서 뭘 하려는 거지', 난 화가 나서 혼자 중얼거렸어요. 긴장한 채 가만히 기다렸죠. 그 여잔 방으로 돌아가지 않더군요. 난 갑자기 결심을 하고서는 침대에서 뛰쳐나가 부엌으로 들어갔습니다. 그 여잔 창가 작은 의자에 앉아서 고개를 숙인 채 비참한 듯 울고 있었어요. 기다란 금발 머리가 날씬한 그녀의 몸을 거의 가릴 듯하더군요. 내가 부엌문을 열자 그녀가 날 올려다보았고 그녀의 눈 속에 보이는 고통 때문에 저는 당황했어요. 내가 다가가자 그녀는 인사를 하러 일어섰어요."

"'용서하세요, 당신 집으로 온 거요'라고 작은 소리로 말했어요. '정말 전 몰랐어요. 난 저이가 혼자 사는 줄 알았어요. 그것 때문에 더 힘들어요, 그래서 너무 힘들어요'라고 했습니다."

"처음엔 이해가 안 되었어요. '이 여잔 매춘부가 아니잖아, 이 여잔 남편의 친구구나'라고 생각했죠. 그리고 '그이를 사랑하세요?'라는 말이 갑자기 입에서 튀어나왔어요."

"그녀가 깜짝 놀라 커다래진 눈으로 날 쳐다보더군요. '난 저이를 전에 만난 적도 없어요. 어젯밤에 처음 만난 걸요. 돈을 잘 쳐서 준다고 약속했거든요. 돈만 주면 저 남자가 누구든 전 상관 안 해요'라고 했어요."

"어떻게 된 건지 다 기억나지는 않는군요. 그녀가 자기 이야기를 해 줬죠. 고용 감축 정책이 실시된 삼 개월 전에 어떻게 해서 해고가 되었고, 굶주림을 호소하는 늙은 어머니를 도울 수 없게 되어서 얼마나 슬펐는지, 결국은 어떻게 길거리로 나서게 되었는데 금세 괜찮은 남자 그룹들과 안면을 익혀 돈을 벌 수 있게 되었는지를 이야기해 주더군요. 이제 자기는 잘 차려입고 다니고, 좋은 걸 먹고, 어머니도 돌볼 수 있게 되었다고... 그녀는 자기 이야기를 하면서 두 손을 꽉 움켜쥐고 있었어요."

"'전 유능한 노동자가 될 수 있었어요'라며 내게 확인시키려 했죠. '제가 무식해서가 아니라고요. 전 고등학교 졸업장도 있어요. 그리고 전 젊다고요. 겨우 열아홉인데. 이렇게 개같이 살아가야만 한다는 생각이 들면...'"

"그 말이 거짓이라고 여겨지진 않았어요. 그래서 그 불쌍한 아이에 대한 연민으로 몸이 떨렸어요. 그리고 그녀가 자기 이야기를 할 때, 나도 비슷한 상황에 있고 내 남편의 수입이 날 구해준 거라는 생각이 갑자기 들었어요. 베개를 베고서 자리에 누웠을 땐, 그녀에게로 향했던 지난밤의 증오심이 남편에게로 방향이 바뀌어 있더군요. 어떻게 가난한 여성의 불행을 감히 이용해 먹을 수가 있는지... 자기 계급이 겪고 있는 문제들을 자각하고 있는 것에 긍지를 느끼는 노동자로서, 프롤레타리아에 대한 자신의 책무를 떠벌리고 다니는 사람이면서 어떻게 감히! 도움을 필요로 하는 실직한 동지를 도와줘야 하는 사람이 그 여자의 몸을 돈으로 사다니... 그녀가 이야기하는 동안 엄청난 혐오감이 치밀어 올랐어요. 그래서 결심을 했죠. 그런 작자하고는 한순간도 더 같이 살 수 없었어요."

"우리는 불을 지펴서 커피를 같이 끓이면서 모든 문제에 대해서 이야기해 보았죠. 남편은 여전히 잠들어 있었어요. 그녀가 떠날 준비를 할 때, 내가 '남편이 돈을 지불했나요?'라고 물었습니다."

"그녀는 얼굴이 벌겋게 달아올라서는 나랑 이야기하고 나서는 돈 받는 일 따위는 중요하지 않아졌다고 설명해 줬어요. 남편이 나랑 함께 있는 걸 발견하기 전에 우리 집에서 나가고 싶어 하는 건 이해할 수 있는 일이었어요. 그래서 그녀를 붙잡아 두지 않았어요. 그녀가 떠나는 게 싫었다고 하면 날 이해할 수 있겠어요? 그녀가 친한 친척같이 느껴졌다고나 할까요... 그녀는 너무 불행한 듯했고, 너무나 젊고, 온 세상 천지에 혈혈단신인 것 같았어요. 난 결국 옷을 챙겨 입고 그녀를 배웅해 주었죠. 우리는 한참을 길을 따라 걸었고 나중엔 작은 공원에 있는 벤치에 함께 앉았습니다. 난 내가 겪고 있는 불행들을 이야기해 줬어요. 난 아직 지난 봉급의 대부분을 남겨 놓고 있었어요. 그녀에게 그걸 가지라고 설득했습니다. 처음에 그녀는 거절했지만 내가 도움이 필요한 상황이 되면 그녀를 찾아가겠다는 조건 하에 결국 돈을 받았어요. 헤어질 때쯤엔 우린 자매가 된 듯했어요."

"그날 저녁 남편에 대한 내 사랑은 더 이상 이 세상에 존재하지 않았습니다. 언제 그런 게 있기나 했냐는 듯이 갑자기 사라져 버렸죠. 고통도 화를 내고 싶은 감정도 없었어요. 그를 무덤 속으로 보내 버린 것 같았죠. 집으로 돌아오니 남편은 아직 집에 있었어요. 큰소리를 쳐 대며 자기를 정당화하더군요. 하지만 난 대답하지 않았어요. 눈물을 흘리지도 그에게 맞서지도 않았어요. 며칠 후 몇몇 물건들을 친구 집으로 옮겨 놓고 일자리를 찾기 시작했습니다. 그게 삼 주 전 일이에요. 가망은 없어 보였습니다. 그리고 나서 열흘쯤 전에는 무슨 일이 생겨서 친구랑 더 이상은 함께 지낼 수 없겠구나 싶은 생각이 확실히 들더군요. 그래서 그날 밤에 남편이 집으로 데리고 왔던 그 여자에게 찾아갔습니다. 그런데 그녀가 바로 전날 병원으로 실려 갔다는 소식을 접하게 되었답니다… 그래서 난 집도, 일도, 돈도 없이 떠돌게 되었어요. 나도 그녀와 같은 운명이 되는 걸까요?" 내 방문객의 비참하고 절망적인 눈이 인생에 대한 질문을 내게 던졌다. 노동하는 인간이 가장 증오하는 적인 실직에 악전고투하면서 갖게 되는 슬픔, 공포, 비참함이 그녀의 눈 속에 있었다. 혈혈단신에 무방비 상태로 세상에 내던져진 여자의 그 눈은 낡아 빠진 구질서에 맞서 싸우고 있었다.

  그녀는 떠났다. 하지만 그녀의 눈은 여전히 내 머릿속에 남아 있다. 그리고 대답을 요구하고 있다. 행동, 건설적인 행동, 투쟁을 요구하고 있다.

세 세대의 세 가지 사랑

어느 날 아침 사무실에 들어서는데, 책상 위에 놓인 개인적인 서류들과 업무용 편지들 사이에서 금방 내 눈길을 사로잡는 두꺼운 봉투 하나를 발견했다. 신문 기사가 들어 있을 거라고 생각하면서 봉투를 뜯었다. 그건 편지였다. 이상스레 긴 편지였다. 서명이... 올가 베셀로프스까야라고 되어 있었다. 난 골똘히 그것을 쳐다보았다.

난 올가 세르게예브나 베셀로프스까야 동지를 쏘비에뜨 공화국의 주요 직책을 맡고 있는 조직가로 알고 있었다. 그녀는 당시에 내가 우연히 관여하게 된 여성 문제와 관련된 일에는 조금도 관심이 없다는 것도 알고 있었다. 무슨 일로 이런 한없이 긴 편지를 나한테 쓰게 된 걸까? 봉투를 다시 힐끗 쳐다보다가 봉투 한구석에 대문자로 "철저히 사적 용무임"이라고 쓰여 있는 걸 보았다.

"사적?" 보통, 여자들이 사적인 편지를 보낼 때는 집안에 흉사가 생겼다는 의미였다. 조언이나 양해를 구하는 내용이기 일쑤였다. 그 말 없고, 자기 일은 알아서 처리하는 올가 세르게예브나 같은 여자에게 이런 게 있을 수 있는 일인가...? 생각조차 할 수 없는 일이었다!

그땐 그 편지를 읽을 수가 없었다. 당장에 신경 써야 할 긴급한 사안들이 아우성을 치고 있었다. 그리고 그 편지는 급하게 한 번에 읽어 내려가기에는 확실히 너무 길고 심각한 내용이었다. 하지만 일을 하면서 나도 모르게 그 편지와 편지를 쓴 사람에 대해서 다시금 생각하고 있었다.

그녀를 만났던 몇몇 기억을 떠올려 보았다. 그녀는 항상 공적인 지위에 있었다. 다른 사람을 대하는 그녀의 태도는, 말이 없다기보다는 건조한 것이었고 개인적인 감정은 섞지 않았다. 그리고 업무에 있어서는 러시아 여성으로서는 눈에 띄게 뛰어난 능력을 가지고 있었다. 한번은 그녀의 남편을 만날 기회도 있었는데, 그는 노동자 출신으로 솔직한 태도와 보기 좋은 외모로 가는 곳마다 사람들에게 호감을 얻었고 인기도 많았다. 남편보다 그녀가 더 많은 사람들에게 알려져 있고 존경을 받는 편이었던 것 같지만 말이다. 둘이 함께 일하고 있는 조직에서 그녀는 그의 상관이었다. 남편이 약간 더 어렸다. 아마도 이들의 결혼은… 하지만 둘이 함께 있는 걸 본 사람이라면 누구나, 조화와 완벽한 동지애를 가지고 있는 듯한 인상을 받게 하는 그런 나무랄 데 없는 일치감을 가지고 있다고 여겼다. 그녀에 대한 남편의 존경은 무한한 것이었다.

그가 했던 말을 들었던 게 하나 기억났다. "하지만 올가 세르게예브나의 생각은 들어 보셨나요? 왜 계속 그 문제를 가지고 논쟁을 하는 겁니까?" 그에게 있어서 그녀는 최고의 권위 그 자체였다.

그녀 역시 그를 무척이나 좋아했다. 모성애적 측면이 더 큰 것 같기는 했다. 또 한번은 이런 일이 있었다. 그녀와 내가 둘 다 대의원 자격으로 의회에 참석했던 기간이었는데, 남편이 아프다는 소식을 듣고는 그녀 얼굴에서 긴장이 풀리면서 도도함이 묻어나던 여유와 근엄함도 사라져 버렸다. 그녀의 남편은 자주 아팠다. 그녀가 여유를 잃을 정도로 남편의 생명에 대한 걱정을 떨쳐 버리지 못하는 것은 남편이 신체적으로 연약하기 때문인 듯했다. 하지만 왜 그녀가, 왜 나한테 편지를 써야 했던 걸까? 동정을 받고 싶어서? 그녀는 그보다는 더 심각한 동기를 갖지 않고서는 사적인 편지를 쓰는 그런 유의 여자가 아니었다.

이렇게 머릿속에서 편지 생각이 떠나질 않았지만, 난 그날 저녁 내 방으로 돌아올 때까지는 편지를 읽을 여유를 갖지 못했다.

"동지로서 쓰는 아주 개인적인 편지입니다. 당신이 여자이고, 이런 문제들을 자주 접해 왔다고 알고 있어서 당신에게 편지를 쓰는 것입니다. 아마도 당신은 내가 빠져 있는 이 지독한 우울함에서 벗어날 수 있는 길을 찾도록 도와줄 수 있을 것입니다."

"사십삼 년간의 내 인생에 있어서 이렇게 말도 안 되게 당황해 본 적은 없었습니다."

"당신은 나를 능력 있는 사람으로 알고 있을 겁니다. 보통 나를 엄격하고 잘난 체하는 사람으로 여긴다는 걸 나도 알고 있습니다. 비극적인 사랑 이야기나 통속적이고 시시껄렁한 신파극에 나오는 그런 비극의 여주인공이 된 내 모습을 상상이나 할 수 있으신지요? 너무 진부해서, 그것 때문에 제가 더 견디기 힘들다는 것도요. 이 일이 진부해 보이는 건 겉모습에 불과합니다. 내가 처한 이 상황은 이면에 좀 더 거대하고 깊숙한 본질을 숨기고 있다는 생각을 하지 않았다면 당신을 찾지도 못했을 것입니다. 제가 최선을 다해서 이 상황을 버터 내어야 하겠지만 이게 단순히 개인적 차원의 문제일는지요. 내가 경험하고 있는 것은 현 시기 러시아에서 벌어지고 있는 사회적 통념과 사회적 관계의 붕괴라는 현상의 직접적인 결과물이라는 최종적인 결론을 확신을 갖고 내리게 되었습니다. 위대함과 창조적 기운에 나란히 악함과 어두움이 사악한 방식으로 여전히 힘을 발휘하고 있습니다."

"내가 겪고 있는 이 일이 일반적인 것은 아니라고 봅니다. 그리고 그게 진저리 치게 싫기도 합니다. 역겨움에 몸서리가 쳐집니다. 내가 틀린 걸까요? 인생에 대한 나의 견해는 낡아빠진 구시대의 개념에 아직 물들어 있는 걸까요? 타도된 부르주아의 편견이 아직도 나의 감정을 사로잡고 있어서 너무나 자연스런 상황을 제대로 볼 수 없게 된 걸까요? 그래서 내 딸이 고집을 부리고, 내 남편인 랴브꼬프 동지도 딸애에게 동의해 주는 걸까요? 누가 옳은 건가요? 그들? 아니면 나? 내가 방법을 찾도록 도와주십시오. 나한테 알려 주세요. 내가 틀린 건지, 내 공포의 근원이 단지 부르주아적 편견에 있는 건지를."

편지는 거기서 중단되었다. 올가 세르게예브나는 새 페이지에다 좀 더 안정적이고 상당히 진정한 듯이 보이는 필체로 계속 써 내려갔다.

"내 영혼을 뒤흔들고 있는 이 비극에 대해서 바로 이야기하고 싶습니다. 하지만 과거의 사건들에 대해서 제대로 알려 주지 않고 바로 최근의 사건들을 이야기하게 되면 제가 이해하고 있는 잘못된 방식으로 이 사건을 그릴 수밖에 없을 것 같습니다. 그러면 당신은 겉으로 드러난 사건들에만 과도하게 집중하게 될 테고, 그러다 보면 내가 겪고 있는 이 불행에 대해서 당신이 할 수 있는 일이 없다는 생각이 들고 말 겁니다. 이건 사랑하는 남자를 잃은 한 여자가 겪는 그런 평범함 불행이 아닙니다. 훨씬 복잡하고 가슴 시린 일입니다. 무슨 일이 일어난 것인지 제가 제대로 이해하지 못해서도 아닙니다. 단지 진의를... 그 진의를... 참을성 있게 이야기를 들어 주기를 간청합니다. 내 편지를 끝까지 읽어 주세요. 이 편지를 쓰고 있는 사람이 깊은 번뇌에 허덕이고 있는 동지이며, 동지로서의 충고와 도움을 요청하고 있다는 사실을 꼭 기억해 주십시오."

군데군데 지운 흔적이 있었다. 한 문단 전체를 지워 버린 것도 있었다. 편지는 다음 페이지로 이어졌다.

"내 어머니를 기억하고 계실 테죠? 어머니는 아직 살아 계십니다. 그리고 N지역의 이동 도서관 일을 맡고 계시고요. 그 지역 공교육위원회에서 중요한 인물입니다."

그녀의 어머니인 마리야 스쩨파노브나에 대해서는 잘 기억하고 있었다. 그녀는 1890년대의 전형적인 선동가이자 대중용 학술도서의 출간인이며, 사회주의 팜플렛의 번역가였다. 그리고 공교육 분야의 정력적 활동가이기도 했다. 그녀의 시대에 자유주의적 정치 활동가 사이에서 폭넓은 존경과 추앙을 받고 있었고, 지하 혁명가들에게도 그들의 대의에도 복무하여 아주 존중받는 인물이었다. 그녀를 존경하는 사람들이나 그녀 친구들의 폭은 넓고 다양했다.

정치적 견해에 있어서는 나로드니끼[1]에 가까웠지만 정치적

---

[1] 나로드니끼(Narodniki). 러시아의 인민주의자들. 1861년 농노해방을 둘러싸고, 봉건제를 타파하기 위해서 발생했으나 서유럽 자본주의 체

활동을 하지는 않았다. 가난한 이들과 농민들을 위해 책과 학교, 도서관과 관련된 일을 하는 것에 열정을 바쳤다. 내가 그녀의 딸에게서 편지를 받고 얼마 되지 않아 그녀는 유명을 달리했는데, 지역 노동 기구들뿐만 아니라 쏘비에뜨와 당 대표들까지도 그녀의 관 앞에서 경의를 표했다. 비록 그녀가 정치조직이나 노동 기구에 참여해 본 적이 없었지만 말이다.

마리야 스쩨파노브나는 큰 키에 늘씬한 몸매를 가진 여자였다. 수려하고 도도한 얼굴에 지적인 눈매를 가진 개성적인 외모를 지녔었다. 그녀의 성품은 존경심을 사람들에게 자아냈다. 사실상 그녀를 잘 알지도 못하는 소심한 사람들에게 용기를 북돋아 주는 데는 우리보다 더 탁월했다. 간결하면서도 명확한 문장을 확고하며 명쾌한 목소리로 말했다. 보통은 담배가 입에

제의 실태를 보고 충격을 받아 러시아의 후진적인 농촌 공동체를 기반으로 자본주의를 뛰어넘어 사회주의로 나가고자 했다. 게르쩬과 체르느이셰프스끼는 비밀결사조직인 '토지와 자유파'를 만들어 "인민 속으로(В народ, V narod)"라는 슬로건을 내세웠다. 1874년 대탄압을 받은 이후 '인민의 의지파'와 '흑토 재분할파'로 분할하였다. '인민의 의지파'는 테러 중심의 전술을 쓰면서 알렉산드르 2세의 암살에는 성공하나 조직 자체가 손해를 입었다. '흑토 재분할파'에는 러시아 맑스주의의 아버지라는 쁠레하노프가 가입해 있었다. 1880년대부터는 노동자 계몽에 들어가면서 맑스주의를 받아들이기 시작했다. ≪자본론≫ 러시아판 번역은 이들 인민주의자들에 의해 이루어졌고 인민주의자였던 자술리치는 맑스에게 자본주의를 거치지 않고 사회주의로 바로 이르는 길이 있는가에 대한 자문을 구하기도 했다. 인민주의자들 중에는 러시아 사회민주노동당에 가입을 하고 볼쉐비끼로까지 진화를 한 이들이 많았다. 나로드니끼로 계속 남은 자들은 이후 혁명 과정에서 볼쉐비끼와 협력과 대립을 하기도 했으며 정당의 형태로는 사회혁명당으로 러시아 혁명 전후까지 존재했었다.

서 떠나질 않았다. 항상 유행에는 전혀 신경 쓰지 않는 듯한 자신만의 스타일로 단정하게 차려입고 다녔다. 특히나 그녀의 손은 나에게 매우 인상적이었는데, 너무나 아름답고 잘 손질된 "기품 있는" 여성의 손이었다. 넷째 손가락에는 항상 짙은 색 루비가 박힌 굵은 금반지를 끼고 있었다.

상념에서 벗어나 올가 세르게예브나의 편지를 다시 읽었다.

"우리 어머니도 젊은 시절에 비극적인 사랑을 겪었다는 건 아마 모를 겁니다. 어머니는 그 사랑 속으로 뛰어들기보다는, 이성 관계라는 문제에 있어서 어머니 자신이 가진 명확한 도덕적 잣대를 가지고 그 문제에서 벗어났습니다. 어머니는 자신이 가진 이 잣대에 어긋나는 방식으로 살아가는 사람들에 대해서는 가차 없는 비판을 했지요. 마음속으로는 그들을 경멸했습니다. 항상 따뜻한 마음을 지니고 세상에 대해서 폭넓게 이해하셨던 뛰어난 성품의 소유자셨지만 이 문제 있어서만큼은 점잖은 체하는 걸 못 참아 하셨습니다."

"정치적 견해를 달리하면 서로 남남이 된다는 가정이 일반적으로 받아들여집니다. 하지만 그건 진실이 아닙니다. 내게 일어난 이 극적인 사건의 전개 과정에서는, 옳고 그름에 대한 견해와 남녀 사이의 관계에서 허용될 수 있는 것 사이에는 불일치가 존재하더군요."

"어머니는 당신 부모님의 엄청난 반대에도 한 장교와 결혼을 했습니다. 연대 지휘관의 행복한 아내로서 아들 둘을 낳았고, 보통은 어머니를 모범적인 가정주부라고 여겼습니다."

"하지만 특징이라곤 사치스런 생활 방식밖에 없는, 여느 군대

조직과 다를 바 없이 지루하기만 한 삶이 적극적인 성격의 어머니에게는 금세 답답하게 느껴지기 시작했습니다. 우리 어머니가 그칠 줄 모르는 분수처럼 항상 활력으로 넘쳐났다는 건 당신도 알 겁니다. 어머니는 당신 세대의 같은 계급의 여성들이 일반적으로 받은 교육에 비해 훨씬 높은 수준의 교육을 받았습니다. 엄청나게 다양한 책들을 읽었고 외국으로도 여러 번 여행을 다녀오셨죠. 그리고 똘스또이와 편지 왕래도 계속해 오셨던 분입니다. 지방 작은 연대의 일개 지휘관이 어머니의 삶을 만족시킬 수는 없었을 거란 걸 금방 이해할 수 있을 겁니다. 운명은 세르게이 이바노비치라는 그 지구 의사를 엄마의 삶에 뛰어들게 하였습니다."

"제 아버지인 세르게이 이바노비치는 아마 체호프2) 작품 속

---

2) 안똔 체호프(Антон Павлович Чехов, Anton Pavlovich Chekhov, 1860-1904). 객관주의 문학론을 내세워 작가는 재판관이 아니라 사실의 객관적인 증인이 되는 것을 작가의 과제라고 본 그는 철저하게 현실을 반영하고자 하였다. 제정 러시아 시대의 감옥의 실태를 직접 조사하여 ≪사할린섬≫이란 르포르타주를 내면서 결핵에 걸릴 정도로 현실 속에서 자신의 문학의 뿌리를 두었다. 의사였던 학력을 살려 농민들을 무료로 진료해 주고 기근과 콜레라에 대한 대책을 세우는 사회사업을 하기도 했다. 고리끼가 당국에 의해 아카데미 회원 자격을 박탈당했을 때는 당국에 대한 항의로 자신의 아카데미 회원증을 반납하였다. 그의 작품은 많은 단편소설과 11편의 희곡이 있다. 대학로에서 연극을 하는 집단들이 상업성과 예술성에 관해서 논쟁을 할 때 '그렇게 상업성을 비판하는 당신은 왜 안똔 체호프의 ≪벚꽃 동산≫을 무대에 올리지 않는가'라는 이야기는 자주 나올 정도로 그의 연극은 고전이 되었다. 그의 단편소설들은 몇 페이지로만 구성되었는데 세부묘사를 절제하고 진지한 예술성을 보여준다. 본문에서는 체호프 작품의 등장인물과 같은 사람이라고 말하고 있는데, 그의 작품은 대

등장인물의 화신과 같은 사람이었습니다. 당시 러시아 지식인의 특징이랄 수 있는 막연한 이상주의와, 저 멀리 어딘가에 대한 부단한 갈망을 품고 있는 분이셨죠. 러시아 사람들은 풍성한 음식과 호화로운 생활을 흠모하지만 실질적인 생활상의 시련과 변화에 있어서는 무능합니다. 그분도 그러하셨습니다. 수려한 외모와 좋은 체격을 가진 분이셨죠. 아버진 어머니가 아끼는 책들을 좋아했습니다. 가난한 농민들이 겪는 고통에 대해서 엄청난 애정을 갖고 이야기하시곤 했고, 무지의 세계에서 벗어나고자 하는 대중들에게 달려가고 싶어 하셨어요. 그리고 도서관과 학교를 설립하고 교육 활동을 대규모로 펼쳐 나가는 이상적인 꿈을 머릿속으로 그리셨어요."

"예견된 사건은 벌어지고 말았죠. 남편이 작전에 참여하느라 집을 비운 어느 더운 여름날 저녁이었어요. 어머닌 읽지도 않은 뉴질랜드의 이동도서관에 대한 책이 발아래 잔디밭에 뒹굴고 있고, 자신은 내 아버지의 팔에 안겨 있다는 걸 발견하게 되었죠."

"아버진 더운 여름밤의 이 예기치 못한 '낭만적 사건'이 자신이 너무나 맘에 들어 하는 한 여인의 삶의 방향마저도 바꾸어 놓을 일이란 걸 알아차릴 준비가 되어 있지 않은 듯했어요. 아버지는 어디에도 속박 받지 않는 자유로운 인간관계를 원했습

개 중류 지식인층을 고발하고 있다. 일례로 그의 작품 "제6병동"에 등장하는 의사는 정신병동을 개선해 나가야 하지만 그럴 만한 의지력이 없는 인물로서 결국 자신도 제6병동에 감금되고 정신병으로 죽어 간다. 이러한 작품 내용들과 등장인물을 참고해서, 본문을 이해하면 좋겠다.

니다. 게다가 그는 외모가 괜찮고 원기 왕성한 젊은 농민 미망인을 가정부로 데리고 있었죠."

"하지만 어머니가 이런 일들에 대해서 얼마나 단호한 입장을 가지셨던 분인지 말로는 표현하기 힘들 정도였어요. 어머닌 항상 사랑할 권리가 결혼생활의 그것보다 우월한 것이라는 믿음을 지켜 오셨어요. 하기에 자신의 사랑을 거부하려고 발버둥 치지도 않았고 세상과 남편에게 그 사랑을 비밀로 하려 하지도 않았습니다. 어머니에게 사랑은 신성한 것이었죠. 안 그랬다면 명예를 더 중시 여기고 그 사랑을 함부로 했을 테죠."

"어머니는 세르게이에게서 당신의 심장과 마음 그리고 영혼이 찾아 헤매던 이상의 화신을 발견했다고 믿었어요. 열정적으로 사랑하는 남자, 존경하는 한 인간, 함께 손을 맞잡고 자신의 민중들에게 교육을 펼칠 수 있는 친구를 찾았다고 생각했습니다."

"어머니에게 당시 상황을 해결하기 위한 방법은 하나밖에 없었습니다. 그 지휘관과 당장에 헤어지는 것. 이웃들이 떠들어대는 경멸적인 말들과 악의적인 소문들에도 어머닌 자기 자신이 원하는 것에 따라 자신의 삶을 꾸려 나가려고 했어요. 그래서 다음 날 아침에 어머니 특유의 솔직함으로 쓴, 무슨 일이 있었는지를 알리고 이혼을 요구하는 내용을 담은 간략하고 단호한 편지를 세르게이 이바노비치에게 보여줬습니다. 보리수나무 아래로 그를 불러내서 자신의 남편에게 쓴 이혼을 요구하는 그 편지를 읽게 했어요."

"세르게이 이바노비치는 기가 막혔겠죠. 이런 돌발 상황을 예상치 못했을 테니까요. 그는 어머니의 명예를 지켜야 한다고 더듬거리며 말했고 아들을 생각하라고 했습니다. 어머닌 놀랐지만 고집을 꺾진 않았어요. 어머니는 눈이 부시도록 아름다웠고, 아버진 이 밀월관계에 푹 빠져 있었습니다. 그래서 어머니한텐 용납될 수 없는 이 상황을 어머니의 방식으로 당장에 바로잡을 수 있는 그 해결책을 밀어붙이기로 결론을 내리고 둘은 포옹을 나누었죠."

"하지만 그게 보기처럼 그렇게 간단한 일은 아니었습니다. 어머니를 미친 듯이 사랑했던 그 불쌍한 지휘관은 주체할 수 없는 분노를 안고 집으로 돌아와서는 이혼은 꿈도 꾸지 말라고 무뚝뚝하게 내뱉었습니다. 그는 쓸데없는 추궁으로 부인을 몰아세우고, 죽이겠다고 위협했죠. 어떨 땐 자살하겠다고, 어떨 땐 그 의사를 죽이겠다고도 했어요. 나중엔 그저 집안을 관리하는 사람으로, 아이들의 어머니로서만이라도 가정으로 돌아와 달라고 어머니에게 매달릴 수밖에 없었죠."

"어머닌 남편에게 많이 미안해했지만, 당신의 영혼과 조화를 이룬다고 믿은 남자에 대한 사랑이 동정심보다 더 했습니다. 아무리 설명을 해도 남편에게는 이유가 될 수 없다는 확신이 들자 어머닌 자신의 소지품과 돈, 책들을 싸서는 아들들에게 작별인사를 했어요. 그리고 그 지휘관에게는 작별인사도 하지 않고 떠났습니다."

"그 사건은 오랫동안 지역에서 이야깃거리가 되었어요. 자유주의자들은 어머니를 지지했고 그 지휘관을 버리고 지구 의사에게 간 것을 현 체제에 대한 저항으로 여겼습니다. 지방 신문은 어머니에게 존경을 표하는 시를 발표했습니다. 지역 인사들의 저녁 식사 자리에서 어떤 사람은 '운명에서 벗어나기 위해 결혼이라는 전통의 족쇄를 과감히 벗고 임금의 노예가 된 민중을 위해 일하는 영웅적 여성을 위하여…'라며 축배를 제의하기도 했습니다."

"세르게이 이바노비치와 가정을 꾸리자마자 어머닌 자신의 오랜 숙원인 공공 도서관 건립을 실현시키기 위해 당장 일을 시작했습니다. 체호프적 영웅인 아버지의 열정적인 지원을 받으면서요. 당시 러시아는 가장 음습한 반동의 시절을 겪고 있었지만 어머닌 한결같은 고집으로 자신의 뜻을 이루기 위한 싸움을 해 나갔어요. 지구의 관료들에서부터 군수까지 끌어 들였고, 뻬쩨르부르크[3]에도 다녀왔습니다. 자신이 영향력을 발휘할 수 있는 곳이라면 어디든 마다하지 않았고 고집스럽게 실패에

---

3) 뻬쩨르부르크(Петербург, Petersburg). 뾰뜨르의 도시라는 뜻이다. 1703년 뾰뜨르 대제가 스웨덴과의 전쟁에서 이 지역을 획득해 요새를 건설하기 시작했고, 1712년에는 제정러시아의 수도를 모스끄바에서 여기로 옮겼다. 이후 제정러시아는 일련의 계획을 통해 이 도시를 계속적으로 발전시켰고, 1918년 3월 혁명 쏘비에뜨 정부가 수도를 모스끄바로 옮기기 전까지 제정러시아 및 혁명 쏘비에뜨 정부의 수도였다. 정식 명칭은 상뜨 뻬쩨르부르크(Санкт-Петербург, Saint Petersburg)이며, 1914년 1차 대전 당시 너무 독일적인 기존 이름대신, 슬라브적인 이름인 뻬뜨로그라드(Петроград, Petrograd)로 개칭되었다. 1924년 레닌의 죽음을 기리며, 도시의 이름은 다시 레닌그라드(Ленинград, Leningrad)로 개칭되었다가, 1991년 쏘련의 붕괴 과정에서 상뜨 뻬쩨르부르크로 도시의 이름이 다시 바뀌어 현재까지 이 이름으로 불리고 있다. 현재 러시아 제2의 도시이며, 유네스코 세계문화유산으로 지정되어있다.

맞서 싸웠죠."

"그리고 두 사람의 계획이 거의 실현되려고 할 때쯤에 어머니는 얼이 빠진 듯 겁을 잔뜩 먹은 남편과 체포되어 엄청나게 먼 곳으로 유배를 당하게 되었던 거죠. 그곳에서 제가 태어났습니다."

"추방되어 간 곳에서도 어머닌 정력적으로 활동을 계속 해 나갔어요. 자기 단련을 위한 조직을 창설했습니다. 도서관의 체계를 세우는 데 필요한 기반을 세우고, 가르치고, 지도해 나갔어요…"

"아버진 불행해 하면서 살만 쪄 갔습니다. 육체적으로뿐만 아니라 정신적으로 쇠약해졌죠."

"그런데도 추방된 곳에서 돌아와 보니 흔들림 없는 혁명가로서의 아버지 명성은 이미 자자했어요. 그래서 그 지방에서 활동을 할 수 있었습니다. 어머닌 심기일전해서 열정적으로 대중 교육을 위해 일할 수 있는 곳들에 지원을 했습니다. 부모님의 인생이 마침내 확고한 안정적 기반을 잡는 듯이 보였습니다… 어느 날 거의 대머리가 되다시피 했지만 여전히 뛰어난 외모를 지니고 있던 아버지가 젖 짜는 여자인 아리샤와 불미스런 관계에 있다는 게 틀림없단 것을 어머니가 알기 전까지는 말이죠…"

"아버진 변명을 해 보려고 했습니다. 하지만 상황은 그가 생각했던 것보다 훨씬 복잡했어요. 아리샤가 임신을 했거든요."

"더 이상의 소란을 피우지 않고서 어머닌 물건을 챙겼습니다. 아리샤의 아이를 잘 양육하라는 충고와 조금씩 술에 중독되어

가고 있던 아버지에게 술을 자제하라는 경고를 담은 편지를 남기고는 그 지방의 수도로 나를 데리고 떠났어요… 어머닌 비난을 하거나 잘못을 추궁하지 않으려고 조심 했습니다. 나중에 내가 결정을 내리는 데 있어 영향을 끼칠 수 있기를 바라며 어머닌 당신의 인생 이야기를 해 주었습니다. 거기서 내가 배운 것이라면 어머니는 명예로운 인생의 행로가 무엇인가만을 생각 했다는 것입니다."

"내 기억에 어머닌 감탄스러울 만큼의 강인함으로 자신의 운명을 버텨 내었어요. 어머니의 세르게이 이바노비치에 대한 사랑은 여전했지만 전 어머니가 눈물을 흘리는 걸 본 적이 없습니다. 그리고 남은 당신의 인생 동안 그에 대한 신의를 버리지도 않았습니다."

"수도에서 어머닌 대중적 과학 서적을 시리즈로 출판하기 위한 일에 착수했습니다. 전국에 걸쳐 어머니에게 그칠 줄 모르는 명성을 가져다 준 그 일이죠."

"전 어머니와 함께 살았습니다. 어린 시절부터 혁명집단의 활동과 사상은 나에게 익숙한 것이었습니다. '금서'는 십대 초반 때의 내 독서목록들이었어요. 불법행위와 불법적인 삶을 사는 사람들이 있는 곳이 내 집이었습니다."

"우린 검소하게, 사실상 거의 금욕적으로 살았습니다. '새로운 출발'을 향한 이상 속에 젖어 있던 집안엔 항상 근면하고 성실한 노동의 분위기가 배어 있었습니다. 나는 열여섯 살에 처음으로 체포되었는데 어머니는 그걸 과하다 싶을 정도로 자랑스러워했습니다."

"이게 나의 어린 시절의 환경이었습니다. 하지만 비록 어린 나이임에도 내 의견은 어머니의 그것과 달라지기 시작했어요. 난 맑스주의에 강하게 이끌렸고, 어머니는 나로드니끼로 남으셨습니다. 혁명가들과 일을 하면서 나는 투쟁조직의 뛰어난 한 활동가와 친분을 쌓게 되었습니다. 그는 나보다 훨씬 나이가 많았고, 결혼을 한 '과거'도 있었죠. 어머닌 내가 내 마음과 생각을 알기엔 아직 너무 어려서 좀 더 기다려야 한다며 고개를 내저으셨고 내가 연애에 대해서 너무 가볍게 생각하는 아버지의 기질을 물려받았을까 우려했지만 결국은 묵인해 주셨어요. 우리는 어머니와 함께 살면서 각자 자신의 일을 계속했습니다. 하지만 우린 결혼제도에 대해서는 근본적으로 반대했기 때문에 결혼을 하지는 않았습니다."

"내 남편은 '수배자'였고, 오래지 않아 우리 모두는 구속되었습니다. 영향력 있는 사람의 노력으로 어머니는 석방되었습니다. 나는 남편과 함께 유배되었습니다."

"이런 긴 서두에 따분해하지나 않을지 걱정이 됩니다. 하지만 그렇지 않으면 내가 겪고 있는 문제에 대해서 이해할 수가 없을 겁니다. 이 한 가지 사실만 기억해 주었으면 합니다. 내가 마리야 스쩨파노브나의 딸이자 제자라는 사실을요! 어린 시절에 받아들인 관념을 논리적인 방식으로 단순히 없애버릴 수는 없답니다."

"그러니 인내심을 가지고 제발 이 긴 편지를 끝까지 읽어 주셨으면 합니다. 이제 두 번째 세대의 비극에 대한 것으로 넘어가려고 합니다."

"나는 겨우 유배된 곳에서 도망 나왔습니다. 남편은 아직 거기 남아 있었습니다. 나는 신분을 숨기기 위해서 뻬쩨르부르크로 갔습니다. 그곳에서 학창시절 때부터 맑스주의 운동과 다소 긴밀한 관계를 맺어 오고 있던 부유한 기술자 M의 집 가정교사 자리를 친구가 구해 주었습니다."

"풍족한 이 집안 사람들은 모두가 각자의 욕망과 기호에 따라서 살고 있더군요. 전체적으로 정치적 사안에 대해서는 예술 공연장에서 하는 최근 작품이나 브뤼겔[4] 그림의 가장 최근 전시회에 가지는 관심만큼도 갖고 있지 않았습니다. 그들에게 있어서 정치란 사교모임에서 재미로 꺼내는 토론 주제 이상도 이하도 아니었습니다."

"난 그전에는 그런 분위기를 접해 본 적이 없었습니다. 내겐 낯설고 혐오감을 불러일으키는 것이었죠. 그곳에서 머무른 첫날 밤 그 집 주인과 열띤 논쟁을 벌이게 되었습니다. 나중에 알게 된 것이지만, 그때 내가 사용한 말투는 고상한 상류사회에서 관습으로 생각하고 받아들이는 것들과는 한참이나 거리가 먼 것이었습니다. 우리가 베른슈타인[5]에 대해서 이야기했었다

---

4) 브뤼겔(Pieter Bruegel the Elder, 1525-1569). 네덜란드 화가로 농민의 아들로 태어나 초기에는 민간전설, 습관, 미신 등을 테마로 그림을 그렸다. 농민전쟁 기간과 에스파냐의 가혹한 압정을 보면서 농민들 자체를 높은 휴머니즘과 비판정신으로 그려나가기 시작했다. 최초의 농민화가로 그는 '농민 브뤼겔'이라 불린다. 대표작품으로는 "사육제와 사순절 사이의 다툼", "아이들의 유희"가 있다. 이런 농민화가의 작품은 감상하러 다니면서도 러시아의 농민들에는 관심이 없는 것이 당시 러시아의 '교양 있는' 지식인들이었다.
5) 베른슈타인(Eduard Bernstein, 1850-1932). 독일 사회민주주의의 대표

고 생각이 드는군요. 자제력이 부족했다는 사실에 화가 나고 부끄러워서 잠을 이룰 수가 없었습니다. 몇몇 이유들로 인해 내가 그에게 화를 내는 동안 M이 호들갑스럽게 놀려 대는 듯한 모습을 보여 주었던 것에 특히나 화가 났습니다. 이상하게도 그 남자 주변에는 나를 흥분하게 하는 무언가가 감돌았습니다. 그의 본성은 깊이가 없고 내 취향이 아니라는 건 의심할 여지가 없었지만 자꾸만 그의 곁에 있고 싶도록 나를 잡아끄는 매력이 그에게서 풍겨났습니다. 그래서 필사적으로 내 견해가 옳다는 걸 그 사람이 인정하도록 강요하고 우리 원칙들을 수용하도록 설득했습니다."

"레이스와 모피 코트에 둘러싸인 연약한 인형과 같은 그의 아내는 다섯 명의 건장한 아이들의 어머니이면서 자신의 남편을 맹목적으로 숭배하는 사람이었습니다. 결혼이라고 하는 게임의 모든 규칙들과는 달리 그녀는 자신의 남편과 살면 살수록 더욱 깊은 사랑에 빠져든다고 종종 웃으면서 말하곤 했죠."

"이런 호들갑스러움과 내 눈에는 위선적으로 보이는 연출된 가족의 지극한 행복들이 나를 짜증나게 했습니다. 매력적인 자신의 아내에 대한 남편의 확고한 헌신과 아내의 건강에 대한 한없는 염려 같은 것들에 대한 분노는 악의적인 감정으로까지

적인 이론가이자 정치가. 1896년 자본주의를 근간으로 두고 사회주의적 변혁을 성취할 수 있다는 기회주의적이고 수정주의적 이론을 담은 "사회주의자의 제문제"를 발표해서 '수정주의의 원조'가 되었다. 독일에서 진행된 1918년 11월 혁명 때는 노동자 및 병사 쏘비에뜨에 반대했고, 생애 마지막 10년은 레닌과 쏘비에뜨 연방에 반대하는 글들을 발표했다.

치달았습니다. 자유주의의 피상성에 대해서 맹비난을 퍼부으며 일부러 모욕을 주기도 했습니다. 난 부르주아들의 넌더리 나는 행복과 그 존재의 하찮음을 비웃었습니다. 매력적이고 연약한 리지야 안드레예브나를, 자기 경험을 끊임없이 중얼거리며 신경질적인 눈물이나 흘려 대는 사람이라고 폄하한 게 한두 번이 아니었습니다."

"'왜 이러는 겁니까?'라고 그 기술자는 책망하듯이 물었습니다. 하지만 그의 눈에는 애정이 담겨 있었습니다."

"그 두 사람 다 너무 싫어서 난 경솔한 짓을 저지르고 싶은 강한 충동을 느꼈습니다. 순진해 빠진 그 사람들 앞에다 경찰을 불러들여서 자기들 삶 속에다 날 받아들여 준 자기기만의 마음을 흔들어 깨워 줄 수 있다면 말입니다."

"그곳을 떠나고 싶었지만 선택의 여지는 없었습니다. 그 집이 내게는 유일한 피난처였고 동지들이 하는 일과의 긴밀한 접촉을 유지할 수 있게 해 주는 편리한 만남의 장소도 되어 주었습니다. 다른 은신처를 찾겠다는 말에 동지들은 거세게 반대했고 합당한 이유를 물었습니다."

"'왜 그들과 어울리는 거죠?' 설명을 하려 했지만 내 친구들은 그 이유를 알고 싶어 했습니다. '그 사람들을 멀리해요'라고 하더군요. 하지만 그럴 수는 없었습니다. 귀에 거슬리는 목소리와 꺼리길 것 없는 걸음으로 잘난 체하는 수려한 외모를 가진 나의 고용주에 대해 증오하는 마음을 품는 마법에 푹 빠져 있었던 듯합니다. 그 사람을 한동안 못 만나게 되면 극심한 정신적 고통에 빠져 들었습니다. 그쪽에서 조금이라도 내게 관심을 안 주면 이루 말할 수 없이 화가 났습니다."

"하지만 만나기만 하면 우리는 다투었고 목이 쉴 때까지 언쟁을 해서 거칠고 고약한 말을 하기에 이르렀죠. 딴 사람들 눈에는 서로가 뼛속 깊이 미워하고 있는 게 분명한 듯 보였을 것입니다."

"하지만 이런 다툼을 하는 와중에 우리들만의 언어가 담긴 서로의 눈을 마주 대할 수 있었습니다. 둘 다 감히 그 언어를 해석하거나 이해하려고 들지는 못했지만요."

"한번은 당의 일로 교외로 나가서 늦게까지 돌아오지 못하게 되었습니다. 밤늦게야 돌아오게 되었고 날 위해 손수 문을 열어 준 사람은 다름 아닌 M이었습니다."

"그는 문을 열며 '휴, 그래 결국 돌아왔군요. 난 벌써 희망을 접고 있었습니다'라고 했습니다."

"그리고 무슨 일이 벌어지는지 알아채기도 전에 그의 거친 키스 세례를 받으며 그의 팔에 안겼습니다. 이상하게도, 관계의 변화가 일어난 것에 난 놀라지 않았습니다. 마치 오래전부터 이 일이 일어날 것이라고 예상이나 했던 것처럼 말입니다..."

"아침이 밝아오자 난 내 방으로 몰래 돌아갔습니다. 그는 평소보다 할 일이 많아서 아래층에 머무를 때면 종종 침실로 쓰는 서재에 남아 있었습니다."

"다음 날 저녁 다른 사람들이 있는 곳에서 우리는 뿌리 깊은 신념을 위해 싸우는 화해 불가능한 경쟁자들이 그렇듯이 격렬하게 언쟁을 했습니다. 손님들이 떠나자 M은 뻬쩨르부르크의 유명한 휴양지인 '섬'[6)]으로 자기와 함께 가자고 초대를 했습니다. 때는 백야가 일어나는 봄이었습니다. 그의 부인은 내가 같이 가야 한다고 우겼습니다. 내가 같이 가는 걸 그녀는 즐기는 듯했습니다. 남편의 애정을 두고 내가 자신과 경쟁을 벌일 수 있다는 생각은 있을 수 없었습니다...”

"그녀는 '우리 부부는 단단하게 하나로 묶여 있는 걸요'라며 자신만만해 했습니다."

"당이 엄청나게 어려움을 겪고 있던 때였습니다. 그리고 나는, 일과 나의 책무에 깊이 열중하고 있었던 때였습니다. 하루하루를 무작정 살아갔습니다. 시간이 없어서 그런 거라며 내 마음대로 스스로를 변명하면서 내 미래의 향방을 결정지을 최종 결정을 미루면서 말이죠. M의 부인은 아이들과 함께 남부로 떠날 준비를 하고 있었습니다."

"들떠서 지낸 요 몇 주간에 내가 깊은 배려와 갈망으로 남편을 생각했고 그를 놓아주려고 천당과 지옥을 왔다 갔다 했다는 걸 아마도 당신이 알기는 힘들겠죠?"

"당시에 내가 사랑하는 사람이 누구냐는 질문을 받았다면 한 순간의 주저함도 없이 대답했을 겁니다. 내가 사랑하는 사람은 나의 친구인 내 남편이라고. 하지만 그래서 M을 떠날 거냐고 물었다면... 난 차라리 죽음을 택했을 겁니다. M은 내겐 익숙하지 않은 사람이었어요. 하지만 더할 수 없이 나와 친밀했어요. 그의 눈짓, 습관, 삶의 방식을 혐오했어요. 그 사람은 남자

---

6) 뻬쩨르부르크의 많은 섬들 중 가장 유명한 바실리예프 섬(Vasilyevsky Islands)으로 짐작되는데, 바실리예프 섬은 뾰뜨르 대제가 행정의 중심으로 만들고자 해서 일찍부터 아름답게 개발되었다.

로서 내가 흠모하고 존경할 만한 어떤 자질도 충분히 갖추고 있지 않았습니다. 하지만 나는 그의 연약함과 어리석음마저 모두 사랑했어요."

"사랑을 하면서 M도 나도 행복하지 않았습니다. 하지만 우리 둘 중 누구도 고통 없이 우리가 갈라설 수 있을 거라고 여기진 못했죠. 무엇 때문에 그 사람이 나에게 끌렸는지 난 이해할 수가 없었고 지금도 이해할 수가 없습니다. 당시에 난 매력이 거의 없었거든요. 옷 입는 법도 몰랐습니다. 옷 같은 것에 관심조차도 없었으니까요. 난 거칠고 여자답지 않게 행동했어요. 하지만 M은 날 사랑했습니다. 자신이 숭배하듯 받들어 모시는 자기 아내를 사랑했던 적이 한 번도 없다는 듯이 날 사랑했습니다."

"그 여름 내내 우린 버려진 그 집에서 함께 보냈어요. 서로에 대한, 우리 스스로의 감정에 대한 모순으로 가득 차 있었던 고통스러운 여름이었습니다. 둘 중 어느 하나도 행복감을 느끼지 못했고 서로가 그 불만을 숨기려 하지도 않았어요. 우리의 독특한 관계에 있어서는 바로 이 불행한 감정이 다른 어떤 것보다도 서로를 더욱 가깝게 했다고 말하면 이해할 수 있으시겠습니까?"

"가을이 시작될 무렵 난 임신을 했습니다... 낙태요? 그 사람도 나도 감히 그런 생각을 품을 순 없었어요."

"난 어머니한테 갔습니다."

올가 세르게예브나의 편지는 여기서 갑자기 끊겼다. 수시로 방해를 받아서 엄청난 정신적 긴장 하에서 편지를 썼던 게 분명했다. 공무용 용지에 급한 필체로 편지는 계속 이어졌다.

"난 어머니에게 모든 걸 이야기했습니다. 내 마음속에 일어나고 있던 갈등을 우리들 간의 의견 차이를, 어머니가 알게 하려고 노력했어요. 내가 겪고 있는 일을 어머니가 이해할 수 있게 하려고요. 내가 남편을 사랑하고 M도 역시 사랑하며, M도 아내와 나를 모두 사랑한다는 걸 말입니다."

"어머닌 침묵에 잠겨 내 이야기를 듣고 나서 한참 동안이나 골똘히 담배를 물고는 오랫동안 당신 침실에 가서 앉아 있었습니다."

"다음 날 아침 어머니가 내 방으로 오셔서 내 침대 가에 앉으시더니 단호하게 말했어요."

"'네가 그 M이란 사람을 사랑한다는 게 분명하잖니. 당장 꼰스딴찐에게 편지를 써야 한다.'"

"하지만 뭐라고 써야 하는 거죠?"

"'당연히 네가 다른 사람을 사랑한다고 써야지. 그 점에 있어서 꼰스딴찐에게 환상을 심어 주어서는 안 된다. 딸아, 날 믿으렴. 이런 상황에 있어서 동정심이란 옳지 않은 거야. 더 화만 나게 할 뿐이란다.'"

"'하지만 난 꼰스딴찐을 동정하지 않아요. 난 그이를 사랑한다고요. 그이를 사랑하지 않았던 적은 없어요.'"

"'그렇다면 어떻게 다른 사람이랑 사랑에 빠질 수 있었던 게냐?' 어머닌 답변을 요구했어요. '넌 완전히 말도 안 되는 소리를 하고 있구나.'"

"말이 안 되는 게 아니에요, 엄마... 그래서 이 일이 비극적이라는 거예요…'"

"한편으론 꼰스딴찐의 영혼을 통해서 느끼는 완전한 정신적 조화와 깊은 애정 그리고 포근함이, 그리고 다른 한편으론 내가 사랑하거나 존경해 보지 않은 유의 인간으로서 M에게 끌리는 격렬한 욕망이 함께 했죠. 이 두 가지 열정이 나란히 함께 존재할 수 있다는 걸 어머니에게 이해시키려고 노력할수록 그 결과는 더 나빠만 졌습니다."

"어머닌 이해할 수가 없었던 겁니다."

"'네가 M에게 느끼는 감정이 단지 육체적인 욕망일 뿐이라면 넌 스스로를 통제해야만 해. 그런 경우라면 넌 그 남자를 떠날 수 있을 만큼 충분히 꼰스딴찐을 사랑하는 것이니까.'"

"'엄마, 이해를 못 하시는군요! 단순한 욕망 그 이상이라고요. 그건 사랑이에요. 내가 꼰스딴찐에게 느끼는 사랑과는 다른 종류의 사랑이에요… 만약에 M이 위험에 처해 있다는 걸 알게 된다면 난 그 사람을 구하기 위해 내 목숨을 버릴 거예요. 만약 꼰스딴찐을 위해서 목숨을 버리라고 한다면 그렇게 할 수는 없겠죠. 하지만 난 꼰스딴찐을 사랑해요. 난 그이가 필요하다고요. 내 영혼이 그를 필요로 해요. 그이 없는 삶이란 쓸쓸하고 공허해요. 그런 측면에선 M을 사랑하지도 존경하지도 않아요.'"

"'이건 완전히 미친 짓이야.' 어머니는 화가 나서 쏘아붙였습니다. 하지만 어머니는 당황한 듯 더 이상 말을 잇지 못했습니다. 어머니 역시도 혼란스러워 했고, 확신할 수 없게 되었지만 당장 꼰스딴찐에게 편지를 쓰라고 종용했습니다. 그이를 떠나서 아이 아버지에게 가라고 했죠. 그러나 몇 시간 후에는 M과의 부정한 관계를 끝내라고도 했어요."

"내 인생에 있어서 처음으로 어머니와 난 서로를 이해할 수가 없었습니다. 도움을 구하러 어머니를 찾아간 건 실수였습니다. 어머닌 내가, 사랑하는 한 사람에게 가야만 한다는 결론을 굽히지 않았습니다. 하지만 난 둘 다를 원했어요. 꼰스딴찐과 M, 둘 다를. 나는 그것이 더 인간적이고, 더 올바르며, 그 상황에 걸맞은 정신적 조화를 이룰 수 있는 방법이라고 여겼습니다."

"결국 난 꼰스딴찐에게 편지를 써서 무슨 일이 일어났는지 이야기해 주었습니다. 물론 객관적인 사실뿐만 아니라 내 마음 속의 격렬한 갈등과 내 영혼을 갉아먹는 의문들에 대해서도 말해 주었습니다. 처음엔 간단한 답변만이 담긴 답장을 받았습니다. 이 문제에 대해서 잘 생각해 보고 새로운 상황에 적응하도록 노력해 보겠다는 내용이었죠. 곧 편지를 쓰겠다더군요. 하지만 몇 줄 안 되는 그 편지 안에는 따뜻한 애정이 가득 차 있었습니다. 그래서 난 바로 내 스스로에게 이렇게 말했습니다. '꼰스딴찐은 엄마랑 같지 않아. 그는 곧 이해할 수 있을 거야.'"

"그는 확실히 이해해 주었습니다. 유배당해 간 머나먼 그곳에서 그는 나의 감정과, 해답을 찾기 힘든 나의 의문들을 공유해 주었습니다. 어쩔 수 없는 일이란 걸 인정해 주었습니다. 그가 인정을 해 주자 그를 그리워하는 마음에 그이 없이는 살아갈 수 없었던 내 영혼은, 이전보다 더 강하게 그와 하나가 되는 듯했습니다."

"내 길은 명확해졌습니다. 어머니는 여전히 결정을 내려야 한다고 고집하셨고 어머니 앞으로 M과 꼰스딴찐 두 사람 모두에게서 내가 계속 편지를 받고 있다는 것을 무척이나 달가워하지 않았습니다. 내게 도움이 될 거라고 믿고, 그것을 바라면서 당신의 비극적인 경험을 이야기해 준 것이 바로 그때였죠. 어머니는 나의 의지력 부족을 거론하면서 무척 고통스러워했습니다."

"당시에 어머닌 이렇게 말한 적이 한 번 있습니다. '이렇게 약한 모습을 보이다니 너답지 않구나.' '넌 대체로 흔들림이 없었잖니. 그래서 지금의 널 이해하려니 당황스럽단다. 이런 약한 모습이 네 아버지한테서 물려받은 건 아닌지 모르겠구나.'"

"어머닌 내가 이미 마음의 결정을 내렸다는 사실을 받아들이길 단호히 거부했습니다. 내가 두 남자와 사랑이라는 관계를 맺겠다는 명확한 결론을 내렸다는 사실을, 내가 발견한 인간 본성을 따르기로 결심을 했고 내가 그 결정을 따르고 있다는 사실을 받아들이려 하지 않았어요."

"'M의 부인은 뭐가 되니?'라고 어머닌 물으셨어요. '그 부인에게 말할 작정이니? 그 여자가 네 견해를 이해해 줄 거라고 기대하는 거냐?'"

"'아니요.' 난 인정해야만 했어요. '유감스럽게도 M의 부인은 아마도 이해하지 못할 거예요. 그녀에겐 어떤 말도 해선 안 돼요. 하지만 그와 그의 부인 사이엔 나와 꼰스딴찐을 하나로 묶어 주는 것과 같은 그런 정신적 연대감이 존재했던 적이 없었어요. 아내에 대한 그의 사랑은 연약하면서 매력적인 장난감을 아끼는 것과 같은 그런 사랑이에요. 그 사람이 날 사랑한다고 해서 부인이 잃을 건 아무것도 없어요.'"

"이 말에 어머닌 완전히 화가 났습니다. 어머닌 나의 결혼관을 빠리 보헤미안의 경박함에 비유했습니다."

"그 봄에 난 딸을 낳았습니다. M은 내가 몸을 푸는 몇 주 동안 우리와 함께 있었습니다. 어머니 집에서 그와 함께 보낸 그 몇 주 동안이 내 인생에 있어서 가장 행복했던 시간들이었습니다."

"어머니와 M 사이엔 금세 친구와 같은 이해가 싹텄습니다. 어머닌 꼰스딴찐에게 보여 주었던 애정보다 훨씬 큰 애정을 그에게 갖게 되었습니다. 그것은 결과적으로 내가 아이의 아버지인 사람에게 가기 위해서 다른 한 사람을 떠나야만 한다는 어머니의 결정을 더욱 확고하게 해 주었습니다."

"그러나 어쨌든 어머니의 주장은 목적을 달성할 수 없었습니다. 마치 어머니와 M은 같은 진영에 서 있고 꼰스딴찐과 나는 같은 편으로 묶이어 그들과 대치해 있는 형국이었습니다. 어머니가 자유주의적 부르주아의 대변자와 같은 그에게 아무런 저항감 없이 이끌렸던 것은 아마도 어머니 안에 인습에 길들여진 여성성이 있었기 때문일 겁니다. 내가 어머니와 가지길 바랐던 것보다 더한 친밀감을 그에게 느낄 만큼, 확실히 어머니는 정신적인 측면에서 그와 더 가까운 거리에 서 있었습니다. 그리고 바로 그 연대감 때문에 난 격렬히 내 편을, 혁명적 프롤레타리아를 옹호했습니다. 그 일로 꼰스딴찐이 없는 인생은 참을 수 없이 외로울 것이라는 사실을 점점 더 명확하게 느낄 수 있었던 거죠."

"그즈음 체포와 추방이 내 인생의 경로를 결정하게 되었습니다. 나는 어머니의 집을 떨쳐 나왔지만 딸애는 어머니의 보살핌을 받으며 남아 있게 되었습니다. M 그리고 꼰스딴찐, 두 사람과의 서신 교환은 꼰스딴찐과의 재회에 성공할 때까지 계속되었습니다."

"어머니는 꼰스딴찐과 내가 함께 사는 걸 끔찍하게 여겼지만, 우린 용서나 화해 같은 극적인 장면을 연출하지 않고서도 정신적으로 완전한 조화를 이룬 인간 존재만이 누릴 수 있는 그런 자연스럽고 즐거운 마음으로 함께 살았습니다. 어머니는 M의 입장을 강력하게 옹호했죠. 어머니의 주장으론 결혼의 의무에 대한 돈키호테 같은 개념과 더 이상 사랑하지 않는 한 남자에 대한 동정심으로 저지른 실수 때문에 내가 M의 인생과 내 인생을 망치고 있었던 거죠. M은 내가 자신에게 돌아와야 한다고 강변하는 편지를 계속 썼습니다. 그 편지들의 마지막은 최후통첩 같은 것이었습니다. 그 후로 그는 편지 쓰는 걸 완전히 관두었습니다. 나는 꼰스딴찐 곁에 남았습니다."

"봄이 왔습니다. 자유주의의 봄날이었죠. 스뱌또뽈끄-미르스끼[7]의 선심 쓰는 듯한 눈이 지켜보는 가운데 베풀어지는 향연과 함께 찾아온 봄날이었습니다. 우리는 러시아로 돌아갈 수 있는 허가를 받았습니다. 그리고 운명은 다시 한 번 나를 뻬쩨

---

7) 뾰뜨르 드미뜨리예비치 스뱌또뽈끄-미르스끼(Пётр Дмитриевич Святополк-Мирский, Pyotr Dmitrievich Sviatopolk-Mirskii, 1857-1914). 짜르 치하였던 1904-5년 당시 유화정책을 펼쳤던 내무성 장관이다.

르부르크로 인도했습니다. M과의 만남은 피할 수 없는 것이었습니다. 그걸 어떻게 거부할 수 있었겠습니까? 난 그를 만나고 싶었고 길에서 우연히 마주칠 기회를 기다렸습니다."

"우리는 다시 만났습니다. 그 만남은 지난 삼 년간 이별이란 존재하지 않은 듯이 여겨지는 것이었습니다. 꼭 같은 미칠 듯한 기쁨, 꼭 같은 고통의 몸부림, 꼭 같은 낯섦, 꼭 같은 의문들, 꼭 같은 격정적 사랑에의 불같은 열정. 난 우리를 움켜쥔 이 탐닉의 힘에 화들짝 놀랐습니다. 특히나 새롭게 타오르는 열정에 이성을 잃고 심취해 있던 M이, 우리 둘의 법적 결합을 명확히 하기 위한 방법으로 자신의 아내와 헤어질 것을 결심했을 때는 까무러칠 듯 놀랐습니다. 정신적 측면에 있어서 그는 내게 이방인이 아니었던 적이 없었기에, 나는 여전히 M의 주장에 반대했습니다. 정치 투쟁은 내 삶에 있어서 숨을 쉬게 해주는 공기와 같은 것이었고 그것이 이제 새로운 단계에 접어들고 있었습니다. 날마다 골이 깊어져서 당은 두 개로 나누어지게 되었던 시기였습니다. 삼 년 전에 있었던 열띤 토론들은 이제 이론적인 논쟁의 수준을 넘어서 있었습니다. 이제는 그것이 당 활동의 실체가 되어있었습니다. 그것이 내게 있어서는 존재의 근간 그 자체였습니다."

"반면에 M은 일상적 대중 투쟁과는 너무나도 거리가 먼 곳으로 떠내려가 있었고 '해방자들'과 운명을 함께 하는 것을 지긋지긋하게 여겼습니다. 내 심장을 가장 뛰게 하는 것들에 대해서 이야기하노라면 그는 더 이상 내 말들을 이해하지 못했습니다. 그를 만나고 나서는 매번 약해지는 나 자신을 경멸했습니다. 그러면서도 단 며칠이라도 그를 볼 수 없을 때면 찢어질 듯 가슴이 아팠습니다… M은 솔직히 내가 하는 활동을 싫어했습니다. 그는 볼쉐비끼를 혐오했고 자신의 견해로 나를 누르려고 수단방법을 가리지 않았습니다. 반면 나는 부르주아를 경멸했고 그 사람 안에 있는 부르주아적 자유주의 근성을 싫어했습니다. 하지만 내 자신을 그에게서 떼어 놓을 수가 없었습니다. 그에 대한 나의 감정에는 모성애적 측면이 있었습니다. 그에게는 자기를 진짜 자신보다 더 부족해 보이게 하려는 뭔가가 있는 듯 했습니다. 그래서 진정한 그의 모습을 찾도록 그를 도와야만 했고, 이런 중대한 정치적 격변기 속에서 그를 그냥 내버려 둘 수는 없었습니다."

"그래서 꼰스딴찐이 도착해서 나의 우유부단함에 종지부를 찍을 때까진 몇 달 동안이나 난 고통스러워했습니다. 내가 또 다시 고백했을 때 꼰스딴찐은 심한 상처를 받았습니다. 그 지독한 질투심이 그가 조심스레 지켜 왔던 보호막을 부수어 버릴 정도로 위협적인 것이었습니다. 하지만 우리는 여전히 함께 살았습니다. 친구로서 말이죠. 하지만 M은 무자비했습니다. 그는 격노했습니다. 나에게 꼰스딴찐을 떠나라고 요구했습니다. 우리 관계는 순수한 우정이라고 확인해 주었지만 그는 믿으려 하지 않았습니다. 난 그와 아내 사이에 불화가 불거져 나오지 않게 하는 것에 모든 힘을 쏟았습니다… 날마다 새로운 비난과 고통이 찾아왔습니다. 그때 그 끔찍한 날이 닥쳐왔던 겁니다. 질투로 눈이 먼 M이 우리 집으로 밀고 들어와서는 당장 자기와 함께 이 도시를 떠나자고 요구했습니다. 그러지 않으면 영원히 날 떠나겠다고 위협했던 날이 그날입니다. 난 거절했고 우리는 쓰라린 적개심을 안고 헤어졌습니다. 난 이루 말할 수 없이 고통스러워했습니다. 그리고 꼰스딴찐은 내가 얼마나 고통스러워하는지 지켜보았습니다. 하지만 그가 날 도울 수는 없는 일이었죠. 솔직히 상황이 변한 것에 그렇게 환호하는 사람에게 내 고통을 함께 해 줄 것을 기대할 수 있었겠어요?"

"그때 난 내 인생에 있어서 처음으로 일을 할 수가 없었습니다. 당시 혼란스런 내 마음 상태로는 무언가에 진지하게 몰두한다는 게 전혀 불가능한 일이었죠."

"M이 보낸 비극적인 편지는 어머니가 나의 어린 딸을 대동하고 현장으로 찾아오게 했습니다. 어머닌 확실한 결정을 내려서 이 추악한 일에 종지부를 찍어야 한다고 주장했습니다."

"'난 예전에 이미 결정을 내렸어요'라고 어머니에게 말했습니다."

"어머니는 화가 나서 대답했죠. '그렇다면 넌 꼰스딴찐과 함께 살 권리가 없어. 남편과 아내로 사는 것이 아니라는 말을 난 믿는다. 하지만 그게 사실이라면 왜 굳이 형식적인 걸 바꾸지 않고 계속 유지하려는 게냐? 왜 M이 그렇게 고통 받게 만드느냐 말이다?'"

"'난 꼰스딴찐과 함께 해야만 해요. 엄마는 그걸 이해하지 못하는군요.'"

"가망도 없는 반대를 어머니 굽히려 하지 않았습니다. M은 편지를 통해 어머니에게 지난 열 달간 무슨 일이 있어 왔는지 말해 주었고, 나 역시 내가 겪은 것들에 대해서 말했습니다."

"'그 정도는 M을 사랑하는 대가로 합당한 거야'라고 어머니는 주장했어요. '넌 발뺌하고 따져보느라 그 사랑이 가진 고결함을 잃게 만들었어. 왜 네 스스로 네 자신을 고문하는 게냐? 사람은 사랑 앞에 놓인 장애물을 뛰어넘을 용기를 가져야만 한단다. 정치적 신념과 관련된 장애물이라도 마찬가지야. 넌 M을 맑스주의자로 만들어 낼 게다. 너에 대한 M의 사랑은 무척이나 견고한 것이니 널 위해서라면 무엇이든지 할 게다. 넌 그 사람보다 훨씬 강하잖니.'"

"대화를 통해 어머니가 시도했던 것들은 보통 그 반대 효과를 만들어 냈어요. M의 삶에다 내 삶을 붙들어 맬 수는 없다는 게 명확해지더군요. 나에게 있어서 그런 식의 결합은 정신적 파산을 의미하는 것이었어요. M의 신념과 나의 신념은 타협의 여지가 없는 것이었으니까요."

"어머니를 위해서 그를 다시 만나 보는 것에는 동의했습니다. 어머닌 내 결정을 바꾸려고 아이까지 이용하려고 했습니다. 하지만 그 만남은 새로운 고통과 오해만을 불러왔을 뿐이었습니다."

"그리고 역사적인 첫 러시아 혁명의 해, 1905년이 도래했습니다. 그 휘몰아치는 격류 속에서 모든 일들은 그 자체의 강력한 폭발력으로 우리를 갈라놓았습니다. 개인적인 문제와 감정들은 모두 뒷전으로 밀려날 수밖에 없었죠. 우리들 자신의 사소하고 작은 불행들은 국가적 격변이라는 거대한 바다 속으로 가라앉았습니다. 혁명은 우리를 사방팔방으로 내동댕이쳤습니다. 나는 남부로 가게 되었고, 꼰스딴찐은 조국을 떠났으며, 어머니는 서둘러 어머니가 살던 지방으로 돌아갔습니다."

"우리는 일했습니다. 우리는 소망했습니다. 우리는 전율했습니다. 우리는 싸우고 투쟁했습니다."

"그리고 반동의 시기가 왔죠. 그리고 우리는 개인적인 문제들을 생각할 겨를이 이전보다 더 없었습니다."

"1908년 가을이 되었고 운명은 나를 다시 한 번 M에게로 이끌었습니다. 이번엔 작은 공업도시였죠. 반동이 승리의 깃발을 펄럭이고 있었고 혁명의 기운은 숨을 죽이고 있었습니다. 나는 다시 '수배자'가 되었습니다. M은 1905년에 무시무시한 대격변기에 휘말리는 경험을 하면서 잠깐 극단주의에 열정을 불태웠지만 이제는 혁명운동과의 연계를 완전히 끊어 버린 상태였습니다. 그러고는 혜성같이 재경계(財經界)로 진출했습니다. 그는 주요인사가 되었고 그의 거취를 정부문서에 보고할 정도가 되었습니다. 나는 그 사람이 그 도시에 있다는 걸 알게 되었습니다. 그걸 안다는 사실 하나만으로도, 거의 일을 할 수 없을 만큼의 흥분상태로 날 밀어 넣기에는 충분한 것이었습니다. 하지만 난 새로운 만남이 불러올 것이 뻔한 고통이 두려워 그를 피했습니다. 그때 경찰이 내 소재를 파악하게 되었고 동지들의 재빠른 경고 덕택에 체포만은 면하게 되었습니다."

"난 즉시 피신했습니다. 그건 나 자신을 위해서라기보다는 내가 관리하고 있는 문서들을 보호하기 위한 것이었습니다. 궁리 끝에 피신처 한 곳이 떠올랐습니다. M의 집이었습니다. 난 그에게 갔습니다. 하인이 내 이름을 대자 그는 곧장 나왔고 반기는 기색이 역력한 얼굴로 나를 맞았습니다. 하지만 둘이 남게 되어 내가 온 목적을 말하자, 그는 두려워하며 이성을 잃었습니다. 그때 나를 바라보던 눈빛엔 사랑도 우정도 존재하질 않았습니다. 우리 두 사람, 두 이방인은 마주 서 있었습니다. 아마 그 사람 역시 그 순간에 자기 자신에게 되묻고 있었을 겁니다. 내가 이 여자를 이전에 사랑했던 적이 있다는 것이 있을 수 있는 일인가? 내게 있어 그 사람은 더 이상 M이 아니었습니다. 그와 외모가 비슷한 먼 친척 같았죠. 내가 사랑했던 그 얼굴이 흔적으로만 남아 있을 뿐이었습니다. 그게 다였죠."

"난 그를 찾아온 걸 후회했습니다. 하지만 문서의 안전을 확보하겠다는 원래의 의도를 고수하기로 결심했습니다. '이 부르주아가 나에게 화를 내게 내버려 두자! 비곗덩어리는 조금 떨어내는 게 그에게도 좋아'라면서요."

"그는 내가 나타난 것에 불편함을 느낀다는 걸 정중히 표현하려고 애쓰더군요. 하지만 난 그 사람이 왜 당황해 하는지 이해하지 못하겠다는 듯이, 오랜 우정이라는 이름으로 부탁을 했습니다."

"달리 방법이 없어 그날 밤은 머물게 해 주더군요. 그 밤에 그가 얼마나 잠을 설쳤을지는 상상만 할 뿐이었죠. 전 편안히 쉬었지만요."

"문 두 개를 건넌 곳에서 자고 있는 아니 좀 더 정확히 말하면 잠들려고 애쓰고 있는 저 남자가, 미친 듯이 일렁이는 내 마음에 피를 끓어오르게 하기에 충분했던 그 발자국 소리와 그 웃음과 그 눈빛을 가진, 이 집 어딘가 닿을 수 없는 가장 먼 곳에 있어도 그의 모습을 느낄 수 있었던 그 사람이 될 수는 없었습니다. 그날 밤 난 알게 되었습니다. 우리의 사랑은 끝나 버렸다는 걸. 단지 희미한 허탈감과 내 어린 딸만이 남아 있을 뿐이었습니다. 그 사람은 딸에 대해서 물어보지조차 않았습니다."

"우리는 냉담하게 헤어졌습니다. 다시 만나자는 말도 없이 말이죠. 과거는 과거로 남고 잊혀졌습니다."

"하지만 그 뒷일이 더 이상하고 난 아직도 이해하기가 힘듭니다. 오래지 않아 꼰스딴찐을 만나게 되었는데 그가 멀리 딴 지방에서 일을 하느라 오랫동안 떠나 있은 후였습니다. 그에게 서도 난 똑같은 어색함과 불편한 마음을 느끼게 되었습니다. 뭔가 다른 시각으로 그를 바라보게 되었습니다. 폭풍같이 몰아 쳤던 이 대격변의 시간들이 깊게 남겨 놓은 흔적이 우리들 모두에게서 오래되고 친숙한 모습들을 모두 지워버렸던 걸까요? 일어난 일들을 바라보는 관점이 우리는 서로 달랐습니다. 새로운 시점에서 우리는 당시의 문제점들에 접근했습니다. 우리는 각자의 상이한 경험에 근거해서 미래에 대한 서로 다른 전망을 가지게 되었습니다."

"꼰스딴찐은 계속해서 쓰라린 실망을 경험해 왔어요. 당과의 심각한 불화로 인해 어떤 경우엔 신랄한 개인적 원한과 같은 마음이 엿보였고, 그것이 그가 가졌던 예전의 열정을 좀먹어 버렸더군요. 혁명의 미래에 대한 그의 신념은 그가 저지른 실수와 그에게 부과된 부적절한 조치로 인한 중압감 가운데서 산산조각이 나 버렸습니다. 그는 다가올 미래에 대해 답보상태만이 이어질 것이라고 보았습니다. 그리고 내게 신중하고 용의주

도하게 행동하라고 충고했습니다. 그가 하는 말과 그 말을 하는 태도 속에서 그가 투쟁에 지쳐 버렸다는 걸 느낄 수 있었습니다. 자기도 인식하고 있진 못하겠지만 너무나 명확하게도 그의 마음은 운동에서 떠나 어딘가 조용한 피난처를 찾아 헤매고 있었습니다."

"반면에 나는 원기 충천한 상태였습니다. 혁명은 나를 고양시켰고 영감을 불어넣어 주었습니다. 낙담과는 한참 거리가 멀었습니다. 힘이 솟아났고, 어려움이 많던 그 당시에 할 수 없는 일들도 난 해낼 수 있을 것만 같았습니다. 난 언제나 그래왔던 것처럼 따뜻한 동지애를 갖고 꼰스딴찐을 대했습니다. 언제나 그랬듯이 함께 일할 수 있을 거라고 여기면서요. 하지만 그것은 불가능한 일이었습니다. 그는 너무 멀리 떠나가 있었습니다."

"난 출국할 수 있는 기회를 이용했습니다. 물론 불법적인 것이었죠. 혁명의 부름에 응해서 떠나왔었던 곳으로 화학을 공부하기 위해서 떠났습니다. 그때 꼰스딴찐과 나는 다시 만날 기회도 만들지 않은 채 서로 너무나 먼 길을 향해 떠나가게 되었습니다. 그 후 그는 운동과의 모든 연결 고리를 잃게 되었습니다. 전쟁 기간 동안 그는 예비 관료로서 남학교에서 교편을 잡았습니다. 그는 쏘비에뜨[8]를 적극적으로 사보타주[9]했습니다.

---

8) 러시아에서 쏘비에뜨는, 모든 필요한 결정사항이 노동자·농민의 직접적 참여와 결정으로 이루어지는 평의회를 의미한다. 쏘련의 정식 명칭이 쏘비에뜨 사회주의 공화국 연방(Союз Советских Социалистических Республик, the Union of Soviet Socialist Republics)이었던 것은, 이런 평의회들이 운영한다는 의미에서였다.

나중에 내가 듣기로는 백군 폭동기에 죽음을 맞이했다고 합니다."

"M 역시 반혁명세력에 합세했다가 겨우겨우 프롤레타리아의 보복을 피해서 나라 밖으로 빠져나갔습니다. 내게 있어서 두 사람은 모두 오래전에 존재하지 않는 것이나 마찬가지였기에 그들이 처한 운명은 내게 어떤 감흥도 남기질 않았습니다."

"'이게 그녀가 말하는 비극이란 말인가?' 이 한없이 긴 전기를 읽으면서 이렇게 묻겠죠? 고리타분한 이야기... 고릿적 잊혀진 이야기들이죠."

"하지만 내가 어떤 여자인지 알아야만 합니다. 그리고 지금 나에 대해서 평가를 해야 하구요. 지금까지 내 과거 고백을 계속해 왔으니 내가 다른 사람들과 같은 여자라는 걸 알게 되었을 것입니다. 좀 과장해서 말하자면 인간 내면에서 일어나는 복잡다단한 것들을 난 잘 이해하고 있다고 말할 수 있겠죠."

"하지만 지금 내가 처해 있는 상황은 내 딸과의 일에 있어서... 이해할 수 없는 이 일을 난 내가 할 수 있는 최선의 인내와 소신을 갖고 버텨내고 있습니다."

"다시 말하면, 내 어머니인 마리야 스쩨파노브나가 날 이해하지 못했듯이 내가 게니야를 이해해 주지 못하고 있는 거라고 생각하며 내 스스로를 다독이고 있습니다. 하지만 단지 자기 존중과 수양이 엄청나게 부족해서 이런 일이 생기는 것이라고

---

9) 사보타주(sabotage)는 쟁의중인 노동자에 의한 공장 설비·기계 등의 파괴, 생산 방해를 의미한다. 그가 쏘비에뜨에 소속된 사람으로서 쏘비에뜨에서 일어나는 일들을 방해했다고 해석해야 한다.

여겨질 때가 더 많습니다. 그럴 때면 정말 공포스러움에 치가 떨립니다. 제발 내가 가야 할 길을 찾을 수 있도록 도와주십시오... 내가 비난 받아 마땅하다면 날 비난해 주고, 내가 반동적인 거라면 혹은 이 새로운 삶의 방식이 사랑과 존재에 대한 새로운 철학을 만들어 냈다는 것이 사실이라면 내게 알려 주십시오."

"오늘은 더 이상은 쓸 수가 없군요. 괜찮다면 찾아뵙고 싶습니다. 이제 내 과거에 대해서 모두 알게 되었으니 숙명처럼 내게 불어닥친, 해답을 찾을 수 없는 이 새로운 난관에 대해서 말하는 게 좀 더 수월하고 덜 당황스러울 것 같습니다. 20751번에 내선 3번으로 전화해서 단둘이 만날 수 있는 때가 언제인지 알려 주십시오. 저는 저녁 시간이 가장 좋습니다. 늦어도 상관없으니 편하신 시간으로 정해 주십시오. 꼭 전화해 주실 거라고 믿습니다."

"동지애를 담아, 올가 베셀로프스까야가 보냄."

며칠 후, 내가 전화를 해서 정한 시간에 올가 베셀로프스까야가 나를 만나러 왔다. 지난번에 만났을 때보다 야위고 창백해 보였고 눈빛은 불안정해 보였다.

말수가 없고 야단스럽게 치장하는 사람이 아니라서 수수한 옷에 단정히 스카프만을 둘렀을 뿐이었다. 그런데도 개성에서 풍겨 나오는 무한한 매력 같은 것이 있는 여자였다. 그녀는 평정심을 찾으려 노력하는 기색이 역력했다. 그동안 우리는 심각하지 않은 정치적 현안들에 대해서 간단히 이야기를 나누었다. 국가산업기구에서 매우 중요한 직책을 맡고 있는 이 여자가 내가 받은 그 편지 속의 여자와 같은 여자라는 게 머릿속에서 쉽게 그려지지가 않았다.

"근데, 나를 오늘 여기 오게 만든 제 개인적인 문제들을 당장 이야기했으면 하는데요."

올가 세르게예브나는 마리야 스쩨파노브나를 연상시키는 목소리에 똑 부러지고 무미건조한 어조를 띠고 내 말을 가로막았다. "내 딸애에 대해서 이야기하고 싶군요. 내 딸애를 어떻게 생각하는지 말해 주셨으면 합니다. 내가 제대로 이해를 못한 것일 테지요. 부모 자식 간에 피할 수밖에 없는 비극일는지도 모르고요. 아니면 게니야가 태어나 자란 비정상적인 환경 탓에 생긴 괴팍함 때문일는지도 모르겠군요. 그 앤 어린 시절 내내 여기저기로 내맡겨졌습니다. 처음엔 할머니가, 다음엔 제가, 그 후엔 친구들이 그 앨 돌봐 주었습니다. 그 앤 혁명이 일어난 첫 해에는 공장에서 살다가 부상자들을 돌보느라 전선으로 갔습니다. 물론 딸애는 거기서 내가 그 나이 때는 알지도 못했던 수많은 것들을 보고 들어야만 했지요. 그게 나을지도 모르죠... 사람이란 삶이 어떤 것인지 알아야만 하니까요. 하지만..."

"최근 몇 주간에 난 내 신념을 잃어버리게 되었습니다. 그래서 더 이상은 뭐가 옳고 그른지를 모르겠습니다. 예전엔 게니야가 편견에 구속 받지 않고 자랐다는 사실을 기쁘게 생각했습니다. 그 앤 개방된 시야로 인생을 들여다보고 자신이 맞닥트리게 될 모든 상황들에 잘 대처할 수 있을 테니까요. 그리고 이 나라 안에서 쉽게 볼 수 있는 지식인들처럼 중심을 잃고 흔들릴 아이가 아니니까요. 그 앤 거짓이라곤 찾아볼 수가 없는 진실함 그 자체죠. 하지만 지금은…"

"그게 말입니다…"

"내가 랴브꼬프 동지를 다보스10)에서 만나 치료해 주고 건강을 되찾게 해 줬다는 걸 알고 계실 겁니다. 내가 그 사람보다 훨씬 연상임에도 불구하고 그 이후로 우리는 남녀로 함께 살아왔습니다. 어떤 의미에서 그 사람은 내 제자라고 할 수 있죠. 하지만 우리가 함께 살아온 칠 년 동안 우리 사이엔 조화와 친근함만이 존재했습니다. 우린 1917년에 함께 돌아와서 우리가 할 수 있는 모든 것은 물론이고 우리 자신마저도 쏘비에뜨를 위한 투쟁에 내던졌습니다."

"랴브꼬프 동지를 아실 테죠. 타협할 줄 모르는 프롤레타리아. 그것으로 말고는 존재할 수 없는 사람이었습니다. 그가 해 온 일들에 대해선 말할 필요도 없죠. 이견이 있을 수 없을 테니까요."

"그인 결핵을 앓고 있어서 난 내가 할 수 있는 모든 걸 동원해서 그를 돌봐왔습니다. 우리 우정엔 티끌만 한 그림자도 드리워질 수 없을 거라고 항상 여겨왔었습니다. 모든 게 너무나 명확하고, 평화롭고, 선명했어요…"

"작년에 우리가 모스끄바11)에 정착하게 되자 함께 살려고 게

---

10) 다보스(Davos). 스위스 그라우뷘덴주(州)에 있는 관광지로 러시아 혁명가들은 스위스로도 망명을 많이 갔다.
11) 모스끄바(Москва, Moscow). 모스끄바공국의 수도였으며, 1712년 뻬쩨르부르크로 수도가 옮겨지기 전까지 제정러시아의 수도였다. 10월 혁명으로 성립된 쏘비에뜨 정부는 1918년 3월 12일, 수도를 모스끄바로 이전하였다. 쏘련이 붕괴된 현재도 모스끄바는 러시아 연방

니야를 불러왔습니다. 그 앤 스무 살밖에 되지 않았지만 당의 일에 적극적으로 뛰어들어 왔습니다. 할머니를 빼닮아서 확고한 신념을 갖고 지칠 줄 모르는 열정으로 자신이 하는 일에 몰두해 왔습니다. 자신의 지구에선 어린 나이임에도 운동에 있어 귀중한 자산으로 존중 받고 있는 아이이죠."

"모스끄바의 생활환경이란 게 어떤지 아실 겁니다. 방 하나에 우리 셋이 함께 살죠. 물론 불편은 하지만 지금으로선 누구나 이런 불편은 감수해야 하는 것이니까요. 우린 집에 머무르는 경우가 거의 없게 되었습니다. 나는 공장들을 점검하기 위해서 한 번에 몇 주씩 걸리는 장기 여행을 자주 떠납니다."

"처음엔 딸애와 제가 오랫동안 떨어져 있던 게 둘의 관계에 어떤 영향을 미치게 될지 약간은 불안해했습니다. 하지만 우린 단번에 가까운 친구가 되었습니다. 그래요, 친구 사이요. 그 애에 대한 내 감정엔 엄마로서의 감정 같은 건 없었어요. 그 애의 열정과 웃음 속에서 난 다시 내 젊음을 되찾을 수 있었습니다. 그 애의 충만한 자신감은 건강하고 전염성이 강했습니다."

"라브꼬프 동지와 그 애가 이내 사이가 좋아져서 난 너무나 기뻤죠. 둘이 서로 좋아하지 않으면 어쩌나 하는 두려움이 있었거든요. 그인 게니야를 데리고 극장에도 가고 모임이나 대회 개막식에도 갔습니다. 우리 셋이 모두 함께 사는 것엔 문제가 없었고 서로 사이가 좋았습니다. 안드레이의 건강 역시 좋아지

제1의 도시이자, 수도로 남아있다. 본문에서 올가는 국가산업기구에서 매우 중요한 직책을 맡고 있었기 때문에, 새로운 수도인 모스끄바로 옮겨왔을 것이다.

고 있었습니다. 그가 아프다는 걸 거의 느낄 수 없을 정도가 되고 있었죠."

"이게 그 사건이 터지기 전까지 우리가 살던 모습입니다..."

올가 세르게예브나는 더 이야기하기가 힘든 듯 주저했다. 그녀는 내 어깨 너머 창가를 바라보며 침묵에 잠겨 있었다.

"무슨 일이 일어났는지 알 것 같습니다. 올가 세르게예브나. 그건 불가피한 일이에요. 게니야와 랴브꼬프 동지가 이성을 잃은 겁니다. 거기에 무에 그렇게 참을 수 없고 수치스러울 게 있습니까? 당신도 이해하고 있을 거라고 생각합니다."

"하지만 그게 그렇지가 않습니다. 물론 이해합니다." 올가 세르게예브나가 끼어들어 이야기를 했다. "하지만 그 사람과 게니야, 그들 영혼에서 내가 나중에 보게 된 건..."

"당신이 본 게 뭡니까?"

"그네들은 자신들이 한 행동에 대해서 무정하게 그게 옳다고 확신하지만 거기엔 진심이 없었고... 그건, 그건 그냥 냉소일 뿐... 이해할 수 있겠습니까? 사랑도 열정도 거기엔 없었어요. 나를 옴짝달싹할 수 없게 만들었던, 나의 그 불행한 사랑의 그물에서 빠져나오기 위해서 내가 얼마나 애를 쓰고 고통스러워 했던가를 떠올릴 때면! 그런데 그네들한텐 이런 것들이 당연한 일이었어요. 만약 내가 이해를 못한다면 내가 보수적이기 때문입니다. 내가 보기엔 세상천지가 다 방탕과 타락의 길로 그리고 이해할 수 없는 음란함으로 빠져버린 것 같습니다. 그 길로 나아가기가 난 머뭇거려집니다. 결국은, 아마도 내가 보수적인 탓이겠지요. 내가 비극적인 사랑에 허우적거리고 있을 때 내 어머니도 날 이해해 주지 못했었던 게 기억이 납니다. 당신이 길을 안내해 주셔야만 합니다. 내가 내 길을 찾을 수 있게 도와주십시오."

올가 세르게예브나는 자기 딸이 십 분만 시간을 내 달라면서 사무실에 찾아왔었다고 했다.

"'엄마, 지금 당장 엄마에게 말을 해야겠어요. 엄마랑 단둘이 이야기할 수 있는 곳이 여기뿐이잖아요.'"

그리고 게니야는 너무나 침착한 태도로 단도직입적으로 자기가 임신을 했다고 말했다. 올가 세르게예브나는 화들짝 놀랐다.

"'아니, 누구 애란 말이냐?'라고 묻자, 딸애는 '몰라요'라고 대답을 했어요. 딸애는 자기에게 애를 갖게 한 남자의 이름을 대는 데 망설이고 있는 거라고 여겨서 더 이상은 묻지 않았습니다. 하지만 딸애가 한 대답 속에는 뭔가 냉랭함이 묻어 있었고 그 애 엄마인 내 가슴은 철렁했습니다."

게니야는 조언을 구하러 엄마를 찾아온 것이 아니었다. 이미 낙태를 할 마음을 먹고 있었다... 임신 중절을 합법화하는 법안은 이미 통과된 상태였다.[12] "누구와 필요한 절차들을 처리해

---

[12] 1920년의 '낙태에 관한 포고'는 수술의 해악이 최소화된다고 확신할 수 있는 조건을 갖춘 쏘비에뜨 병원에서, 낙태는 아무런 제한 없이 자유롭게 시술될 수 있다는 것이다. 낙태의 권리에 대해서 논쟁이 있었는데 끄루쁘스까야와 꼴론따이는 찬성론자들로 경제적 필요와 탁아시설의 부족으로 어쩔 수 없는 경우에는 낙태가 허용될 수밖에 없었다고 주장하였다. 끄루쁘스까야는 사회적 한계로 인한 낙태를 인정했지만 부르주아들의 낙태는 모성적 본능에 대한 위협이며 이기심이라고 간주하였다. 그러나 스미도비치 같은 이들은 낙태를 부르주아적 이기심이 아니라 남성들이 성적 문란으로 갈지 모른다는 것으로 연

야만 한단 말인가요? 엄마가 소개장을 써 줘야 하는 건가요? 그 애는 아이를 원치 않았어요."

"'난 지금 애를 가질 여유가 없다고요.'"

올가 세르게예브나는 게니야가 처한 상황에 대해서 남편에겐 언급하지 않았다. 딸의 개인적 문제라고 여겼던 것이다. 게니야가 스스로 말하기로 마음을 정한다면… 하지만 어쩐지 불편한 마음이 그녀를 짓눌렀다. 마음의 평화를 잃게 된 것 같다는 불안함이 무의식중에 자리하고 있었다. 예전엔 결코 볼 수도 없었던, 소소하지만 새로운 관점이 요구되는 일들이 그들이 꾸려 가고 있는 삶에 나타나기 시작한 것이 아닌가 하는 의구심이 들기 시작했다.

그녀는 자기가 하고 있는 의심 때문에 자기 자신을 심하게 결시켰다. 그리고 메리 버클리(Marry Buckley)는 아래와 같이 또 다른 이유를 들고 있다.

> 그러나 그것이 주요 이유는 아니다. 더구나 그 권리는 여성이 자신의 신체에 대한 권리의 행사에 의해 제기된 것이 아니다. 그 원인은 불법적인 낙태를 근절시키려는 데 있었다. 법령은 "러시아와 서구에서 불법적인 낙태가 증가하고 있으며, 여성과 의사들에 대한 처벌로 그 해악이 사라지지 않고 있다"는 진술로 시작된다. 언론에서 여성들은 비밀스런 시술을 직업적으로 하는 무자격자들에 의한 피해자로 그려지고 있으며, 그 결과 무자격자로부터 시술을 받은 여성들의 50% 가량이 수술의 과정에서 감염되었으며, 4%가 사망에 이르게 되었다. (Marry Buckley, *Women and ideology in the soviet Union*, Michigan University Press, 1989, p. 36; 정진희, 한양대 석사논문—"소비에트 가족 정책과 여성해방", 2001, p. 41에서 재인용.)

자책했고 그런 생각들을 없애 버리려고 애썼다. 하지만 의심은 사라지지 않고 일에 방해가 되었다. 그녀는 알아야만 했다. 자신의 의심이 터무니없는 것이라는 걸 확인 받기 위해서라도 알아야만 했다. 딸애와 남편이 단둘이서 집에 있을 거란 걸 알고서, 그녀는 어느 날 저녁에 아프다는 핑계로 모임에서 빠져나왔다. 그러곤 딸애가 남편 품에 안겨 있는 모습을 확인하려고 서둘러 집으로 향했다.

"이해할 수 있을 거라고 믿습니다. 사실 둘이 함께 있지는 않았습니다. 하지만 그 다음 일어난 일들이 날 격분하게 했습니다. 안드레이는 모자를 쓰고는 한마디 말도 없이 집을 나가 버렸고, 게니야는 내 말을 기다리고 있었습니다."

"'왜 널 임신시킨 게 안드레이라고 말하지 않았니?'"

"게니야가 조용하게 대답하더군요. '내가 할 수 있는 말은 모른다는 말뿐이에요. 안드레이일 수도 있겠죠, 엄마가 모르는 다른 동지일 수도 있고요.'"

"얼마나 기가 막혔을지 아시겠죠? 전선에 있는 동안 몇 년 동안이나 성관계를 해 왔다고 게니야가 말하더군요. 내겐 엄청난 충격이었습니다. 난 그 앨 어린애라고 여겼었거든요. 이해할 수가 없었습니다. 근데 게니야는 그 남자들 중 누구도 사랑한 적이 없다고 했어요! 사랑한 적이 없다고 말이에요!"

"'왜, 왜 그런 거냐, 게니야?' 내가 물었어요. '어떻게 할 수 없을 만큼 육체적 욕망이 그렇게 강한 거냐? 넌 아직 너무 어리단다. 그건 지극히 비정상적인 거야.'"

"어떻게 해야 이해를 하시겠어요, 엄마? 난 엄마가 말하는 그 육체적 욕망이란 걸 느껴본 적이 없어요, 아니 적어도 지난 몇 달 동안 함께 지냈던 어떤 남자를 만나기 전까지는요. 하지만 그것도 이젠 끝났어요. 하지만 그 남자를 좋아했었고 그 남자도 날 굉장히 좋아한다고 느꼈죠. 단지 그것뿐이에요. 거기에 우리 둘 다 의무감 같은 걸 느끼진 않았어요. 엄마, 난 왜 이게 엄마를 이렇게나 흥분시키는지 이해를 못하겠어요. 내가 몸을 팔았거나 아니면 누군가가 내 의지에 반하는 행동을 하게 했다면... 하지만 난 내 자신을 줄 준비가 되어 있었어요. 우린 우리가 서로를 좋아하는 동안에는 함께 있었어요. 우리 관계가 더 이상 우리를 기쁘게 해 주지 못해서 헤어진 거예요. 우리 중 누구도 손해 본 건 없어요. 물론 운이 나빠서 임신을 하게 되었지만요. 이삼 주는 쉬어야 하겠죠. 하지만 내 잘못인걸요. 앞으론 좀 더 조심을 해야겠죠.'"

그 앤 아무도 사랑하지 않으면서도 두 남자를 동시에 만났어요. 안드레이와의 일은 그저 우연히 일어난 거였습니다. 사실, 안드레이보다 다른 남자에게 훨씬 많이 끌렸지만 그 남자가 짜증나게 할 때가 많았나 봅니다. 그 남자가 게니야를 계속 어린애 취급하고 진지하게 대하려 하질 않아서 화를 내거나 슬퍼하면서 집으로 오곤 했었죠. 그럴 때 안드레이는 그 애에게 친절하게 대해 주었고 그 앨 이해해 주었습니다. 안드레이와 그 앤, 같은 세계에 살고 있었던 겁니다. 그는 그 애의 동지였죠. 안드레이랑 함께 있으면 사람들은 항상 즐겁고 행복해했어요.

"그들 둘은 서로를 알고 있었니?"

"당연하죠. 왜 비밀로 해야 하죠? 적어도 안드레이는 개의치 않았어요. 또 한 사람은, 그래요, 화를 냈어요. 그리고 최후통첩을 하러 나타났더군요. 하지만 그 사람도 곧 태도를 바꿨어요. 결국은 내가 그 사람을 떠났지만요. 그 사람한테 너무 넌덜머리가 났거든요. 난폭한 사람이었어요. 난 난폭한 게 싫어요.'"

올가 세르게예브나는 인생과 사랑, 결혼에 대한 그런 진지하지 못한 태도가 얼마나 위험한 것인지를 이해시키려고 노력했다. 하지만 게니야는 그녀의 그런 관점을 받아들이지 않았다.

"'엄마, 엄만 지금 내 행동이 천박한 거고 사랑 없이 몸을 주어선 안 된다고 말하고 있는 거잖아요. 내 냉소적인 태도 때문에 엄청난 불행을 겪을 거라고 말하는 거고요. 하지만 솔직히 말해 보세요, 엄마. 내가 전선에서 지냈던 경험이 있는 스무 살의 독립적인 삶을 살고 있는 아들이라도, 자기가 좋아하는 여자랑 관계를 가졌다는 소리에 이렇게 똑같이 분통을 터트렸을까요? 혹여 오해를 할 수도 있는데, 물론 난 지금 매춘부나 돈을 노리고 사람을 속이는 그런 여자와의 관계를 말하고 있는 게 아니에요. 그건 비열한 짓이죠. 하지만 그를 좋아하고 그도 역시 좋아했던 여자라면요? 그래도 이렇게 화가 났을까요? 내가 "문란"하다는 걸 왜 그렇게 마음에 안 들어 하시는 거예요? 나도 그 아들처럼 성숙한 한 인간이라고요. 내 책임에 대해서도 충분히 알고 있는 걸요. 당에 대한 나의 의무를 알고 있어요. 하지만 당과 혁명이, 백군이나 엄마가 말하고 있는 그런 것들이 붕괴되는 것이 내가 안드레이에게 몸을 허락했다는 사실과 도대체 무슨 상관이 있는 거죠? 엄마도 알 거예요, 우리 각자가 절실하게 매달려서 해야 할 일이 있는 지금 이 시점에 아이를 가지는 건 잘못이란 걸요. 난 그렇게 생각해요. 그리고 어떤 상황에서도 아이 엄마가 되진 않을 거예요. 한편으론…'"

"하지만 왜 내 입장은 생각해 보지 않은 거냐?" 올가 세르게예브나는 딸에게 물어보았다. "넌 너와 안드레이의 관계를 내가 어떻게 여길지에 대해서는 생각도 해 보지 않았니?"

"그래서 뭐가 달라지는데요? 우리가 친구가 되길 바라셨잖아요. 내가 안드레이를 좋아하고 그 사람도 날 좋아하는 걸 볼 때면 행복해 하셨잖아요. 어디까지가 우정의 경계인 거죠? 함께 살고 함께 즐거운 시간을 보내는 건 괜찮은 데 왜 키스를 하면 안 되는 거죠? 우린 엄마가 가진 것 무엇에도 손대지 않았어요. 안드레이는 언제나 그랬듯 엄마를 숭배해요. 난 그 사람이 엄마에 대해서 품고 있는 감정에 대해선 어떤 것도 문제 삼지 않아요. 내가 그 사람에게 키스하는 것…? 엄만 그 사람과 함께 시간을 보냈나요? 엄마가 멀리 가 있는 동안 안드레이가 엄마에게 너무나 심하게 집착해서 엄마가 엄마의 인생을 누릴 수 없게 묶어 두는 건 엄마도 절대 원치 않잖아요! 그건 사랑이 아니에요. 그건 이기적인 소유욕일 뿐이라고요. 할머니에게서 교육받은 부르주아적 사고가 엄마 안에서 속삭이는 거예요. 그건 불공평해요. 엄마는 젊었을 때 엄마가 원하는 대로 살았잖아요. 안드레이는 왜 그러면 안 된다는 거죠?'"

올가 세르게예브나는 자기 딸이나 안드레이가 자기들이 저지른 일을 후회하지 않는 것에 상처 받고 화가 났다. 그들 둘은 이 모든 걸 너무나 평범하고 당연하다고 여겼다. 올가 세르게예브나는 게니야와 안드레이가 자기 자신들이 굉장히 관대하고 참을성 있다고 여기며 몇몇 피상적인 말들로 자신을 가르치려 들었었다고 여기고 있었다. 두 사람은 자신들이 한 일로 인해 두 사람 모두가 너무나 좋아하는 올가 세르게예브나가 몹시도 기분이 상했다는 것에 대해서는 확실히 후회를 하고 있었다. 하지만 마음 깊숙한 곳에는 조금도 잘못했다는 생각을 가지지 않았다. 두 사람은 각자 그녀에 대한 자신들의 사랑에는 변함이 없으며 누구도 그녀의 마음을 상하게 하려는 의도를 가졌던 건 아니라는 걸 거듭해서 확인시켜 주었다. 그녀의 마음을 상하게 하는 거라면 당연히도 더 이상의 관계를 발전시키는 일은 없을 거란 약속도 했다. 이런 위태로운 상황에서 올가 세르게예브나는 조언과 도움을 구하러 나를 찾아오기로 결심한 것이었다.

우리는 이 문제를 오랫동안 진지하게 이야기했다. 이들 신세대를 어떻게 받아들여만 하는 걸까? 이 무절제한 방탕이 어떤 법도 예상치 못한, 새로운 삶의 방식이 배태한 욕망과 솔직한 신념이란 말인가? 새로이 생성되고 있는 이 국가의 문제점들이 반영되어 나타난 것이란 말인가? 새로운 도덕성…

올가 세르게예브나는 마리야 스쩨파노브나를 너무나 쏙 빼닮은 우아한 손으로 턱을 괴고는 말했다. "무엇보다도 날 슬프게 하는 건 이 모든 것들에는 열정도 감정도 전혀 없다는 것입니다. 이렇게 무정하게 옳고 그름에 대해서 가벼이 여기다니, 늙은이들 같은 짓이에요… 이렇게 완전히 감정이 메마르다니. 게니야가 안드레이를 사랑했다거나, 그 사람이 딸애를 사랑했다면 이해할 수 있었을 겁니다. 그랬다면 이렇게 혐오감에 몸부림치지 않고서 비참함을 견뎌 내었을 거예요. 난 진심으로 안드레이를 사랑하니까요. 내가 완전히 신뢰하고 있는 그 두 사람이 날 배신했다는 것 때문에 내가 견뎌야 하는 고통을, 내 느낌을 어떻게 설명을 해야 할지? 마음을 다해 날 사랑한다고 고백하는 그 두 사람이 내가 어떤 고통을 겪을지 분명히 알았으면서도 어떻게 그 고통에 대해서는 생각지 않을 수가 있는 거죠? 날 오해하지는 말아 주십시오. 난 사람은 자기가 어떤 일을 할 때 개별 인간에 대해서 무시할 수 있는 사람은 바로 그 점 때문에 사랑을 할 능력이 없다고 느끼고 있답니다. 두 사람 다 날 사랑한다는 걸 확인해 주었죠. 하지만 연민이나 후회도 없이 너무나 가볍게 가장 깊숙한 곳에 있는 경건한 애정이란 것에 상처를 내는 게 그게 사랑인가요? 거기서 난 딱딱해진 심장과 감정이 사라져 버린 무정함밖에 찾아낼 수 없어요... 두 사람을 이해할 수가 없습니다..."

"내가 게니야에게 다가갔을 때 그 애가 이렇게 묻더군요. '하지만 엄마, 엄마도 아빠의 부인과 아빠 사이의 관계를 갈라놓았잖아요. 그것도 역시 거짓 아닌가요?'"

"게니야는 이해하지도 못하고 이해하려고도 안 하지만 그건 엄청나게 다른 겁니다. 난 M의 부인을 사랑했던 적이 없었어요. 그 여잔 나한텐 남이었다고요. 그 여자랑 나랑은 공유하는 게 없었어요. 난 인간에 대한 예의로 감정을 나눴던 것뿐입니다. 그리고 난 M을 사랑했어요. 난 정말 그 사람을 사랑했다고요! 그 사람의 부인 못지않게요. 아니 훨씬, 훨씬 더 사랑했어요. 그런 감정에 대한 대가로 난 그 사람을 가질 권리를 얻게 된 거고, 내가 사랑할 수 있는 힘과 내가 겪는 고통이 큰 만큼 난 정당성을 부여받았던 겁니다. 하지만 두 사람 사이엔 아무 것도 없어요. 사랑이나 고통도 기쁨이나 슬픔도… 여기서 그리고 이제는 저기서 신기루처럼 나타나는, 인생이라는 정원에 핀 꽃과 같은, 언제 어디서나 사람들이 찾아 헤매는 그 쾌락을 낚아챌 권리에 대한 소름 끼치는 확신만이 있을 뿐이죠. 그게 날 무섭게 합니다. 따뜻함도, 상대에 대한 최소한의 감정도, 세상 어떤 감정보다 소중한 사랑이라는 감정에 대한 진실함도 없이… 이런 것이 공산주의인가요?"

엉뚱한 그녀의 결론에 나는 본의 아니게 웃음을 터트려 버렸고 올가 세르게예브나도 약간 부끄러워하면서 최소한 지금 하고 있던 이야기의 결론이 그렇게 내려지는 건 옳지 않다는 점에 있어서는 인정을 했다.

다음 날 내가 게니야를 직접 만나는 게 좋겠다는 이야기를 하고서 우리는 헤어졌다.

다음 날 아침 게니야가 나를 찾아와서는 하루 종일 시간을 낼 수는 없다고 설명했다. 오후와 저녁 시간은 자신의 지구에서 해야 할 일이 있다고 했다.

그녀는 강렬한 인상을 주는 작은 얼굴에 자신의 할머니를 떠올리게 하는 자신감 넘치는 태도를 지닌 키가 크고 날씬한 사람이었다. 약간 창백해 보였고, 약간 그늘이 진 눈매였다. 그녀의 손은 차갑고 땀이 배어 있었다. 아직까지는 수술 후 완전히 회복되지 않은 것이 분명했다.

그녀는 쾌활하고, 명쾌하고 동지적인 태도를 지니고 있었다.

"당신도 어머니처럼 제가 사랑에 빠지지도 않고서 몸을 주었다는 걸 인정하지 않을 거라고 생각합니다. 하지만 사랑 같은 것에 빠질 시간이 없습니다. 전 소설들을 읽어서 사랑이 어떻게 한 사람이 지닌 모든 재능을 앗아 가 버리는지 알고 있습니다. 하지만 전 시간이 없습니다. 우리가 하는 지역 활동에 모든 걸 바쳐야 하는 상황이기 때문에 우리들 중 누구도 개인적인 일 같은 다른 것들을 생각할 시간이 없습니다. 이 일에서 저 일로 뛰어다니고 있습니다. 다른 일을 할 시간이라곤... 다른 사람들보다 이 사람한테 더 끌리는 건지 저 사람한테 더 끌리는 건지 그런 걸 알아차릴 만한 시간도 없습니다. 스쳐 가는 환상에서 한 단계 나아가기도 전에 또 끝나 버리죠. 새로운 일에 뛰어드느라. 동지애적인 처음의 관계 이상으로는 더 나아가지 않습니다. 이 사람은 전선에서 부름을 받고, 저 사람은 멀리 떠나가게 되죠. 색다른 감흥과 또 다른 인상적인 일들 속으로요. 그리고 우리는 잊게 돼요. 그래서 우린 그저 짧은 시간의 해방감을 맛보려고 할 뿐입니다. 어떤 속박도 책임도 요구받지 않는 것이니까요... 물론 거기엔 계약관계가 주는 병폐라는 위험이 항상 도사리고 있습니다. 하지만 눈을 똑바로 쳐다보고서 진실을 요구한다면 어떤 남자라도 그런 것에 대해서 거짓말을 하지는 않을 겁니다. 그런다면 그건 동지가 아니죠. 그런 경험을 두 번 해 봤습니다. 한 사람은 나를 정말 좋아했습니다. 가끔 그가 날 정말 사랑했었던 것이라는 생각이 들기도 합니다. 그 사람이 내게 고백하는 걸 힘들어 한다는 걸 알 수 있었습니다. 하지만 우린 함께 하지 않았습니다. 그렇게 하면 내가 용서하지 않을 것이란 걸 그 사람은 알고 있었거든요."

매력적이고 기다란 게니야의 눈매에선 정직함과 솔직함이 반짝거리고 있었다.

내가 "하지만 말해 봐요, 게니야 동지"라며 중간에 끼어들었다, "왜 처음에 어머니에게 말하지 않았는지를요. 왜 어머니 몰래 안드레이와의 비밀스런 관계를 시작하고, 결국 어머니가 우연히 진실을 알게 될 때까지 그 관계를 계속 한 건가요?" "그건 단지, 그 관계가 어머니와는 상관이 없다고 느꼈기 때문이에요... 만약 안드레이와 제가 서로 사랑한 것이었다면 난 물론 당장에 어머니에게 말했을 겁니다. 아니 제가 그냥 엄마의 삶에서 빠져나왔을 거란 게 더 맞는 말일 겁니다. 전 엄마가 불행해지는 걸 원하지 않습니다. 하지만 우리 둘의 관계엔 엄마에 대한 안드레이의 감정을 바꿔 놓을 만한 그 어떤 것도 존재하지가 않았어요. 엄마는 인정하려고 하지 않지만, 내가 아니었어도 다른 사람과 일어났을 일입니다. 엄마는 안드레이가 다른 어떤 인간 존재를 쳐다보지도 않을 만큼 그 사람을 엄마한테 완전히 구속할 수 있다고 믿는 건가요? 그래서 그 안드레이가 다른 어떤 인간관계도 가지지 않을 거라고 말이에요? 저는, 제 개인적으로는 그런 유의 사랑은 이해할 수가 없습니다. 제가 안드레이와 친밀한 관계에 있다는 게, 그가 엄마보다 제게 비밀을 더 털어놓는다는 게, 그가 엄마한테보다는 저한테 심정적으로 더 가깝고 친밀하다는 게 그 모든 게 적어도 엄마에게 해가 되지는 않잖아요. 하지만 그 사람이 내게 키스를 했다는 건

제가 엄마한테서 그 사람을 빼앗아 왔다는 의미일 수 있겠죠. 하지만 엄마는 그 사람을 위해 내줄 시간이 없잖아요. 내 말이 맞아요. 엄만 시간이 없다고요. 연령상으로도 안드레이는 엄마 세대보다는 제 세대와 훨씬 가깝죠. 우린 취향이 비슷합니다. 우리 둘이 함께한다는 건 지극이 자연스러운 것입니다."

내가 넌지시 물어보았다. "아마도 그에 대한 당신의 감정이 명확하지 않은 것 같군요. 안드레이를 사랑하는 것이 아니란 걸 확신하나요?"

게니야는 세차게 머리를 저었다.

"전 동지께서 사랑이라고 부르는 그런 감정을 느껴 본 적이 없습니다. 하지만 제가 안드레이에게 느끼는 감정이 사랑이 아니라는 건 확실합니다. 사랑하는 사람들은 함께 있길 원하고, 서로의 아주 작은 바람마저 채워 주려고 열정을 불사르고, 서로를 생각하고 서로의 안위를 걱정하죠... 만약에 안드레이가 영원히 함께 하자고 했다면 정중히 거절했을 것입니다. 전 그 사람과 함께 있는 게 좋고 그 사람과 함께 있으면 행복하고 활력이 넘칩니다. 그 사람은 더할 나위 없이 멋진 동지입니다. 그리고 전 그에게 미안함을 느끼고 있고요. 그인 엄마가 항상 말하듯이 굉장히 섬세하고, 예민한 사람이니까요. 하지만 그 사람에게 더 이상은 흥미가 없습니다... 전 아브라샤에게 더 끌리거든요. 하지만 사랑이라? 아니요. 전 그 아브라샤 역시 사랑하지는 않습니다. 그에게 매료되어 버리는 때가 있기는 하지만요. 아브라샤가 뭔가를 제게 요구할 때는 그렇게 된답니다. 하지만 그건 아브라샤가 불행해 하는 걸 견딜 수 없기 때문일 뿐입니

세 세대의 세 가지 사랑 217

다. 아브라샤를 거역할 수가 없는 거죠."
 게니야는 눈썹을 치켜세우곤 생각에 빠졌다.
 "엄만 제가 그들한테 사랑을 느끼지 않는다고 말하면 화를 낸답니다. 제 나이 때 사랑 없이 몸을 허락하는 건 비도덕적인 것이라고 말하시죠. 하지만 전 어머니가 틀렸다고 생각합니다. 제가 하고 싶은 말은, 제 방식이 더 꾸밈없고 나은 방식이란 겁니다. 전 제 어린 시절을 잘 기억하고 있어요. 엄마가 꼰스딴찐과 아버지 사이에서 방황하고 있을 때였죠. 엄만 너무나 처절했고 당신 자신뿐만 아니라 다른 이들도 고통스럽게 했어요. 모두가 고통스러워했다고요! 꼰스딴찐도 할머니도 모두! 아직도 제겐 엄마에게 결정을 내리라고 다그치던 할머니 목소리가 들려요. 할머닌 '겁쟁이같이 굴지 말아라. 마음을 정해서 선택을 하란 말이야!'라고 말하곤 하셨죠. 하지만 엄만 두 사람을 모두 사랑했기 때문에 결정을 내리지 못했어요. 그리고 그 두 사람 모두 엄마를 사랑했고요. 그래서 그들은 서로를 사랑하고 또 고통에 빠뜨렸어요. 서로가 적이 되어서 헤어질 때까지요. 전 적대감 가운데서 저의 친구들과 헤어지지 않을 겁니다. 모든 게 끝이 났어요. 전 더 이상 신경 쓰지 않습니다. 그리고 모든 게 제 자리로 돌아갔는걸요. 친구가 질투를 하는 듯하면 전 항상 엄마가 겪었던 그 끔찍했던 일… 꼰스딴찐과 아버지의 질투를 떠올립니다. 그리곤 제 스스로에게 말하죠… '난 그런 일을 겪지 않을 거야. 내가 난 내 자신 말고는 다른 누구의 소유도 아니라는 걸 그들은 처음부터 알아야 해.'"
 "정말 어느 누구도 사랑한 적이 없나요? 믿기지 않는군요. 당신은 사랑이 어떤 모습인지 너무나 잘 알고 있어요. 책만 읽어서는 그렇게 잘 이해할 수 없는 거잖아요."

"왜 제가 어느 누구도 사랑한 적이 없다고 생각하시는 거죠?" 게니야는 진심으로 놀란 듯이 물었다. "전 단지 저와 친밀한 관계에 있었던 남자들 중 누구도 사랑한 적이 없다고 말했을 뿐입니다."

"그럼, 누구를 사랑한단 말인가요? 이렇게 묻는 게 실례가 될까요?"

"누구냐고요? 글쎄요. 이 세상 누구보다도 가장 사랑하는 사람은 제 어머니죠. 엄마를 대신할 사람은 없습니다. 어떤 의미에서 레닌도 어머니를 따라올 수 없어요. 엄마에 대해서라면… 전 어머니 없이 제가 살아갈 수 있다고 생각지 않습니다. 어머니의 행복보다 더 중요한 게 저한테는 이 세상에 아무것도 없습니다."

"하지만 당신은 어머니의 행복을 제물로 바치고, 말할 수 없는 상처를 어머니에게 주었어요. 그게 어떻게 방금 말한 것과 합치될 수 있는 건가요?"

게니야는 진지하게 대답했다. "아시겠지만, 엄마가 이럴 줄 알았더라면 엄마에게 이렇게 고통을 주게 될 줄 알았더라면 정말이지, 난 그렇게 하지 않았을 겁니다. 하지만 전 항상 어머니가 이런 일들을 훨씬 잘 이해하고 있을 거라고 여겼거든요. 이제야 제가 실수했다는 걸 알게 되었어요. 그래서 말로 할 수 없을 정도로 너무나 죄송하고, 엄마가 생각하는 것보다 전 훨씬 마음이 슬픕니다."

게니야의 눈엔 우리가 대화를 시작한 후 처음으로 눈물이 맺혀 있었다. 그녀는 손끝으로 몰래 눈에서 눈물을 닦아 냈다. 그래서 난 못 본 척을 했다.

"난 엄마를 위해서라면 내 인생도 바칠 거예요. 말로만 하는 소리가 아니에요. 엄마가 티푸스에 걸렸을지도 모른다고 생각했을 때 우리가 어떻게 했는지를 엄마에게 들어 보시면... 무엇보다도 내 가슴을 아프게 하는 게 뭔지 아세요? 엄마를 상처 받게 했다는 게 너무 속상해요. 그리고 엄마가 어떻게 느낄지에 대해서 깨닫지 못했었다는 것 때문에 내 자신에게 너무 화가 나고요. 내가 한 짓을 없던 일로 되돌릴 수만 있다면 그렇게 할 텐데, 그 방법을 모르겠어요. 하지만 내 마음 깊숙한 곳에서 안드레이와 나 사이에 있었던 일들은 아무것도 잘못된 것이 아니라고 느끼고 있는 건 어쩔 수가 없어요. 그 문제는 다른 관점에서 바라봐야만 한다고요. 엄마가 그렇게 하려고 노력한다면 저도 그럴 수 있어요. 편견을 버리면 엄마도 이해할 수 있을 거라고 전 확신합니다. 전 엄마를 언제나처럼 사랑하고 있습니다. 하지만 엄마가 틀렸다는 느낌만은 어쩔 수가 없습니다. 그리고 그게 무엇보다도 제 마음을 아프게 합니다. 전 항상 어머니는 오류가 없는 사람이라고 여겨 왔습니다. 그런데 지금 어머니가 지혜로운 사람이라고 여겼던 제 믿음이 흔들리고 있습니다. 이런 일이 있고 나서도 제가 어떻게 어머니를 우리들 보다 한 단계 위에 서 있는 사람이고 모든 것을 알고, 모든 것을 이해하고 있는 사람이라고 믿을 수 있겠습니까? 그게 얼마나 절 상처 받게 하는지 아시겠어요? 엄마를 사랑하지 않는다는 건 불가능합니다. 엄마에 대한 신뢰를 잃을 수도 없고요. 그렇지 않고서 어떻게 다른 사람을 믿을 수가 있겠습니까? 이런 생각들 때문에 제가 얼마나 화가 나는지 상상도 못하실 겁니다… 내 감정에 대한 엄마의 고집을 섭섭하게 여기지는 않습니다. 하지만 이 모든 일들이 내 마음에 불러일으킨 이 의심과 질문들은…"

이제는 숨기지 않는 굵은 눈물방울이 게니야의 뺨을 타고 흘러내려서는 그녀의 낡은 검정색 상의에 눈물자국을 남겨 놓았다. 그녀는 그러고 나서 더욱 침착해져서 지금 닥친 일들에 대해서 나와 함께 토론했다. 무엇보다도, 무엇을 한 것인가에 대해서.

게니야는 어머니의 거처를 떠나서 자신의 동료 대부분이 살고 있는 "집"13)에 거처를 정하기로 했다. 며칠 안에 그곳으로 이사를 갈 것이었다. 하지만 그녀 어머니와 안드레이는 그녀 없이 잘 지낼 수 있을까? 자신들이 필요로 하는 것들을 그녀가 준비해 주는 것에 두 사람은 너무나 익숙해져 있었다.

그녀는 비탄에 젖어 울면서 말했다. "엄마는 충분히 먹질 않아요. 누군가가 챙겨 주지 않으면, 엄마 앞에 식사를 차려 놓지 않으면 하루 종일 아무것도 먹지 않을 겁니다. 안드레이라고 더 나을 건 없고요. 솔직히 저 없이 두 사람이 잘 지낼 수 있

---

13) 청년 꼬뮨을 의미하고 있으며, 당시 이들의 생활상을 알기 위해서는 Wilhelm Reich, *Die Sexuelle Revolution*, Fischer Taschenbuch Verlag, 1966 (윤수종 번역, ≪성혁명≫, 새길, 2000, pp. 307-335의 '청년 꼬뮨에서의 지체')을 참조하라.

을지 모르겠네요. 두 사람 다 어린애 같거든요. 전 물론 매일 찾아가서 제가 할 수 있는 일은 할 겁니다. 하지만 그래 봐야 미봉책일 뿐일 테죠. 전 바쁘거든요. 제가 함께 사는 게 훨씬 수월한 일이죠."

그녀는 한숨을 쉬었다. 엄마 같은 음성이 목소리에 배어 있었다. 그녀의 어머니와 안드레이는 어린애고 그녀의 보호가 필요한 어린 여동생과 남동생이었다.

그녀가 자리를 뜨려고 일어날 때 난 그녀를 안심시켰다. "당신 어머니 마음을 편안하게 해 줄 수 있어서 매우 기쁘군요. 당신이 어머니를 얼마나 사랑하는지 말해 줄 수 있을 것 같습니다. 어머니도 당신이 진정한 애정을 나눌 줄 아는 사람이란 걸 느끼셨을 겁니다. 그리고 그 애정이라는 게 깊고 확고하고 건강한 감정이어서 남자든 여자든 상대를, 당신이 가지고 있는 원칙과 확신이라는 그 위대함 속으로 끌어들일 수 있는 것이란 점도요."

게니야는 미소를 지어 보였다.

"이걸 말해 주면 어머니의 마음을 더 안심시킬 수 있을 거예요... 제가 누군가를 너무나 깊이 사랑해서 이성적일 수 없게 되어 또다시 바보 같은 짓을 하게 될 때가 분명히 또 찾아올 거예요. 전 엄마 딸이에요, 결국에는요. 그리고 할머니의 손녀이고요. 그리고 전 사랑하는 사람들이 있어요. 정말 그들을 너무나 사랑합니다... 엄마뿐만 아니라... 예를 들면 전 레닌을 사랑합니다. 제발 웃지 말아 주세요. 전 그분을 과거 한 순간들에 사랑했던 사람들 그 누구보다도 더 사랑한답니다. 그분을 보게 될 거란 걸, 그분의 목소리를 듣게 될 거란 걸 알게 되면 전 며칠 동안 완전히 제정신이 아니거든요. 전 그분을 위해서 목숨도 버릴 수 있습니다. 그리고 게라씸 동지도 있죠. 제 지구의 당서기이시죠. 그분을 아시나요? 그분은 정말! 전 진심으로... 그분을 사랑합니다. 그분이 틀렸다는 걸 알게 된다고 할지라도 전 그분의 의사에 따를 겁니다. 왜냐하면 그분은 너무나 좋은 의도로 그렇게 하신다는 걸 전 알거든요... 일 년 전에... 아마 그분이 그에 대해 꾸몄던 그 악명 높은 음모에 대해서 기억하고 계실 겁니다... 전 밤잠을 설쳤답니다. 하지만 우리는 그분을 위해서 싸웠습니다. 우리 지구 전체가 다 움직였습니다. 그래요, 전 그분을 사랑해요."게니야는 스스로 자신의 감정에 만족하고 있는지를 시험받고 있는 사람인 것처럼 확신에 찬 목소리로 말을 끝맺었다.

"뛰어야 할 것 같습니다. 할 일이 너무 많거든요. 제가 우리 세포14)의 서기가 되었거든요." 그녀는 눈에 띄게 자랑스러워하면서 말했다. "그건 전보다 할 일이 더 많다는 말이죠. 아, 엄마가 절 이해하려고만 해 준다면 인생이 더할 나위 없이 아름다울 텐데."

그녀는 깊고도 천진난만한 한숨을 또다시 내쉬었다.

"엄마를 설득해 주실 거죠, 그렇죠? 안드레이는 이전과 다름없이 엄마의 사람이란 걸요. 그 사람은 완벽하게 엄마한테 속한 사람입니다. 전 그 사람이 필요치 않습니다... 조금도요. 엄

---

14) 대중조직 중 가장 작은 단위를 의미한다.

마가 이해해 줄 거라고 생각하시나요? 엄마가 계속 절 사랑해 줄까요? 전 너무 두렵습니다... 전 엄마 없이는, 엄마의 사랑 없이는 살아갈 수가 없습니다. 어머니가 얼마나 대단한 정력을 가지셨는지를, 사랑 때문에 겪어 온 많고 많은 사건들 속에서도 엄마가 일구어 낸 영예로운 업적들을 생각할 때면... 아니, 전 절대 엄마 같은 사랑은 하지 않을 겁니다... 사람이 그렇게 자기 자신을 잃게 된다면 어떻게 일을 할 수가 있겠습니까?"

이 질문을 남긴 채 게니야는 문밖으로 사라졌다. 난 그녀와 그녀의 어머니가 내 앞에 던져 놓은 그 질문의 해답을 찾으려고 애쓰면서 그녀가 떠난 자리에 서 있었다. 누가 옳은 것인가? 미래에는 새로운 계급이, 이런 새로운 경험과 새로운 사고 그리고 감정을 가진 젊은이들이 진정한 행복으로 가는 길 위에 서 있게 될 것인가?

문밖에서 젊음의 생기가 가득한 게니야의 웃음소리가 들려왔고 그녀의 행복한 목소리가 울려 퍼졌다. "동지, 오늘 저녁에는, 지금은 더 머무를 수가 없습니다. 이미 늦었거든요. 할 일이 너무나, 너무나 많습니다."

인명 한글 표기

- 올가 세르게예브나 베셀로프스까야: 소설의 주인공
  Ольга Сергеевна Веселовская,
  Olga Sergejewna Wasselowskaya
- 마리야 스쩨빠노브나: 올가의 어머니
  Мария Степановна
  Marja Stepanowna
- 세르게이 이바노비치: 마리야의 연인, 올가의 아버지
  Сергей Иванович
  Sergei Iwanowitsch
- 아리샤: 세르게이와 관계를 맺은 젖 짜는 여인
  Ариша, Arischa
- 꼰스딴찐: 올가의 첫 번째 남편
  Константин, Constantin
- 엠: 올가의 연인, 게니야의 아버지
  M, M
- 리지야 안드레예브나: M의 부인
  Лидия Андреевна
  Lydia Andrejevna
- 안드레이 랴브꼬프: 올가의 두 번째 남편
  Андрей Рябков
  Andrei Rjabkov
- 게니야: 올가의 딸
  Гения, Genia
- 아브라샤: 게니야의 연인
  Абраша, Abrascha

식민지 조선에서의 꼴론따이[*]

---

[*] 1930년대 조선에서의 글들을 보면, 당시 여성들이 '근대'를 맞이하면서 '근대'에 대해 고민하고 있던 것들이, 현재 21세기 초 한국에서도 '탈근대'를 함부로 이야기하는 '신발보다 더 자주 자기 입장을 바꾸는' 사람들이 아무리 많아도 여전히 해결되지 않고 있음을 알 수 있을 것이다.

일제시대에 읽히던 꼴론따이의 소설은, 일어 번역 편집본이 두서너 종이 있었던 것으로 추정된다. 일어 번역은 이 책의 번역 대본인 영문판의 번역이었다. '꼴론따이의 붉은 사랑'이란 용어는 소설 ≪붉은 사랑≫만을 의미하는 것이 아니라 꼴론따이의 소설 전체를 표현하는 용어로 당시 표현되었다.

한자는 한글로 바꾸었고 어지간하면 예전 말투를 최대한 살리되, 현대어에서는 완전히 사용하지 않는 것들은 요즘 어휘로 조금만 수정하였다. ( ) 안에 들어간 한자들 중에는 요즘에는 사용하지 않는 한자지만 당시의 표현을 전달하기 위해 필요하다고 생각하는 것은 ( ) 안에 넣은 것도 있다.

꼴론따이의 소설에 대한 평들

정칠성, "≪적연≫ 비판―꼬론타이의 성도덕에 대하야",
≪삼천리≫, 1929. 9.

1.

기자- 세계의 평론계와 사상계를 그렇게도 몹시 흔들어 놓은 러시아의 꼬론타이 여사의 소설 ≪적연≫ 기타 여러 가지 양성관계의 신도덕문제에 대하여 조선의 여류사상가들은 너무도 안타까웁게 침묵을 지키고 있기에 오늘은 비판을 들으려고 왔습니다. 우선 꼬론타이 자신이 이런 말을 한 일이 있지 않습니까? 즉 오늘날 모든 성인부인들의 할 일이란 결코 밥을 짓고 옷을 빨고 또 육아하는 등의 가정적 의무만을 다함에 있지 않고 오히려 그것보다도 더 중하게 더 급하게 가난하게 사는 여러 사람들과 같이 하여야 할 그 사회적 의무가 더 크다고요. 그러니까 일상생활상에 있어서도 가정적 의무와 그 사회적 의무가 많이 충돌이 될 터인데 만일 그런 경우이면 조선여성들은 어느 쪽 의무를 더 따라야 옳겠습니까? 또 칠성 씨 자신은 어느 쪽에 기울어지겠다고 생각하십니까?

정- 그야 여성이란 병풍에 그려진 닭같이 인형의 집 안에 고요히 들어앉아서 밥이나 먹고 잠이나 자는 옛 시대에는 가정 이외에 또 남편 이외에 더 소중한 것이 없어서 여성의 의무란 거의 그 가정적 의무를 다하는 것이 전부였겠지요. 그러나 급박한 호흡을 쉬고 있는 현대 같은 어느 과정에 선 사회에서는 여자의 동원을 절실히 요구하고 있습니다. 큰일에 나와 달라고 간청하고 있습니다. 우리들이 어떻게 이 청을 물리칠 수가 있겠습니까. 그것이 떳떳한 의무인데요… 어쨋든 가정은 '小'한 것이외다. 사회는 '大'한 것이외다. 그러니까 열렬히 우리들 신여성이 나갈 길이란 분명하지 않습니까?

기자- 만약 집안일을 아니 본다고 남편이 이혼이나 달카닥하여 버린다면? 즉 쫓아내 버린다면?

정- 딴은 그렇더라도 사회의 의무를 더 중하게 여겨야 옳은 일일 터이나 조선의 형편에 그렇게 되면 여성들이 당장 의식주할 곳이 없게 될 터이니까 되도록은 남편에게 배반을 아니 받을 과정으로 사회일을 하여 나가야 할 것인 줄로 압니다. 또 평소의 수양여하로 반드시 가정적 의무와 사회적 의무가 충돌이 아니 되고라도 조화되어 나갈 수 있을 줄로 압니다.

기자- 그래두 남편이 '너는 시끄럽게 사회일을 하고 다니지 말어라' 하고 제한한다면?

정- 그러면 그 가정을 뛰어나와야 하겠지요. 남편보다 일과 동지가 더 중하니까요.

2.

　기자- 네 좋은 말씀을 들었습니다. 그러면 꼬론타이가 '연애와 성욕은 별문제이다. 연애라는 것은 굉장히 시간이 드는 일인데 오늘날 우리들과 같이 사회활동을 할 난에, 공부를 할 난에, 투쟁을 할 난에, 하야 한가한 틈이 없는 사람에게 무슨 연애를 할 수 있으랴 그저 생리적 충동을 위하여 성욕의 만족을 잠깐 잠깐 얻는 길을 구하는 것이 더 중요한 일이다'라고 부르짖는데 그 말이 옳습니까?

　정- 현실을 잘 본 말이외다. 성욕과 연애는 갈라야 하겠지요. 그리고 결혼의 자유, 이혼의 자유가 아주 완전하게 없는 곳에서는 그리밖에 더 어떻게 하겠습니까?

　기자- 그러면 여자의 정조관념 즉 순결성이란 무시하는 결과가 아니 되겠습니까?

　정- (한참 생각하다가 머리를 숙이며) 모르겠어요. 그러나 너무 정조를 과중평가할 필요까지야 없겠지요.

　기자- 그러면 '연애는 사적인 일 즉 개인의 일인즉 어쨌든지 좋다'는 소위 연애사사설(戀愛私事說)에 대하여는?

　정- 그럴 수가 없겠지요. 연애 그 물건은 개인관계의 일일는지 모르겠지만은 연애라는 현상이 일어나기 때문에 사회에 영향을 끼쳐 놓은 일이 많지요. 즉 우리 근우회를 말할지라도 그렇게 일들 잘하던 투사가 한번 결혼하여 가정에 들어가 버린 뒤는 여성운동이 그만 뒷전이 되어 버립데다. 이것은 순전히 개인의 연애 생활이 계급투쟁력을 미약하게 하여 놓는 실례외다. 아까 말한 가정적 의무에 눌려 사회적 의무를 그만 등한히 하는 것입니다. 그러니까 개개인의 연애는 결코 사사가 아니되겠지요. 사회는 그 개인의 연애를 감시도 하고 간섭도 하고 비평도 하여야 하겠지요. 적어도 특별한 어느 공인들에게 대하여서는.

기자- 네 알았습니다. 그러면 만일 결혼 생활을 하다가 연애가 사라질 때에는 단연(斷然)히 헤어져야 하겠습니까?

정- 헤어져야 하겠지요. 사상도 다르고 사랑도 없는 허위와 기만의 생활은 어서 깨뜨려야 하겠지요.

기자- 그런 때의 이혼은 독신주의를 위하여서요?

정- 아녀요. 새로운 결혼 생활에 들어갈 준비로요.

기자- 만일 이혼하는 그때에 《적연》의 왓시릿샤(역자: 바실리사)같이 여자가 잉태하였다면 아비 없는 자식과 또 생활이 어려운 관계로 그 배인 어린 것은 낙태하여 버리는 일이 옳지 않을까요?

정- 아녀요. 그것은 큰 죄악이지요. 남녀 결합의 원칙이 성적 충동에도 있겠지만은 종족 보존에도 그 목적이 있는 이상 왜 낳을 자식을 없이 하겠습니까. 오직 잘 키울 도리를 하여야 하겠지요. 그 왓시릿샤같이 조금도 슬퍼하는 빛이 없이 육아원을 설치하여 제 자식이고 남의 자식이고 잘 길러 내야 하겠지요. 또 왓시릿샤의 신시대적 모성애라 하는 것은 제 아들만 위하여 육아원을 설치하는 것이 아니라 모든 천하의 아이들을 위하여 그리하는 점이외다. 얼마나 빛나는 일입니까.

3.

기자- 그러면 ≪적연≫의 비판을 더 계속합시다. 첫 머리에 왓시릿샤가 "벌써 나는 처녀가 아녀요. 키스를 말어 주세요" 하고 그 여인의 사랑을 물리치는 마당이 있는데 사내는 "그때에 설혼 그대에게 옛날의 애인이 있었다 할지라도 그는 벌써 지나간 일이라 과거는 어쨌든지 좋다" 하고 끝끝내 결혼하여 버리지 않습니까. 즉 이와 같이 순결성을 우리들은 별로 문제 삼지 말아야 할까요?

정- 대답하기 좀 거북합니다. 말을 한데야 아직 우리 조선사회가 용납하여 주지 않을 터이니까요.

기자- 그러면 그 다음으로 또 넘어갑시다. 그래서 그 사람의 안해가 된 왓시릿샤가 별거하다가 몇 달 만에 돌아오니 남편방에 간호부의 웃옷이 걸려 있었습니다. 그것은 남편과 간호원의 성적관계를 설명하는 것인데 그때 왓시릿샤는 종래의 부인들과 같이 울고 불며 질투하지 않고 오냐 남편은 성적 고민으로 그리한 것이리라 만일 내가 별거 아니 하였던들 남편은 그런 죄를 하지 않았으리라 아주 용서하여 주는 일이 있는데 이것은 어떠합니까?

정- 역시 제 말은 조선사회가 허락하지 않을 터이니 차라리 입을 다물겠습니다.

기자- 또 남편이 값비싼 비단옷감을 안해에게 사 주는 것을 왓시릿샤는 우리 여공들에게는 그것보다 무명옷이 더 좋다고

받지 않는 대목이 있는데 그것은?

정- 물론 그래야 하겠지요. 사치는 인간 말종들이나 할 것이니까요. 프롤레타리아의 세계에는 사치라는 이름이 없습니다. 좌우간 우리들이 새로운 양성관계를 세우려면 무엇무엇하여도 경제적 독립부터 얻지 않으면 다 헛일이 됩니다. 그러나 어떻게 하면 이 남성중심의 가족제도를 뛰어넘어서 경제적 독립을 얻을 것인가 하면 이 자본주의사회에서는 매우 곤란한 일입니다. 그러기에 우리들의 최후의 말은 언제든지 무산자의 해방이 없이는 부인의 해방이 없다는 말 한마디가 있을 뿐입니다.

기자- 옛날에 《인형의 집》의 '노라'가 해방이 되었다는 것과 《적연》의 왓시릿샤가 해방이 되었다는 것이 어떻게 다릅니까?

정- 노라는 개인주의적 자각이었지요. 그래서 그는 개성에 눈을 떠서 눈보라 치는 날 밤에 남편인 변호사의 집을 뛰어나오지요. 그러나 그는 어디 가서 무얼 하고 살아갑니까. 가두에 나가 굶어 죽고 얼어 죽는 '해방'은 해방이 아니겠지요. 그러니 경제적으로 해방을 얻지 못하면 다 소용없는 일입니다. 노라 같은 여성은 공상적 여성이 아니면 해방이 조금도 되지 못한 여성이지요. 그 대신에 왓시릿샤는 모든 것에 철저하게 자유롭게 되지 않았습니까.

정칠성, "난륜과 사회주의자의 문제",
≪삼천리≫, 1931. 6.

 사회주의자의 처지에서 말할지라도 같은 친척끼리 연애하고 결혼하는 것은 그리 좋은 일이 아닌 줄로 압니다. 세상에서는 러시아의 새로운 사상가라 하는 꼬론타이 여사가 쓴 ≪삼대의 사랑≫을 보고서 흔히 사회주의 사회에서는 한 사나이가 '어머니와 그 딸'을 동시에 육체적 관계를 잘못 알고 있는 모양이지만 ≪삼대의 사랑≫이라함은 성적해방을 주장하기에 너무 급하여 극단의 사실을 상상하고 쓴 것이며 또 그것은 과도기의 한 변태적 연애의 양상일 따름이고 결코 정상적 태도가 아닌 것을 기억하여 주셔야 하겠습니다. 이렇게 어머니와 그 딸을 동시에 사랑하여 육체적 관계까지 맺는 일조차 있다거든 하물며 같은 부모의 배를 가르고 나온 한 구들안의 오빠 누이 사이에야 얼마나 많이 연애를 하고 할 것인가? 하고 연달아 이런 사실까지 생각하실 분도 많으신 줄 압니다. 그야 극단이지만 실제에 이러한 사실 가운데는 러시아뿐만 아니고 가까운 곳에서도 남매가 사랑하여 자식까지 낳은 일이 있다고 합니다.
 가까운 한 가정에서 아침저녁 서로 대하게 되고 그 위에 서로 아름답다거나 정답거나 하여 그가 동경하는 대상이 되었을 때에 친누이라고 사랑이 일어나지 말란 법이 없겠지요. 어떤 경우에는 인간성이란 달리는 말(奔馬)과 같이 이지(理智)보다 더 강렬하여 감정이 명하는 대로 움직이기 일이 많으니까 이러한 까닭에 남매간의 연애가 성립이 되지 않을 리가 없습니다. 야만인종의 풍속을 보면 심지어 모자상간 같은 일까지 있지 않습니까.

그러나 아무리 생각하여도 남매간에 연애한다거나 ≪삼대의 사랑≫ 모양으로 모녀간에 삼각관계가 성립된다 함은 과도기의 한 변태적 현상이고 그것이 옳은 태도가 아닌 줄 압니다. 사회주의사회라고 난륜이야 허락할 까닭이 있겠습니까?

이 점은 오히려 부르주아 사회보다 일층 더 엄격하지 않을까 라고 생각이 됩니다.

그런데 우리네 조선 사정을 보면 깊으나 깊은 규방 속에서 규방 속에 과년한 색시나 남편 잃은 과부를 봉쇄하여 두었던 결과로 여자는 규방출입을 할 수 있었던 가장 가까운 친척과 정을 통하게 되어서 그 때문에 아해가 나게 되면 그를 '죄의 씨'라 하여 남몰래 눌러 죽이거나 땅에 묻어 버리었다가 발각되어 징역살이하는 비극이 어떻게나 많이 있었습니까. 영아 살해라는 것은 조선의 비개방주의적 대가족제도가 나은 근친간의 난륜이 준 죄악의 결과였던 것이 대부분입니다.

어찌 과부나 처녀에게만 이러한 죄악이 있겠습니까. 내방의 부인과 그 삼촌 또는 시조카들 사이라든가 실로 추악한 사실이 가끔 있었습니다. 이러한 것이 물론 공공연한 혈족상혼은 아니지만 결과에 있어서 혈족상혼이 과거사회에 얼마나 많이 유행되었는가함을 알 수가 있습니다.

그러나 지금은 사회사정이 매우 달라지게 되어 가정도 대개 개방적이 되고 교육이 보급되고 그리고 대가족제도가 한쪽으로 자꾸 붕괴되어 가고 있음으로 혈족상혼적 비극이 숨어 들어갈 구멍이라고 없이 된 줄로 압니다, 이것은 다행한 일입니다.

 다만 이러한 점은 우리는 용서할 것인가 합니다. 즉 어떤 사내가 자기 처와 같이 살다가 그 처가 병들어 죽었다 합시다. 그러한 경우에 그의 처제가 있다면 그에게 장가들은 전처의 자녀들까지 잘 길러 주며 부부생활하여 가는 것을 이것을 난륜이라고 볼 수 없을 것이외다.
 이러한 실제의 예는 조선에서는 그렇게 많지 못한 듯하나 일본사회에서는 많이 유행하고 있는 줄로 압니다.

 혈족상혼을 시인하는 법률이 새로 제정된다하여도 우리의 고유한 도덕─어떤 도덕이든지 물론 그 시대를 따라 변천할 것이겠지만─은 이것은 환영하지 않을 것이외다.

진상주, "프로레타리아 연애의 고조―연애에 대한 계급성", ≪삼천리≫, 1931. 7.

1. 연애는 계급을 초월하는가

'연애에 상하의 현격(懸隔)이 없다' '연애에 빈부와 귀천의 차별이 없다' 하는 말은 일반적으로 하는 말이며 또 속요(俗謠)에도 노래가 되어 있다. 다시 말하면 연애에 계급은 없다. 그것은 연애가 계급을 초월하였다는 듯이 일반적으로 믿게 한다.

그러면 과연 연애는 초계급적이던가.
사실로 귀족, 대부르조아 자제가 자기 집 하녀 또는 하녀 같은 사람에게 따뜻한 애와 두터운 정을 주고받고 하는 일도 그다지 드문(稀有) 일이라고는 볼 수 없으며 대지주가 소박한 빈농가의 여(女)를 심연(深戀)하는 일도 있다. 왕족의 자질(子姪)이 서민의 자식과 조카들에게… 또 귀문벌(貴門閥)의 영부인, 영애(令愛)등이 자기 집 서생(書生), 운전수와 서로 사랑에 빠져서 세간의 시청(視聽)이며 자기의 지위도 불원(不願)하는 일이 얼마든지 있는 일이다. 이것은 내가 지금 극단적으로 열거하는 말이지만 그렇지 않고도 소위 지위와 신분이 상원(相遠)한 사이(間)의 연애며 결혼은 우리들 안전(眼前)에 흔히 볼 수 있는 일이다. 그것은 바로 연애는 계급을 초월한다는 실증 같게도 보이며 현대연애의 한 특권같이도 보일 것이다.

연(然)이나 실지에서 있어서는 그런 것이 아니다. 나는 지금 연애하는 주인공을 부르조아를 대한 것이지만 먼저 열거한 사실은 연애에 계급이 없다는 것과는 반대로 부르조아는 연애의 대상을 동(同)계급에만 제한하지 않는다는 것을 의미함이다. 부르조아는 자기의 하녀든지 여공이든지 또는 여급이든지 자기 마음에만 만족하면 그런 계급적 차이에는 소호(小毫)도 주저(躊躇)하지를 않는다. 저들(彼等)은 연애를 위하여 자기의 부르조아인 것을 그만두려는 것은 아니다. 자본의 안전에는 일체의 노동이 평등시됨과 같이 부르조아 안전에는 모든 여성은 평등한 것같이 보인다. 나는 이 말에 대하여 반대자들의 다음과 같은 항의를 예기할 수 있다.

'무산계급의 남성을 또는 무산계급의 여성을 연애하여 그로 인하여 자기의 부(富)도 사회적 지위도 다 희생한 사람도 불소(不少)하지 않느냐'고.

그러나 그것은 부르조아가 무산계급연애대상과 연애하기 위하여 빈고(貧苦)를 인내하는 일이 있다고 하여 세상에서는 그를 '연애지상주의자'라고 하지만 '연애지상주의자' 그 물건이 허위 없는 부르조아적 소산(所産)이 아니고 무엇인가. 만약 그가 노동자적으로 새로히 생활을 하게 된다면 그는 전에 속하였던 부르조아 계급을 방기하고 노동자계급의 진영에도 투항된 것으로 그들 연애는 벌써 부르조아적은 아닐 것이다. 오히려 점점 무산계급적으로 성육(成育)되어 갈 것이다. 그럼으로 그들 연애는 계급을 초월하여 존재한 것이 아니며 계속할 것은 아니고 연애의 계급성이 이동된 것이다.

또 연애대상에 의한 예를 반대로 들어본다면 무산계급의 남성이 또는 여성이 부르조아를 대상로 하는 경우를 보자. 이때 만약 주인공인 무산자남성이 연애에 성공하여 부르조아 여성과 결혼하게 되었다면 문제는 간단하고 명료할 것이다.

그는 벌써 부르조아화한 것이며 부르조아적 연애를 할 것이다. 만약에 편애(片愛)에만 그친다면 비록 연애는 부르조아적으로 구체화하지 못하였다 할망정 그들 연애가 부르조아를 대상으로 하니만큼 부르조아 이데올로기 영향하에 있는 것은 분명한 사실이다. 즉 다시 말하면 그는 계급적으로는 무산계급이지만 사상, 감정에는 부르조아의 영향을 다분(多分)으로 가지고 있는 것이다.

이와 같이 우리 맑스주의자는 정치, 철학, 예술, 사상, 심리에 대하여 계급성 존재를 말할 수 있음과 같이 연애에 대하여서도 계급성을 지적할 수 있다. 철학, 예술 등에 대하여 계급성을 반대하는 즉 초계급적 입장을 주장함과 같이 연애의 계급성을 무시하고 초계급적이라고 주장하는 자가 있다면 그는 부르조아적 연애관의 설교사 이외는 아무것도 아닐 것이다.

2. 급진적인 연애론에 대한 소부르조아성

연애지상주의가 부르조아적인 것은 이미 일언한 바지만 현대와 같이 계급대립이 극히 첨예화한 사회에 있어 연애 속에서 인간생활의 최고의의와 행복을 구하려는 것은 마치 사회적 폭풍 속에서 자기만을 호신하려는 것이며 계급투쟁에는 미안(薇眼)하고 안전지대에 도피하려는 반동적 이외에는 아무것도 아닐 것이다.

최후까지 연애의 자유와 평등을 주장하는 소위 자유연애론자가 있다. 이것은 봉건적인 구예속(舊隷屬)과 전통에 반대하는 한에 있어 참말 급진적 의의를 가지고 있다. 부르조아 계급이 자유와 평등의 기치를 고양하고서 구봉건사회와 투쟁한 시에 급진적, 혁명적 역할을 다하였음과 같다. 그리고 자유연애론! 그것만이 진실로 부르조아 사회에 적합한 것이다. 소위 자유연애론 그것은 부르조아적 산물이며 벌써 금일에 있어서는 부르조아적 반동성을 두상(頭上)에 확연하게 낙인(烙印)하여 놓은 것이다. 부르조아 사회에 진실된 자유와 평등이 없는데 어찌 오직 연애에 한하여 자유와 평등이 있을 소냐.

최근에 부르조아 청년남녀 간에 소위 '우애결혼(友愛結婚)'이란 말이 있다. 우애결혼! 이것도 역시 원래(元來)로 연애와 결혼에 대한 문제에 근본적 해결법을 못 가진 부르조아 자유주의자들의 새로운 몽상에 불과한 것이다.

그런데 우리 맑스주의자 간에도 연애 문제를 우습게 해석하는 사람이 불소하다. 그것은 소위 무산계급연애론이라고 하니만큼 실로 위험성이 많은 소부르조아 연애론이다.

예컨대 '코린타이'의 저술한 ≪삼대의 연애≫를 본다면 이것은 비록 창작소설에 불과한 것이지만 코린타이의 새로운 혁명적 연애관의 예술적 표현으로 우리 동료들 사이에도 찬독(贊讀)하는 자가 많은 만큼 도저(到底)히 묵인할 수 없는 것이다. ≪삼대의 연애≫론 중 여주인공 올-가는 노동계급해방운동에 있어 용감한 투사이며 공산당의 유력한 일원이다. 딸은 의식수준이 높고 자유로온 여성이다. 올-가는 일편에는 동지를 애인으로 삼고 동시에 어떤 우연한 인연으로 알게 된 기사 M이라는 사람에게도 열정적으로 자기의 사랑을 주었다. 기사 M은 반동적 소부르조아로서 올-가 자신도 그에게는 경멸하면서 참지 못할 견인력에 그와는 끊으래야 끊을 수 없는 사랑에 빠지게 되었다. 일편에 동지의 애인을 가지고 있으면서 그 여자는 M에게 자기를 억제하지 못하였다. 이때에 연애의 이중성을 문제 외에 둔다 하더라도 그녀(皮女)와 기사 간의 연애는 무엇을 의미함인가.

그것은 좌익부인이 적계급의 부르조아를 열정적으로 사랑하고 있다는 것은 연애의 신비주의를 말할 것이며 연애는 계급을 초월하였다는 반동사상선전 이외에는 아무것도 아니다. 이것이 혁명적 부인의 연애론이 될까.

만약 사실이 이런 일이 있었다고 하면 올-가는 투사라고 할지언정 소부르조아성을 많이 가지고 있는 여성이며 무산계급의 연애를 실천하는 사람이라고는 도저히 할 수 없는 것이다.

또 ≪삼대의 연애≫론 중에는 이런 말이 있다. 올-가의 딸 게-늬아도 유망한 활동적 부인의 XX당원으로서 연애의 대상을 항상 일정한 남성에 국한하지 않고 그는 언제든지 2, 3인의 남성과 성적 관계를 맺으며 심지어 자기 모친의 젊은 연인까지와도 서로 관계를 맺었다. 그렇다 하더라도 그녀는 소호(小毫)도 주저스럽게 알지 않았다.

연인을 자기의 여식에게 빼앗긴 모친의 고민도 이해치 못하였다. 그녀의 그런 이유는 너무도 당활동에 분주함으로 충분히 연애의 대상을 구할 여가가 없었음으로 다소라도 자기가 호감을 가진 남성이라면 즉시로 성관계를 맺었다 한다.

이것이 과연 우리 프로레타리아 부인의 새로운 혁명적, 성생활이라고 볼 수 있을까.

혁명 후 러시아에서는 게-늬아류의 남녀관계가 일시 성행한 것은 부정치 않는다.

그러나 이런 현상이 많이 보인다고 하여 우리는 곧 그것을 무산계급적 연애 또는 성생활이라고 볼 수 있을까.

먼저 레닌에게 묻자.

레닌은 이런 난혼생활은 어디까지든지 퇴폐적이며 정력의 낭비이며 혁명과는 아무 인연 없는 것이라고 하였다. 또 이것은 연애를 통하여 점점 계급적 업무에 충실하게 되는 것이 아니라 오히려 그와 반대로 계급적 규율을 문란하는 것이라고 하였다. 프로레타리아의 업무가 많이 남은(積)한 시(時)에 이런 방종한 생활을 하는 자는 절대로 용서하지 못한다 하였다(자세한 것은 레닌의 "부인에게 여(與)함"에 참고하기를). 게-늬아의 연애관은 일언으로 말하자면 연애의 무정부주의이며 자기의 독창적이지 결코 무산계급적 연애관이 아닌 소부르조아적 반동적 연애관인 것은 사실이다.

이것은 이미 벌써 러시아에서 비판된 것이지만 우리 동지들 사이에도 코린타이의 연애관이 계급적 새로운 것인 줄로 알고 그대로 망행하려고 하는 자를 보게 된다.

3. 무산계급과 연애

먼저 맑스와 엥겔스가 남녀관계에 대하여 어떻게 취급하였는 가를 보자.

엥겔스의 ≪가족, 사유재산과 국가기원≫에 의하여 본다면 현대의 일부일처제를 먼 과거의 난혼생활이며 일부다처주의 등보다 역사적으로 훨씬 진화한 형태라고 하였다.

그러나 그것은 남녀결합으로 최고형태로 역사에 출현된 것이라고 보지 아니하였다.

왜(何故)냐하면 일부일처제라고는 할 수 있지만 구노예제와 사유재산제 위에 성립되어 편의상의 한가지로 당연히 남성의 전제와 여성의 복종을 전제로 하였음으로써이다. 따라 부르주아 사회의 일부일처제에는 늘 매음과 간통이 부수(附隨)되어 있다. 말로는 일부일처제라고 하지만 사실에 있어서는 일부다처나 혹은 일처다부가 되고 만다.

그러면 남성의 전제적 지배는 어디(何處)로부터 생하는 것인가. 남성의 경제적 지배력으로부터… 그러면 여성의 예속은? 그녀들의 물질적 무능력으로부터…

따라 소위 원만한 가정이란 것은 가처(家妻)의 맹목적 복종과 남편의 무반성한 자기만족위에야 성립되는 것이다.

그런데 무산계급에 있어서는 이와 반대이다.

남편은 요컨대 임금노동자(賃銀勞動者)임으로 가처에게 대하여 특별히 경제적 우월력을 가졌다고 할 수 없으며 그 가처도 내직(內職)을 하게 되지 않으며 공장노동자가 되거나 또는 처가 직업이 있고 남편이 실업하게 되면 — 사실로 금일에 있어 이런 현상은 많이 볼 수 있는 일이다.

그렇게 되면 가정에서 남편의 경제적 지배력은 전혀 없어질 것이다. 다시 말하면 부르조아적 가정의 기초는 없어질 것이다. 이렇게 되고서 만약에 부부간에 애정이 없다면 도저히 부부생활을 유지할 수 없을 것이다. 그럼으로 금일의 노동자가정에 오히려 허위 없는 진실한 애정 위에 입각한 일부일처제가 있을 것이다. 동일하게 모두 일부일처제라고는 할 수 있지만 남성의 전제와 여성의 예속 위에 성립된 부르조아의 일부일처제와는 다른 정직하고 허위 없는 일부일처제일 것이다.

그럼으로 엥겔스는 미래사회의 남녀관계는 보다 더 정당한 의미에서 일부일처제를 취한 것이다. 남편의 전제와 각처의 예속하지 않는 또 음, 간통을 수건물(隨件物)로 하지 아니하고 다만 서로 인정과 인격의 신뢰 위에 입각한 일부일처제를...

물론 거기까지에는 남녀관계를 속박한 모든 경제적, 사회적 조건의 변혁을 요하는 것이 될 것이다. 그럼으로 우리 무산계급여성은 연애와 결혼문제를 해결하기 위하여서도 제일 먼저 부인해방운동을 필요로 하는 것이며 전피압박부인은 전노동계급해방운동에 무조건으로 적극 참가하기를 요구한다. 이것을 도외시하고 연애 문제를 심리, 태도 위에서 해결하려는 것은 소부르조아적 몽상밖에는 안 된다.

일언으로 말하면 성애관계의 정당한 해결을 위하여서는 먼저 물질적 조건의 철저한 해결을 선입조건으로 한다. 그것이 없이는 부인의 해방도 연애의 해결도 없다는 것을 말함이라.

프로레타리아는 원래부터 금욕주의자가 아니며 연애를 부정하는 것은 결코 아니다. 그러나 무산계급에는 특히 의식을 가지고 계급투쟁 속에 참가한 자는 중대한 계급적 사명이 있으며 계급적 규율이 있다. 이 계급규율만이 우리 무산계급의 도덕이 된다.

그럼으로 우리 무산계급에는 연애에 있어서도 계급적 입장으로부터 성립되기를 요한다.

연애는 절대로 계급적 규율하에 복종시키지 않으면 안 된다. 그럼으로 무산계급적 연애는 비장한 것이며 계급적 도덕은 그렇게 그들을 제약하는 것이다.

이광수, 《흙》 3장에서 일부 발췌, 1932.

정선은 얼른 책상에 돌아앉아서 편지 한 장을 써서 유월에게 주며,

"너 이것 가지고 다방골 병원댁에 갔다 온. 얼른 오시라고."

하고는 체경에 제 꼴을 비추어 보았다. 머리는 부하게 일어나고 옷은 유치장에서 나온 것같이 꾸겨지고 얼굴은 앓다가 뛰어나온 것 같았다.

'내가 어쩌다가 이 꼴이 되었나?'

하고 정선은 낙심이 되었다.

'이러다가 내가 어찌 될 것인가.'

하는 생각도 났다.

'산에 가서 승이나 될까.'

하고 정선은 생각하였다. 이것은 조선 여자가 화날 때에 생각한 법이다. 정선은 금강산에 수학여행 갔을 때에 승에게 대한 종교적은 아니나 시적인 감흥을 느낀 일이 있었다. 그것이 생각났다. 그러나 여승의 차디차고 고적한 생활을 하기에는 정선은 너무도 번화하고 정욕적이었다.

'죽어 버릴까.'

하는 생각도 났다. 이 생각은 팔자 좋게 자라난 정선으로는 도무지 생각해 본 일이 없었다. 오류동 철롯길에서 차에 치어 죽은 홍, 김 두 여자(그들은 정선과 동창이었다)를 정선은 비웃

었었다. '죽기는 왜, 봄 같은 인생에 꽃 같은 청춘으로 죽기는 왜?' 이렇게 생각한 것이었다. 정선에게는 인생은 봄과 같고 청춘은 꽃과 같고 생활은 음악회와 같았다. 그는 스스로 저는 모든 괴로움과는 전혀 인연이 없는 선녀로 생각하였던 것이었다. 무엇이나 부족함이 있나, 가문이 좋것다, 재산이 있것다, 인물이 잘났것다, 재주가 있것다, 좋은 교육을 받았것다, 정선이가 일생에 할 일은 오직 즐기는 것뿐이요, 즐기는 것도 싫어지거든 자는 것뿐인 듯하였다. 아마 만물이 면치 못한다는 죽음도 정선 하나만에게는 오지 못할 것 같았다. 그는 여왕이요, 여왕이라도 mortal한[역자: 죽을] 여왕이 아니라 immortal한[안 죽을] celestial한[천상의] 여왕이었다. 그러면서도 Diana[달]와 같이 영원한 아름다움과 사랑을 누리는 여왕이었다. 하지마는 이태도 다 못 되는 세월이 지나가는 동안에 정선은,

'죽었으면…'

하는 생각을 하게 되었다.

'이 망신, 이 욕.'

하고 정선은 제 앞에 닥쳐오는 것이 망신과 욕뿐인 것을 보았다. 도무지 망신이나 욕을 맛보지 못한 정선에게는 망신과 욕은 죽기보다 싫은 것이었다. 정선은 세상이 저를 향하여 손가락질하고 비웃는 것을 보고는 살 수가 없는 것 같았다.

'죽어 버리자.'

하고 정선은 체경에서 물러나 방바닥에 펄썩 주저앉았다.

기찻길, 양잿물, 칼모틴 등등 죽는 방법을 여러 가지로 생각해 보았다. 물에 빠지는 것, 목을 매는 것, 칼로 동맥을 따는

것. 정선은 소설에서와 신문에서 본 자살의 여러 장면을 상상해 보았다. 물에 빠져 죽은 시체, 목매어 죽은 시체, 철도에 치어 사지가 산란한 시체 ― 이러한 것도 눈앞에 떠나왔다. 그 어느 것도 보기 좋은 꼴은 아니었다.

'남편을 따라가 농촌사업에 일생을 바칠까.'

하고 정선은 살여울도 눈앞에 그려 보았다. 농민 아동들에게 어머니와 같이 사모함을 받으면서 농민교육사업에 몸을 바치는 것 ― 그러한 것도 눈앞에 그려 보았다.

그러나 남편이 과연 저를 용서할까. 아니, 남편이 지금 저를 죽여 버리려고 칼이나 육혈포나를 사러 간 것은 아닐까 ― 하는 생각도 불현듯 나서 정선은 몸에 소름이 끼쳤다.

'남편은 맘만 나면 무슨 일이라도 할 사람이다!'

이렇게 생각하면 남편이 저를 죽일 확실성이 더하는 듯하였다.

'남편이 어디를 갔을까.'

하고 정선은 정신없는 눈으로 방 안을 둘러보았다. 방 안에는 구석구석 남편이 피 묻은 칼을 들고 저를 노려보는 것만 같았다. 정선은 아까 기색하였던 신경의 격동이 아직 가라앉지를 아니한 것이었다.

"유월아!"

하고 정선은 무서워서 불렀다. 그 소리에 놀라 유모가 뛰어 들어왔다. 정선의 입술에는 핏기가 전혀 없었다.

현 의사는 환자를 보내고 수술복을 벗고 안마루인 양실에 들어와서 소파에 앉아 담배를 피워 물었다. 그는 남자 모양으로 한 다리 위에 한 다리를 얹고 고개를 교의 뒤에 기대고 시름없이 공상을 하고 있었다. 테이블 위에 놓인 홍차 잔에서는 연연한 김이 가늘게 올랐다.

역시 이성이 그리웠다. 큰소리는 하지마는 혼자 있는 것은 적적하였다. 나이 삼십이 넘으면 여자로서 앞날의 젊음이 많지 아니한 것이 느껴졌다.

'혼인을 할까.'

하고 현 의사는 요새에 가끔 생각하게 되었다. 정선이가 다녀간 뒤로 웬일인지 더욱 그런 생각이 났다. 봄의 꽃 같던 정선이가 내외 금실이 좋지 못하여 애를 쓰는 것을 보고는 혼인할 생각이 아니 남직도 하건마는 도리어 그와 반대였다. 젊은 아내로의 괴로움 — 현은 그것이 도리어 그립고 가지고 싶었다. 어머니로의 괴로움도 가지고 싶었다.

'고생이 재미지.'

하는 어떤 시집간 동무의 말이 결코 해학으로만 들리지 아니하였다. 내외 싸움, 앓는 자식을 위해 밤을 새우며 애졸함 — 이런 것은 부인(婦人), 소아(小兒)만 날마다 접하는 현 의사로서는 이루 셀 수가 없이 듣는 이야기였다. 도무지 어떤 부인이든지 말을 아니 하면 몰라도 한 번 두 번 사귀어 말을 하면 저마다 고생이 없는 사람이 없었다. 있다면 그것은 허영심 많고 거짓말 잘하는 여자여서 제 집에는 돈도 많고 집도 좋고 남편도 잘나고 금실도 좋다는 사람뿐이었다.

'글쎄 뭣 허러들 시집들을 가?'

하고 현은 마치 본능과 인정을 다 태워 버린 식은 재나 되는 것같이 빈정대지마는, 그러나 겨울 시내의 굳은 얼음 밑에도 물은 여전히 울고 흘러가는 것과 같이 가슴의 속속 깊이는 젊은 여성의 애욕의 불길이 탔다.

'허지만 누구헌테 시집을 간담?'

하고 현 의사는 혼자 탄식하였다. 눈이 너무 높았다. 그것을 현은,

'어디 조선에 사람이 있어야지.'

라고 설명하는 버릇이 있다.

현 의사는 상자 속에 있는 여러 가지 편지들의 필자인 사내들을 생각해 본다. 이 박사, 김 두취, 문학청년, 부랑자, 교사 등등. 그러나 현이 일생을 의탁하고자 하는 사람은 없었다.

"한 남자에게 어떻게 모든 것을 찾소. 갑에게서는 인물을 취하고 을에게서는 재주를 취하고 병에게서는 체격을 취하고 정에게서는 말을 취하고 또 돈을 취하고, 이 모양으로 해야지 한 남자가 모든 것을 구비할 수야 있소?"

하던 어떤 기생 친구의 말도 생각하였다. 콜론타이의 《붉은 사랑》식 연애관도 생각하였다.

'허기는 일생을 같이 살자니 문제지, 남편을 고르기가 어렵지 하루 이틀의 남편이야 구하자면야 이 박사나 편지질하는 무리들도 하루 이틀이라면야...'

하고 현 의사는 제 생각이 우스워서 깔깔 웃었다.

"네?"

하고 현 의사가 웃는 소리에 혹시 무슨 일이나 있나 하고 계

집애가 건넌방에서 뛰어나왔다.

"아니다, 나 혼자 웃었다."

하고, 도로 건넌방으로 들어가려는 것을,

"얘, 너 자라서 시집갈래?"

하고 물었다.

"싫여요, 시집을 누가 가요."

하고 계집애는 부끄러워서 몸을 비틀면서,

"언제든지 선생님 모시고 있을 테야요."

하였다.

"내가 시집을 가면?"

"네?"

하고 계집애는 못 들을 소리나 들었다는 듯이 눈을 크게 뜬다. 현 의사가 이렇게 있을 때에 유월이가 정선의 편지를 가지고 왔다.

"오냐."

하고 현 의사는 유월의 손에서 편지를 받으면서,

"너희 아씨 언제 오셨니? 시골 가셨더라지?"

하고 편지를 뜯는다.

"우리 마님요?"

하고 유월은 현 의사의 아씨란 말을 정정한 뒤에,

"벌써 오셨습니다. 사흘 됐나 나흘 됐나?"

하고는,

"얼른 좀 오십시사고요."

하고는 동무의 손을 잡고 웃고 소곤거린다.

"너희 허 선생도 오셨니?"

"네, 바로 마님 떠나신 날 오셨어요."

현 의사는 고개를 끄덕끄덕한다.

"무슨 급히 의논할 일이 있단 말야?"

하고 현 의사는 담배 한 대를 더 붙이고 가만히 눈을 감는다. 마치 셜록 홈스가 무슨 큰 문제를 해결하려는 모양으로. 정선이가 낙태시키는 방법을 묻던 것, 정선이가 허둥허둥하던 것, 또 정선이가 왔다 가는 길로 시골로 내려간 것, 이 모든 것이 다 무슨 수수께끼를 싸고도는 사실인 듯하였다.

'역시 혼인이란 귀찮은 것인가. 혼자 사는 것이 제일 편한가.'

하고 현 의사는 담배를 꺼버리고,

"택시 하나 불러라."

하고 명령하였다.

그로부터 십 분 후에는 현 의사의 청초하고도 싸늘한 자태가 정선과 마주 앉아 있었다.

"결국 정선의 맘에 달렸지."

하고 현 의사는 정선의 하소연을 다 들은 뒤에 하는 말이었다.

"정선이가 지난 일을 다 뉘우치고, 앞으로 남편에게 충실하고 순종하는 아내가 될 결심이라면 허 변호사와 그렇게 하는 것이요, 또 만일 정선이가 도저히 이 가정생활을 계속할 의사가 없다면, 또 그러하는 것이고 — 그럴 것 아니냐. 잘못은 어차피 잘못이니까. 아마 ≪붉은 사랑≫의 표준으로 보더라도 네 행위는 죄가 되겠지. 아무리 생각하더라도 네 행위를 변명할 길은 없을 것이다. 정조라는 문제를 차치한다 하더라도, 신의 문제거든. 정조에는 붉은 정조, 흰 정조가 있을는지 모르지마는, 신의라든가 의리라든가 하는 문제에 이르러서는 붉고 흰 것이 없으리란 말이다. 사람이 사회생활을 하는 동안 아마 영원성을 가진 것이겠지. 그런데 정선이 행위로 말하면 신의를 저버린 행위거든. 속이지 못할 사람을 속이고 하지 못할 일을 한 것이거든. 그러니까 말이야. 정선이 할 일은 우선 남편에게 모든 것을 자백하고, 또 사죄하고, 다음에는 아까 말한 것과 같이 정선이가 원하는 길, 가정의 계속이냐 파괴냐의 두 길 중에 하나를 택해서 남편에게 청할 것은 청하고 원할 것은 원할 것이란 말야. 그러니깐 지금 네 생각이 어떠냐 말이다. 가정을 계속하느냐 갈라서느냐 ― 그걸 먼첨 작정하란 말이다."

하고 현 의사는 정선의 속을 꿰뚫어 보려는 듯한 파는 눈으로 정선을 바라보았다. 그리고 정선의 초췌하고 어찌할 줄 모르는 얼굴이 가엾었다. 역시 혼인이란 어려운 것인가 하고 현은 제 몸이 단출하고 가벼움을 느꼈다.

"내가 어떡허면 좋수?"

하고 정선은 그만 울고 엎드렸다.

남편의 앞에서 갑진과의 관계를 자백하는 것, 그 다음에 올 남편의 말, 그 다음에 올 제 앞길 모두 캄캄하였다. 갑진과 둘이서 오류장으로 가던 그 용기는 어디서 나왔던 것인고. 정선은 제 일의 갈피를 잡을 수가 없었다.

현은 우는 정선을 물끄러미 보고만 앉았다. 침묵 중에 시계

바늘은 돌아갔다.

"우는 것으로 해결이 되나."

하고 현 의사는 정선의 어깨를 만지며,

"인제는 여자도 우는 것을 버릴 때가 아닌가. 우는 것은 약자의 무기다. 어려운 일을 해결하는 것은 뜨거운 감정이 아니거든, 찬 이지란 말이다. 맘을 식혀, 싸늘하게 얼음같이 식혀요. 그래야 바른 생각이 나오거든. 원래 네가 맘을 식혔더면야 이런 일이 나지를 아니했을 것이다. 열정이 너를 그르쳤고나… 정선이, 무슨 엔진이든지 말이다, 다 냉각장치가 있단 말야, 식히는 장치가. 엔진이 돌기는 열로 돌지마는 식히지를 아니하면 아주 돌지 못하게 터지거나 병이 나고 말거든. 그래서 자동차든지, 비행기든지 다 냉각장치가 있단 말야 — 공기로 식히는 것도 있고, 물로 식히는 것도 있지 아니하냐. 그 모양으로 열정가의 열정에도 냉각장치가 필요하단 말이다. 그래서 지금은 냉각을 시켜야 될 때라고 생각되거든 즉시 냉각시킬 수 있도록, 썩 기민하고 정확하게 작용이 되도록 조절해 놓을 필요가 있어. 그럼 그 열정의 냉각장치는 무에냐 하면 그거는 이지란 말이다, 인텔리전트란 말이다. 정선이도 인텔리전트하기는 하지마는 아직 이모션[역자: 정]과 인텔리전트가 잘 조화, 연락이 되지 못했단 말야. 하니깐 말이다, 잘 머리를 식혀 가지고 생각을 해 보란 말이다."

정선의 혼란한 의식 속에는 현 의사의 말이 분명히 다 들어오지는 아니하였다. 그러나 제 행동이 인텔리전트하지 못한 것만은 의식하였다. 그것을 의식할 때에 정선은 한 가지 더 낙망을 느끼었다. 정선은 스스로 약은 사람으로 믿고 있었는데 제 약음이란 것이 몇 푼어치 아니 되는 것을 깨달은 까닭이었다. 이만한 어려운 경우를 당하면 곧 파산이 되는 제 지혜라는 것이 가엾은 것이라 하였다.

이렇게 저를 평가할수록 아무러한 일에도 도무지 업셋[역자: 쩔쩔매는 젓하지 아니하는 남편의 지력과 의지력이 가치가 높고 무서운 것같이 보였다. 현 의사는 싸늘한 지혜의 사람만 되지마는, 남편에게는 싸늘한 지혜 외에도 굳은 의지의 힘과 불같은 열정을 가진 것으로 보였다. 이렇게 정선이가 남편의 인격을 심리학적으로 분석해 보기는 이것이 처음이었다. 그것은 현 의사의 도움이라고 아니 할 수 없다.

"내가 혼자 살아갈 수는 없겠수?"

하고 정선은 제게 힘이 없음을 느끼면서 물었다.

"혼자? 이혼하고?"

하고 현은 반문한다.

"이를테면 말이우."

"혼자 살아갈 수 있겠지. 정선이는 재산이 있으니까. 재산만 있으면 살기는 사는 게지. 먹고 입으면 사는 것이니까."

"교사 노릇이라도 못 할까?"

"그건 안 될걸. 간음하고 이혼당한 사람을 누가 선생으로 쓰라고."

하고 현 의사는 사정없이 말하였다.

정선은 너무도 사정없는 말에 가슴이 뜨끔하였다. 그러나 다시 생각해 보면 그것은 사실이었다.

"그럼 내가 무얼 허구 사우?"

하고 정선은 눈에 새로운 눈물을 담으면서 물었다.

"무슨 일을 한단 말이지? 먹고 입지만 말고 무슨 일을 해 본단 말이지?"

하고 현 의사는 여전히 싸늘하였다.

"응, 내가 지금 어쩔 줄을 모르니 바로 말씀해 주어요. 나는 자살할 생각도 해 보았어. 지금도 죽고만 싶어. 허지만 죽는 일밖에 없을까?"

하고 정선은 눈물에 젖은 눈으로 현 의사를 바라본다.

"죽어 버리는 것도 한 해결책이지. 세상이란 죽음에 대해서는 턱없이 동정하는 법이니깐."

하고 현 의사는 눈을 감고 무엇을 생각한다.

"허지만."

하고 현 의사는 한 다리를 한 무릎에 바꾸어 얹으며,

"자살이란 것은 무엇을 해결하는 수단 중에 제일 졸렬한 수단이다. 어떤 사람이 자살을 하는고 하니 책임감은 있으나 도무지 힘이 없는 사람이거나, 그렇지 아니하면 백 가지 천 가지로 있는 힘을 다해 보다가 그야말로 진퇴유곡이 되어서 한번 죽음으로써 이름이나 보전하자는 것이다. 그 밖에도 남녀의 정사라든지, 부랑자가 돈이 없어 죽는다든지, 또는 정신병적으로, 이름은 좋게 철학적으로 자살하는 사람도 있지마는 그것은 우리네 생각으로 보면 다 정신병적이야. 어느 자살이든지를 물론하고, 자살한다는 것은 약자의 일이라고 나는 믿는다. 세상에 제일 쉬운 것이 죽는 일이거든. 아무리 못난이라도 게으름뱅이라도 가만히 있기만 하면 한번은 죽는 것이란 말이다. 사람이 나라를 위해서 전장에서 죽는다든지, 또 예수나 베드로, 바울 모양으로 세상을 위해서 인류를 구하노라고 죽는다든지, 또 교르다노 브루노 모양으로 진리를 위해서 죽는다든지 하는 것은 존경할 일이요, 저마다 못 할 일이지마는 제 맘이 좀 괴롭다고, 세상이 좀 부끄럽다고 죽어? 그건 약하다는 것보다도 죄악이란 말이다. 무슨 죄악이나 죄악은 필경 약한 데서 나오는 것이지마는, 가령 정선이로 보더라도 말이다. 간호부가 되어 앓는 사람을 위로하고 도와 줄 수도 있고 학교에 못 가는 애들에게 글자를 가르쳐 줄 수도 있겠고 돌아다니면서 남의 마루방에 걸레를 쳐주기로 세상에 무슨 할 일이 없어서 죽는단 말이냐. 또 네 남편에게 잘 말하면 용서함을 받아서 새로 각설로 행복된 가정을 이룰 수도 있을 것이고 — 얘 조선에는 네 남편 같은 사람이 드물다. 다들 돈푼이나 따라다니고, 계집애 궁둥이나 따라다니고, 조그마한 문화주택이나 탐내고 하는 이때에 그이는 돈도 안 돌아보고 미인도 안 돌아보고 도회의 향락도 다 내버리고 세계적으로 빈약하고 세계적으로 살 재미없는 조선 농촌에 뛰어 들어간다는 것이 영웅적 행위다. 누구나 다 하는 일인 줄 아니? 나 같으면 그런 남편만 있으면 그야말로 날마다 머리를 풀어서 발을 씻고 발바닥에 입을 맞추겠다. 너는 무엇이 부족해서 그러는지 나는 도무지 네 속을 알 수가 없다."

하고 현 의사는 웃지도 아니하고 길게 한숨을 내어쉰다. 그것은 제가 한 말이 정성되고 참된 것을 증명하는 것이었다. 정선은 처음보다 냉정한 의식을 가지고 현 의사의 말을 들었다.

그 말은 극히 이론이 정연하였다. 또 현 의사의 말의 주지가,

일, 나를 중심으로 생각지 말 것.

이, 숭의 인격이 출중하다는 것.

인 것도 알아들었다. 알아들을 뿐 아니라 그 말이 모두 무거운 압력을 가지고 정선의 맘에 스며듦을 깨달았다.

"나도 선희 모양으로 기생이나 될까."

하고 정선은 말을 던졌다.

"무어?"

하고 현 의사는 깜짝 놀랐다.

"기생이나 될까, 선희 모양으로 ― 선희가 산월이라던가, 기생 이름으로."

하고 정선은 빙그레 웃었다. 현 의사는 정선의 맘이 좀 풀려서 웃는 것만이 기뻤다. 그래서 현 의사도 사내 웃음 모양으로,

"하하하하."

하고 웃었다.

김안서, "≪연애의 길≫을 읽고서-콜론타이 여사의 작",
≪삼천리≫, 1932. 2.

　같은 시대의 같은 공기를 곳은 비록 다를망정 마시면서도 인습으로의 관념 하나 때문에 이렇게도 엄청나게 각각 다른 견해를 가지지 않을 수가 없는가 하면 새삼스럽게 관념의 고질(痼疾)에 놀라지 않을 수가 없는 것이외다.
　그리고 언제 그런지 새로운 인생의 새 길에 뒤떨어졌다는 부끄러움을 금할 수가 없으니 곰팡내가 코를 찌르는 필자의 머리로는 이 ≪연애의 길≫ 한 권을 읽으며 실감과 공명(共鳴)으로의 이해를 조금이라도 가질 수 없는 것이 그것이외다. 그러나 필자는 조금도 이것을 내 자신의 부끄러움이라고 생각 아니하는 바외다.
　원숭이에게는 진주를 주는 것보다는 왜 콩 한 아름을 던져 주는 것이 좋은 일이외다만은 원숭이와는 다른 사람에게는 아무리 그것이 먹을 것은 못 된다 하더라도 왜 콩보다는 더 진주를 더 귀히 보지 아니할 수가 없고 보니 가치의 표준을 어느 쪽에다 두는지 이것은 대단히 어려운 문제외다. 물질의 만족으로 이 인생을 손쉽게 처리(해결이 아니고) 해 버리는 것도 좋은 일이 아닌 것은 아니외다만은 이 만족으로는 정신으로의 커다란 일면을 덮어놓을 수가 없으니 이곳에 인생에게는 영과 육과의 불행한 상관관계(相)가 있는 것이외다.

다른 생물과 같이 간단하게 인생으로의 본능인 연애 문제 같은 것을 해결해 버리지 못하는 것도 이 때문이외다. 이 인생에게 괴로움이 있고 즐거움이 있고 울음이 있고 웃음이 있는 이상 이웃사촌의 같은 사람들은 이 문제를 어떻게 해결할까 하는 것은 대단히 흥미 있는 일이외다.

콜론타이 여사의(나는 일어 번역본을 읽었기 때문에 여사의 이름조차 정확히 알 수가 없습니다) ≪연애의 길≫에는 그 ≪삼대의 사랑≫과 "자매"가 그 내용이외다. 이것은 연애, 붉은 러시아 여성(赤露女性)의 사상을 대표하는 것이 볼 수 있는 것만치 흥미도 없지 아니하외다. ≪삼대의 사랑≫에서 여사는 사랑에 대한 견해의 진전을 보이기 위하여 할머니 어머니 딸 이렇게 삼대를 나누어 연애 생활을 암시하였습니다. 그러나 이 삼대여성들의 사랑은 실로 기이한 것이 많은 운명의 작난(作亂)이라는 생각을 금할 수가 없는 것이외다. 스테파노브나라는 여사가 어떤 사관과 결혼하려고 할 때에 부모의 반대는 대단하였습니다. 그러나 결혼생활을 하는 동안에 이 여성은 군의 베세로프스키와 사랑케 되었습니다. 이리하여 아들 지아비를 그대로 내버리고 군의에게로 따라가지 아니할 수가 없었으니 이것도 이 여성의 뜻깊은 사랑의 힘인 것은 물론이외다.

그리고 베세로프스키가 아리샤라는 목우녀(牧牛女)와 관계하는 것을 보고는 어린 딸 세르게브나를 데리고 남편의 집에서 나가지 아니할 수 없는 것도 같은 여성의 사랑이 힘이었습니다. 한마디로 말하면 연애는 위대하고 신성할 뿐 아니라 "연애의 권리는 결혼의 권리보다 강하다"는 것이 스테파노브나의 신조였으니 어디까지든지 성정유희로의 연애 같은 것은 꿈에도 인정치 않았을 것은 물론이외다. 이것이 제1대 할머니의 연애관이외다.

　자기 어머니의 성격을 그대로 받은 것은 아니건만 제2대 여성인 세르게브나의 연애 생활에 이르러서는 참말 이상하다는 감을 금할 수가 없으니 그것은 동지요 신우인 콘스탄틴과 그렇게도 깊은 신뢰와 애정이 있어 양성으로의 굳고 튼튼한 정신적 결합이 거의 원만하다고 할 수가 있것만은 한편으로는 사랑도 존경도 아무것도 느낄 수 없는 사람으로의 한 분(分) 가치조차 인정할 수조차 없을 뿐 아니라 아내와 아들이 있는 M이라는 기사에게는 열풍 같은 육체적 육욕 때문에 자기의 생명까지 바치지 아니할 수가 없었든 것이외다. 같은 한 몸으로 같은 때에 두 남성을 사랑하자는 것이니 이것은 결코 이해타산으로의 어떤 수단이 아니요. 어디까지든지 연애로의 순실(純實)한 감정이었습니다. 대단히 이상한 일이라 하지 아니할 수가 없습니다.

　그러나 얼마 아니하여 이 여성은 두 남성과도 떠나지 않을 수 없었으니 그것은 사랑이 완전히 죽어 버렸기 때문이외다. 이러한 사랑의 결과로 M의 피를 받은 게니아라는 딸자식 하나가 이 여성에게 있었습니다. 그 뒤 세르게브나는 동지요 존경할 만한 안드레이와 함께 공동생활을 하였습니다.

　세르게브나는 두 남성을 같은 때에 사랑하던 때에 어머니 되는 스테파노브나는 콘스탄틴이든가 M이든가 한 사람을 가리지 아니하여서는 연애가 아니라고 딸에게 여러 번 이야기하면서 그 선택을 권하였습니다만은 딸은 어머니는 자기 심중을 몰라

준다고 하면서 조금도 듣지 아니하였습니다. 이것이 제2대 여성의 연애로 제1대의 그것과는 다른 것이외다.

　제3대 여성 게니아가 자기 어머니 세르게브나와 의부인 안드레이와 한집에서 생활하는 동안에 게니아는 애를 배었습니다. 유산시킬 의논을 자기 어머니에게 하니 어머니는 "누구의 애냐"고 물었습니다. 게니아는 "누구의 애인지 자기는 모른다"고 대답하였습니다. 그러다가 세르게브나가 한번은 자기의 남편의 팔에 자기의 딸 게니아가 안겨서 눕은 것을 발견하였습니다.

　이때였습니다. 제2대가 제3대에게 "왜 이때까지 나를 속였느냐"라고 꾸짖으니 게니아는 조금도 놀래는 기색도 없이 "글쎄 누구의 애인지 난들 어찌 알겠습니까. 안드레이 이외에도 다른 동지들과 관계를 하는 중이니" 하면서 남성과 성교는 할망정 한 번도 남성을 사랑해 본 적은 없노라고 제3대가 고백한 것은 생각해도 기이하다고 하지 아니할 수가 없는 일이외다. "그것도 내가 몸을 돈에 판다든가 어떤 남성의 폭력 때문에 몸을 허한다든지 하면 모를 일이지요만은 그렇지 아니하고 나는 언제든지 자유의지로 행동합니다. 우리들은 맘이 맞으면 성교를 하며 지내다가 맘이 틀리면 갈라질 뿐이지요. 그러기에 조금도 그 때문에 손실을 당치 아니합니다. 유산 때문에 2, 3주 일할 수 없는 것이 불쾌할 뿐이지요" 하면서 게니아가 자기 어머니에게 "어머니는 어찌하여 나를 음분(淫奔)하다고 절망합니까. 여러 남성 형제들이 사람인 모양으로 나도 당당한 사람이외다. 나는 나의 의무를 완전히 의식할 뿐 아니라 당에 대한 책임도 잘 압니다. 남성들하고 키스를 한다기로 그것이 무슨 상관입니까. 정신적으로 친밀이 지내며 이야기하고 웃고 생각하는 것을 허한다면 키스만은 허할 수 없다는 이유가 성립됩니까. 어머니는 당신의 남성 안드레이를 붙들어 놓고 자기 허가 없이는 재미를 보지 말라 합니다. 그것은 어려운 소망입니다. 부르조아적 교양이지요"하며 조금도 의부와 성교한 것을 잘못이라든가 뉘우친다든가 하지 아니하였으니 이것이 제3대 연애관이외다. 물론 사랑이란 소유를 의미하는 것이라 생각할 사람은 없을 것이외다. 그리고 제1대가 제2대의 연애관을 알 수 없는 것과 마찬가지로 제2대는 제3대의 생각을 이해할 수 없었습니다.

여사는 제3대의 연애관을 말하기 위하여 제1, 제2의 사랑의 형태가 차츰 달라지는 것을 말한 것이외다. 물론 시대와 함께 모든 것은 변치 아니할 수 없는 것이외다만은 사랑이라는 것이 있고 없고는 별문제로 하고 그때그때 여성의 충동만 있으면 관계하여도 관치 않다는 것이야말로 긍정할 수가 없을 뿐 아니라 새 감정과 새 관념과 새 도덕으로의 새 사람이란 어떤 것인지 모르거니와 나로서는 암만해도 알 수 없는 일이외다. 인생을 농불화시킨 데 지나지 아니하는 것이외다.

"나는 어머님의 사랑 없이는 살 수가 없습니다. '안드레이'와 나와의 관계 때문에 어머님이 일할 능력을 잃는다면 슬픈 일이외다. 그러나 나는 어머님과 같은 그러한 연애법은 결코 하지 아니합니다. 그런 사랑을 하다가는 일할 시간이 없지 않아요"라면서 게니아는 일을 위한 것이 중요하다(事爲是重)고 주장하였습니다만은 사랑이란 인생의 전부가 아닌 것은 이 새롭다는 제3대 여성의 되지못한 말을 빌지 아니하더라도 잘 아는 바이거니와 이야말로 영혼 없는 육체로의 인생이라고 사실대로(如實) 말한 데 지나지 아니하는 것이외다.

과도기의 잘못된 결혼관이라고 하면 모르거니와 이것을 결코 새로운 관념으로의 연애도덕이라고 할 수는 없는 것이나 여하간 나쁜 의미로서의 '짜르 타도'에 지나지 아니하는 것이외다. 세상에는 이런 책도 있다는 것은 흥미와 함께 대담한 일이라 생각할 뿐이외다.

윤형식, "푸로레타리아 연애론",
≪삼천리≫, 1932. 4.

서언

우리들 '생'의 문제의 해결은 필연적으로 '성' 문제의 해결과 일치되어 있은 것이라고 생각한다. 이는 더욱이 계급사회에 있어서 푸로레타리아트에게는 더 한층 이 문제에 대한 고통과 번민과 애수를 갖지 않을 수 없는 것이다.

계급의 대립은 성 문제에 대하여 커다란 흑점(黑點)을 남겨두게 하고 이것을 점점 자라우게 하는 것이 사실이다.

연애 문제라고하면 이것을 표면으로는 일반이 하등의 문젯거리다 되지 않은 것처럼 냉정한 태도를 취하지만은 청년남여의 전반의 생활표면을 들추어 본다면 성적 심리, 성적 관계, 성적 도덕 등에 대한 문제는 일정한 지표기 없이 혼돈되어 있거나 그렇지 아니하면 물질적 허영에 제 몸을 팔아먹는 위기에 빠져 있는 것도 또한 사실이외다.

과도기에 있어서 성적 위기의 심각화는 내일의 성 문제 성 문제의 광명을 나을(産出) 진통기(陣痛期)일 것이니 콜론타이를 가장한 모던걸(Modern Girl)도 배회하고 있고 마이젤 헤스를 모방한 개인주의자적인 연애유희배(游戱輩)도 횡행하고 있는 것이 결코 우연한 일이 아닐 것이외다.

더욱이 최근에 와서는 표면으로는 푸로레타리아적 계급의식을 가슴속에 품고 있다고 떠드는 분들 중에 광채 나는 보석반지 한 개나 바로크식 문화주택을 연상하면서 계급적 정조(貞操)를 망각하고 자기의식을 팔아먹는 분자들까지 찾아낼 수 있게 되였다.

이러한 시기에 있어서 이 소론이 현재 연애 생활의 종종상(種種相)을 사회적으로 관찰하고 다시 이것을 계급으로 비판하는 동시에 푸로레타리아 연애관은 어떠한 것인가를 논하는 것으로 그 목표를 삼아 보고자 한다.

만일에 이 소론이 이 성적위기에 있어서 이러한 임무에 대하여 조그마한 자극과 반성을 청년남녀로 하여금 끼치게 된다면 필자는 스스로 이에 만족하는 동시에 이를 지상의 광영으로 생각할 것임을 약속한다.

1. 청년남녀의 연애 생활

1)

사람은 사회적 생활을 하게 되는 동시에 자본주의사회에서는 한 개인을 중심으로 한 가정을 그 단위로 보는 수밖에 없다. 러시아 같은 곳에서는 가정을 떠나서 집단적 생활을 하게 되는 사람들도 있기는 하지만 보편적으로 말하자면 가정이 개개인의 생활단위로는 구성되어 있는 것이라고 하겠다.

그러면서도 또한 각 개인의 생활은 여러 갈래로 나누어 있게 되어서 그 생활형식이나 방편이 같지 않은 것은 물론이고 각기 특수한 점을 갖고 있게 되는 것도 사실이다. 이에 따라서 성생활의 형식적 표현인 연애 문제 그것도 역시 이러한 개인생활 가운데에 중요한 요소 중의 하나인 것은 누구나 부정할 수 없을 것이다.

청년남녀가 성 문제의 파탄으로써 신문지상에나 잡지 같은 데에 이름이 오르나리는 것을 보고는 이것을 비웃는 웃음(誹笑)로서 일축하여 버리는 사람들도 자기 자신이 그 경우를 당할 때에는 그 자신의 전 생활에 큰 영향을 주게 되는 동시에 귀중한 시간과 정력을 여기에 낭비하게 됨으로써 그 자신의 전 생활에 큰 상처를 갖게 되는 일이 없지 아니하다. 사실에 있어서 성 문제처럼 인간을 단순하게 하고 진정하게 하고 용기 있게 하는 것이 없다고 하여도 과언이 아니다.

청년으로써는 이 문제를 생각지 아니하려야 않을 수 없게 될 뿐 아니라 이 문제에 봉착하게 되면 일체의 것이 주관적으로만 해석되어 자기의 행동이 어떠한 그릇된 것을 범하더라도 오히려 자기에게 한하여서는 절대의 만족을 느끼게 하는 것이 통례(通例)이다.

성 문제 그것은 이와 같이 힘이 있고 열이 있고 고집이 있는 것이다. 그럼으로 한 근의 밥을 얻어먹지 못하여 길 위에서 떨며 주린 배를 움켜쥐고 방황하게 되는 사람으로부터 금의옥식(錦衣玉食)을 오히려 불만으로 생각하는 사람들까지 이 성 문제는 사생활에 대하여 중대한 문젯거리가 되는 것이다.

그럼에도 불구하고 지금의 성 문제는 각 개인의 만족을 주지 못하고 실제에 있어서(계급사회에 한하여) 경제적 관계에 의하여 절대의 위력을 발휘하게 되는 것이고 과연 이 경제력이란 위력에 의하여 혼잡한 추태와 고민과 원한과 방종과 참담이 흩어져 있게 되고 말았다.

현재에 우리들 앞에 있는 형식과 도덕과 인습은 오히려 이 전력(全力)에 의하여 짓밟히게 되고 부르조아적 '에로'의 착잡한 교향악이 방종을 극하여 그 최첨단을 걷고 있는 동시에 수많은 청년남녀를 여기에 그릇 얽매이게 하여 XX화시키고 있는 것이다.

이 사회처럼 연애 또는 결혼 문제 등을 이중 삼중의 허위와 가장에 묻어 놓고 성생활의 참인(慘忍)한 비희극(悲喜劇)을 연출하게 하는 일은 없을 것이다. 더욱이 봉건주의적 의식과 근대자본주의적 의식과 신흥계급의 계급적 의식이 교체되면서 착잡한 혼란을 일으키게 되는 이 시기에 있어서 경제적 관계가 다시 부작용(復作用)을 일으키게 되는데 끼여 있는 성도덕은 과연 어디로 흘러내려가며 어디로 흘러가야 될 것인가.

이것은 그리 쉽게 낙착(落着)될 문제가 아니 줄로 생각된다. 더욱이 조선에 있어서는 필자가 기억하는 바로써는 아직도 이 문제에 대하여 별로 논의되어 오지도 아니하였으며 다만 이 문제를 청년남녀의 풍기문제로만 취급하여 가지고 일종의 악습이나 발생되는 것처럼 논평하는 외에 필자 간에 있어서도 연애론다운 연애론을 내세워 본 일이 없었다고 믿는다.

개인중심주의적 입장에서 다른 형식으로 이 문제를 취급한 것은 간혹 발견 되였지만은 계급적 입장에서 이에 대한 지표를 찾아보려고 하는 노력은 더욱 희소하였던 것이다.

이런 까닭에 연애 문제에 있어서는 일정한 갈피를 찾지 못하고 전통적 봉건사상에 의한 노예적 관념 그대로를 사수하고 있는 분자 부르조아적 개인주의적 자유의식에 의한 연애지상주의에 기울어진 분자와 콜론타이즘에 물들어 가지고 무조건하고 성적 방종에 흐르는 분자 등 무원칙하게 절조(節調) 없는 성생활을 하게 되는 것이 금일의 조선현상이라고 볼 수 있는 것이다.

여기에서 일반청년남녀는 흔히 실제 생활과 연애 생활과는 하등의 상관관계가 없는 것처럼 생각하면서 실제 생활을 떠나서 공상에 흐르면서 현실과 이상과의 모순에서 발생되는 비극을 공허한 탄식이나 고민에서만 해결의 열쇠를 얻으려고 방황한다.

그러나 계급사회에 있어서 연애 그것은 실제의 생활 관계를 떠나선 한 개인의 욕망을 욕망 그대로 채울 수는 없는 것이다.

이것은 연애 생활 거기에만 국한된 조건이 아니지만은 더욱더 이 연애 문제에 있어서는 경제 관계가 가장 중대성을 띠고 있는 것이다. 자본주의사회에서 연애지상주의를 부르짖고 성생활에 개인주의적 방종을 극하는 자는 물질생활에 무어라한 방해가 없는 유한계급에만 한한 것이요 푸로레타리아에게는 한 끼의 밥과 함께 성에까지 주림을 받는 처지에 있게 된 것이다.

근래에 와서 부르조아 자유주의자 등이 '연애의 자유'와 '성의 해방'을 부르짖음으로써 강고한 봉건적 인습을 깨뜨리려고 함은 아주 무의미한 일은 아니나 그러나 그것만으로는 푸로레타리아에게 대하여 근본적으로 하등의 이익을 가질 수 없는 것이다. 연애 과정이 없는 결혼은 사실상 죄악시되는 것을 부정할 수 없지만은 경제적 조건에 의하여 그만 한 시간과 여유를 주지 않는 데야 어찌할 수 없는 것이다. 그러므로 그 구체적 해결책은 그 근본적 조건인 경제적 관계에 있지 않을 수 없는 것이다.

이 문제에 대하여는 다시 다음에 자세히 논하기로 하고 우선 현재 조선에서 청년남녀전반의 연애 생활부터 개괄적으로 분석하여 보기로 하자 (연속)*

---

* 연속이라고 되어 있으나 연재는 더 이상 되지 않았다.

인터뷰

― 그 뒤에 이야기하는 "제여성(諸女性)의 이동좌담회(移動座談會)", ≪중앙≫, 1935. 1.

* 이 글은 1935년 한국의 사회주의 운동이 침체기에 있을 때 1930년대 한국의 여성운동가들과의 인터뷰이다. 아래의 인터뷰를 보면 근대화가 진행되던 시대에도 언론은 '까싶(gossip)'을 쫓는 한계를 가지고 있다는 것을 볼 수 있다. 하지만 아래의 인터뷰를 통해 당시 여성운동가들이 처한 상황과 고민은 어느 정도 알 수 있을 것이다. 1920년대 소위 맑스 걸, 엥겔스 레이디라 불리는 사회주의 여성운동가들이 사회의 변화와 여성의 해방을 동시에 요구하는 여성해방운동의 시작을 열었다. 1924년에 창립된 조선여성동우회는, 우리나라 최초의 사회주의적 여성해방론을 주장한 여성단체로 김사국과 박헌영이 지도하던 조선청년총동맹과 협력하였다. 창립 당시 발회식에 참석한 사람은 80명가량이었고, 그중 50명이 축하나 방청을 위해 참석한 남자, 약 10명은 감시 경찰관, 여자는 발기인이자 간부들 13-4명밖에 없었다. 여자동우회가 아니라 남자동우회 같았다. 창립 당시 회원 수는 불과 18명, 발기인이 그중 14명이니 '조선'이라는 말이 부끄러울 만큼 다른 여성들의 반응은 약했다. 그러나 2년 후 70명으로 늘어났고 회원은 학생, 의사, 간호부, 교원, 기자, 직공 등 대체로 사회 최고의 엘리트라 할 전문직 여성들이 주축을 이루었다. 1927년 전국 단일노선의 〈신간회〉가 창립된 것과 마찬가지로 같은 해에 〈근우회〉를 만든다. 그러나 1931년 신간회 해소와 발맞춰 근우회도 해체된다. 여러 사정이 있었지만, 외적으로 일제의 사상탄압과, 내적으로 근우회 활동이 노동계급운동에 도움이 못 된다는 비판 때문이 있었다. 인터뷰를 한 이들인 유영준, 우봉운, 정칠성, 허정숙 등은 각각 〈근우회〉 시절 정치연구부, 재무부, 선전조직부, 교양부의 임원이었다. 박헌영 계열에 가까웠던 이들은 〈조선여성동우회〉가 분파되었을 때 '경성여자청년동맹'을 만들었는데, 첫 사업으로 국제 부인데이 기념간친회를 열 만큼 국제공산주의운동의 정통성을 따르고자 했었다. 분단 이후 일본 제국주의 전쟁에 학병, 징병을 교육자의 입장에서 권하는 친일활동 등을 한 김활란 같은 부르주아 여성운동가들의 이름은 기억되어도 이들의 이름은 기억되지 못하고 있다.

이 글의 본문은 http://www.personweb.com/viewInterview.jsp?mm=I

프롤로그

기자독백: 그 전날 사회제일선상에서 화려하게 활약하던 제 여사들의 최근심경은? 생활은? 어떠하며 현재에 느끼는 감상은 여하한가를 들어서 이를 궁금히 여기시는 독자제위께 전하려는 것이 이 이동좌담회를 개최하는 본의올시다.

제 여사 중에는 말씀하기를 회피하는 분도 있고 더 나아가서는 만나기까지를 꺼리는 분까지 있어 아무리 이동좌담이라고는 하지만 그 진행이 상당히 순조롭지 못했던 것을 미리 헤아려 주심과 동시에 허덕지덕 이 고개를 넘고 저 골목을 돌면서 삼동설한에 땀을 흘리며 돌아다닌 기자의 고심을 또한 거들떠 주신다면 다행하겠습니다.

화제의 진행은 이동좌담인 만큼 레뷰-형식을 택하였고 그러면서 읽으시기에 지루하지 않게 '커트'와 '클로즈업'을 적의히

&idx=34에서 가져왔다.

하였음을 미리 말씀해 두고 또 한 가지 기자가 이번 좌담에 만 난 분과는 전부가 초면이라 각 양면마다 초면 대담의 항렬적 인사가 왕래하고 그러고 좌담은 시작되었으나 그러나 그 진행에 관한 장면은 일체 말소하고 간혹 기자 소회 있는 때는 '독백'으로써 울부지젓사오니 혜독하야 주시기 바랍니다.

제1회장

유영준(劉英俊), 우봉운(禹鳳雲) 양씨에게서 "적나라한 남성의 정체"를 듣는다.

장소: 수송동 유영준 씨 자택
시일: 초동 어느 날 오후 2시
인물: 유, 우 양씨와 기자 모두 삼인

기자(유에게): 표면운동에서 들어앉으신 지 퍽 오래시지요.
유: 글쎄요. 한 7, 8년 되지요.
우: 그러나 뒤에 앉어서 우리 여성들의 운동을 퍽 많이 지지해 주고 응원해 주었지요. 표면에 나선 이 못하지 않게 활동한 셈이지요.
기자: 우 선생은 지금 댁이 어디십니까?
우: 가회동 78번지외다.
기자: 혼자 계신가요?
우: 그럼요. 단신으로 철두철미 자활을 하려고 갈팡질팡입니

다. 이때까지 남성에게 도움을 받았다거나 부모의 덕을 입었다거나 하지를 못했습니다. 다만 친구의 덕은 종종 입습니다만은 그것도 내 본시의 요구에서는 아닙니다.

기자: 그런데 오늘 찾아온 것은 두 분 선생에게서 "적나라한 남성의 정체" 다시 말씀하면 두 분이 보신 "남성관"을 들으려고 하였는데요, 바쁘지 않으시면 기탄없이 말씀을 하여 주시면 감사하겠습니다.

유: 글쎄요. 퍽 막연하잖아요. 남성관이라 하면 그 관점에 따라서 다 다를 것인데 그걸 별안간 앉아서 이야기하기는 어렵다구 생각하는데요.

기자: 그렇겠습니다. 그러면 그 하나만 떼어서라도 어느 점으로 보아서는 이렇다 하고 말씀을 하시지요.

우: 하여간 부분 부분으로 남성의 장단을 들춰 가지고 논평을 하자면은 참 거창하게 할 말이 많으니까 차라리 덮어 두고 보는 것이 당분간은 좋겠지요.

기자: 그러니까 남성관의 공개를 기피하시는 것인가요?

우: 그렇지는 않지요. 너무 저열하고 추악한 데가 폭로된다면 가엽지 않아요. 그러니까 이렇다 저렇다 하지 말고 덮어 두자는 것이지요.

기자: 그렇지만 그 결론만은 말씀하셔도 좋지 않으십니까?

우: 글쎄요. 요약하고 요약해서 말한다면 남자란 "저항력이 약하고 미련한 것"이라고 할까요. 여자에게는 남자의 이 배 삼 배의 고통을 갖고 있으나 그것을 "참어 내는 무기"가 있지만 남자의 정체를 본다면 "가여운 것" 그 하나뿐입디다.

기자: 유 선생도 말씀해 주시면 좋겠는데요.

유: 그 말이 그 말이지요만은 대강 말씀을 한다면 남성을 세 가지 관점에 비추어 봅니다. 첫째 정치적 방면에서 볼 때 남성의 절조 없는 것이 너무 역력하게 드러나더군요. 이즘만 해도 누구누구 할 것 없이 그 행동이 무엇입니까. 둘째 경제적 방면에서 볼 때 남성의 추악스러운 것이 그리고 하잘것없는 무능한 것임을 볼 수 있더군요. 요약해 말하면 현하 조선남성들은 하나도 줏대가 없이 갈팡질팡합니다. 당면만 자기 개인문제를 해결 못 하면서 사회요 민족이요 하는 것은 말하자면 골자(骨子) 없는 인간이라는 관념을 줍니다. 더욱이 경제문제 앞에 그렇게 쉽게 자기의 "씨"까지 바쳐 가면서 아첨하는 양은 도리어 가엽습니다. 셋째 생리적 방면에서 볼 때 남자들은 이성 앞에 너무나 약합니다. 여성은 이성에게 애정을 주게 되기까지에 상당히 신중한 시간과 노력을 들이지만 남성은 순간적입니다. 그리해서 그들은 그 순간적 유혹을 못 이기고는 심각한 비극의 주인공들이 됩니다. 하여튼 결론에 가서는 우봉운 씨 말대로 강한 체하면서 약하고 영리(怜悧)한 체하면서 미련한 것이라고 생각됩니다.

기자: 그런데 지금 여성운동만이 아닙니다만은 하여간 여성운동이 침체를 지나 정돈(停頓)되고 있지 않습니까. 여기에 대해 어떤 소감을 갖고 계십니까?

우: 적막을 느낍니다. 그렇다고 자기 의식의 수준을 내려가지고 합법비합법 간에 무슨 운동을 하고 싶지는 않고 전날 근우회의 수위보담도 한 걸음 더 나아간 단체를 조직하야 용맹스럽

게 활약해 보았으면 개인으로도 긴장되고 사회적으로 의의가 크겠으나 그것은 나 개인의 생각뿐이외다.

기자: 그러면 전날의 동지 여러분과 모일 때에는 혹시 그런 말씀을 해 보십니까?

우: 어됀요. 않습니다. 성산 없는 이야기를 꺼내서 소득도 없고 공연히 형사들에게 비밀결사하였다는 혐의만 받게요.

기자: 그렇겠습니다. 여담입니다만은 앞날에 양성 문제가 해결될 날이 있을까요?

유: 나의 이즘 생각은 양성 문제 즉 애정문제라거나 결혼문제 부부관계 같은 것은 모두 그 개인 개인의 문제라고 생각합니다. 개인이 모이여 사회가 되였다고 하여 연쇄적 관련이 있는 것이 아니라 이 문제는 그 개인과 개인, 당자와 당자 간에서 해결되는 것으로 그 해결이라 할 것이지 더 다른 것이 있지 않을 줄 압니다. 남편과 아내 이 두 사람의 관계를 알 사람이 없습니다. 남편된 이가 사회적으로는 명망이 있다 하드라도 가정에 돌아가 안해 앞에서도 그렇겠느냐 하는 것은 문제입니다. 다른 제3자가 이해하기 어려운 간섭할 수 없는 관계가 양자 간에는 있다고 봅니다. 이것은 애정문제에 있어서도 그렇고 결혼문제에 있어서도 그럽니다. 제3자가 자 막대기로 잴 수 없는 이 문제가 사회적으로 해결될 날은 없을 것이지요.

기자: 바쁘실 텐데 이처럼 이야기해 주셔서 감사합니다. 인제 또 다른 분을 만나야 하겠서서 이만 실례합니다. 안녕히 계십시요.

남녀 문제에 대해서 대답은 의외다. 사회주의적 여성해방론자이지만, 남녀의 애정, 결혼, 부부 문제를 개인의 문제로 돌리고 있다. 물론 개인적 문제가 바로 사회적 모순 해결을 통해 바로 해결될 수는 없다고 해도 양성 문제를 극히 개인적 차원으로 한정시키는 것이다. 사회주의 여성해방론을 자본주의체제에 대한 저항이나 국제적 연대 정도로 너무 거창하게 생각하고 있었기 때문일까? 아니면 자신들에게 쏟아지는 세간의 관심에 대해 프라이버시를 주장하고 싶기도 했을 것이다.

제2회장

정칠성(丁七星) 씨에게서 "내가 본 남성의 불만"을 듣는다.

장소: 낙원동 정칠성 씨 하숙
시일: 초동 어느 날 오전 10시
인물: 정칠성 씨와 기자

기자: 서울 오신 지가 여러 날 되십니까?
정: 한 2주일가량 됩니다.
기자: 그간 어듸 계셨습니까?
정: 원산 있었습니다. 원산서 강습소를 경영하려고 그동안 꽤 애를 썼었으나 그것도 뜻대로 되지를 않더군요.
기자: 그러시면 서울서 바로 원산으로 가셨나요.
정: 아니요. 작년 겨울에는 평양 대구 등지에도 가 있었습니

다.

기자: 서울에서 여성운동단체를 조직하시고 다시 활약해 보고 싶으시지 않으십니까?

정: 글쎄요. 아직은 공상이겠으니까 대답하고 싶지 않습니다.

기자: 선생이 생각하시는 "남성의 불만"을 말씀해 주신다면 퍽 긴하겠는데요?

정: 글쎄요. 내 자신으로 보는 바에 의하면 남성에 대하야 밉다니 좋다니 생각한 적이 없습니다. 우리 인간이 생활을 영위해 가는 데에는 남녀가 함께 있어야 할 것이니까 특별히 남자라고 해서 그에게 불만 한 점을 가져 본 일은 없습니다. 사상적으로 볼 때 남자가 여성보다 더 유동적이요 변동하는 것이 어떻게 말하면 불만이라 하겠으나 그것은 불만보다도 결점이겠지요. 오히려 어떠한 사업을 하는 때는 남자와 함께 일을 하는 것이 더 든든하고 보람이 있는 생각이 나더군요.

기자: 남성의 고집이라거나 소유욕 같은 그 성질에 대해서 숨김없이 말씀하신다면은 어떠하십니까?

정: 글쎄요. 조선의 남성을 일반적으로 본다면 거기 어떠한 불만이라든가 그 횡폭에 대하야 말이 있을지 모르지만 나는 지금까지 남성을 내 손에 놀게는 하였으나 남성의 지배 밑에 속박을 받아 보지도 못했고 그 앞에 머리를 숙여 보지를 않고 하야 남성의 횡폭에 대하야 나만이 가진 무슨 할 말은 없습니다.

기자: 선생은 현재 선생의 생활에 권태를 갖고 계십니까?

정: 그런 말은 물어서 무엇하시오. 권태라기보다 부족을 느끼지 않을 이유가 어데 있단 말이오.

기자: 이번 《동아》의 편물강습회는 성적이 좋습니까?

정: 김장 때가 되어서 효과가 아주 적습니다. 될 수 있으면 김장이 끝난 때 따로 다시 주최하였으면 합니다만은 적당한 장소가 없습니다.

기자: 이즘 서울에는 여성의 교양단체가 여럿 있는데 그중에 들어가시어 활동하시지 않으시렵니까?

정: 그렇게 할 필요를 느끼지 않습니다. 우리는 그러한 과정을 되풀이하고는 싶지 않습니다.

정칠성은 본래 기생 출신이었다. 기생은 사회구조적으로는 남성중심주의의 희생물이지만, 가정이라는 보호막이자 감옥을 모르기에 남성으로부터 독립하려는 이탈자가 나올 가능성도 높지 않을까. 황진이가 그러했고, 근대초기 대중문화의 푸른 꽃인 배우와 가수로 등장한 기생들도 그러했다.

정칠성은 일찍부터 남녀평등 실현을 꿈꿨다. 17세 때 우리나라의 유명한 여장부가 되고자 승마를 배운 여성이다. 3.1 운동 뒤 홀연히 화류계를 떠나 사회주의 서적을 탐독하였고 여성동우회 발기에 참여하였다. 그 후 일본 동경 기예학교에서 유학하면서 여성 사회주의자가 모인 독서 모임인 삼월회를 조직하여 활약했다. 여기서 사회주의 사상의 이론적 기반을 쌓고 1926년 봄에 귀국하여 근우회의 기관지인 《근우》의 편집인으로 활동했었다.

활동적이고 독립적인 성격 탓인지 정칠성은 근우회 해소 이후에도 여러 곳을 돌아다니며 작은 활동들을 시도했었다. 그러나 다시 조직적인 단체 활동은 꺼리는 듯하다. 본래 남성과 무관하게 자기 나름대로 살아온 그녀라 특별히 남성에게 불만을 갖고 있지는 않다. 사상적으로 남성이 유동적이라고 하는데, 반대로 여성이 더 맹목적이고 헌신적인 면이 있다고도 할 수 있다.

통이 큰 그녀는 앞서 유영준이나 우봉운보다는 남자에 대해 너그럽다(?). 함께 일할 때 든든하다는 것이다. 남성을 손아귀에 놀게 하기는 하지만 남성 지배를 받아 보지 않은 그녀이다. 지식인류의 소심함과 거리가 먼 그녀는 남성과 대등한 의식을 가지고 있다. 그러나 조선 여성 일반이 처해 있는 상황을 생각한다면 남성의 횡포나 사회적인 억압에 대해 할 말이 정말 없을까? 기자의 질문 자체가 그녀와 연인 관계에 있던 남성들을 향해 던졌기 때문일지도 모르는 일이다.

정칠성 역시 작은 기술 강습회 정도만 하고 있을 뿐, 여성단체 활동에 대해서는 부정적이다. 근우회와 같은 실패를 다시 되풀이하고 싶지 않다는 것이다. 무엇이 그녀들을 환멸에 젖게 한 걸까?

제3회장

허정숙(許貞淑) 씨에게서 "다음 기회에 말하겠다" 함을 듣는다.

장소: 팔판동 태양광선치료소
시일: 초동 어느 날 오정
인물: 허정숙 씨와 기자

기자: 태양광선치료하신 지 꽤 오래 되시지요?

허: 한 삼 년 됩니다.

기자: 재미를 보십니까?

허: 무얼요.

기자: 그런데 오늘 찾어뵙고 운동을 떠나신 뒤의 소회를 들었으면 하고 왔는데 말씀을 해 주시면 퍽 감사하겠습니다.

허: 글쎄요. 창졸간에 말씀드리기도 어렵고 그리고 그런 이야기는 말로 하기보담은 이다음 기회에 쓸 줄은 모르지만 글로 써 드리지요.

기자: 이다음 기회라시면 저의 입장이 퍽 곤란한데요. 말씀으로 하여 주시지요.

허: 그렇겠지만 이야기하고 싶지가 않습니다.

기자 독백: 남향한 응접실로 볕이 어찌 쪼이는지 몹시 덥고 땀이 막 쏟아진다. 면대한 허 여사는 그간의 '까싶'에 꽤 심로를 하였는지 기자 백방 애청하며 근일 소회를 물었으나 종시 일관 다음 기회에 맞나자 한다. 기자 필시 허 여사에게 '다음 기회'를 '캣취'하자고 온 '형편'이 되었다.

기자: 허헌(許憲) 선생님도 함께 계십니까?

허: 아니요. 삼청동에서 살림하고 계십니다. 그러나 늘 여기 와 계십니다.

기자: 그러면 화제를 바꾸어 지금 새로 여성운동단체가 생긴다면 선생은 또다시 나아가 활동하시렵니까?

허: 그것도 다음에 말씀하지요. 간단하게 대답은 할 수 있지만 그 영향이 뜻밖으로 크니까요. 깊이 생각해 말씀드리지요.

기자: 그러면 이 치료원으로 앞으로 오래 계속하실 작정이십니까?

허: 글쎄요. 모르지요.

기자독백: 응접실 옆방에 인기척이 있다. 이때 방문객이 있으매 기자 그만 퇴각을 하려하는데 그 방문객은 응접실 옆방에 계신 분을 찾아오신 양이었다.

기자: 예전의 동지를 자주 만나십니까?

허: 가끔 만나지요. 찾아도 오고 찾아도 갑니다. 그런데 저 같은 사람보다 이러한 방문은 지금 사회적으로 활동을 하시는 황신덕 씨를 찾아뵙는 것이 어떠세요. 그러면 거기서 재미있는 이야기도 많이 들으실 텐데.

기자: 고맙습니다. 그러지 않아도 그분도 찾아가려는 중입니다.

기자 독백: 응답 20분간에 '이다음 기회'를 약 20여 차 들었다. 다시 더 앉아 있어서 소득 없을 배는 이미 화제를 꺼낸 그 다음 기간에 각오하였든 배라 여기서 할 수 없이 퇴각을 펴다. 문을 나오다가 옆방의 주인공이 송봉우(宋奉瑀)임을 알았다. 그러나 인사가 없었으매 그냥 발거름을 띄여 놓고 말었다.

허정숙에게서는 아무런 대답도 들을 수 없다. 기자는 허헌의 동정을 묻고, 우연히 송봉우를 발견하는 소득을 얻었을 뿐이다. 허헌이나, 송봉우는 허정숙의 남성으로 세간에 떠들썩하게 알려졌던 인물들이다. 허정숙은 주세죽, 박원희와 더불어 여성동우회 발기 핵심 멤버 3인 중의 한 사람이다. 사실 여성동우회의 창립은 당시 사회의 요구에 의한 것이기보다는 이들 3인 여성의 남편들인 골수 사회주의자들의 의도에 의해 이뤄진 측면도 있다. 허정숙의 남편은 임원근, 주세죽의 남편은 박헌영, 박원희의 남편은 김사국이다. 모두 일제하 한국공산주의 운동의 핵심적 공산주의자들이었다.

박헌영과 임원근은 상해 강습소에서 영어를 배우면서 알게 된 절친한 친구 사이였다. 역시 영어를 배우던 허정숙과 임원근은 열애 중이었고, 이때 허정숙이 피아노공부를 하던 주세죽을 박헌영에게 소개한 것이다. 이런 까닭에 여성동우회의 사상적 원천이 어디로부터 흘러나왔는지는 짐작할 만하다.

여성동우회가 지지부진하게 될 때 경위를 보면 사상적인 대립도 원인이었지만, 구성원들의 사정도 있었다. 1925년 박헌영은 신의주 사건으로 잡혀 들어가고 허정숙은 임원근과 헤어져 송봉우와 동거하느라 정신이 없었고, 정칠성은 동경 기예학교로 갔으며, 박원희는 여성동우회를 탈당하였다.

남편들의 입김 때문이라면 실망스럽기 그지없다. 그러나 여성동우회와 근우회를 이끌었던 이 여성들은 가정 안에 자신의 정체성을 가두기를 거부하고 밖으로 나선 자들이었다. 옳든 그르든, 제대로든 아니든. 그건 사실이니까. 또 사회에서 그런 여성을 곱게 볼 리는 없었다. 대체로 세간의 관심은 그녀들의 '성적인 자유분방함'이었다.

허정숙을 비롯해 여성운동가들은 언론의 난도질에 시달릴 수밖에 없었다. "붉은 연애의 주인공들"이라는 제목으로 당시 새로운 연애를 실천하는 여성운동가들에 대한 적나라한 기사가 실렸는데, 그 주인공들이란 대개 여성운동가이거나 국내외에서 활동하던 공산당 당원이었다. ≪동아일보≫ 기자였던 허정숙은 임원근, 허헌 등 '나이 30이전에 애인을 세 번 가졌고 가졌을 적마다 옥동자를 얻었던' 여성이었다고 폭로되었다.

당시 사회주의 사상가들 사이에는 맑스와 엥겔스의 이론에 토대를 둔 가족관과 여성론이 퍼져 있었고, 콜론타이의 연애론이 유행했었다. 신여성들은 여성해방의 시각을 사회적 부조리에 대한 공격의 수단으로 적용할 뿐만 아니라, 더러는 개인적인 실천의 지침으로 삼았다. 그들은 때로 반사회적이고 파괴적일 만큼 대담했다. 남녀 사이의 편향적인 정조관을 비판하고 봉건적 굴레를 벗어난 연애관을 실천하려고 했던 것이다. 맑스 걸, 엥겔스 레이디라 불리는 여성들의 사회주의적 연애는 그 나방이 뛰어든 또 하나의 불꽃이었으리라. 그 불꽃은 사그라지고 남은 건 추문과 환멸이었다.

레닌과 클라라 체트킨의
여성 문제에 대한 대화[*]

[*] http://www.marxists.org/archive/zetkin/1925/lenin/zetkin2.htm을 번역하였으며, 원문에는 없던 소제목은 1989년 함성출판사가 번역해 출판했던 일본의 청목서점이 간행한 레닌의 ≪청년·부인론≫을 참조해서 재작성하였다. 원고가 작성된 시기는 레닌 사후 1년이 되던 1925년으로, 1923년 11월 뮌헨에서 쿠데타를 일으켰던 독일의 히틀러는 이 해에 ≪나의 투쟁≫을 출간했고, 1차 대전 시 노동자들에게 참전론을 주장했던 독일 사회민주당 산하의 노동조합의 지지를 흡수해 가고 있었다. 반대로 전쟁 반대론자인 공산주의자들에게 이때는 운동의 퇴보 시기 속의 한 해였다. 이 대화는 1920년을 회상한 것이기에 레닌이 독일에서의 혁명을 기대하는 장면이 나오나 마지막 회상에서 보이듯 체트킨은 고통스럽게 1925년의 '고통스러운 현재의 퇴보'를 이야기하고 있다.

클라라 체트킨(Clara Zetkin, 1857-1933)에 대한 소개

당시 독일에서 여성은 대학에 들어갈 수 없었고, 교육받은 여성이 가질 수 있는 유일한 직업은 사범학교 졸업 후 될 수 있는 교사였다. 교원 자격증을 딴 후 클라라 체트킨은 러시아에서 망명 온 목수 직업을 가졌던 사회주의자 오시쁘 체뜨낀(Осип Цеткин)을 만난 후 사회주의 운동을 시작하였다. 1878년 10월, 비스마르크 내각은 "공공질서를 위태롭게 하는 사회민주주의 행위를 금지하는 법"을 통과시켜서 사회주의 운동은 불법이 되고 주요 인물들이 추방당했다. 2년 뒤, 오시쁘는 체포되어 추방령을 선고받고 프랑스로 떠났다. 이 무렵, 오시쁘와 클라라는 서로 깊이 사랑하는 사이였다. 클라라는 오시쁘를 따라가기로 마음먹었다. 몇 달 뒤, 클라라는 망명길에 오른다. 10년이란 긴 망명 생활의 시작이었다. 빠리는 클라라의 사회주의와 여성에 대한 신념을 굳게 해 주었다. 생계와 집안일과 육아에 쫓기면서, 하층계급 사람들의 가난하고 고단한 삶을 직접 체험할 수 있었기 때문이다. 중산층 가정에서 자란 클라라인지라, 가사노동을 직접 해 보기는 처음이었다. 가난 속에서 두 사람은 과로와 영양부족으로 쓰러지기 결핵에 걸렸다. 1889년 1월 오시쁘는 세상을 떠났고 6개월 뒤 클라라는 제2인터내셔널 창립대회 연단에 서서 자본주의사회의 여성 문제를 맑스주의에 입각하여 분석한 최초의 연설을 한다. 클라라는 자본주의 대량생산이 여성의 삶을 어떻게 변화시켰는지 설명하고, 여성 노동의 사회 진출은 사회 발전의 필연적인 산물이므로 남성의 임금을 떨어뜨린다는 이유로 이를 금지시키는 것은 시대착오적 생각이라고 말했다. 또한 여성해방의 문제는 결국 '경제적 문제'이며 "자본주의 사회의 근본적인 변혁 없이는 해결될 수 없다"고 주장했다. 클라라는 여성이 생산 활동에 참여하는 것은 자녀 교육은 물론 사회 발전에 유익하며 여성해방의 지름길이라고 생각했다. 아이들은 그런 어머니를 모범 삼아 자란다고 하였다. 그리고 오직 사회주의만이 모성과 직업 활동 간의 갈등을 근본적으로 해소할 수 있다고 하였다. 비스마르크가 실각하고 사회주의 탄압법이 폐기된 1890년, 클라라는 독일로 돌아와서 부르주아 여성운동과 프롤레타리아 여성운동의 차이점을 명확히 구분하여 프롤레타리아 여성운동을 부르주아 여성운동으로부터 분리, 발전시킨다. 그는 자본주의사회에 존재하는 여성 문제는 계층별로 서로 다르다면서 부르주아 여성운동이 남성을 상대로 싸우는 데 반해서, 프롤레타리아 여성운동은 남성과 손잡고 자본가와 싸운다고 주장했다. 두 번째 중요한 업적은 당에 여성만의 조직을 따로 만들고, 나아가 국제 사회주의 여성운동 조직인 인터내셔널 여성협의회를 창설한 것이다. 당시 독일에선 여성의 정치 활동을 금하고 있었으므로 여성이 당 활동에 참여하면 그를 빌미로 경찰이 강제해산시키곤 했다. 당내 분위기도 여성에겐 중요한 자리를 내주지 않으려 했다. 클라라는 사민당 지도부에 들어간 최초의 여성이었다. 그러자 클라라는 아주 독창적인 해결책을 내놓았다. '여성만의 조직을 따로 만들자'는 것. 마침내 1900년 사민당 여성회의가 발족되고 클라라가 의장으로 선출되었다. 3월 8일을 '여성의 날'로 제정한 것도 클라라였다. 1910년 덴마크 코펜하겐에서 열린 제2회 인터내셔널 여성협의회에서 클라라는 매년 3월 8일을 세계 여성의 날로 정하자고 제안했다. 미국 뉴욕에서 자수산업 여성 노동자 수백 명이 투표권 획득과 노동조합 건설을 주장하며 시위를 벌였는데, 이 날을 세계 모든 나라 여성의 날로 정하자고 제안한 것이 오늘에까지 이른다. 1914년 참전을 노동자들에게 강권했던 사민당 지도부에 몹시 실망한 클라라는 독자적으로 반전운동을 펼쳤다. 인터내셔널 여성협의회 서기 자격으로 스위스 베른에서 회의를 소집하여 각국 대표 28명이 참석한 가운데 전쟁반대 선언을 발표한 것이다. 이는 당의 방침을 정면으로 거부하는 행위였다. 클라라는 "근로인민여성이여!"라는 선언문을 직접 적어 발표했다. "여러분의 남편은 어디로 갔습니까? 여러분의 아들들은 어디로 갔습니까? 이 전쟁으로 이익을 얻는 자는 누구입니까? ... 자본가들에겐 이익이 됩니다. ... 노동자들은 이 전쟁에서 얻을 게 하나도 없습니다. 소중한 것을 잃어버릴 뿐입니다. ... 살인은 이것만으로도 충분합니다." 클라라는 체포되어 4개월간 보호감호 조치 끝에 중병이 들어 석방되었다. 사민당은 클라라를 당 기관지 ≪평등≫ 편집장직에서 제명했다. 공산당 지도부에 대한 살육이 있던 밤, 베를린에서 멀리 떨어진 슈투트가르트에 있던 클라라는 무사했다. 에베르트를 대통령으로 하고 사민당이 집권한 최초의 공화국인 바이마르 공화국에서, 클라라 체트킨은 독일 공산당 소속 연방의회 의원을 역임하고 독일 공산당 중앙위원회 위원으로 일했다. 동시에 그녀는 1919년 3월 출범한 제3인터내셔널, 세칭 꼬민떼른에서 여성 서기국 서기장을 맡았다. 독일과 쏘련을 오가며 일하던 클라라는 1920년 말, 쏘련에 정착하였다. 쏘련에서 클라라는 꼬민떼른의 여성 정책 수립과 시행에 주력하는 한편 국제적색원조(International Red Help) 의장으로서 미국 내 흑인 인권운동과 사형반대운동에 앞장섰다. 클라라 체트킨이 조국 독일에 마지막 모습을 보인 것은 1932년 8월 30일 독일 연방의회 개원식 날이다. 최고 원로의원에게 개회사를 하는 명예를 부여하는 연방의회의 관례에 따라, 바이마르 공화국 출범 이래 14년 동안 의원으로 재직한 앞도 잘 보지 못하는 75살의 노익장 클라라 체트킨은 개회사인 "파시즘을 쳐부수자"란 연설을 통해 나찌의 위협에도 아랑곳없이, 히틀러의 파시즘을 조목조목 비판하고 "쏘비에뜨 독일의 첫 쏘비에뜨 의회의 명예의장이 되어 지금처럼 개회사를 하는 행운을 가질 수 있기를 간절히 염원한다"는 말로 연설을 마쳤다. 히틀러가 이끄는 나찌당이 정권을 잡은 이후 모스끄바에서 클라라는 나찌의 위험을 알리는 성명서를 준비하다가 세상을 떠난다.

 클라라 체트킨의 저작을 우리말로 번역한 것은, 필립 S. 포너 편, 조금안 역, ≪클라라 체트킨 선집≫, 동녘, 1987이 있다.

10월 혁명과 국제 여성운동

레닌 동지는 나와 몇 차례 여성의 권리문제에 대해 토론하였다. 그는 두드러지게 여성운동의 중요성에 대해서 부가했고, 그에게는 대중운동에 있어 필수적인 요소였고 어떤 상황에서는 결정적인 것이 된다고 보았다. 말할 필요도 없이 그는 여성의 완전한 사회적 평등을 공산주의자들은 아무도 논쟁하지 않는 원칙으로 보았다.

우리는 1920년 가을에 끄레믈린의 레닌의 커다란 서재에서 처음으로 긴 대화를 가졌다. 레닌은 그의 책상에 앉아 있었고 그의 책상은 책들과 신문으로 덮여 있었는데 그가 하는 연구와 일은 알 수 있었으나 천재들이 갖는 재기 넘치는 무질서는 보이지 않았다.

"우리는 모든 수단을 다 강구하여 강력한 국제 여성운동을 명백한 이론적 기반 위에서 세워야 합니다." 그는 나를 반갑게 맞이하면서 시작하였다. "맑스주의 이론이 없이는 우리가 적절한 실천을 할 수 없는 것은 명확한 것입니다. 여기 우리 공산주의자들은 아주 명료한 원칙이 필요합니다. 우리는 우리와 다른 정당 간에 날카로운 선을 그어야 합니다. 우리 인터내셔널 2차 대회[1]는 불행히도 여성 문제를 토론하는 데 있어서 기대

---

[1] 꼬민떼른 2차 대회. 1864년 맑스에 의해 만들어진 제1인터내셔널은 1876년 해산되었고, 제2인터내셔널이 1889년에 만들어졌으나 개량주의에 의해서 전도된 애국주의로 제1차 세계대전을 지지하였다. 전쟁 반대론자였던 레닌 등의 공산주의자들은 1919년 제3인터내셔널을 설

에 미치지 못했습니다. 문제를 제기하기는 했으나 명확한 입장에 도달하지 못했습니다. 위원회는 여전히 그 문제를 맡고 있습니다. 이것은 거친 결론으로 테제와 방향은 있지만 아직 진척이 그리 없습니다. 당신이 도와야 합니다."

나는 이미 다른 이들에게서 레닌이 지금 내게 말해 준 것을 들었고 나는 혼란을 표시했다. 나는 러시아 여성이 혁명 기간 중에 행한 모든 것과 그 방어와 미래의 진척을 위해 하고 있던 것에 전적으로 열광하고 있었고, 볼쉐비끼 정당에서의 여성의 활동과 입장에 대해서는 나는 진실로 모범이 될 만한 조직으로 생각했다. 오직 그것만이 국제 공산주의 여성운동에 가치 있게 훈련되고 경험 있는 힘들과 역사를 위한 위대한 실례들을 공급할 수 있었다.

"그것은 진실입니다. 멋지죠." 레닌은 엷은 미소를 지으며 언급했다. "뻬쩨르부르크와 여기 모스끄바와 다른 도시들과 산업 단지들에서는 프롤레타리아 여성들은 혁명 기간 중에 빛을 발했습니다. 그들이 없었다면 우리는 승리할 수 없거나 고전했을 것입니다. 이건 내 견해입니다. 그들은 용기를 보여 주었고 그들은 여전히 용감합니다! 그들이 당해야 했던 고통과 궁핍을 상상해 보십시오. 그러나 그들은 쏘비에뜨를 방어하기를 원했기에 고수하고 있습니다. 왜냐하면 그들은 자유와 공산주의를 원하기 때문입니다. 그렇습니다. 우리의 노동 여성들은 위대한

립하였으며 공산주의자들의 인터내셔널(Communist International)이라고 해서 꼬민떼른(Comintern)이라고 불렀다. 본문에서 언급되는 2차 대회는 1920년 7월 열린 꼬민떼른 제2차 대회이다.

여성 문제에 대한 대화 293

계급 투사들입니다. 그들은 존경과 사랑을 받아 마땅합니다. 일반적으로 '입헌민주정치'를 지지하는 숙녀들조차도 뻬쩨르부르크에서는 우리와 싸울 때 비열한 무장된 사관생도들보다도 더 큰 용기를 보여 주었다는 것을 인식해야 합니다."

"우리가 기댈 수 있는, 지적이고 지치지 않는 여성들이 우리 당에 있는 것은 사실입니다. 그들은 쏘비에뜨와 집행위원회 · 인민위원회, 모든 공식 석상에서 중요한 지위를 차지하고 있습니다. 그들은 밤낮을 가리지 않고 당과 노동자, 농민과 붉은 군대에서 일하고 있습니다. 이것은 우리에게는 위대한 가치입니다. 모든 세계의 여성에게 중요한 것입니다. 여성의 능력을 보여 주는 데 있어서 사회를 위한 그들의 일이 가치를 가지고 있다는 증거가 됩니다. 첫 번째 프롤레타리아 독재는 진실로 완전한 여성의 사회적 평등에로의 길을 내고 있습니다. 수많은 페미니즘 문헌들보다 더 많이 편견들을 근절시키고 있습니다. 그럼에도 이 모든 것에 대해서 국제 공산주의 여성운동을 아직 보유하지 못했고 실패 없이 이를 가져야 합니다. 우리는 즉시 이를 시작해야 합니다. 이러한 운동이 없이는, 우리의 인터내셔널과 그 당들의 과업들은 불완전한 것이고 완전해질 수 없습니다. 여전히 우리의 혁명적 과업은 완전히 수행되지 못했습니다. 나에게 공산주의자들의 과업들이 외국에서는 어떻게 이루어지고 있는지 말해 주십시오."

나는 당시 내가 할 수 있는 최선을 다해서 꼬민떼른 정당들 간의 연계가 여전히 매우 느슨하고 불규칙적이라고 말했다. 레닌은 주의 깊게 듣고 나서 앞을 가볍게 응시하였다. 지겨운 표정 하나 없이 지친다는 기색 없이 그다지 중요하지 않은 것들의 세밀한 부분들까지도 따라왔다. 나는 그보다 더 이야기를 잘 듣거나, 그가 했던 것처럼 빠르게 그가 들은 것을 정리하고 일반화시키는 사람을 보지 못했다. 내가 그에게 말하는 동안 그가 물어보는 짧지만 언제나 특별한 질문들과 이에 대한 그의 답변들이나 내가 말한 것들 중 특별한 부분들을 나중에 그가 언급할 때, 이는 확실히 알 수 있는 것이었다. 레닌은 간략한 요약을 하였다.

성매매 여성을 위한 신문을 만드는 문제

자연스럽게 나는 그에게 독일의 사건들의 국면에 대해서 아주 세밀하게 이야기했다. 나는 레닌에게 로자 룩셈부르크가 혁명적 투쟁에 수많은 여성들을 끌어들여야 한다고 주장한 것의 중요성을 이야기했다. 공산당2)이 창립된 후 그녀는 여성을 위

---

2) 꼬민떼른 가맹 지부 중에서 러시아 다음으로 강력한 당이 독일 공산당이었다. 당의 공식 입장으로 참전론을 내세웠던 사회민주당을 비판하고, 반전론을 펼친 공산주의자들인 로자 룩셈부르크와 칼 리프크네히트, 프란츠 메링, 레오 요기헤스 등은 탈당하여 스파르타쿠스 혁명단을 모체로 하여 1918년 독일 공산당을 창당했으나 1918년 1월 독일 혁명 시기 로자와 칼은 살해당하고 엄청난 탄압을 받았다. 하지만 이후 착실히 당세를 쌓아가 32년 총선거에는 의석이 89석으로까지 늘었다. 그러나 33년 이후에는 히틀러 정권의 탄압으로 지하화되었다. 2차 대전이 끝난 후 동독의 인민민주주의 정권의 주축으로 활동하였다. 독일 통일이 되기 얼마 직전까지도 서독에서 공산당은 불

한 신문을 간행할 것을 주장하였다. 레오 요기헤스와 내가 마지막 만났을 때는 그가 죽기 36시간 전3)이었는데 그는 당이 계획하고 있는 것에 내가 참여할 것에 대해 의논하였다. 그는 나에게 수행해야 할 많은 과제들을 주었고 그중에서 노동 여성들 사이에서의 조직적인 활동에 대한 계획도 있었다.

당은 이 문제에 대해서는 첫 번째 비합법 회합에서 다루었다. 전쟁 이전과 전쟁 기간에서 두각을 보였던 훈련되고 경험 많은 여성 선동가들과 지도자들은 예외 없이 사회민주당이나

법이었고 사회민주당만이 '좌파'로서 활동하였다.
3) "칼 리프크네히트와 로자 룩셈부르크의 목에는 10만 마르크라는 현상금이 걸렸다. … 부르주아와 사회민주당 조직은 모두 두 혁명지도자를 체포하기 위해서 하수인들을 풀어놓고 있었으며 동시에 그들은 협동하고 경쟁하고 있었다. … 1919년 1월 15일 밤 … 칼이 끌려 나가고 난 조금 후에 로자는 포겔 소위에게 끌려서 호텔 밖으로 나갔다. … 개머리판이 두 번이나 로자의 두개골을 강타했다. … 그중 한 명이 다시 권총자루로 깨진 머리를 몇 번 친 후 포겔 소위가 권총을 머리에 갖다 대고 한 방으로 모든 것을 끝내 버렸다. 시체는 티에르가르텐으로 실려 가 포겔의 명령에 따라 리히텐슈타인 다리 위에서 란트베어 운하의 물속으로 던져 버렸고 1919년 5월 31일까지 그 물속에 잠겨 있었다. … 레오 요기헤스는 … 이 엄청난 죄상을 폭로하는 데 전력을 기울였다. 모든 증거 기록과 사라져 가는 문서들을 출판하고 이 두 명의 스파르타쿠스 혁명단 지도자들의 죽음을 축하하는 암살자들의 술잔치를 사진을 찍어 공개했다. … 그는 1919년 3월 10일 체포되어 경찰본부에 가까운 감옥에 갇혀 있다가 탐시크라는 형사에 의해 '탈주하다 사살'되었다는 명분으로 암살당했다." (파울 프뢸리히 저, 최민영 역, 《로자 룩셈부르크의 사상과 실천》, 석탑, 1984, pp. 344, 347.) 《레싱 전설》로 맑스주의 미학을 개척한 공로도 있는 프란츠 메링은 노령의 나이에 충격을 받고 사망을 하였다.

그 그늘에 남았고, 그들은 선동을 계속해서 각성되기 시작한 활동적인 여성 노동자들을 그들의 영향력 아래 두었다. 그럼에도 불구하고 당의 모든 과업과 전투에 참여하고 있는 에너지 넘치고 헌신적인 여성들은 이미 소수의 핵으로 있었다. 더 나아가 당은 노동 여성들 안에서 질서 있는 활동을 조직했다. 물론 이는 단지 출발에 불과했지만 그럼에도 불구하고 좋은 출발이었다.

"나쁘지 않아요, 결코 나쁜 것이 아닙니다." 레닌은 말했다. "공산주의자 여성들의 에너지, 헌신과 열정, 비합법, 반합법 기간 동안의 그들의 용기와 지성으로 인해 우리 과업의 발전은 전망이 좋습니다. 당의 확대와 대중에 대한 그 힘을 성장시키고 사업 추진에도 유용할 것입니다. 그러나 모든 동지들에게 이 문제의 근본에 대한 명백한 이해의 기초를 주고 훈련시켜야 하지 않겠습니까. 이 측면에 대해서는 어떻게 하고 있습니까? 이는 대중들 속에서 하는 일에서 가장 중요한 것입니다. 우리가 대중에게 전달하고 대중이 적용하고 고양받기를 바라는 이념들에 의하면 매우 중요한 것입니다. 나는 누가 '위대한 일을 하기 위해서는 영감이 필요하다'라고 말했는지 정확히 기억할 수는 없습니다. 우리와 전 세계의 노동 인민들은 수행해야 할 위대한 일들을 가지고 있습니다. 당신의 동지들과 독일의 프롤레타리아 여성들을 고양하는 것은 무엇입니까? 그들 프롤레타리아는 어떻습니까? 그들의 관심과 활동은 운동의 정치적 요구에 모여 있습니까? 그들 사고의 초점은 무엇입니까?"

"나는 러시아와 독일의 동지들로부터 이상한 일들을 들어 왔습니다. 나는 당신에게 내가 의미하는 것을 전달해야만 합니다. 함부르크의 탁월한 공산주의 여성들이 성매매 여성들을 위한 신문을 내고 그들을 혁명적 투쟁을 위해 조직하려고 한다는 것을 나는 이해합니다. 그러나 지금 로자, 진정한 공산주의자는 그녀가 그들의 슬픈 매매에 관련되어 경찰법규를 어긴 것 때문에 감옥에 감금된 성매매 여성들을 보호하기 위한 논설을 적었을 때는 인간으로서 느끼고 글을 적습니다. 그들은 부르주아 사회의 불행한 이중의 희생자들입니다. 희생자들은 첫째 재산의 저주받은 희생자로, 둘째는 저주받을 도덕적 위선에 대해서입니다. 여기에는 의심의 여지가 없습니다. 오직 상스럽거나 아니면 좁은 시각을 가진 사람만이 이를 잊을 수 있습니다. 이를 이해하기 위한 것과 특별한 혁명적 길드 분대로서 성매매 여성들을 조직하는 것은 그들을 위한 노동조합 신문을 발행하는 것은 —어떻게 말해야 좋을지 모르겠는데— 전적으로 다른 일입니다. 조직되어야 할, 신문 발행이 필요한, 당신들의 투쟁의 리스트에 들어가야 할 산업 노동 여성이 독일에는 더 이상 남아 있지 않습니까? 이것은 병적인 일탈입니다. 나에게 강하게 연상되는 것은 모든 성매매 여성들을 상냥한 마돈나로 만드는 문학적 유행입니다. 그 기원은 역시 건전합니다: 사회적 동정과 존경받는 자본가의 도덕적 위선에 대항하는 의분. 그러나 건강한 원칙은 부르주아의 부패와 퇴보에 영향을 받습니다. 성매매의 문제는 우리나라에서도 매우 많은 문제들과 같이 맞닥뜨리게 될 것입니다. 성매매자들을 생산적인 일로 돌리는 것은 사회 경제 내에서 그녀가 있을 곳을 찾게 할 것이며 이것이 우리가 해야 할 일입니다. 그러나 우리 경제의 현재 상태와 다른 모든 상황은 이를 어렵게 하고 문제를 복잡하게 합니다. 바로 여기에서 모든 그 중요성에서 우리가 직면한 여성 문제의 측면이 있습니다. 프롤레타리아가 권력을 잡은 이후, 실천적 해결을 요구합니다. 그것은 여기 쏘비에뜨 러시아에서 여전히 노력이 요구되는 것입니다.[4] 그러나 독일에서의 특별한 문제로 돌아가면 이런 당원들의 부적절한 행동을 조용히 볼 수 있는 상황은 아닙니다. 이것은 혼란을 야기하면서 우리의 진영을 흩어 놓는 것입니다. 당신들이 이를 멈추기 위해 해 온 것은 무엇입니까?"

부르주아적인 성에 대해 가려진 존중

내가 이에 대해 답하기 전 레닌은 계속 말했다. "클라라, 기록된 당신의 과오는 더욱 나쁩니다. 나는 노동 여성과의 저녁 독서 토론 모임에서 '성'과 '결혼'이 가장 우선한다고 들었습니다. 그것들은 당신의 정치적 지도와 교육 활동의 주요한 대상이라고 합니다. 나는 그것들을 들었을 때 내 귀를 의심했습니다. 프롤레타리아 독재의 첫 번째 국가가 전 세계의 반혁명분자와 싸우고 있습니다. 독일의 상황 자체가 모든 프롤레타리아 혁명 세력의 위대한 연대를 요구하고 있습니다. 그래야 밀려오

---

4) [함성사 번역판의 역주] 소련의 성매매 여성은 혁명 후 10년경까지는 감소되지 않았지만 제1차 5개년 계획이 끝난 1932년에는 한 사람도 남지 않게 되었다.

는 반혁명을 물리칠 수 있습니다. 그러나 활동가 공산주의자 여성이 성 문제와 '과거, 현재, 미래'의 결혼 문제에 대해 토론하는 것으로 바쁩니다. 그들은 이러한 문제들을 노동 여성을 계몽하는 데 가장 중요한 임무로 간주합니다. 빈의 공산주의자 여성 작가에 의해 쓰인 성 문제에 대한 팜플렛이 가장 인기가 있다고 하더군요. 그 소책자는 얼마나 썩은 것입니까! 노동자들은 베벨의 책5)에서 오래전 무엇이 옳은가를 읽었습니다. 지루하고 무미건조한 형태로 팜플렛에 있는 게 아니라, 강력한 설득으로 부르주아 사회를 공격하고 있습니다. 프로이트의 가설에 관한 언급은 그 팜플렛에 과학적인 꺼풀을 주는 것으로 계획되었습니다. 그러나 이것은 아마추어의 것으로 실패작입니다. 프로이트의 이론은 지금 유행이 되었습니다. 나는 이러한 기사나 학술 논문, 소책자에서의 성 이론에 대해서는 신뢰하지 않습니다. 요약하면 이러한 특별한 문헌들은 부르주아 사회의 똥더미 위에서 풍성하게 자라고 있습니다. 나는 성 문제에 언제나 빠져 있는 이들을 신뢰하지 않습니다. 이는 마치 인도 성자들이 명상에 빠져 있는 것과 같습니다."

"내게는 이 과다한 성 이론들이 대부분은 단순한 가설에 지나지 않고 너무나 자주 독단적인 것들이고 개인적 필요에 의해 나온 것으로 보입니다. 이는 부르주아 도덕 앞에서 개인의 비

---

5) 아우구스트 베벨의 《여성과 사회주의(Die Frau und Sozialismus)》(1879)를 말한다. 우리말로 나온 이 책의 번역본으로는, 선병렬 역, 《여성과 사회》, 한밭출판사(1982); 정윤진 역, 《여성과 사회》, 보성출판사(1988); 이순예 역, 《여성론》, 까치(1987)가 있다.

정상적이거나 과도한 성생활을 만족시키거나 묵인할 것을 간청하는 욕구에서 나왔습니다. 이런 부르주아 도덕에 대해 가려진 존중은 성에 관련된 모든 것을 뒤지고 다니는 것과 같이 내게는 불쾌합니다. 아무리 반역적이고 혁명적으로 보이게 하려고 해도 이것은 최종 분석을 보면 부르주아에서 나온 것입니다. 그들과 같은 지식인들과 사람들은 특별히 이 문제에 열심입니다. 당과 계급의식화된 투쟁하는 노동자들에게는 이런 것을 수용할 여지가 없습니다."

프롤레타리아 혁명에 집중해야 한다

나는 사적 소유와 부르주아 사회적 질서가 우세한 곳에서는 성과 결혼에 관한 문제는 다양한 문제점들과 충돌들과 모든 사회계급과 계층의 여성들의 고통이 생겨난다고 개입을 했다. 여성들의 문제는 전쟁과 그에 따른 결과들은 기존의 충돌과 극한까지 성관계의 측면에서는 악화시키었다. 이전에 여성들에게 숨겨져 있던 문제들은 지금은 다 벗겨졌다. 여기에다가 혁명 초기의 분위기가 더해졌다. 오래된 감정들과 사상들의 세계는 부서져 버렸다. 이전의 사회적 관계들은 느슨해졌고 부수어졌다. 인민들 사이에서의 새 관계들의 생성이 나타나고 있었다. 적절한 문제들에 대한 관심은 계몽과 새로운 방향 지도의 필요에 따른 표현이었다. 이는 역시 부르주아지의 일그러짐과 위선에 대한 반작용이었다. 역사의 과정에서 자리 잡아 가고 있는 결혼과 가족의 형태의 변형과 경제에 대한 의존도에 대한 지식은 노동 여성들의 부르주아 사회가 영원할 것이라는 이념에 대한 선입견을 제거하는 데 봉사할 것이다. 이에 대한 비판적으로 역사적인 태도는 부르주아 사회에 대한 가차 없는 분석과 그 본질과 그 결과물들의 폭로로 이끌어야 했다. 잘못된 성도덕을 판별하는 것도 포함하고 있다. 모든 길은 로마로 통한다. 사회의 이념적 상부구조의 중요한 부분이나 두드러진 사회적 현상에 대한 모든 진정한 맑스주의 분석은 부르주아 사회와 그 토대인 사적 소유에 대한 분석으로 통한다.

이는 "카르타고는 멸망해야 한다"[6]는 결론으로 이끌어져야 한다.

레닌은 고개를 끄덕이며 웃었다.

"그럴 줄 알았어요! 당신은 동지들과 당신의 정당을 변호사처럼 방어합니다. 물론 그 말씀은 옳습니다. 그러나 그것은 기껏해야 변명이고 독일에서 만들어진 잘못들에 대한 정당화는 아닙니다. 과오로 남아 있습니다. 그러한 녹서 모임과 저녁 토론회에서 '성'과 '결혼' 문제가 성숙하고 생기 있는 사적 유물론으로 다루어지고 있다고 성의를 다해서 내게 확신시킬 수 있습니까? 이는 광범위하고 심오한 지식과 무수한 소재들에 관한 방

---

[6] 카르타고는 멸망해야 한다(Delenda est Carthago). 로마는 고대의 라이벌이었던 카르타고(현재의 튀니지 지역)를 멸망시키기 위해서 세 차례의 포에니 전쟁을 수행해서 카르타고를 점령하고 튀니지 사람들은 전부 노예로 팔고 그 땅에는 소금을 뿌려서 살 수 없도록 했다. 근대에서는 전면적인 전쟁을 의미하는 경우로 인용된다.

대하고 완벽한 맑스주의 전문 지식을 전제로 하고 있습니다. 당신은 그를 위해 필요한 능력이 있습니까? 만약 그랬다면 우리가 말했던 팜플렛은 독서 모임과 저녁 토론회에서 지침서로 사용되지 않았을 것입니다. 이를 비판하는 대신에 이것이 추천되고 보급되고 있습니다. 왜 적절하지 못하고 비맑스주의로 이 문제를 접근합니까? 성과 결혼문제가 주요한 사회적 문제의 오직 한 부분으로서 다루어지는 것이 아니라 반대로 주요한 사회적 문제가 성 문제에 대한 부가물로 다루어지고 있습니다. 중요한 문제는 뒷전으로 물러났습니다. 이 문제는 모호할 뿐 아니라 여성 노동자의 사고와 계급의식을 일반적으로 둔하게 합니다."

"그 외에도, 이는 덜 중요한 지점이 아닙니다. 지혜로운 솔로몬은 모든 일에는 때가 있다고 말했습니다. 당신에게 물어보겠습니다. 지금이 여성 노동자들을 몇 달 동안 어떻게 사랑하고 사랑받을 것인가와 어떻게 구애하고 구애받을 것인가 같은 문제로 바쁘게 할 때입니까? 이는 물론 '과거, 현재, 미래'에 관한 것이며 다양한 인종들도 논합니다. 그리고 이를 자랑스럽게 사적 유물론이라고 합니다. 오늘날 노동 여성과 공산주의자 여성의 모든 사고는 프롤레타리아 혁명에 집중해야 하며, 이는 다른 모든 것들에서 기반이 될 것입니다. 물질적·성적 관계의 필연적 개정도 말이죠. 지금 우리는 진실로 오스트레일리아 원주민들[7]의 결혼 형태나 고대의 형제자매의 근친상간에 대한 것

---

[7] 뉴질랜드의 마오리인을 의미한다.

들보다 우선권을 두어야 할 문제들이 있습니다. 독일 프롤레타리아를 위해서는 쏘비에뜨의 문제와 베르사유 조약8)과 그 영향, 실업 문제, 임금 하락과 세금과 기타 다른 문제들이 경향적으로 중요한 문제입니다. 나는 여전히 노동자 여성에 이러한 정치적 사회적 교육은 틀렸다는 주장에 대해, 저들이 절대적으로 틀렸다는 의견을 가지고 있습니다. 어떻게 당신은 이 문제에 대해 침묵을 지킬 수가 있었습니까? 당신은 이에 대항하는 권위를 세워야 합니다."

---

8) 1919년 6월 28일 빠리 평화회의의 결과로 31개 연합국과 독일이 맺은 강화조약으로 이 조약으로 독일은 해외식민지를 잃고, 알자스 로렌을 프랑스에 반환하였으며, 유럽 영토를 삭감당하였다(면적에 있어서 13%, 인구에 있어서 10%). 그리고 단찌히(Danzig)는 자유시가 되어 대외 관계와 관세 등의 문제는 폴란드가 관할하고 대내 관계는 국제연맹이 관장하도록 하였다. 또한 전쟁도발의 책임을 물어 연합국 손해에 대한 배상지불이 부과되었다. 즉 배상금액은 연합국배상위원회에 일임되어, 1921년 3월 1일까지 이 위원회에서 배상 총액을 130억 금마르크(약 330억 달러)로 결정하였다. 독일은 연합국의 점령 위협 속에서 이를 수락했다. 그러나 이렇게 방대한 배상금이 지불 능력이 없던 독일에게 일방적으로 강요됨으로써 독일에서는 경제적 혼란과 정치적 불안정이 야기되었다. 배상액의 책정이 있은 지 얼마 안 되어 독일은 배상금의 지불을 이행하지 않았다. 이에 프랑스와 벨기에 군대는 1923-1924년 기간 동안에 독일의 루르 공업 지대를 점령했고, 격분한 독일인들은 폐업 등의 소극적인 저항으로 맞섰고, 독일의 경제는 심각한 상황에 빠져들었다. 전쟁 참전을 고무하여 이런 비참한 사태를 주도했지만 일절의 참회도 없던 사회민주당이 주축인 신생 바이마르 공화국은 그 기초로부터 흔들렸고 사회민주당과 사회민주당 산하의 조직들은 히틀러(Adolf Hitler)의 집권을 위한 길들을 열어 주었다.

청년·여성운동과 성의 문제

나는 흥분하고 있는 나의 동지인 레닌에게 내가 언제나 지도적 위치에 있는 다양한 곳에 있는 여성 동지들에게 비판을 하거나 이의를 제기해 왔다고 했다. 그러나 그도 알고 있듯이 그의 나라나 그의 집에서 예언자는 환영받지 못하는 법이다. 내 비판으로 인해 나는 내 마음속의 사회민주주의적 경향이나 오래된 속물근성은 여전히 강하다는 혐의를 받게 되었다. 그럼에도 끝에 가서는 내 비판은 효과적임이 드러났다. 성과 결혼의 문제는 더 이상 강의에서 초점이 아니었다. 레닌은 그의 의견을 다시 확인했다.

"그래요, 그래. 나는 알고 있어요." 그가 말하기를 "많은 사람들은 이 문제에서는 내 속물주의를 의심하지만 이러한 태도는 비위에 거슬립니다. 아주 좁은 마음과 위선을 숨기고 있습니다. 자, 나는 열 받아 있지 않습니다. 부르주아에 감염된 알들에서 깨어 나온 노란 부리의 햇병아리들은 모두 끔찍할 정도로 영리합니다. 우리의 길을 고치지 않고서 그것들을 견뎌야 합니다. 청년운동은 역시 성 문제에 대한 현대적 태도와 과다한 관심에 악영향을 받고 있습니다."

레닌은 현대라는 단어를 아이러니하게 반대하는 제스처를 취하면서 강조했다.

"나는 성 문제들이 당신들의 청년 조직에서 좋아하는 주제인 것과 이 주제에 대한 충분한 강사를 구하기 힘든 것도 들었습니다. 이 넌센스는 특히 청년운동에 위험하고 해를 끼칩니다. 이는 성 과다로 쉽게 이어지고 성생활에 대한 지나친 자극과 젊은이들의 건강과 강함을 낭비하게 합니다. 당신도 이에 맞서 싸워야 합니다. 청년운동과 여성운동은 밀접합니다. 모든 곳에 있는 우리 공산주의자 여성들은 규율 있게 청년들과 협력해야 합니다. 이는 모성의 연장이 될 것이며 모성을 개인에서 사회적 측면으로 고양시키고, 확장시킬 것입니다. 여성의 초기의 사회적 삶과 활동들은 고무되어야 합니다. 그래서 그들의 속물주의의 협소함과 집과 가족에 집중되어 있는 개인주의적 심리에서 벗어나 성장할 수 있어야 합니다. 그러나 이는 부차적인 것입니다."

"우리나라에서도 상당한 수의 젊은이들이 성 문제에서 '부르주아 개념과 도덕을 새롭게 하기'에 바쁩니다. 그리고 한마디 더하자면 상당한 수의 우리의 가장 뛰어난, 장래가 촉망되는 소년, 소녀들이 참여하고 있다는 것입니다. 당신이 방금 말한 그대로입니다. 전쟁의 여파와 혁명 발생에 따라 생긴 분위기에서 낡은 이데올로기적 가치들은 그 경제적 토대가 본질적으로 변화, 사라지고 있는 사회에서 소멸하고 그 구속력을 잃고 있습니다. 새로운 가치들은 투쟁 속에서 서서히 만들어져 가고 있습니다. 인민들 사이의 남녀 사이의 관계와 관련되어 감정과 사상 또한 혁명화되어 가고 있습니다. 새로운 경계선들은 개인의 권리와 공동체 사이에서 즉 개인의 의무들 간에도 생겨나고 있습니다. 사태는 여전히 완전히 혼란스러운 흥분 속에 있습니다. 다양한 모순되는 경향들에서 발생하는 방향은 여전히 충분히 명백하지 않습니다. 그것은 소멸과 생성의 과정으로 늦고 종종 매우 고통스러운 과정입니다. 이 모든 것은 성관계, 결혼, 가족의 영역에서도 적용될 수 있습니다. 이런 부르주아 결혼의 쇠퇴와 부패, 불결은 그 어려운 이혼, 남편이 가진 면허장과 아내의 구속 그리고 기만스러운 잘못된 성도덕은 사람들의 훌륭한 정신적 활동을 깊은 증오로 채웁니다."

"부르주아 결혼의 강제와 부르주아의 가정법은 해악과 분노를 더하게 합니다. 이것은 '신성불가침한' 사유재산의 강제입니다. 이는 금전만능과 상스러운 것과 불결을 신성화하게 해 줍니다. '존경할 만한' 부르주아 사회의 관습적인 위선은 이 나머지를 맡습니다. 인민들은 만연해 있는 혐오와 곡해에 대항하여 혁명을 일으킵니다. 그리고 강한 국가들이 붕괴되고 구래의 권력 관계가 무너지고 전체 사회가 몰락으로 가게 되면 개인의 감성들은 급격하게 변화됩니다. 다른 쾌락 형태를 바라는 자극적인 갈증들은 쉽게 저항할 수 없는 힘들을 획득하게 됩니다. 부르주아 감성에서의 성과 결혼의 개혁은 그렇게 하지 않습니다. 성관계와 결혼의 측면에서 혁명은 프롤레타리아 혁명과 같이 나아갑니다. 물론 여성들과 청년들은 이러한 결과로 올라온 문제들의 복잡한 얽힘에 깊은 관심을 가지게 됩니다. 이를 전후로 현재의 성관계의 부도덕한 측면으로 고통받습니다. 청년들의 그 나이대의 격렬함으로 이에 반항합니다. 이는 오직 자연스러운 것입니다. 수도원의 자기 부정과 부르주아 도덕에 대한 신성함을 설교하는 것보다 틀린 것은 없습니다. 그렇지만 이미 육체적 감각에서 이미 강하게 느끼게 된 성을 이러한 시기에 청년의 심리에서 중심으로 놓는 것을 당연시하는 것은 좋은 일일 수 없습니다. 릴리나 동지에게 물어보세요. 다양한 종류의 교육기관에서 넓은 일을 한 경험이 있으며 당신도 알다시피 그녀는 철저한 공산주의자이며 편견이 없습니다."

'물 한 컵' 이론의 폐해

"청년의 성 문제에 대한 태도 변화는 물론 '근본적'이며 이론(理論)이 있습니다. 많은 사람들이 이를 '혁명적'이고 '공산주의적'이라고 부릅니다. 그들은 진실로 그렇다고 믿고 있습니다. 나는 나이가 들었고 그것을 좋아하지 않습니다. 내가 침울한 고행자일지도 모르지만 젊은이들의 소위 '새로운 성생활'(어른들도 자주 그러고 있습니다)은 역시 내게는 순수하게 부르주아적이고, 단지 좋았던 시절의 부르주아의 매음굴의 확장 같습니다. 이 모든 것은 우리 공산주의자들이 이해하는 자유로운 사랑과 관계가 없습니다. 당신도 분명히 늘었겠지만 공산주의사회에서 성적인 욕망을 만족시키고 사랑을 요구하는 유명한 이론은 단순하고 별일 없이 '물 한 컵 마시기'입니다. 우리 청년의 일부가 '물 한 컵 이론'에 미쳐, 절대적으로 미쳐 가고 있습니다. 이는 많은 소년과 소녀들에게 치명적입니다. 이에 열광하는 자들은 이것이 맑스주의 이론이라고 단언합니다. 나는 사회의 이데올로기적 상부구조의 현상들과 변화가 직접적으로 특색

없이 그 경제적 토대에서 결론이 나오는 그러한 종류의 맑스주의는 바라지 않습니다. 프리드리히 엥겔스는 오래전에 사적 유물론과 관련되어 이를 명확히 했습니다."

"나는 저 유명한 '물 한 컵' 이론이 전적으로 비맑스주의라고 게다가 반사회적이라고 간주합니다. 성생활에서 작용하는 것은 자연이 주는 것도 있지만 낮은 수준이든지 높은 수준이든지 문화로 생성되었습니다. 엥겔스는 그의 ≪가족의 기원≫[9]에서 공통적인 성관계가 개인의 성애로 어떻게 발전했으며 순수해지는 것이 얼마나 중요한 것인가를 지적했습니다. 성관계는 의도적으로 생리학적 실험을 위해 추출된 경제와 육체적 욕구 사이의 단순한 상호작용의 표현이 아닙니다. 이는 이러한 관계들에서

---

[9] 엥겔스 저, 김대웅 역, ≪가족 사유재산 국가의 기원≫, 아침(1987); ≪칼 맑스 프리드리히 엥겔스 저작 선집≫ 제6권, 박종철 출판사(1997)에 수록. 김경미 역, ≪가족, 사적 소유, 국가의 기원≫, 책세상(2007)의 출판사 서평을 보면 "≪가족, 사적 소유, 국가의 기원≫(책세상문고-고전의 세계 065)은 총9장 중 서문과 1, 2장을 옮겼다. 3장-8장은 1-2장의 내용을 예시한 부분이므로 생략해도 가족과 여성문제에 대한 엥겔스의 기본적인 사고를 이해하는 데는 어려움이 없다. 해제에서는 결론인 제9장의 내용을 간략하게 소개하고, 이 저작의 의의뿐 아니라 이에 대한 비판도 소개함으로써 비판적인 독해를 할 수 있도록 도왔다"라고 책 소개를 했는데, 이 책은 '가족의 형성'을 설명하기 위해 적은 책이 아니다. '사적 소유가 어떻게 가족을 형성시켰고 결국에는 국가도 형성시키게 되었는가'에 대한 책이다. 3-8장에서는 사적 소유와 관련되어 노동 분업을 역사적 서술과 논리적 서술을 병행하여 서술하였다. 그 과정을 통해 9장 '미개와 문명'에서 국가의 기원이 밝혀졌기에 9장을 "간략하게 소개"하는 것만으로 "비판적인 독해"가 되기는 힘들 것 같다. 발췌 번역을 한다면 1, 2장과 9장을 제대로 다 번역하고 3-8장은 요약해서 설명하는 방법으로 가야 했다.

의 변화를 전반적인 이데올로기로부터 고립시켜 직접적으로 사회의 경제적 토대에서 언급하는 시도를 하는 것은 합리주의일 수는 있어도 맑스주의는 아닙니다. 물론 갈증은 풀어야 합니다. 그러나 정상적인 사람들이 정상적인데도 시궁창에 누워서 구정물을 마시려고 할까요? 아니면 수많은 입술로 문대어져 가장자리가 번드러운 컵으로 마시겠습니까? 그러나 사회적 측면은 어느 무엇보다 중요합니다. 물을 마시는 것은 진정으로 개인적 문제입니다. 그러나 이것은 두 명이 사랑을 하고 세 번째 사람인 새 생명도 생깁니다. 두 명의 사랑으로 세 번째 사람의 존재도 생깁니다. 이 행동은 사회적 성격을 가지며, 공동체에 대한 의무를 구성합니다."

"공산주의자로서 매력적인 상표인 '사랑의 해방'에도 불구하고 나는 '물 한 컵 이론'을 싫어합니다. 게다가 사랑의 해방은 새롭거나 공산주의적 이상이 아닙니다. 지난 세기 중반의 '감성의 해방'으로서의 순수문학에서 다시 부를 수 있습니다. 부르주아적 실천에서는 이는 육체의 해방으로 물화되었습니다. 비록 이것이 어떻게 실행되었는지를 내가 판단할 수는 없지만 지금보다 훨씬 재능을 가지고 설파되었습니다. 나는 금욕주의의 조장을 원하는 것은 아닙니다. 이것은 내 사상으로부터 가장 먼 것입니다. 공산주의는 금욕주의를 가져와서는 안 되고 다른 무엇보다도 애정 생활의 완전함에서 기쁨과 강건함이 나와야 합니다. 오늘 나의 의견은, 성생활의 과다함은 기쁨도 강건함도 아닙니다. 그와 반대로 이를 손상합니다. 이는 혁명의 시기에서는 나쁜, 매우 나쁜 것입니다."

젊은이에게 필요한 것

"젊은이들은 특히 즐거움과 강건함이 필요합니다. 체조나 수영, 하이킹 모든 종류의 신체적 활동과 같은 건강한 스포츠와 배우고 공부하고 연구하는 것 등의 폭넓은 지적 관심들이 그들이 필요로 하는 것으로 가능하면 집단으로 하는 것이 좋습니다. 이러한 것들이 젊은이들에게 성 문제와 하고 싶은 대로 하고 사는 삶에 대한 끝없는 강의나 토론보다는 훨씬 더 유용할 것입니다. 건강한 몸에 건강한 마음이 깃듭니다.[10] 수도승이 되거나 돈 후안(Don Juan)이 되라는 것도 아니고 이들 사이에 있는 독일 속물들처럼 되라는 것도 아닙니다. 당신은 동지 X에 대해 알고 있습니다. 그는 매우 훌륭한 젊은이로 재능이 많습니다. 그 모든 것에 불구하고 나는 그가 어떤 것도 달성하지 못할 것이 걱정됩니다. 그는 쉬지 않고 연애를 합니다. 이는 정치적 투쟁에도 혁명에도 좋지 못합니다. 나는 정치 문제에 사랑을 얽혀 들게 하는 여자들이나 젊은 여자의 치마란 치마는 다 쫓아다니는 남자들에게는 신뢰나 인내를 보증할 수 없습니다. 안 됩니다. 안 되고 말고요. 이는 혁명과는 같이 갈 수 없습니다."

레닌은 일어서서 그의 손으로 테이블을 두드리고 방을 서성거렸다.

---

[10] 라틴어 경구(Mens sana in corpore sana)를 인용하였다.

일탈의 기반이나 음모에 봉사하는 것

"혁명은 집중과 모든 주의를 대중이나 개인에게 요구하고 있습니다. 다눈치오[11]의 퇴폐적 남녀 주인공들 사이에 일상적으로 있는 주신제(酒神際) 상황은 견딜 수가 없습니다. 성 문제에 있어서 난교는 부르주아의 것입니다. 그것은 몰락의 조짐입니다. 프롤레타리아트는 상승하는 계급입니다. 마취제나 자극제나 최음제나 알코올이 필요하지 않습니다. 자본주의의 비열함과 추잡함과 야만성을 잊어서는 안 되고 결코 잊지 않을 것입니다. 그 계급적 위치에서 공산주의의 이상에서 강한 투쟁 의지가 나옵니다. 필요한 것은 명확성, 명확성, 보다 많은 명확성뿐입니다. 그러므로 다시 말하지만 에너지를 약화시키거나 낭비하거나 방탕하게 소진해서는 안 됩니다. 자기 통제와 자기 규제는 노예근성도 아니고 사랑의 문제에 놓여 있지도 않습니다. 그런데 미안하게도 클라라, 우리가 처음 토론을 시작한 지점에서 너무 많이 벗어나 버렸군요. 왜 저를 제 자리로 오도록 부르지 않았나요? 걱정스러움이 내가 계속 말을 하게 했군요. 나는 우리 젊은이들의 미래를 내 가슴 가까이 두고 있습니다. 이

---

[11] Gabriele D'Annunzio(1863-1938). '고대 로마'의 부활을 내세우면서 로마 신화의 이미지를 차용하여 이태리 민족주의를 대중들에게 불어넣은 문필가로 파시즘의 원조라는 평가를 받는다. 단순히 글로만 파시즘의 영웅들을 형상화하여 파시즘의 시조란 평가를 받은 것이 아니라 피우메(fiume) 지역을 실제로 군사적으로 점령하여 통치하였다. 무솔리니는 다눈치오로부터 많은 아이디어와 이미지들을 차용하였다. 무솔리니의 로마 입성은 실제로 다눈치오가 먼저 계획했던 것이다.

것은 혁명의 한 부분이자 한 조각입니다. 어떤 위해될 만한 요소가 나타나면, 이는 부르주아 사회에서 혁명의 세계로 기어올라 와서 잡초의 뿌리처럼 퍼져 나갑니다. 이에 대해서는 빠르게 대응을 하는 것이 낫습니다. 우리가 다루고 있는 문제들은 여성 문제의 한 부분이기도 합니다."

레닌은 대단히 활발하게 설득력 있게 이야기를 했다. 나는 가슴에서 나오는 그의 모든 단어들을 느낄 수가 있었고 그의 얼굴 표정들은 이 감정을 더하게 해 주었다. 때때로 그는 어떤 생각들은 에너지가 넘치는 동작으로 강조했다. 나는 그가 극도로 중요한 정치적 문제들과 함께, 얼마나 사소한 문제들까지도 많은 주의를 기울이고 그에 대해 잘 알고 있는가를 알고 놀랬다. 쏘비에뜨 러시아 문제만이 아니라 여전히 자본주의인 국가들까지도 알고 있었다. 그는 놀라운 맑스주의자였다. 그는 어느 곳에서 어떤 것이라도 그 자체로 드러나는 특수성을 그 관계 속에서 전체로 파악했다. 그의 열정과 목적은 마치 거부할 수 없는 자연의 힘인 것같이 흔들리지 않는, 대중 작업으로 가속화시키려는 목표라는 단일함으로 집중되어 있었다. 그는 모든 것을 혁명의 의식적인 원동력에 미치는 영향이라는 측면에서 일국적인 것이든지 국제적인 것이든지 평가를 했다. 각 개별국가의 역사적인 조건의 특성들과 그들의 상이한 발전 단계를 평가하면서 그는 언제나 떨어질 수 없는 세계 프롤레타리아 혁명에 시야를 두고 있었다.

"레닌 동지, 나는 정말 안타깝습니다"라고 나는 소리쳤다. "당신의 말은 아직도 수백 수천의 사람들에게 들려지지 않고 있어요. 당신도 아시다시피 나를 바꾸려고 할 필요는 없어요. 그러나 적과 동지들이 당신의 의견을 듣는 것이 얼마나 중요한지요!"

레닌은 상냥하게 웃었다.

"언젠가 우리가 토론했던 문제들에 대해서 말을 하거나 글을 쓸 날이 있을 겁니다. 그러나 그건 나중 일이고 지금은 아닙니다. 지금은 우리의 모든 시간과 힘은 다른 곳에 집중되어야 합니다. 그보다는 더 중요하고 어려운 일들이 있어요. 쏘비에뜨 러시아를 유지하고 강화시키는 투쟁은 어떤 방법으로도 끝나지 않았어요. 우리는 폴란드 전쟁12)의 결과를 소화해야 하고 우리가 얻을 수 있는 것을 최대한 만들어야 합니다. 브란껠

---

12) 폴란드-쏘비에뜨 연방 전쟁. 러시아 혁명 후 1919년 2월부터 1921년 3월까지 폴란드와 쏘비에뜨 연방 간에 벌어진 전쟁이지만, 프랑스와 영국의 지원을 받았고 러시아에서 망명 온 이들이 적극적으로 쏘련 영토에서 전쟁을 했기에 러시아 내전으로도 분류하고 있다. 18세기에는 오스트리아, 프로이센, 러시아에 의해 영토가 분할되어 있던 폴란드는 1차 대전 후 베르사유 조약에 의해 1918년 독립을 하게 되고 러시아의 혼란을 틈타 1919년 서부 우끄라이나, 벨라루씨 등을 차지하려 하여 쏘련과의 전쟁이 시작되었다. 전쟁 초기에는 고전하던 붉은 군대가 1920년 8월 바르샤바 근처까지 진군하여 폴란드 점령 직전까지 갔지만 폴란드군은 이에 대한 반격으로 벨라루씨의 민스끄까지 진격하였다. 바르샤바 전투 이후 볼쉐비끼는 평화협정을 제의하였으며, 폴란드는 국제 연맹의 압력으로 인해 협상에 응한다. 10월 12일에는 협정을 체결하였고, 이 협정은 10월 18일에 발효됐다. 리가 조약으로 인해 쏘련은 영토가 줄어들고 폴란드는 서부 우끄라이나와 벨라루씨를 얻었다. 하지만 20년 뒤에 제2차 세계대전이 터지자 쏘련은 폴란드가 차지했던 영토를 되찾았다. 폴란드는 그 대신에 제2차 세계대전이 끝나고 독일의 땅을 얻었다.

(Wrangel)13)은 여전히 남부에서 있습니다. 진실로 나는 우리가 그를 이길 수 있다고 깊이 확신하고 있습니다. 그것은 영국과 프랑스 제국주의자들과 그들의 가신(家臣)들에 대해서 생각해야 합니다. 그러나 우리 과업에서 가장 어려운 부분은 재건설이고 이는 아직도 멉니다. 이는 또한 성이나 결혼 가족관계의 문제들을 최전선으로 배치시킬 것입니다. 그러는 동안 당신이 할 수 있는 것을 언제 어디서라도 최선을 다해 할 수 있을 것입니다. 당신은 이러한 문제들이 비맑스주의 경로나 분열을 가져오는 일탈의 기반이나 음모에 봉사하는 것을 허락해서는 안 될 것입니다. 지금 드디어 나는, 당신의 과업으로 온 것입니다."

레닌은 그의 시계를 보았다.

"당신과 함께 할 수 있는 시간이 내게는 반 정도 남았군요. 시간은 다 되었군요. 너무 오래 이야기한 것 같습니다. 당신은 여성들 사이에서 공산주의 과업에 관한 테제들을 작성해야 합니다. 나는 당신의 원칙적인 접근과 실천적 경험들을 알고 있습니다. 그래서 이 이야기는 간단히 될 것입니다. 서두르는 게 좋을 것 같군요. 당신은 이러한 것들이 어떻게 되어야 한다고 생각하는지요?"

나는 이 문제에 관해서 그에게 간단히 요약을 했고 그는 간섭하지 않고 몇 번이나 고개를 끄덕였다. 말을 끝내고 나서 의

---

13) 브란겔 장군은 내전 시기 있었던 여러 반혁명 전쟁의 일부를 지도하였다. 1920년 1월 5일 남러시아 백군의 지휘를 맡았고 처음에는 영국 정부의, 나중에는 프랑스 정부의 지원을 받았지만 1920년 11월에 패퇴하였다.

견을 듣고자 그를 바라보았다.

"맞습니다." 그가 덧붙였다. "당신이 책임 있는 여성 당원 동지들과의 모임 시간을 알려 준다면 그들과 함께 토론해 보도록 하겠습니다. 애석하게도 이네사 동지가 여기 없군요. 그녀는 지금 아프고, 까프까즈에 가 있어요. 토론 후에 이를 작성해 주십시오. 위원회에서 그것들을 검토하고 집행위원회가 최종 결정을 할 것입니다. 나는 당신의 관점과 전적으로 일치하는 중요한 요점들 중에서 몇 가지 의견을 냅니다. 내게도 현재의 선동이나 선전 작업에서 중요한 것 같습니다. 이것이 활동과 성공적인 투쟁을 위한 것이라면 말입니다."

"테제들은 진정한 여성해방은 공산주의 외에는 불가능하다는 것을 강력하게 강조해야 합니다. 당신은 여성의 인간적·사회적 지위와 생산수단의 사적 소유의 끊을 수 없는 관계에 중점을 둬야 합니다. 이는 '여성해방'을 위한 부르주아 운동과 선명하고 지워질 수 없는 경계선을 그어 줄 것입니다. 이는 사회문제, 노동계급 문제의 부분으로서의 여성 문제를 검토하는 데 기반이 될 것이며, 그것을 프롤레타리아 계급운동과 혁명에 견고하게 묶어 줄 것입니다. 공산주의 여성운동은 그 자체로 대중운동이어야 하며 대중운동의 한 부분이 되어야 합니다. 프롤레타리아만이 아니라 모든 착취받고 억압받는 자본주의와 지배계급 하에서 희생이 된, 모든 희생자를 포함해야 합니다. 그 가운데 프롤레타리아 계급투쟁과 프롤레타리아의 역사적 사명, 공산주의사회의 창조를 위한 여성운동의 중요성이 놓여 있습니다. 우리는 당당하게 우리 당과 꼬민떼른 내에 혁명적 여성들의 정수를 가지고 있는 것을 자랑할 수 있습니다. 그러나 이것만으로 끝날 수 있는 것은 아니고 수만의 노동 여성들을 도시와 농촌에서 우리의 투쟁을 위해 특히 사회의 공산주의적 재건을 위해서 끌어들여야 합니다. 여성들이 없다면 진정한 대중운동은 있을 수 없습니다."

여성 대중 사이에서 필요한 특별한 그룹을 만드는 것

"우리는 우리의 조직적 원칙들을 우리의 이념적 개념들에서 끌어내야 합니다. 우리는 공산주의 여성의 별도의 조직을 원하지 않습니다! 한 명의 공산주의자인 여성은 한 명의 남자 공산주의자들이 그러한 것처럼 당원으로서 당에 속해 있어야 합니다. 그들은 같은 권리와 의무를 가지며 이 점에서는 이견이 있을 수 없습니다. 그럼에도 불구하고, 우리는 사실을 직시해야 합니다. 당은 광범위한 여성 대중을 각성시키기 위한 특별한 목적을 가진 조직인 활동 그룹들, 협의회, 위원회, 분과 등을 무엇이라고 부르든지, 당과 결합해서 그 영향력 아래 두어야 합니다. 이는 자연스럽게 여성들 사이에 체계적인 과업을 수행할 것을 요구합니다. 우리는 각성된 여성들을 가르쳐야 하며 그들을 공산당의 지도력 아래 프롤레타리아 계급투쟁을 위해 끌어들이고 준비시켜야 합니다. 내가 이에 대해서 말할 때 마음에 두는 것은 프롤레타리아 여성만이 아니라 그들이 공장에서 일하든지 집에서 요리를 하든지 마찬가지입니다."

"나는 여성 농민과 중하층의 다양한 부분들의 여성들도 마음에 두고 있습니다. 그들 또한 자본주의의 희생자입니다. 전쟁14) 이후에는 더 심해졌습니다. 여성 대중들의 정치에 대한 무관심이나 반사회적이고 낙후된 심리, 그들의 활동에서 좁은 영역과 그들 삶의 전체적인 형태들은 부정할 수 없는 사실입니다. 이를 무시하는 것은 어리석은 것입니다. 절대적으로 어리석습니다. 우리는 그들 사이에서 활동하는 우리만의 그룹들을 가지고 있어야 합니다. 선동에서 특별한 방법과 조직에서 특별한 형태들을. 이것은 부르주아 '페미니즘'이 아닙니다. 이것은 실천적이고 혁명적인 안입니다."

나는 레닌에게 그의 논점들은 나에게 가치 있는 격려가 된다고 말했다. 많은 동지들, 아주 훌륭한 동지들조차도 당에서 여성들 사이에서 계획된 과업을 수행하는 특별한 그룹을 만드는 것을 격렬하게 반대했다. 그들은 그것을 악명 높은 사회민주주의 전통15)에 따른 "여성해방" 운동으로 돌아가는 것으로 비난했었다. 그들은 공산주의자 당들은 여성들에게 동등함을 주기에 결론적으로 근로 인민 사이에서 구별 없이 과업을 수행해야 한다고 한다. 여성이든지 남성이든지 그 접근은 동일해야 한다고 하였다. 이러한 상황들을 고려해 보면 레닌이 선전과 조직

---

14) 1차 대전을 의미한다.
15) 1차 대전이 발발하자 전쟁 참가를 찬성했던 독일의 카우츠키나 러시아의 쁠레하노프 같은 사회민주주의자들을 의미한다. 볼쉐비끼는 반전을 주장하는 국제주의자의 관점을 계속 유지하면서, 이들 사회민주주의자들과 결별을 했고 자신들을 공산주의자라고 부르게 된다.

에 대해 언급했던 상황들을 고려하려는 시도는 이 관점의 반대파들에 의해 무엇이든지 기회주의로, 근본적인 원칙에 대한 배신이나 포기로 낙인찍힐 수 있을 것이다.

"이는 새롭거나 결론적인 것이 아닙니다." 레닌은 말했다. "그 때문에 당신을 잘못 가게 하지 마십시오. 당 어디에서도 남자들만큼 많은 여자들이 없을까요? 쏘비에뜨 러시아에서 조차도? 왜 노동조합에서 여성의 수는 이렇게 작나요? 이러한 사실들은 사고할 만한 것을 한 가지 제공해 줍니다. 여성 대중 사이에서 필요한 특별한 그룹을 만드는 것을 부정하는 것은 공산주의자 노동자의 당에서 잘 훈련된, 우리의 친구들의 급진적인 태도의 한 부분입니다. 그들은 조직은 오직 한 가지 형태로 조직되어야 한다는 의견을 가지고 있습니다. 나도 이에 대해서 압니다. 혁명적인 정신에서 나온 많은 원칙들이 있지만 이해가 부족한 곳에서는 사람들을 혼돈스럽게 합니다. 즉 유의해야 할 명백한 사실들을 움켜쥐는 것을 거부할 때 이러한 순수한 원칙을 지키는 수호자들은 우리의 혁명적인 정책의 역사적 필요에 어떻게 대응할 수 있습니까? 그들의 이러한 담화들은 냉혹한 필요 앞에서는 붕괴되어 버립니다. 우리는 우리 편에 서 있는 수백만의 여성들이 없이는 프롤레타리아 독재를 수행할 수 없습니다. 그들 없이는 공산주의 건설을 할 수 없습니다. 우리는 그들에게 다가갈 수 있는 길을 찾아야 합니다. 우리는 그 길을 찾기 위해 연구하고 조사해야 합니다."

여성 대중 마음속의 고통과 노동 여성의 필요와 요구

"이는 우리가 여성들을 위한 요구들을 내는 것은 전적으로 옳다는 것입니다. 이는 최소 강령도 아니고 사회민주주적, 제2인터내셔널의 의미에서의 개혁 강령도 아닙니다. 우리가 부르주아와 그 국가가 영원히 지속된다는 것을 믿는다는 것을 보여주는 것도 아니며 오래 지속될 문제도 아닙니다. 이는 또한 여성 대중들을 개혁으로 누그러뜨리려는 시도나 혁명적 투쟁의 길에서 빼내려는 것이 아닙니다. 이는 개량주의자들의 사기는 더더구나 아닙니다. 우리의 요구는 실천적인 결론일 뿐이며 부르주아 체제 하에서 약하고 혜택받지 못하는 여성들이 참아야 했던 절실한 필요와 굴욕적인 수치에서 나온 것입니다. 그러므로 우리는 이러한 필요와 여성들의 억압을 잘 알고 있으며, 남자들의 특권적 위치에 대해서 의식하고 있으며, 여성 대중, 노동자의 아내로, 여성 농민으로, 한 남자의 아내로 유산계급의 여성들조차도 억압당하고 학대받는 것을 증오하며, 그렇습니다, 증오하는 것은 무엇이든지 제거하기를 원하는 것을 보여줄 수 있습니다. 우리가 부르주아 사회에서 여성을 위해 요구하는 권리와 사회적 방법들과 우리가 그것들을 프롤레타리아 독재 하에서 고려할 것이라는 것은 우리가 여성의 이해와 지위를 이해하고 있다는 증거입니다. 자연스럽게 의식을 마비시키거나 생색을 내는 개혁주의자들이 아니라, 절대로 아닙니다, 경제와 이념적 상부구조의 재건설에서는 여성과 동등하게 손을 잡는 혁명가로서입니다."

나는 레닌과 내가 동일한 의견을 가지고 있음을 확신했지만 그것은 반대에 부딪힐 것이다. 불확실하고 소심한 생각들은 이를 의심스러운 기회주의로 생각하고 거부할 것이다. 우리의 현재의 여성들을 위한 요구들은 부정확하게 이해되고 해석되어져 거부될 것이다.

"그중 어느 것을 말하는 것입니까?" 어느 정도는 화가 난 듯이 레닌은 항의했다. "이러한 위험은 우리가 말하고 행하는 모든 것에 존재합니다. 우리가 만약 이러한 종류의 두려움으로 인해서 해야 하고 필요한 일을 멈춘다면 우리는 인도의 주상고행자(Stylite)[16]처럼 있는 것이 나을 것입니다. 우리는 움직여서도 안 될 것이고 어떠한 것에도 움직이지 말아야 합니다. 그렇지 않으면, 우리의 원칙들이 높은 기둥에서 떨어질지 모릅니다! 우리의 경우에는 우리가 무엇을 요구하는 것만이 문제가 아니라 우리가 어떻게 요구하는가도 있습니다. 나는 내가 이를

---

[16] 높은 기둥 위에 앉아 수행을 했기에 주상(柱上) 고행자라고 번역을 한다. 육체의 고행과 금욕을 통해 영혼의 구제가 가능하다고 믿는 이들은 동·서양 모두에 있었다. 서양에서는 비잔틴 제국 초기에 시작을 하였으나 중세가 끝나면서 거의 사라졌다. 하지만 인도에서는 20세기 초에도 이런 '성자'(Guru)들이 횡행하고 있었기에 레닌이 이를 거론하였다. 공중부양을 하려고, 손으로 못을 박으려고 몇 십 년을 수행하는데 그냥 일어서거나 좀 높으면 사다리를 쓰고, 망치를 쓰면 될 일인데도 이들은 '성자'로 칭송을 받는다. 인도는 21세기에도 며칠을 굶었는데도 살아 있다는 등의 '세계의 진기한 소식'을 만들어 내는 직업 고행자들이 '성자'라는 타이틀 아래 현재도 존재하고 있으며 힌두 극우주의를 강화시켜 주고 있다.

충분히 명백하게 했다고 믿습니다. 우리의 선전에 있어서 이유가 되어야 하고 우리는 여성을 위한 우리의 요구에서 우상을 만들어서는 안 됩니다. 우리는 이러한 것을 위해 싸워야 하고 현재 존재하는 조건들에 의해서 이번에는 이것을 위해 이번에는 저것을 위해 싸워야 하며 당연하게 프롤레타리아의 전반적인 이해와 같이 어울려야 합니다."

"이러한 종류의 모든 투쟁은 우리를 저 존경할 만한 부르주아 도당과 이에 못지않게 존경스러운 개혁주의 추종자들과 싸우게 합니다. 이는 후자로 하여금 그들이 원하든 그렇지 않든 간에 우리의 지도력 아래에서 싸우게 하거나, 혹은 그들이 자신들의 위선을 보여줄 수밖에 없게 할 것입니다. 따라서 투쟁은 그들로부터 우리를 분리시켜 줄 것이며 우리 공산주의자의 얼굴을 보여 줄 것입니다. 이는 남자의 지배에, 그들 고용주의 권력에, 전체적으로 부르주아 사회에 의해서 그들이 착취당하고 노예 상태로 있고 으깨어지고 있다고 느끼는 여성 대중들로부터 우리가 신뢰를 받게 해 줄 것입니다. 모두로부터 배반당하고 버려졌던 노동 여성들은 그들이 우리와 함께 싸워야 함을 깨닫게 될 것입니다. 여성의 권리를 위한 투쟁은 권력의 장악과 프롤레타리아 독재의 수립을 우리의 원칙적 목적과 또한 연계되어야 함을 우리가 다시 확인할 필요는 없겠지요? 지금 이것은 우리의 알파이며 오메가이며 앞으로 계속될 것입니다. 이는 명백하며 절대적으로 명백한 것입니다. 그러나 광범위한 노동 여성들은 국가 권력을 위한 투쟁이 피할 수 없는 것임을 느끼려고 하지 않습니다. 우리가 여리고의 나팔(Trumpets of Jericho)[17]을 불더라도 말입니다. 아닙니다. 수천 번이라도 아닙니다. 우리는 우리의 호소를 여성 대중 마음속의 고통과 노동 여성의 필요와 요구와 정치적으로 결합해야 합니다. 그들은 프롤레타리아 독재가 그들에게는 법률적으로나 실천적으로나 가족, 국가, 사회 속에서 남녀의 완전한 평등권을 의미한다는 것을, 그리고 그것은 또한 부르주아 권력의 소멸을 의미한다는 것을 알아야만 합니다."

여성의 부담을 덜어 주는 것은 공산주의자의 임무이다

"쏘비에뜨 러시아가 이를 증명합니다." 나는 외쳤다. "이는 우리의 위대한 모범이 될 것입니다."

레닌이 계속 말했다.

"쏘비에뜨 러시아는 여성들을 위한 우리의 요구에 새로운 빛을 던져 주고 있습니다. 프롤레타리아 독재 하에서 그들은 노동자와 자본가 사이의 투쟁에서 대상이 아닙니다. 이것들이 실행되고 나면 그들은 공산주의사회라는 건물의 벽돌들로 될 것입니다. 이는 인접국의 국경 너머 여성들에게도 프롤레타리아 권력 획득의 결정적인 중요성을 보여 줍니다. 이곳 여성들과

---

17) 구약 여호수아에 나오는 이야기이다. 여호와가 여호수아에게 여리고 성 함락을 위해 "제사장 일곱 명에게 숫양의 뿔로 만든 나팔을 가지고 언약궤 앞에서 행군하라고 말하여라. 칠일 째 되는 날에는 성을 일곱 바퀴 돌며 제사장들에게 나팔을 불라고 말하여라"고 말하고, 여호수아가 이를 따르자 마지막 바퀴를 돌 때 여리고 성벽은 무너지고, 성은 함락이 되었다는 이야기이다.

그곳의 차이는 프롤레타리아의 혁명적 계급투쟁에서 여성 대중의 지지를 받기 위해서 뚜렷하게 강조되어야 합니다. 여성 대중의 동원이 원칙들에 대한 명백한 이해와 견고한 조직적 기반에서 행해지는 것은, 공산당들과 그들의 승리에서 지극히 중요한 문제입니다. 그러나 우리 스스로를 속이지 맙시다. 우리의 각국 지부들은 이 문제에 대한 적절한 이해가 부족합니다. 그들은 공산주의자들의 지도력 하에서 근로 여성의 대중운동이 일어나는 것에 수동적이고 관망하는 자세를 채택합니다. 그들은 이러한 대중운동을 발전시키고 이끌어 가는 것이 당의 중요한 부분이자 당 활동의 절반을 차지하고 있다는 것을 깨닫지 못하고 있습니다. 그들이 때때로 목적의식적이고 강력하고 대중적인 공산주의자 여성운동의 목적과 가치를 깨닫는다고 해도, 이는 당의 지속적인 관심과 과업이라기보다는 관념적인 립서비스입니다."

"그들은 여성들 사이에서의 선전선동과 그들을 각성시키고 혁명화시키는 것을 부차적인 일로 간주하고, 바로 여성 공산주의자의 일로 생각하고 있습니다. 오직 여성 공산주의자들만이 비난을 받습니다. 왜냐하면, 일들이 보다 빠르고 강력하게 전개되지 않기 때문입니다. 이것은 잘못입니다. 근본적으로 잘못된 것입니다! 이것은 철저한 분리주의입니다. 이것은 프랑스말로, 여성 평등의 à rebours, 즉 평등의 역행입니다. 우리의 각국 지부들의 잘못된 태도의 바탕에 있는 것은 무엇입니까? (나는 쏘비에뜨 러시아에 대해 말하는 것이 아닙니다.) 최종 분석을 해보면 여성과 그들의 성취에 대한 과소평가입니다. 바로 그렇습니다! 불행하게도 우리 동지들 중에서도 여전히 할 수 있는 말은 '공산주의를 벗겨 내면 속물이 나온다'입니다. 확실히 당신은 여성에 대한 그들의 정신 상태 같은 민감한 부분들을 벗겨 내야 합니다. 남성들이, 여성이 사소하고 단조롭고 힘과 시간을 낭비하는 가사 같은 일에 지쳐서 여성의 영혼이 움츠러들고 마음이 무디어지고 심장 박동이 희미해지면서 의지가 약해져 가는 것을 그냥 바라보는 것보다 명백한 증거가 있을 수 있습니까? 물론 나는 모든 가사와 아이들 양육까지도 사람을 고용해서 맡겨 버리는 자본계급 여성을 언급하는 것은 아닙니다. 나는 노동자의 아내이지만 공장에서 하루 종일을 보내면서 돈을 벌고 있는 이들을 포함해서 광범위한 여성들에 관해서 말하고 있습니다."

"대다수의 남편들, 프롤레타리아들조차도 '여자들의 일'에 손을 빌려 주어 그들 아내의 부담과 걱정을 경감시켜 주거나 완전히 없애 버리는 것을 생각하지 않습니다. 아니, 오히려 그것은 '남편의 특권과 권위'에 반하는 것입니다. 남편은 휴식과 편안함을 요구합니다. 여성의 가정생활은 수천 가지의 중요하지 않은 일에 매일 자신을 희생하는 것입니다. 고대부터 내려오던 그녀의 남편의 권리, 즉 그녀의 주군이자 영주의 권리는 눈에 보이지 않게 존속되고 있습니다. 객관적으로 그의 노예는 복수를 합니다. 물론 은폐된 형태로입니다. 그녀의 낙후성과 그녀 남편의 혁명적 이상에 대한 이해 부족은 그의 투쟁 정신과 그의 투쟁 결의를 끌어내립니다. 작은 벌레들과 같이 그들을 갉아먹고 눈치채지 못하게 느리나 확실하게 침식시켜 갑니다. 나는 노동자들의 삶을 압니다. 책에서만 아는 것이 아닙니다. 노동 여성들 사이에서의 우리 공산주의자들의 활동과 그들 사이에서 우리의 일반적인 정치 사업은 남성들에 대한 교육 사업을 포함합니다. 우리는 오래된 노예 소유주의 시각을 당과 대중 양자에서 근절해야 합니다. 이는 우리의 정치 과업 중 하나이며, 당에서 철저하게 이론적 실천적 훈련을 거친 남성, 여성 동지들로 구성되는, 근로 여성들 중에서 당 활동을 하는 위원회의 구성은 긴박하게 필요로 하는 과업입니다."

쏘비에뜨 러시아의 상황

나의 쏘비에뜨 러시아의 근래의 상황에 대한 질문에 레닌은 답변을 했다. "공산당과 노동조합과 더불어 프롤레타리아 독재 정부는 당연히 남자와 여성에 대한 낙후된 시각들을 극복하는 데 모든 노력을 다하여 낡고 비공산주의적인 심리를 근절합니다. 남성과 여성이 절대적으로 법 앞에 평등하다는 것은 말할 필요가 없습니다.[18] 이 평등을 실현시키는 신실한 욕구가 모든 측면에서 뚜렷합니다. 우리는 여성들을 경제, 행정, 입법부와 정부에 부르고 있습니다. 모든 교육과정과 교육기구들은 이들

---

18) 200만 명의 병사가 전사하여, 러시아의 여성들은 1917년 2월 마지막 일요일을 '빵과 평화'를 위해 시위하는 날로 정해 시위를 하였다. 4일 후, 황제는 퇴위하고 임시 정부가 여성에 참정권을 부여한 것이 러시아의 1917년 2월 혁명이다.

에게 열려 있습니다. 그러기에 그들은 그들의 직업적, 사회적 훈련을 통해 발전할 수 있습니다. 우리는 공동 조리실과 공공식당과 세탁소와 수선소와 고아원과 유아원과 유치원과 모든 종류의 교육 제도를 조직하고 있습니다. 요약하면, 우리는 각 개별 가족들이 담당하던 가사 기능과 교육을 사회로 이전하려는 강령적 요구를 본격적으로 열심히 실행하고 있습니다. 여성들은 오래된 가사 노예제와 남편으로부터의 의존으로부터 구제되고 있습니다. 그녀는 그녀의 능력과 소질을 사회에서 충분히 발휘할 수 있습니다. 아이들은 가정에서보다 더 나은 발전 기회를 제공받고 있습니다. 우리는 세계에서 가장 진보적인 여성 노동에 관한 법령을 가지고 있습니다. 이의 실행은 조직 노동자들의 권한을 부여받은 대표들이 합니다. 우리는 산과병원, 어머니와 아이들을 위한 집과 어머니 건강센터와 유아와 영아를 위한 과정, 어머니와 아이들을 위한 전시회를 설립하고 있습니다. 우리는 가난한 실업 여성들에 대한 모든 노력을 하고 있습니다."

"우리는 이 모든 것이 여전히 조금밖에 진척되지 않았다는 것을 잘 알고 있습니다. 근로 여성의 필요를 고려하다면, 이는 그들의 진정한 해방을 위해서는 너무나 부족하다는 것을 알고 있습니다. 그러나 이는 짜르와 자본주의 러시아 시절로부터는 엄청난 진전입니다. 게다가 자본주의가 여전히 균열이 일어나지 않은 곳의 상태와 비교하여도 올바른 방향에서 좋은 출발이며, 우리는 지속적으로 모든 가능한 에너지를 사용하여 이를 발전시켜 나갈 것입니다. 해외에 있는 당신들은 확신해도 됩니다. 왜냐하면 우리가 수백만의 여성 없이는 진보를 이룰 수 없음이 매일같이 명백해지고 있기 때문입니다. 인구의 80%를 차지하고 있는 것이 농민인 나라에서 이것이 무엇을 의미하는지 생각해 보십시오. 소농의 농사일은 개별 가사와 여성의 구속을 의미합니다. 당신들은 당신 프롤레타리아들이 혁명을 위해 권력을 장악할 시기가 역사적으로 성숙해 있다는 것을 결국 알게 된다면, 이 측면에서 우리보다는 훨씬 나을 것입니다."

"그렇다고 하더라도 이 모든 어려움들에도 불구하고 우리는 절망하지 않습니다. 우리의 힘은 난관이 증가하는 만큼 증가합니다. 현실적인 필요는 우리에게 여성 대중의 해방의 새로운 길을 찾을 것도 강요하고 있습니다. 쏘비에뜨 국가와 협력하여 동지적인 연대는 기적들을 이루어 낼 것입니다. 확실히 내가 말하는 동지적 연대는 공산주의자들 사이에 있는 것이지 개혁주의자들이 설교하는 그런 부르주아들 사이에 있는 것이 아닙니다. 개혁주의자들의 혁명적 열정은 싸구려 식초 냄새처럼 날아가 버렸습니다. 개인적인 동기가 집단적 행동으로 성장하고 융화되기 위해서는 동지적 연대가 필요합니다. 프롤레타리아 독재 하에서 여성해방은 공산주의의 실현을 통하여 농촌 지역으로 나아갈 것입니다. 이 점에서 나는 우리 산업과 농업의 전력화로부터 많은 것을 기대하고 있습니다. 이는 원대한 계획입니다! 이 길을 가는 동안 있는 어려움들은 아주 끔찍하게 많을 것입니다. 대중에 잠재된 힘들은 해방될 것이고 이것들을 극복하도록 단련될 것입니다. 수백만의 여성들이 이 일에 참여해야 합니다."

누군가 십 분 동안 두 번 노크를 했지만 레닌은 말을 계속했다. 이제 그는 문을 열고 소리쳤다. "곧 갈 겁니다!"

내 쪽으로 돌아서서 그는 웃으면서 덧붙였습니다.

"당신도 잘 아시겠지만, 클라라, 나는 지금 말 많기로 악명 높은 여자의 이름을 이용해서 늦은 것에 대해 변명했습니다. 사실 지금 대부분의 말을 한 이는 여자가 아니라 남자이지만 말입니다. 보건대, 당신은 정말 이야기를 잘 듣는 사람이라고 내가 말해야겠습니다. 그러나 그 때문에 내가 말을 너무 많이 하게 되는군요."

이런 농담을 하며, 레닌은 내가 코트를 입는 것을 도왔다. "당신은 좀 더 따뜻하게 입어야 될 것 같아요"라고 그는 염려를 하면서 제안을 했다. "모스끄바는 슈투트가르트가 아닙니다. 당신은 돌보아 줄 사람이 필요합니다. 감기 들지 마세요. 잘 가요."

그는 내 손을 굳게 잡고 악수를 했다.

국제 여성 대회에서의 여성 공산주의자들

2주 정도 지나고 나서, 나는 레닌과 여성운동에 대해서 대화를 나눌 다른 기회를 가지게 되었다. 레닌이 나를 보러 왔는데 언제나 그렇듯이 불쑥 찾아왔다. 즉흥적인 방문은 승리한 혁명의 리더로서 막중한 부담이 있는 그의 업무에서 틈을 내어 이루어졌다. 레닌은 지쳐 보였고 걱정이 많아 보였다. 브란겔은 아직 분쇄되지 않았고 쏘비에뜨 정부가 대도시에 식량을 조달하는 문제가 무자비한 스핑크스19)처럼 대치하고 있었다.

레닌은 내게 테제들이 어떻게 진행되고 있는지 물어보았다. 나는 성대한 위원회가 열렸고, 모스끄바의 모든 주요한 여성 공산주의자들이 참석해서 그들의 의견을 내었다고 말했다. 테제들은 준비되어 있고 소위원회에서 토론이 진행되고 있었다. 레닌은 우리가 제3회 국제 여성 대회에서 이 문제들을 정당하고 완전하게 검토해야 한다고 지적하였다. 이 사실은 많은 공산주의자들의 편견을 없앨 것이다. 어떻게 되더라도 이 일은 여성 공산주의자들이 정력적으로 나서야 한다.

"수다쟁이들처럼 재잘대지 말고, 투사로서 크고 분명하게 발언해야 합니다." 레닌은 활기차게 소리쳤다. "대회는 소설에서 우리가 보듯 여자들이 매력을 뽐내는 응접실이 아닙니다. 대회는 우리가 혁명적 행동을 위해 필요한 지식을 위해 싸우는 전장이여야 합니다. 당신이 싸울 수 있다는 것을 보여 주십시오. 첫째는 물론 적에 대하여, 그러나 당 내부에서도 필요하다면 해야 합니다. 결국 광범위한 여성 대중을 대해야 합니다. 우리 러시아의 당은 이 대중을 끌어들일 수 있는 모든 제안과 방법

---

19) 스핑크스는 헤라의 명령을 받들어 테베 시민을 징벌하기 위하여 피키온 산의 벼랑 위에서 지나가는 이들을 붙잡아 "아침에는 네 발, 점심때는 두 발, 저녁에는 세 발로 걷는 것이 무엇이냐?"라는 수수께끼를 낸 뒤 풀지 못하면 가차 없이 죽이는 방식으로 테베 시민들을 괴롭혔다. 오이디푸스가 이 문제의 답을 '인간'이라고 풀자 굴욕감으로 자살하였고 오이디푸스는 테베의 왕이 되었다.

을 지원할 것입니다. 만약 여성들이 우리와 함께 하지 않는다면, 반혁명세력들이 우리에게 대항하도록 그녀들을 끌어들일 수도 있습니다. 이것을 항상 우리는 명심해야 합니다."

국제 여성 대회의 계획

"슈트랄준트처럼 여성 대중들이 사슬에 의해 하늘에 묶여 있더라도[20] 우리는 그들을 끌어들여야 합니다"라고 레닌의 생각을 따라가면서 내가 이야기했다. "여기, 풍부하게 솟구쳐 오는 생명과 강하고 빠른 맥박이 뛰는 혁명의 중심에서 나에게 대규모 국제 연합 행동을 할 수 있는 계획이 떠올랐습니다. 그것은 당신들의 비당원 여성들의 회합과 회의에 의해서 먼저 진행이 되었습니다. 우리는 이를 국내문제에서 국제문제로 전환시켜야 합니다. 세계대전과 그 여파는 다양한 계급과 계층의 여성들을 깊이 흔들었습니다. 그들은 달아오르고 있습니다. 그들은 이미 움직이고 있습니다. 그들을 누르는 생계 걱정과 삶의 목적을 찾으려는 일은 그들 대부분에게는 의심할 여지가 없는 일이지만 과거에는 소수만이 잡고 있던 것입니다. 부르주아 사회는 이들 문제에 대한 답변을 주는 것이 불가능합니다. 오직 공산주의만이 이를 할 수 있습니다. 우리는 자본주의사회의 광범위한 여성 대

---

[20] 30년 전쟁 시기에 용병 대장인 발렌슈타인은 한자 동맹의 중심이기도 했던 도시인 슈트랄준트를 점령하기 전 "슈트랄준트가 사슬에 의해 하늘에 묶여 있더라도" 점령할 것을 맹세했었다.

중을 각성시켜서 비당원 국제 대회를 소집해야 합니다."

레닌은 잠시 대답을 하지 않았다. 그는 이 문제에 대해 생각에 잠겼는데, 그의 입술이 오므라들다가 아랫입술을 살짝 내밀었다.

"예, 우리는 해야 합니다." 그는 드디어 말을 했다. "계획은 좋습니다. 그러나 계획이 아무리 좋고, 훌륭하더라도 잘 실행되지 않으면 가치 없는 것입니다. 당신은 어떻게 진행할 것인지 생각해 보셨습니까? 이에 관한 당신의 생각은 무엇입니까?"

나는 내 생각을 레닌에게 상세히 설명하기 시작했다. 우선, 우리는 우리의 각국 지부들과 긴밀하고 지속적인 관계를 가진 다양한 나라의 여성 공산주의자들의 위원회를 조직해야 한다. 이 위원회가 대회를 준비하고 집행하고 활용할 것이다. 초기부터 위원회가 공개적이고 공식적인 것이 바람직한가를 결정해야 한다. 어쨌든, 이는 위원회 성원들의 첫 번째 과업으로 각 나라의 조직 여성 노동자들, 프롤레타리아 여성 정치 운동, 모든 종류의 부르주아 여성운동 조직, 저명한 여성 의사, 교사, 작가 등과 접촉해서 각국 비당원 준비 위원회를 구성하는 것이다. 국제 위원회는 이 각 나라의 위원회의 위원들로부터 구성되어 국제 대회를 준비하고 소집해서 의제를 작성하고 대회의 시간과 장소를 정하게 될 것이다.

내 의견은, 대회는 우선 산업과 전문직에 종사하는 여성의 권리를 논의해야 할 것이다. 그 과정에서 실업 문제와 동일 노동에 동일 임금, 8시간 노동의 입법, 여성에 대한 노동 보호, 노동조합의 조직, 어머니와 아이들에 대한 사회적 보호, 어머니와 주부들을 위한 사회적 방법들을 다루어야 한다. 더 나아가 의제는 결혼 및 가족법에서 여성 지위를 다루어야만 한다. 이 제안을 구체화한 이후 나는 다양한 나라의 위원들이 어떻게 회합과 신문 등에 계획된 캠페인을 통해 대회의 근거를 완벽하게 마련할 것인가 설명하였다. 이 캠페인은 절대 다수의 여성들을 각성시키고 토론을 통해 제시된 문제들을 심각하게 연구하도록 자극하며, 그들의 관심을 대회, 따라서 공산주의와 공산주의 인터내셔널에게로 향하게 하는 것이 특히 중요하다. 캠페인은 전 사회계층의 여성들에게 도달해야 한다. 관련 있는 모든 조직의 대표들만이 아니라 공개 여성 모임의 대표들도 이 대회에서 출석하고 참여해야 한다. 대회는 부르주아 의회와는 전적으로 다른 "대중대표기구"가 되어야 한다.

여성 공산주의자들은 전적으로 추진만을 하는 것이 아니라 준비 작업에서부터 지도 세력으로 되어야 하고 우리 [각국: 역자] 분과들에게서 정력적인 지원을 받아야 한다. 당연하게 이는 국제 위원회, 대회 그 자체, 여기에서 연장되는 활용에도 적용이 되어야 한다. 의제로 상정된 모든 안건에서의 공산주의자 테제들과 해결 방안들이 대회에 제출이 되어야 한다. 주의 깊게 작성이 되어야 하고 이에 연관된 사회적 사실에 대해서는 학문적 검증으로도 합당해야 한다. 이러한 테제들은 꼬민떼른의 실행위원회에 의해서 사전에 토론되고 승인받아야 한다. 공산주의자들의 해결 방안과 구호들은 대회 활동에서 주요 초점이 되어야 하고 대중의 관심이 집중되어야 한다. 대회 이후에는 광범위한 선전·선동단으로 여성들에게 널리 퍼져서 세계 여성의 대중적인 행동에 결정적인 것이 되어야 한다. 말할 필요 없이 이 모든 것은 대회에서 강고하게 한 몸처럼 명쾌하고 흔들리지 않은 계획 위에서, 모든 위원회에서의 여성 공산주의자의 활동이 이 필수적인 조건으로 요구된다. 이에 반하는 어떠한 행동도 있어서는 안 된다.

대회 캠페인과 준비 활동

내가 설명하는 동안 레닌은 승인하는 것처럼 몇 번이나 고개를 끄덕거렸고 몇 마디 말을 거들었다. "내가 보기에는, 친애하는 동지" 그가 말하기를, "당신이 고려하고 있는 것은 정치적 의미에서 철저한 것이며 조직적 관점에서 중요한 것이기도 합니다. 나는 대회가 지금 현 정세에서 많은 것을 성취할 수 있다는 것에 전적으로 동의합니다. 이는 우리에게 광범위한 여성 대중, 특히 다양한 산업과 전문직에 있는 여성들과 산업 여성 노동자들, 주부들, 교사들과 다른 전문직을 끌어들일 수 있도록 할 것이며 이는 엄청난 것이 될 것입니다. 이 상황을 거대한 경제투쟁이나 정치적 파업에서 생각해 보십시오. 혁명적 프롤레타리아가 계급의식을 갖춘 여성들에서 강화될 수 있다니. 물론 우리가 그들을 끌어들이고, 그들을 우리와 함께 할 수 있게 할 수 있다면, 우리가 성취할 것은 원대할 것입니다. 부족할 것이 없게 될 것입니다. 그러나 당신은 다음 몇 가지 질문에 대해서는 뭐라고 답변을 할 것인가요? [각국의: 역자] 정부들은 아마도 이 대회의 이념에 대해서 심하게 싫어할 것이고, 이를 막으려고 할 것입니다. 그들이 잔혹한 폭력으로 이를 막으려고 하지는 않더라도 말입니다. 그들이 하는 것이 뭐든지 당신을 두렵게 하지는 않겠지요. 그러나 당신은 여성 공산주의자들이, 위원회들과 대회 그 자체에서 부르주아와 개혁주의자들의 대표자들이 수적으로 많고 그들의 물어볼 필요도 없이 풍부한 경험에 의해 압도되는 것이 걱정되지 않습니까? 그 외에도 가장 중요한 것은 공산주의자 동지들의 맑스주의 학습 상태에 대해 확고하게 신뢰하고 있습니까? 그리고 이들 중 선발될 수 있는 그룹이 명예롭게 이 전투에서 승리할 수 있다고 확신하고 있습니까?"

나는 레닌에게 각국 정부들이 대회에 대해 철권을 사용할 것 같지 않다고 답했다. 음모들과 야비한 공격은 오히려 우리 편에서는 환영할 만한 일이다. 우리 공산주의자들은, 비공산주의자들의 수적 우월성과 경험은 사적 유물론의 과학적 우월성의 학습과 사회적 문제의 해결, 우리가 해결하기 바라는 요구하는 것에 대한 인내, 그리고 마지막이지만 중요한 것은 러시아 혁명에서의 프롤레타리아의 승리와 여성해방 활동에서의 근본적인 성취를 언급하면서 그들보다 훨씬 잘 대응을 할 수 있다. 우리 동지들 일부의 약함과 훈련 부족, 그들의 경험 부족은 계획된 준비와 팀워크에 의해서 보상받을 수 있을 것이다. 이런 점에서 나는 러시아의 여성 동지들이 가장 잘할 것을 기대한다. 그들은 우리 방진(Phalanx)[21)에서 강철 핵심을 형성해 줄 것이다. 그들과 함께라면 대회보다 더 위험한 격전에서도 침착하고 용감할 수 있을 것이다. 그 외에, 만약 우리가 투표에서 패배할지라도 우리가 싸웠다는 사실은 공산주의를 전면에 위치시켜 줄 것이고 거대한 선동 효과가 있을 것이다. 나아가 이어지는 활동에서 출발점들을 우리에게 선사해 줄 것이다.

사회민주주의 여성운동가들과 부르주아 여성운동가들

레닌은 호방하게 웃었다.
"당신은 어떤 러시아 여성 혁명가보다도 더 열정적이군요. 예 맞아요. 오래된 사랑은 잊혀질 수가 없습니다. 당신이 맞다고 생각합니다. 패배할지라도 강고한 투쟁 이후에는 얻는 것이 있습니다. 노동 여성들 사이에서 미래에 성취할 것의 기반을 준비하게 될 것입니다. 모든 면을 고려해 보면, 시도해 볼 만한 가치가 있습니다. 전적인 실패라는 것으로 아마 드러날 수는 없을 것입니다. 그러나 당연히 나는 승리를 희망하고 당신이 성공할 것을 내 마음속 깊이 바랍니다. 이는 우리의 힘을 상당히 증가시켜 줄 것이고 우리 전선을 넓혀 주고 강화시켜 주고 우리 계급에 생명을 불어넣어 주고 그들을 움직이게 할 것입니다. 이는 언제나 유효한 것입니다. 더 나아가 대회는 부르주아

---

21) 고대 그리스의 밀집 방진(方陣). '각이 나오게' 한 줄씩 서서 방패로 움직이는 성을 만들고 공격도 규율 있게 하는 그 자체로 움직이는 성이다. 영화 ≪300≫에서 스파르타인들이 보여준 방어·공격 방법을 생각하면 된다.

개혁주의자 친구들의 진영에 불편함과 불확실함과 모순과 충돌을 조장하고 증가시켜 줄 것입니다. 일이 잘 풀린다면, 누가 '혁명의 하이에나(Hyena)[22]'같이 그들의 밑에 붙으려고 애를 쓸 것인지 바로 짐작할 수 있습니다. 그들은 샤이데만, 디트만과 레기엔[23] 같은 최고 지도자들 밑에 있는 용감하고 잘 훈련된 여성 사회민주주의자들, 교황에게 축복받거나 루터파인 신실한 크리스찬 여성, 추밀관의 딸, 새로이 임명된 참의원의 부인들, 영국의 평화주의자 같은 숙녀들과 열렬한 프랑스 여성 참정권자들일 것입니다. 대회는 부르주아 세계의 혼란과 몰락을 보여 줄 것입니다! 희망 없는 상황의 초상이 될는지도! 대회는 분열을 더해 주어서 반혁명세력의 힘을 약화시킬 것입니다. 우리 적들의 힘의 약화는 우리 세력을 강화시켜 주는 것입니다. 나는 대회를 좋아합니다. 당신은 우리의 든든한 지원을 받게 될 것입니다. 자 시작하십시오. 투쟁에서 좋은 운이 있기를 바

---

22) '내부의 배반자'란 의미로 받아들이면 된다. 하이에나는 뭐든지 먹어 치운다. 먹이를 먹고 나면 털이 뱃속에 엉킨 덩어리를 토해 내고 털은 골라내어 가면서 토사물 중 먹을 만한 것을 다시 먹고, 피가 뿌려진 풀까지 먹어 치우며 자기 배설물과 다른 동물의 배설물까지도 먹어서 더럽다는 이미지도 강하지만, 팀워크로 목표물을 공격할 때도 자기편에게 상처를 입히는 것도 상관하지 않고, 종족이 죽으면 하루쯤 기다렸다가 시체를 먹어 치우기에 '자기 먹이를 위해서라면 뭐든지 하는 더러운 배반자'란 의미로 사용이 된다.
23) 독일의 개혁주의자들의 대표적인 인물들로, 샤이데만(Scheidemann)은 1918년 독일 혁명을 무산시키는 데 모든 에너지를 다 쏟고 로자 룩셈부르크 등의 혁명 지도자의 사냥에 나섰던 사회민주당의 대표이며, 레기엔(Legien)과 디트만(Dittmann)은 노동운동 지도자들로 이 사회민주당을 지원하였다.

랍니다."

우리는 독일의 상황, 특별히 임박한 구 스파르타쿠스단과 독립 좌파들[독일 독립사회민주당24): 역자] 간의 통합 대회에 대해 논의했다. 잠시 후 레닌은 그가 지나가야 하는 방에서 몇몇 동지들과 다정한 인사를 주고받으면서 서둘러 떠났다.

쇠는 뜨거울 때 두드려야 한다

나는 많은 기대를 가지고 이 일을 준비했다. 그러나 대회는 잘 진척되지 않았다. 쏘비에뜨 러시아 밖에서 여성 공산주의 운동의 최대 다수를 차지하는 독일과 불가리아의 여성 공산주의 지도자들이 대회를 소집하는 것을 단호하게 반대했기 때문이다.

내가 이 사실을 레닌에게 알렸을 때 그는 이렇게 답했다.

"유감입니다. 정말 유감입니다! 이 동지들은 여성 대중을 위해 새롭고 보다 나은 관점을 가지게 하고 따라서 그들을 프롤

---

24) Unabhängige Sozialdemokratische Partei Deutschlands(USPD). 독일 독립사회민주당은 1914년에 독일 사회민주당이 전시 국공채 발행에 찬성표를 던지자 이에 반발하여 사민당을 탈당한 이들이 만든 소수 정당이다. 이들의 분리 이후 기존 사회민주당을 "다수파 사회민주당(MSDP)"라고 불렸다. 독립사회민주당은 독일 공산당(KPD)과 우익 세력 사이에서 다수파 사회민주당과 공산당 사이에서 차별점을 찾지 못하고 성격이 애매해 지지 기반을 상실했고 일부는 공산당으로, 일부는 다수파 사회민주당으로 복귀하면서 소멸했다.

레타리아의 혁명적 투쟁에 끌어들일 좋은 기회를 놓쳤습니다. 누가 가까운 미래에 이런 좋은 기회가 다시 주어질 것이라고 말할 수 있겠습니까? 쇠는 뜨거울 때 두드려야 합니다. 그러나 과업은 남아 있습니다. 당신은 자본주의가 극빈으로 밀어 넣고 있는 여성 대중에게 도달할 길을 찾아야 합니다. 당신은 이를 위해 모든 것을 찾아보아야 합니다. 이 긴박한 과제는 적당히 넘어갈 수 없습니다. 공산주의 지도력 하의 대중의 조직적인 활동이 없다면 자본주의에 대한 승리도 공산주의의 건설도 없습니다. 지금까지도 잠들어 있는 여성 대중들은 이제 움직여야 합니다."

레닌 없이 지낸 일 년

혁명적 프롤레타리아가 레닌 없이 지내는 시간이 일 년이 흘러갔다. 그의 이상의 강력함이, 지도자로서의 천재성이, 그를 잃은 것으로 인한 손실이 얼마나 큰 것인가가 드러났다. 일 년 전 레닌이 통찰력 있고 뚫어 보는 듯한 그의 눈을 감았을 때 일제히 울린 포탄은 그 슬픈 시간을 알려 주었다. 나는 레닌이 쉬고 있는 곳으로 끝도 없이 이어지는 노동 대중의 추도 행렬을 본다. 그들의 애도는 나의 애도이며 몇 백만 인민의 애도이다. 나의 새삼스러운 이 슬픔은 고통스러운 현재의 퇴보를 만든 무수한 기억들을 내 마음에 불러일으키고 있다. 나는 레닌이 나와 대화를 나눌 때 레닌이 말한 단어 하나하나를 다시 듣고 있다. 그의 얼굴의 모든 변화를 보고 있다... 깃발들은 레닌의 무덤 앞에 내려져 있다. 혁명 전사들의 피로 물들은 깃발들이다. 월계수 화환들이 놓여 있다. 여분의 화환은 없다. 그리고 나는 이 화환들을 따라서 이 글을 놓는다.

이네사 아르망*에게 보낸 레닌의 편지**

* 이네사 아르망(Inessa Armand, 1874-1920). 이네사 아르망은 5명의 자녀를 두었으나, 직업혁명가로 평생을 살았다. 1904년 입당, 1905년 혁명 당시 첫 투옥이 되었고 여러 차례 투옥이 되었으나 아르한겔스끄 지역에서 유배 중 극적으로 유럽으로 탈출하여 활동을 하였는데 4개 국어에 능통한 것이 볼쉐비끼에게 큰 힘이 되었다. 1915년 제1회 국제 여성 대회의 조직자 중의 한 사람이었다. 혁명 후 러시아의 38개 위원회 중 가장 중요한 기구인 모스끄바 경제위원회 의장이 되었으며 러시아에서 발행하는 프랑스어 잡지 ≪인터내셔널 여성≫의 공동편집자였고 전 러시아 의회에서 표결권을 가진 모스끄바 쏘비에뜨 인민위원이었다. 1918년 6월 전 러시아 여성 노동자 대회의 조직위원으로, 예상했던 300명의 대의원 대신 1,147명의 여성들을 모아서 조직가로서 역량을 보여 주었고 1920년에는 중앙위원회 여성분과인 제노쩰의 의장이 되었는데 당시 제노쩰은 법을 제정하는 권한도 가지고 있을 정도로 막강하였다. 그러나 1920년 2월 콜레라가 걸린 후, 과로로 인한 몸이 견디지 못하여 사망하였다.

** 번역 대본으로는 http://listserv.cddc.vt.edu/marxists/archive/lenin/works/1915/jan/17.htm과 http://listserv.cddc.vt.edu/marxists/archive/lenin/works/1915/jan/24.htm을 사용하였으며, *Lenin Collected Works*, Vol. 35, Progress Publishers, 1976, Moscow, pp. 180-185에 수록된 글들의 온라인 버전이다. 이네사는 1915년 노동 여성을 위한 팜플렛 집필을 계획하고 그 초안을 레닌에게 보내 의견을 구했다. 그 내용 중 '자유연애'에 관한 부분에 대한 답변을 레닌으로부터 받았는데, 본 내용은 이것을 번역한 것이다. 원문의 이탤릭체는 볼드체로 강조 표시하였다.

이네사 아르망에게 (1915년 1월 17일)

Dear Friend[1)]

나는 당신에게 가능한 한 자세하게 팜플렛 계획을 적을 것을 권고합니다.[2)] 만약 그렇지 않으면 많은 것들이 불투명합니다.

내가 지금 여기서 표현해야 할 하나의 의견은 다음과 같습니다.

3장의 "(여성의) 사랑의 자유를 위한 요구"는 폐기할 것을 권합니다.

이것은 프롤레타리아의 것이 아니라 부르주아의 요구입니다.

결국, 이러한 구절들로 당신이 이해한 것은 무엇입니까? 무엇이 이해될 수 있습니까?

1. 연애에 있어서 물질적(재정적) 계산에 대한 자유?
2. 동일한 내용인 물질적 걱정으로부터의 자유?
3. 종교적 편견으로부터의 자유?
4. 아버지 등에 의해 금지된 것으로부터의 자유?
5. "사회"의 편견으로부터의 자유?
6. 개인의 환경(농민, 소부르주아, 부르주아 지식인)에 놓여 있는 좁은 상황으로부터의 자유?
7. 법, 재판장, 경찰의 족쇄로부터의 자유?

---

1) [레닌 저작집 편자의 주] 레닌은 이 러시아 편지에서 Dear Friend는 영어로 썼다.
2) [레닌 저작집 편자의 주] 이네사 아르망의 노동계급 여성들을 위한 팜플렛 작성에 대한 계획을 말한다. 이 팜플렛은 인쇄되지 않았다.

8. 사랑의 주요한 구성 요소로부터의 자유?

9. 임신으로부터의 자유?

10. 간통 등으로부터의 자유?

나는 많은 문제점들을(물론 전부는 아닙니다) 들어 보았습니다. 당신이 맘에 두고 있는 것은 물론 8에서 10까지가 아니라 1에서 7까지거나 이와 유사한 문제라고 봅니다.

그러나 1에서 7까지는 당신은 다른 단어들을 선택해야 합니다. 왜냐하면 "자유연애"는 이 개념들을 정확히 표현하지 않기 때문입니다.

당신이 바라는 것은 아니겠지만 대중, 팜플렛을 읽을 독자들은 "자유연애"를 보편적으로 8에서 10까지의 문제들로 분명히 이해할 것입니다. 근대 사회에서 가장 구설수가 많고 시끄럽고 "두드러지는" 계급들은 "자유연애"를 8에서 10까지의 문제로 이해합니다. 그 이유는 이것은 프롤레타리아의 요구가 아니라 부르주아의 요구이기 때문입니다.

프롤레타리아에게 있어서는 1에서 2가 가장 중요하고, 그 다음으로는 1에서 7까지 중요합니다. 그리고 이것들은 사실은 "자유연애"가 아닙니다.

중요한 문제는 당신이 **주관적**으로 의미하는 바들이 아니라 사랑에 있어서 계급관계의 **객관적 논리**입니다.

Friendly Shake hands![3]

W. I.[4]

---

3) [레닌 저작집 편자의 주] 이 부분 또한 영어로 썼다.
4) Vladimir Ilyich Lenin 중 Vladimir Ilyich의 약칭이다.

이네사 아르망에게 (1915년 1월 24일)

친구에게

답장이 늦어진 것에 대해 죄송스럽습니다. 어제 하고 싶었지만 일들이 생겨서 앉아서 쓸 시간을 가질 수가 없었습니다.

팜플렛에 대한 당신의 계획에 대해서 나의 의견은 "자유연애에 대한 요구"는 불분명하고 당신의 의지와 바람(나는 여기에 대해서 객관적인 계급 관계와 관련되어야지 당신의 주관적 바람이어서는 안 된다고 강조했습니다)과는 상관없이 최근의 사회적 상황에서는 프롤레타리아적인 것이 아니라 부르주아의 요구가 된다고 하였습니다.

당신은 동의하지 않습니다.

좋습니다. 다시 한 번 이 문제를 보도록 합시다.

불분명한 것을 분명하게 하기 위해서, 나는 대략 10가지의 **가능한** (그리고 계급적 불화의 조건에 대해서, 불가피하게) 다른 해석들을 들었습니다. 1에서 7까지의 해석은 내 의견으로는 프롤레타리아 여성들에게는 전형적이거나 특징적인 것으로 들었고 8에서 10까지는 부르주아 여성의 것이라고 했습니다.

만약 당신이 여기에 대해서 논박을 하려면 (1) 이 해석들이 틀렸다(다른 것으로 교체되어야 하거나 또는 잘못된 것을 가리킨다). (2) 불완전하다(그렇다면 놓친 것을 더해야만 할 것입니다). (3) 그런 식으로는 프롤레타리아와 부르주아가 나누어지지 않는다.

당신은 (1), (2), (3)을 하지 않았습니다.

당신은 1에서 7까지의 요점들을 전혀 건드리지 않았습니다. 그렇다면 당신은 이것들이 (전부) 맞다고 받아들이는가요? (프롤레타리아 여성의 매춘과 그들의 종속성에 대해서 당신이 적은 것: "아니라고 말하기에는 불가능함"은 전적으로 1에서 7까지의 요점 안에 있습니다. 어떤 차이도 우리 사이에서는 전혀 감지되지 않습니다.)

당신이 이것은 **프롤레타리아의** 해석이라는 것을 부정하지 않았습니다.

그럼 남은 것은 8에서 10까지의 요점들입니다.

여기에서 당신이 "잘 이해할 수 없는" 것과 "반대"하는 것은, "자유연애와" 10번째 요점이 **"동일"**(!!??)한 것이 "어떻게 **가능한** 것인지 나는 이해할 수 없다"(이것은 당신이 적은 것입니다)는 겁니다...

그렇다면 **내가** "동일"시 하기에 당신이 **내게** 반박하고 **나를** 반대하는 것으로 보입니다.

어떻게 된 일입니까?

부르주아 여성들은 자유연애를 8에서 10까지로 이해합니다. 이것이 나의 테제입니다.

당신은 이를 부정합니까? 어떤 **부르주아 숙녀들이** 이해하는 자유연애를 말해 주시겠습니까?

당신은 말해 주지 않았습니다. 문학과 삶은 어떻게 부르주아 여성들이 이를 이해하는가를 **증명해 주었습니다.** 완전히 증명이 되었습니다. 당신은 암묵적으로 이를 승인했습니다.

만약 그렇다면, 요점은 그들의 계급적 지위입니다. **이것들을**

반박하는 것은 거의 불가능하고 천진난만하기까지 한 것입니다.

당신이 해야 할 것은 이를 분명하게 **분리해 내고**, **대조시키는** 것입니다. 프롤레타리아의 관점으로 말입니다. 객관적 사실을 고려해야 합니다. 그렇지 않으면 **그들은** 당신의 팜플렛에서 적당한 구절들을 끄집어내어서 그들의 방식으로 해석할 것입니다. 당신의 팜플렛을 아전인수 격으로 해석하고, 당신의 개념들을 노동자들 앞에서 왜곡해서 노동자를 "**혼란**"스럽게 할 것입니다(아마도 **당신이** 노동자들에게 너무나 **생소한** 개념들을 그들의 마음에 심어 주고 있다는 우려를 줄 것입니다). 그리고 그들의 손에는 이를 기사화할 신문들도 있습니다.

그런데 당신은 완전히 이런 객관적이고 계급적 관점을 버리고 **나에** 대해서 "공격"을 합니다. 마치 내가 자유연애와 8부터 10까지의 요점을 "동일"시하고 있는 것처럼... 기이한, 정말로 기이할 따름입니다...

"찰나의 열정과 통정이라도"(저속하고 천박한 부부들의) "사랑이 없는 키스들"보다는 "좀 더 시(詩)적이고 분명"합니다. 그것이 당신에게 내게 적어 보낸 내용입니다. 그리고 당신의 팜플렛에서 당신이 적으려고 하는 것입니다. 아주 훌륭합니다.

대비는 논리적으로 되었습니까? 저속한 커플들의 사랑이 없는 키스들은 **더럽습니다**. 그들과 대비되어야 하는 것은... 무엇일까요?... 사랑이 있는 키스들에 대해 생각해 봅시다. 당신은 그것들을 "덧없는"(왜 덧없어야 하나요?) "열정"(사랑은 안 되나요?)과 대조했습니다. 그래서, 논리적으로 사랑이 없는 키스들(덧없는)은 결혼한 부부들의 사랑이 없는 키스로 대비되었습니다... 이상합니다. 대중 팜플렛을 위해서는, 속물들-지식인-농민 (내 생각으로는 그것들은 내 요점의 5나 6에 있습니다)의 사랑이 없는 저속하고 더러운 결혼과 사랑이 있는 프롤레타리아의 시민혼[5](덧붙이자면, **만약 당신이 전적으로** 이런 덧없는 통정과 열정을 **주장한다면** 이 역시 더러울 수도 있고, 깨끗할 수도 있습니다)을 대비하는 것이 낫지 않나요. 당신이 도달한 것은 계급 **유형들**의 대조가 아니라 과정으로서 일어날 수도 있는 "사건"과 같은 것입니다. 그러나 왜 특정한 사건들의 문제입니까? 당신이 사건의 제재(題材)로 결혼에서의 더러운 키스들이라는 개인적 경우와 덧없는 통정에서의 순수함을 취한다면 소설에서의 제재로 활용되어야 하는 것입니다(왜냐하면 소설에서는 **개인적** 상황의 모든 **핵심**은 **성격** 분석과 **특별한** 전형들의 심리학이기 때문입니다). 그러나 팜플렛에서는?

당신은 케이[6]에게서 가져온 적절하지 못한 인용에 대한 나의

---

5) 제정일치 사회에 가까웠던 혁명 이전의 러시아에서 결혼된 부부로 승인받는 것은 러시아 교회에서 인정하는 교회혼의 과정을 거쳐야만 가능했다. 1917년 10월 혁명이 일어나고 6주 뒤인 1917년 12월 18일 "민사혼, 자녀 및 호적부 시행에 관한 법령"이 발표되었는데 "러시아 공화국은 앞으로 민사혼만을 인정할 것이며, 시민들이 행하는 교회혼은 결혼 당사자들의 개인적인 일로 여겨질 것이다"라는 것과 호적부의 실행을 통해서 교회의 영향력을 완전히 배제시키는 것이 주요 내용이었다. 레닌이 이 편지를 적던 1915년에는 프롤레타리아트 내에서는 교회에 가지 않고 사실혼 관계로 사는 많은 남녀들이 있었고, 레닌은 이를 시민혼(civil marriage)이라는 개념 안에 포괄하였다. 쏘련의 가족법에 관련된 참조 문헌은 남석주, "소비에트 정권 초기의 가족법 변화", 《사총》 제51권 1호, 고대사학회 편, 2000, p. 87을 참조하라.
6) 홍창수, "서구 페미니즘 사상의 근대적 수용", 《상허학보》 제12집

생각을 잘 이해했습니다. 당신이 그것이 "사랑의 교수들"로서의 역할로서는 "어리석게" 나타난다고 했을 때, "덧없음의 교수들"은 어떤 역할인가요?

정말로, 나는 논쟁들에는 개입하고 싶지 않습니다. 나는 이 편지를 밀쳐 두고 우리가 함께 만나서 이야기할 수 있을 때까지는 논의들을 연기할 생각입니다. 그러나 나는 팜플렛이 훌륭하게 나오기를 바랍니다. 그 구절들을 찢어서 당신을 불편하게 하는 사람이 **아무도 없기**를(이따금 **한 구절**이 전체를 버리게 할 수도 있습니다), 당신을 잘못 해석하는 사람이 **없기**를 바랍니다. 내가 여기에서 확신하는 것은 또한 당신이 "바라는 것 없이"라고 적은 의미입니다. 그리고 내가 당신에게 이 편지를 보내는 오직 하나의 이유는 이 편지들을 읽고 대화를 나중에 하는 것보다는 당신이 계획을 아주 세밀한 부분까지 잘 검토하는 것입니다. 당신도 알다시피 이 계획은 아주 중요한 것입니다.

당신은 프랑스 사회주의자 친구가 있습니까? 내 요점 1부터 10까지를 번역하고(영어에서 번역된 것처럼) 당신의 "덧없음" 등에 대해서는 표시를 같이 해서 가능하다면 그녀의 반응을 주

(2004. 8. 30.)을 참조하면 당시 사회주의자들이 부르주아 여성 계몽 운동에 대해서 가졌던 생각 일반을 알 수 있다. 홍창수의 글은 일제 강점기 우리나라에 들어온 서구 페미니즘 사상의 양상과 특성을 고찰하고 소개된 사상가들 중 대표적인 여성 사상가였던 엘렌 케이와 알렉산드라 꼴론따이의 페미니즘 성격과 그들의 페미니즘이 어떻게 수용되어 의미화되었는가를 구명한 글이다.
[레닌 저작집 편자의 주] 엘렌 케이(Ellen key, 1849-1926)는 스웨덴 작가로 ≪아이의 시대(*Barnets Arhundrade*)≫(1900)라는 교육학 책으로 거론이 많이 되었다. 그녀의 교육학에 대한 시각은 신비주의와 개인주의에서 심각하게 영향을 받았다.

의 깊게 보고 들으세요. **국외자**가 말할 것과 그들의 인상이 뭐가 될 것인지, 그들이 팜플렛에서 무엇을 기대하는지에 대한 작은 실험들이 있어야 합니다.

악수를 합니다. 당신 두통이 좀 더 줄고 빨리 회복하기를 바랍니다.

V. U.[7]

P. S.

바우기[8]에 대해서는 나는 모릅니다. 아마도 my friend[9]가 너무 많은 것을 약속했나 봅니다. 그러나 무엇을? 나는 모르겠습니다. 그 일은 연기가 되었고... 갈등도 연기가 된 것이지 없어진 것은 **아닙니다**. 우리는 싸우고 또 싸워야 합니다!! 우리가 그들을 설득하여 단념시키는 것이 가능할까요? 당신의 의견은 어떠한가요?

---

7) Vladimir Ilyich Ulyanov의 약칭으로 레닌의 본명이다. 사적인 친밀함을 보여 주는 편지임을 알 수 있다.
8) 이네사 아르망은 부하린이 중심이 된 바우기(Baugy) 그룹에 속해 있었다. 여기에서 my friend는 이네사를 의미한다.
   [레닌 저작집 편자의 주] 바우기 그룹(엔. 이. 부하린, 예. 에프. 로즈미로비치, 엔. 베. 끄릴렌꼬)에 의해서 중앙조직과는 별개로 신문을 독자적으로 내려는 시도가 일어나고 있었다. 이 그룹은 스위스의 바우기(Baugy)라는 도시에서 이름을 가져왔고 거기에 본부가 있었다. 레닌은 때마침 이 프로젝트를 알게 되었는데, 이 그룹은 이네사 아르망이 신문 보급을 맡아 줄 것을 제안했었다. 레닌은 작은 신문들의 발행에 반대했었다. "중앙조직과 새 신문"문제는 베를린에서 1915년 2월 27일부터 3월 4일까지 열린 러시아 사회민주당 회의 전에 제시되었다. 총회는 레닌의 노선이 옳다고 결정하였다.
9) [레닌 저작집 편자의 주] 이 단어는 영어로 썼다.

알렉산드라 꼴론따이의 생애*

1872년 4월 상뜨 뻬쩨르부르크에서 태어났다. 그녀의 어머니는 두 딸과 한 아들을 첫 남편에게서 가지고 있었지만 이혼 수속이 끝나기도 전에 두 번째 남편이 될 미하일 도몬또비치와 함께 꼴론따이를 낳아 '사회적 선언'을 출산을 통해 실천한 1860년대의 신여성이었다. 그녀의 아버지는 아이들에게 그들의 외할아버지가 천한 신분의 농부 출신이었다는 것을 잊지 않도록 교육을 했으며 꼴론따이에게는 영국인 유모를 붙여 일곱 살이 되기 전 영어와 불어, 독어를 구사할 수 있도록 하였다. 꼴론따이는 결혼 이후에 혁명운동에 뛰어들어 멘쉐비끼로 출발을 했다가 1914년에 볼쉐비끼에 합류하게 된다.

1917년 4월 레닌이 스위스로부터 망명에서 돌아와 사회주의자들에게 임시정부에의 참여를 철회하고 모든 권력을 쏘비에뜨로 집중하라는 "4월 테제"를 발표한 직후에는, 이를 유일하게 지지하는 볼쉐비끼는 꼴론따이밖에 없었으며 그녀는 정열적으로 대중들 사이에서 이를 선동하여 10월 혁명을 여는 데 공헌을 하였다.

8월 께렌스끼 임시 정부에 의해 독일첩자로 체포되었다. 투옥 당시 발뜨 함대의 쏘비에뜨 수병들은 "발뜨 함대의 수병들은 꼴론따이 동지를 환영합니다"란 쪽지들과 함께 그녀에게 하

---

* 이 글은 기획자가 쓴 것이다.

얀 식빵과 소시지, 통조림, 버터, 달걀, 꿀 등을 선물했다. 막심 고리끼와 기술자 레오니드 끄라신이 5000루블의 보석금을 주고 그녀를 석방시켜 주면서 그녀가 중앙위원회의 위원으로 되었다는 소식을 전해 주었다.

1917년 4월에서부터 러시아 혁명 이후 최초의 여성중앙위원이 되었던 이 시기가 그녀의 생애에서 가장 빛나는 시간들이었다. 그녀의 생애는 그녀가 쓴 소설들이나, 노동자 반대파로 활동하던 시기가 아니라 이 시절의 공헌만으로도 충분히 존경을 받을 가치가 있다.

1918년 다치고 가난했지만 오갈 데 없는 상이군인들을 수용하기 위해서, 후생성 인민위원회의 위원 자격으로 넓은 부지와 땔감이 풍부했던 알렉산드르 네프스끼 수도원을 접수하기로 했다. 이를 위해 해군업무 인민위원이었던 연인 디벤꼬에게 수병 파견을 요청했는데, 수도원을 접수하는 과정에서 총격전이 벌어져 사상자들이 발생하게 되었다. 정부는 꼴론따이의 포고령을 철회시키고 수도원을 접수하지 말라고 했지만, 이로 인한 러시아 인민들의 가두시위와 볼쉐비끼에 대한 러시아 정교회의 파문을 막을 수는 없었다. 레닌은 꼴론따이에게 자의적인 정책 결정은 허용되지 않는다고 했다. 당시 혁명 직후 허약했던 볼쉐비끼 정권으로서는 대부분의 인민들이 아직도 종교의 절대적 지배하에 있는 것을 충분히 감안하고 있었고 종교와의 전쟁이라는 또 다른 내전을 원하지 않았기 때문이었다.

브레스뜨-리또프스끄 조약에서 꼴론따이는 반대파의 선두에서 있었고, 비타협적인 좌익 활동으로 정치적 배제의 원인을 스스로 만들기 시작했다.

1920년 1월부터 당과 노동조합의 관계가 논의가 되면서 볼쉐비끼 내부의 사상투쟁이 격렬하게 진행이 되었는데 꼴론따이는 '노동자 반대파'의 대표적인 선전·선동가로 활동을 시작한다.

러시아 혁명 이후 내전이 쏘련 전역에서 터져서 볼쉐비끼와 러시아 혁명을 지지하던 노동자들이 전선에서 죽어 가고 있을 때, 노동자 반대파들은 내전이라는 특수한 상황을 무시하고 '원론'을 내세운 것이다. 쏘련에서 혁명 그 다음 해인 1918년부터 시작된 내전은 쏘련 내 좌·우의 대립이 아니었다. 제국주의의 지원을 받는 백군과의 내전은 러시아 전역에서 일어난 국제전이었다. 10여 차례 쏘련 전역에서 동시 다발로 일어나는 내전을 일으킨 주체와 시기를 나열해 보면 1) 제니낀-끄라스노프 일파(1918년-1919년) 2) 영국, 미국 그리고 백군(1918년-1919년) 3) 체코와 백군(1918년-1919년) 4) 까자끄군(1918년) 5) 영국군과 터어키군(1918년) 6) 프랑스군과 영국군(1918년) 7) 유제니치와 동맹국(1919년) 8) 꼴챠끄(1919년-1920년) 9) 브란겔(1920년) 10) 삐우스드스끼(1920년)이다. 내전에 패배한다는 것은 쏘비에뜨 러시아를 러시아 혁명 이전의 시기로 돌리는 것만이 아니라 참여한 제국주의 국가들의 식민지가 된다는 것이었다. 내전 당시 한곳에서 제국주의와 그와 결탁한 백군을 몰아내어도, 다른 곳에서도 올라오는 또 다른 제국주의가 또 다른 백군과 결탁하여 내전을 일으키는 그 양상이 히드라와 같다고 하여, 러시아 프롤레타리아는 히드라로 제국주의와 자본주의를 형상화하였고 붉은 군대의 상징은 히드라를 물리친 헤라클레스였다.

〈그림〉 제국주의 백군 연합군인 히드라와 싸우는
붉은 군대 헤라클레스에 대한 내전 당시 이미지

* 하이너 뮐러는 그의 작품 "헤라클레스"에서 히드라와의 전투에서 히드라의 불멸성에 대항하기 위해서, 히드라에 의해 육체가 파괴될 때마다 죽은 동지들의 육체가 남긴 성한 일부로 자신을 재조립하여 싸우는 노동자의 단결의 상징으로 헤라클레스를 형상화했다.

 지속되는 없애기 가운데 항상 새롭게 그의 가장 작은 부품으로 소급되어, 지속적인 재조립 가운데 그의 파편들로 항상 새롭게 조립되면서, 때때로 그는 잘못 조립되었다. 왼손은 오른편 팔에, 엉덩이뼈가 상박뼈에, 서두름으로 아니면 부주의로, 아니면 그의 귀에 대고 노래한 목소리들에 의해 혼란스러워져서, 목소리들의 합창 한도를 '벗어나지 마' '화풀이를 해' '포기해' 또는 항상 같은 팔에 달려 있는 같은 손을 항상 자라나는 촉수 말려 수축시킨 적의 머리들 스탠드칼라를 잘라 내는 것이 그에겐 지루했기 때문에, 잘라진 끄트머리들을 세우기, 피로 만들어진 기둥; 때때로 그는 무(無)에 대한 희망으로 완전히 없애기를, 그리고 끝없는 휴식을 탐욕스럽게 기다리면서 자기의 재조립을 지연시켰다, 또는 그가 머무는 곳이었던 그 동물을 완전히 없애는 것을 통해서만 쟁취할 수 있는 승리에 대한 두려움으로, 그 밖에 어쩌면 무(無)가 그를 기다렸는지도, 아니면 아무도 기다리지 않았는지도 몰랐다, 결전의 시작을 알리는 하얀 침묵 속에서, 매번 바라보고 붙잡고 걸을 때마다 자기 자신이었고, 그렇기를 멈추

1917년 10월 혁명은 혁명의 완료가 아니라 혁명의 시작이었고 내전 이후에서야 볼쉐비끼는 권력을 어느 정도 안정시킬 수 있었다. 내전에서 무수한 노동자들이 전사하고 있을 때, 전시 상황을 고려하지 않고 '자율'을 주장하는 '노동자 반대파'가 있었지만 볼쉐비끼는 내전에서 승리를 거두었다.

이 내전으로 인해 쏘련은 노동계급의 다수를 잃게 되어 내전 이후에도 쏘련은 힘든 상황에 있었다. 이런 상황을 뒤늦게야 인식하고 꼴론따이는 노동자 반대파의 선동자로 활동했던 것에 대해서, 이 논쟁 자체가 내전 상황에서 진행되는 것이었기에 내전의 실질적 전투 지도부였던 당과 분리된 완전한 노조의 '자율'을 주장하는 것은 문제가 있었다고 후에 스스로 자기비판

었었고, 또다시 다른 것이었던 기계의 항상 다른 설계도를 읽는 법을 배웠다. 그리고 그는 그것을 생각했고 변화시켰고 자기 일과 죽음의 자필로 그것을 썼다.

원문은 브레히트 학회의 홈페이지인 http://brecht.german.or.kr/jboard/?p=detail&code=Hw_board_03&id=16&page=1에서 볼 수 있으며 이 산문 외에 희곡 자체에 대한 해설은 하이너 뮐러를 국내에 소개한 이창복 교수의 《하이너 뮐러 문학의 이해》, 한국외국어대학교 출판부, 2001, p. 157에서 볼 수 있다. 리얼리즘에 대해 등을 돌리고 새로운 사상이라고 낡은 사상을 재포장하는 이들이 많은 21세기 초에도 이런 노작을 내는 학자도 있는 것이다.

그런데 제국주의의 상징이었던 히드라를 저항의 상징으로 내세우는 사람들도 있다. 네그리의 자율주의, 상황주의 등을 이야기하는 사람들이 바로 그들이다. 이들은 쏘련 붕괴에 열광했으면서도 현재 러시아에서만 한 해 5만 명이 생활고로 자살을 하는 것에 대해서는 입을 다물고 있다. 표현을 위해서 상징을 무엇으로 도입해도 되는 것이기는 하나 러시아 혁명사를 공부했던 이들이 모를 리 없을 것인데 왜 제국주의를 상징했던 히드라를 출판사 로고로까지 가져갔을까?

을 한다.

1922년 10월 노르웨이 공사로 임명되면서 그녀는 세계 최초의 여성 대사라는 명예를 받게 되나 러시아 국내 상황과는 거리가 멀어지게 된다.

1926년 귀국 직후 가족법 개정을 둘러싼 투쟁에 들어가서 가족을 위한 '일반보험기금의 창설'과 '혼인 계약서의 작성'등을 주장하게 된다. 혁명 이후에도 '가족의 소멸'과 '신여성'에 대한 논의는 지속될 수밖에 없었기 때문이다.

이후 그녀는 멕시코와 스웨덴에서도 대사로 활동을 하였다. 1942년 뇌일혈로 쓰러졌다. 그러나 다시 일어선 후 얼굴 일부와 왼손이 마비된 채 휠체어를 타고 외교 업무를 수행했다. 러시아와 핀란드 간의 전쟁을 막으려고 노력했으며 2차 대전 중에는 독-쏘 협정의 전망에 대한 암담한 견해를 발표하여 당시에는 비판을 받았지만 외교관으로서 뛰어난 국제정치 감각을 보여 주는 등 정력적인 활동을 지속적으로 수행해 나갔다.

1952년 꼴론따이는 80세로 사망하였다. 다음 해인 1953년 스딸린이 75세로 사망함으로써 1917년 러시아 혁명 1세대의 막은 내렸다.

역자 해제

≪위대한 사랑≫은 1905년 러시아 혁명 실패 후, 해외로 망명했던 러시아 혁명가들의 일상을 배경으로 하고 있다. 이 소설은 1905년 러시아 혁명에 대한 이해가 없더라도 보는 것에 문제가 없다. 심지어 이들이 혁명가라는 것이 소설에서 드러나지 않더라도 이 소설의 내용을 이해하는 데 어려움이 없을 것이다. 평범한 직장 생활이나 일상에서도 언제든지 느낄 수 있는 것이기 때문이다. 100년 전에도 남녀평등을 실천하고자 했던 혁명가들 사이에서도 양성평등 문제는 심각하다는 것을 알 수 있다.

100인 위원회와 민주노총 성폭력 사건을 우리는 기억하고 있다. "진보 진영의 단결과 대의를 보호한다는 고려 속에서 가해자의 행위를 덮어 버리고 피해자의 정신적 고통만을 가중시켜 왔다는 쓴 경험에서 나온"(운동사회 성폭력 뿌리 뽑기) "100인 위원회의 고뇌와 결단은 과거 운동사회의 성폭력이 항상 진보 진영의 단결과 대의를 보호하는 고려 속에서 결국 가해자의 행위를 덮어 버리고 오히려 피해자의 정신적 고통만을 가중시켜 왔다는 쓴 경험에서 나온다. 결과적으로 가해 남성들은 유능한 운동가로서 운동사회에 남고 피해 여성은 실의 속에 운동사회를 떠나게 되는 전도된 결과로 끝났다. 여성들에게 이런 경험은 완강한 절벽 그 자체였을 것이다. 100인 위원회의 방법에는 나 자신 당혹스러움을 금할 수 없다. 그러나 진정 운동사회의 성폭력을 뿌리 뽑기로 결심을 한다면 실효를 거둘 수 있는 처방은 이런 것밖에 없어 보인다"[1]라고 탄식 등이 나왔지만, 몇 년 후인 2008년 민주노총 성폭력 사건이 일어났을 때 100인 위원회가 준 교훈은 없었다. 이명박 정부와의 투쟁을 위해 사건을 덮자고 피해자를 무마하고 협박하는 2차 가해자들이 조직적으로 움직였다. 1905년 직후를 배경으로 하는 근 100년 전 소설인 《위대한 사랑》에서 제기한 근본적인 양성평등 문제의 해결은 현재도 진행 중이다. 포스트 모더니즘 시대의 정치철학자의 글을 추종하며 '다자사랑'을 주장하는 부류들도 보았다. '다자사랑'같이 무늬만 평등한 성관계를 남자들이 주장하더라도 현실적으로 피해를 볼 성은 여성이다. '정권 타도', '다자사랑'을 진보와 대의로서 주장하고 있지만, 실상은 역겨운 성차별주의자들인 그들의 모습을 《위대한 사랑》을 통해서도 볼 수 있을 것이다. 《붉은 사랑》에서 볼쉐비끼 활동가 바샤가 무정부주의자 볼로쟈를 떠난 것처럼, 젊은 공산주의 노동자 나따샤는 공산주의 이론가 세냐를 떠났다.

"자매"는 러시아 혁명과 이어진 내전으로 거의 황폐화된 나라를 복구하기 위해 도입된 NEP(네쁘)가 가져온 양성 관계의 퇴보적인 결과에 대한 비판이다. 둘 다 공산당 당원으로서 NEP에 의해 그들의 삶이 분열된 한 젊은 커플에 대한 이야기이다. 내

---

[1] 서준식, "100인 위원회를 지지한다", 《한겨레》, 2001. 2. 1.

전으로 황폐화된 나라에서 공산당 당원이 경제적 궁핍에서 예외일 수는 없다. 여자는 고용 감축이 다가오자 그녀를 부양할 남편이 있다는 이유 때문에 그녀의 직업을 잃었다. 노동계급인 그녀의 남편은 부인이 실직해서 가사일을 좀 더 할 수 있다고 즐거워하면서 술 마시고 외박을 하는 등 타락한 부르주아 환경 속으로 빠져들기 시작했다. 어느 날 밤에는 집으로 매춘 여성을 데리고 왔다. 부인이 있다는 것을 모르고 따라온 그녀는 아내에게 사과했다. 그 두 여자가 공통된 '여성들의 언어'를 찾고 말하고 있는 동안 남편은 술에 취해 자고 있었다. 새벽에 매춘부가 떠난 후 아내는 집을 나가기로 결정하고 그녀를 찾아 나섰다. 각자가 자신의 생활비를 벌기 위해 단 하나의 수단에만 의존해야 했던 근본적인 이유는 무엇이었을까? 그들이 자매, 즉 실업 노동 여성들이기 때문이다. 루쉰은 사회가 바뀌지 않는 한 '노라가 집을 나가 보아야, 갈 곳은 매음굴'밖에 없다고 냉혹하게 《인형의 집》의 한계를 지적했었다. 이 단편소설을 통해서 우리는 꼴론따이가 성매매에 단호히 반대하고 있으며 성매매의 근본적인 문제를 여성의 실업으로 보고 있는 것을 알 수 있다.

이 책의 출판 이후로 "성 노동자 운동"의 대모로 꼴론따이를 이용하는 일은 이제 없었으면 좋겠다. 성 노동자 운동을 하시는 분들이라면 2013년 5월 30일 독일의 《슈피겔》지에 실린 "매춘의 합법화는 어떻게 실패했는가(How Legalizing Prostitution Has Failed)"[2)]에 대한 답변 등을 하시는 게 꼴론따이를 끌어들이는 것보다 생산적으로 보일 것이다. 독일의 사민당-녹색당 연합정권이 2001년 성매매를 '전문적인 서비스업'으로 인정한 것은 직업인으로서 보호를 하기 위한 것이었다. 자율적 성매매 (autonomous sex trade) 주창자들은 이 법의 통과를 기뻐하였다. 그런데 성매매 합법화로 성매매 여성이 늘어나 가격경쟁이 치열해져서, 성매매 종사자들의 근무시간은 늘고 수입은 더 낮아졌고 인신매매 범죄 발생률은 더 높아졌다. 16세의 소녀가 매일 30명 이상을 상대하고 포주에게는 주 800유로를 주지만 월 몇 백 유로밖에 못 버는 상황이 되었다. 이와는 대조적으로 "성매매 종사자"의 처벌이 아니라 "성구매자를 처벌하는" 1999년의 스웨덴의 성매매 금지 정책은 효과적이었다. 성매매 횟수가 절반으로 줄었다. 스웨덴에서는 성구매자의 처벌을 통해 성을 사는 행위는 수치라는 생각을 갖게 되었으나, 독일과 네덜란드에서는 창문 뒤로 전시된 여성들을 대량생산된 상품으로 생각하게 한다는 것이다. 독일은 "자율적인 결정을 할 수 있는 성매매 여성의 권리"에 기반을 해 법을 만들었지만, 스웨덴은 "남녀의 평등"에 기반해 사회적으로 취약한 여성의 위치를 고려해서 입법을 했다. 두 나라 모두 여성의 인권이 중심이라는 명분을 걸었지만 각기 다른 정책을 시작했고 결과는 이렇게 달랐다. 2006년 핀란드는 포주를 위해서 일하거나 납치되어 성매매를

---

2) http://www.spiegel.de/international/germany/human-trafficking-persists-despite-legality-of-prostitution-in-germany-a-902533.html. 《조선비즈》에 이 연재 기사를 요약한 기사 "獨 성매매 합법화 10년…'성매매 할인마트'가 된 사연"(2013. 6. 20., http://biz.chosun.com/site/data/html_dir/2013/06/20/2013062004220.html)이 실렸으나 번역 오류가 있어서 원문을 볼 것을 권한다.

강요받는 여성의 성을 구매하는 경우에만 처벌한다는 입법을 했다. 그런데 구매 남성이 성구매 시 그것이 자발적인 성매매인지 아닌지 알 수 없어 처벌이 힘들었다. 따라서 매춘의 사회적 문제가 여전히 해결이 되지 않아서, 핀란드는 스웨덴 모델을 따라가려 하고 있다. "성 노동자 운동"을 하시는 분들은 ≪슈피겔≫지에 실린 이런 사례들에 대해서 답변을 하는 게 나을 것이다.

≪세 세대의 세 가지 사랑≫은 할머니, 어머니, 딸의 세 세대 간의 사랑에 관한 가치관이 바뀌는 것을 담고 있다. 이 소설이 꼴론따이가 무책임하고 고의적으로 난잡함을 옹호한다는 증거로 제시된다. 그렇게 해석할 수도 있을지 모르지만 더 주의 깊게 보아야 할 것은 1) 시대가 변화함에 따라 세대에 따라 사랑이라는 가치관이 어떻게 바뀌어 갔는가 2) 그럼에도 불구하고 세 세대를 다 같이 관통하는 것은 무엇인가이다. 꼴론따이가 소설에서 제기한 이 질문에 스스로 답하고자 노력한 것을 B. 판스워드의 글에서 찾아볼 수 있다.

"결국, 나는 아직 역사적 전환기에 성장했던 여성에 속한다. 많은 실망과 비극, 그리고 온전한 행복을 위한 끊임없는 욕구들과 함께 사랑은 아직도 내 인생에서 커다란 역할을 하고 있다. 너무나도 큰 역할을!" 디벤코와 헤어진 지 2년 후까지도 그녀는 감정적으로 고통에서 벗어나지 못하였다. 그리하여 그녀는 사랑에 대해 덧붙이기를, "그것은 귀중한 시간과 정력의 소비이자 보람 없는, 궁극적으로 전혀 무가치한 것이다. 과거 세대의 여성인 우리는 아직 어떻게 해야 자유로운지 이해하지 못했다."

궁극적으로 그녀는 여성들 간의 깊은 유대—예를 들면 그녀의 조야 샤두르스카야에 대한 사랑—가 성적인 사랑보다 가치 있고 영구적이라고 결론짓는다.[3]

독자들은 위의 꼴론따이의 의견과 일치하지 않을 수 있으나 '자매애'에 대한 강조는 누구나 고개를 끄덕일 수 있을 것이다.

"식민지 조선에서의 꼴론따이"는 역자가 식민지 조선에서 꼴론따이와 관련된 논쟁들을 모아서 편집한 것이다. 여기서 '꼴론따이의 붉은 사랑'이란 용어는 꼴론따이의 소설 중 ≪세 세대의 세 가지 사랑≫에 나온 게니야의 사랑으로 이해하면 된다. 식민지 조선에서도 지금의 한국과 마찬가지로 꼴론따이는 레닌의 "4월 테제"를 지지한 최초의 볼쉐비끼가 아니라 성 혁명을 주장하는 사람으로 오해되고 있었다. 이런 오해 여부를 떠나서 '꼴론따이의 붉은 사랑'을, 논쟁거리 중심으로 당시 진보적인 여성들의 생각을 들어 보는 것은 의미 있는 일이다.

이들은 대체적으로 남자에게 굴할 이유가 없다는 반응을 보인다. — "남자란 "저항력이 약하고 미련한 것"이라고 할까요. 여자에게는 남자의 이 배 삼 배의 고통을 갖고 있으나 그것을 "참어 내는 무기"가 있지만 남자의 정체를 본다면 "가여운 것" 그 하나뿐입듸다."(우봉운), "조선의 남성을 일반적으로 본다면

---

3) Beatrice Farnsworth, *Aleksandra Kollontai—Socialism, Feminism, and the Bolshevik Revolution*, Stanford University Press, 1980; 신민우 역, ≪알렉산드라 콜론타이≫, 풀빛, 1986, pp. 447-448.

거긔 어떠한 불만이라든가 그 횡폭에 대하야 말이 있을지 모르지만 나는 지금까지 남성을 내 손에 놀게는 하였으나 남성의 지배 밑에 속박을 받아 보지도 못했고 그 앞에 머리를 숙여 보지를 않고 하야 남성의 횡폭에 대하야 나만이 가진 무슨 할 말은 없습니다."(정칠성)

그리고 진보적인 남성들의 위선에 대해서도 폭로한다. ― "남편된 이가 사회적으로는 명망이 있다 하드라도 가정에 돌아가 안해 앞에서도 그렇겠느냐 하는 것은 문제입니다."(유영준)

이들은 식민지 조선에서 가장 급진적인 여성들이었다. 꼴론따이에 대한 이들의 생각을 들어 봄으로써 현재 한국에서 여성들의 위치와 비교해서 생각해 볼 기회를 가질 수 있을 것이다.

"레닌과 클라라 체트킨의 여성 문제에 대한 대화"는 레닌의 여성 문제에 대한 실천적 사고를 볼 수 있는 글이다. 여성의 날을 해마다 기념하는 우리는 세계 여성의 날을 누가 최초로 제안했는가 알고 있는가? 여성 노동의 사회 진출은 사회 발전의 필연적인 산물이므로 남성의 임금을 떨어뜨린다는 이유로 이를 금지시키는 것은 시대착오적 생각이라고 말한 최초의 여성은 누구일까? 여성이 생산 활동에 참여하는 것은 자녀 교육은 물론 사회 발전에 유익하며 여성해방의 지름길이라고 생각했고 아이들은 그런 어머니를 모범 삼아 자란다고 말한 여성은 누구일까? 부르주아 여성운동이 부르주아 여성만의 참정권을 요구할 때 이에 대해 가차 없이 비판하고 모든 계급의 여성의 참정권을 주장했던 이는 누구일까? 꼴론따이와 함께 모든 나라에서 동시에 여성의 권리 신장을 주장하는 세계 여성의 날을 3월 8일로 정하자고 제안한 사람인 클라라 체트킨이다. 근대적 의미의 여성운동을 최초로 이끌었던 여성 중 한 명인 클라라 체트킨과 러시아 혁명의 최고 지도자인 레닌이 여성운동에 대해 다루는 다양한 의제들을 통해서 현재의 우리를 돌이켜 볼 수 있을 것이다.

레닌은 "여성운동은 대중운동에 있어 필수적인 요소였고 어떤 상황에서는 결정적인 것이 된다고 보았"다. 성매매 여성들을 위한 신문을 만들려는 움직임에서 혼란에 빠져들지 말아야 할 문제가 무엇인지, 여성 대중 사이에서 새로운 그룹을 만드는 문제의 중요성, '물 한 컵 이론' 등을 내세우며 프리섹스를 조장하고 있던 이들에 대한 비판 등 다양한 주제들을 클라라 체트킨과 공유하였다. 이 주제들을 관통하고 있는 것은 "여성 대중 마음속의 고통과 노동 여성의 필요와 요구"이다. "여성의 부담을 덜어 주는 것은 공산주의자의 임무"이기 때문이다. 이를 위한 국제 여성 대회를 어떻게 준비할 것인지, 먼저 자신들이 참정권 등을 가지고 남성들과 동등한 권리를 가지게 되면 하층계급에게 시혜를 베풀어 주겠다는 부르주아 여성운동과 어떻게 선을 그어야 할 것인지 구체적인 실천 문제까지 논의를 하였다.

원고가 작성된 시기는 레닌 사후 1년이 되던 1925년으로, 1923년 11월 뮌헨에서 쿠데타를 일으켰던 독일의 히틀러는 이해에 ≪나의 투쟁≫을 출간했고, 1차 대전 시 노동자들에게 참전론을 주장했던 독일 사회민주당 산하의 노동조합의 지지를 받아 성장해 가고 있었다. 반대로 전쟁 반대론자인 공산주의자들에게 이때는 운동의 퇴보 시기 속의 한 해였다. 이 대화는 1920년을 회상한 것이기에 레닌이 독일에서의 혁명을 기대하는 장면이 나오나 마지막 회상에서 보이듯 체트킨은 고통스럽게 1925년의 '고통스러운 현재의 퇴보'를 이야기하고 있다.

레닌이 클라라 체트킨과 대화를 나누던 시기인 1920년에는 독일 공산당에 대한 볼쉐비끼의 기대가 아주 컸다. 이에 대해서는 에릭 홉스봄의 ≪극단의 시대≫에 잘 나와 있어 그대로 인용한다.

    그러나 독일은 혁명적 수병들이 전국에서 소련 국기를 휘날린 나라였고, 베를린의 노동자·병사 소비에트 집행부가 사회주의 정부를 임명한 나라였으며 2월과 10월[인용자: 러시아의 2월 혁명과 10월 혁명을 지칭한다]이 하나로 결합된 것과 같은 ―황제가 퇴위하자마자 수도의 실제 권력이 이미 급진적 사회주의자들의 수중에 떨어진 것으로 보였으므로― 나라였다. 이는 완전한 패전과 혁명이라는 이중의 충격으로 기존의 군대, 국가, 권력구조가 일시적이기는 하지만 전적으로 마비된 데에 기인한 환상이었다. 며칠 뒤, 구체제가 공화국의 형태로 곧 권좌에 다시 복귀했고, 더 사회주의자들에게 심각하게 시달리지 않았다. 사회주의자들은 첫 선거에서, 혁명이 일어난 지 몇 주 안 되었음에도 불구하고, 과반수도 얻지 못했던 것이다. [한국어판 번역자의 주: 온건한 다수파 사회민주당은 38퍼센트에 약간 못 미치는 득표를 ―그들의 사상 최고 기록― 보였고, 혁명적인 독립사회민주당은 약 7.5퍼센트의 득표율을 보였다.] 새로 급조된 공산당은 훨씬 덜 문제가 되었다. 공산당의 지도자인 칼 리프크네히트와 로자 룩셈부르크는 비정규군 병사들에 의해서 신속하게 살해당했다. 그럼에도 불구하고 1918년의 독일 혁명은 러시아 볼셰비키의 희망을 강화시켰다. 단명하기는 했지만 사회주의 공화국이 실제로 1918년에 바이에른에서 선포되었고, 그 지도자가 암살되고 나서 1919년 봄에는 독일의 예술과 지적(知的) 대항문화 그리고 (정치적으로 덜 불온한) 맥주의 중심지인 뮌헨에서 단기간 소비에트 공화국이 수립되었기 때문에 더더욱 그러했다. 독일 혁명은 볼셰비즘을 서쪽으로 전파하려는 또 다른, 보다 진지한 시도인 1919년 3-7월의 헝가리 소비에트 공화국과 부분적으로 시기가 일치했다. 물론 두 혁명 모두 예상대로 무자비하게 진압되었다. 게다가 사회민주당에 대한 실망으로 독일 노동자들은 급속하게 급진화되었고, 그들 중 많은 수가 충성을 바칠 대상을 독립사회민주당으로, 1920년 이후에는 공산당으로 바꾸었다. 그 결과 독일공산당은 소련 밖에서 가장 큰 공산당이 되었다. 그런데도 어떻게 독일판 10월 혁명이 기대되지 않을 수 있었겠는가? 비록, 서구의 사회적 불안이 최고조에 달한 해인 1919년에 볼셰비키 혁명을 확산시키려던 유일한 시도들이 패배로 끝났고, 1920년에는 혁명의 물결이 급속히 눈에 띄게 잠잠해졌지만, 모스크바의 볼셰비키 지도부는 1923년 말에 가서야 독일 혁명에 대한 희망을 포기했다.[4]

1919년 로자 룩셈부르크와 칼 리프크네히트가 무참하게 살해되었다. 사회민주주의자들이 그들의 살해에 가담했고 나찌의 편이 된 후 독일에서 혁명에의 희망은 사라지고 있었지만 체트킨과 레닌은 혁명을 포기하지는 않았다. 레닌과 체트킨은 여성

---

4) 에릭 홉스봄 저, 이용우 역, 《극단의 시대: 20세기 역사》 (상), 까치, 1999, pp. 101-102.

운동이 없이는 혁명을 이룰 수 없고 여성운동이 결정적인 역할을 할 수도 있다는 전제로 대화를 나누었다. 1920년 이들의 대화를 통해서 90여 년이 지난 우리의 상황을 다시 짚어 볼 수 있을 것이다.

레닌은 "나는 정치 문제에 사랑을 얽혀 들게 하는 여자들이나 젊은 여자의 치마란 치마는 다 쫓아다니는 남자들에게는 신뢰나 인내를 보증할 수 없습니다. 안 됩니다. 안 되고 말고요. 이는 혁명과는 같이 갈 수 없습니다"라고 단호하게 말한다. "필요한 것은 명확성, 명확성, 보다 많은 명확성뿐입니다. 그러므로 다시 말하지만 에너지를 약화시키거나 낭비하거나 방탕하게 소진해서는 안 됩니다. 자기 통제와 자기 규제는 노예근성도 아니고 사랑의 문제에 놓여 있지도 않습니다. … 나는 우리 젊은이들의 미래를 내 가슴 가까이 두고 있습니다. 이것은 혁명의 한 부분이자 한 조각입니다. 어떤 위해될 만한 요소가 나타나면, 이는 부르주아 사회에서 혁명의 세계로 기어올라 와서 잡초의 뿌리처럼 퍼져 나갑니다. 이에 대해서는 빠르게 대응을 하는 것이 낫습니다. 우리가 다루고 있는 문제들은 여성 문제의 한 부분이기도 합니다." 1970년대 중반에 나온 쏘련의 공식 미학 교과서인 ≪마르크스-레닌주의 미학원론≫의 '미적 교육' 부분은 이 대화 부분에 기반을 두어 서술된 것이다.

    미적 교육은 인간들 사이의 공산주의적·도덕적 관계들의 발전에 있어 대단히 중요한 역할을 한다. 우리는 사회주의적 생활 방식 및 새로운 인간의 특성과 행위의 아름다움 및 미적 본질을 인간들에게 보여 주고, 낯선 생활형식과 행위의 추함과 반미적 본질을 인간들에게 보여 주어야 하는 과제를 안고 있다.

진실로 윤리적인 인간의 태도는 그 모든 것이 비록 교육의 역할을 할지라도, 단지 물질적 자극과 물질적 제재 수단들에 의해서만 규정되는 것은 아니다. 그 태도는 공산주의적 도덕 규범들의 정당성에 대한 내적 확신에 의해, 즉 도덕적 태도의 아름다움에 대한 그리고 추한 것으로서의 비도덕적인 것에의 거부에 대한 능동적 인지에 의해 훨씬 더 분명하게 규정되는 것이다. 그렇기 때문에 각각의 인간의 세계관에 역시 부합되는 미적 이상을, 즉 공산주의를 건설하는 인간들 안에 있는 아름다운 것에 대해, 그 인간들의 상호관계에 대해, 그 인간들의 실제적 형상에 대한 구체적인 어떤 표상도 형성하지 않고, 공산주의적 윤리에 대해 교육한다는 것은 불가능하다.

자신의 행위가 어떻게 보이며, 다른 사람들이 자신의 형상과 자신의 행위를 어떻게 인지하는가를 인식하고 느끼는 것은 어느 인간에게나 중요하다. 아름다움에 대한 그릇된 견해는 도덕적 관점에서 볼 때, 매우 비극적인 결과들을 가져올 수도 있다. 때때로 그 그릇된 견해는 인간의 태도에서 무엇이 추하고 무엇이 아름다운가 하는 점에 대한 견해들이 완전히 전도되는 결과를 낳기도 한다. 우리는 레닌이 클라라 체트킨과의 대화에서 젊은이들 사이에서 나타나는 탈선(Ausschweifung)에 대하여, 즉 미적인 것과 유용한 것은 동일하다는 부르주아적 표상들로부터 생겨나는 탈선을 어떻게 심판했는가를 기억한다. 이러한 비판은 주지하는 바와 같이 특정한 미적 가치들의 불멸성으로부터 출발하고 있는데, 레닌에 의하면 인간이 이 불멸성을 포기한다는 것은 한 마리 짐승으로 변한다는 것을 의미한다.[5)]

레닌이 논한 "부르주아 사회에서 혁명의 세계로 기어올라 와서 잡초의 뿌리처럼 퍼져 나가"는 것은 레닌 시대의 일만도 아니었다. 자신들의 성적 취향을 '운동', '진보'와 연결하는 사람들이 150년 전에도 있었다. 자유연애주의자 빅토리아 우드헐(Victoria Woodhull)은 제1인터내셔널을 자유연애와 교령술(交靈術)의 선전기관으로 만들다가 1872년 공식적으로 추출되었다. (그러나 그녀는 이후 부유한 남자와 결혼을 하여 행복하게 살다 죽었다.) 레닌 시기에는 '물 한 컵 이론' 운운하는 이들이 있었고, '탈근대의 시대'라 불리는 우리 시대에도 '다자 사랑' 이야기를 꺼내는 '남자 페미니스트'나 '21세기판 빅토리아 우드헐'들은 있다. 아마도 이들의 '이론(?)'적 기반은 아래와 같을 것이다.

> 대항의지는 실제로 명령에 완전히 복종할 수 없는 신체를 요구한다. 대항의지는 가족생활에, 공장 규율에, 전통적 성생활의 규제 등에 적응할 수 없는 신체를 요구한다.[6]

이런 생각을 식민지 조선의 윤형식이 들었다면 아마도 그는 아래에 그가 한 말을 한 번 더 반복할 것이다.

> 그러나 계급사회에 있어서 연애 그것은 실제의 생활 관계를

---

5) 오프스얀니꼬프 저, 이승숙·진중권 역, 《마르크스-레닌주의 미학원론》, 이론과 실천, 1990, pp. 416-417.
6) 안또니오 네그리·마이클 하트 저, 윤수종 역, 《제국》, 이학사, 2001, p. 339.

떠나선 한 개인의 욕망을 욕망 그대로 채울 수는 없는 것이다. 이것은 연애 생활 거기에만 국한된 조건이 아니지만은 더욱더 이 연애 문제에 있어서는 경제 관계가 가장 중대성을 띠고 있는 것이다. 자본주의사회에서 연애지상주의를 부르짖고 성생활에 개인주의적 방종을 극하는 자는 물질생활에 무어라한 방해가 없는 유한계급에만 한한 것이요 푸로레타리아에게는 한 끼의 밥과 함께 성에까지 주림을 받는 처지에 있게 된 것이다.

근래에 와서 부르조아 자유주의자 등이 '연애의 자유'와 '성의 해방'을 부르짖음으로써 강고한 봉건적 인습을 깨뜨리려고 함은 아주 무의미한 일은 아니나 그러나 그것만으로는 푸로레타리아에게 대하여 근본적으로 하등의 이익을 가질 수 없는 것이다. 연애 과정이 없는 결혼은 사실상 죄악시되는 것을 부정할 수 없지만은 경제적 조건에 의하여 그만 한 시간과 여유를 주지 않는 데야 어찌할 수 없는 것이다. 그러므로 그 구체적 해결책은 그 근본적 조건인 경제적 관계에 있지 않을 수 없는 것이다.[7]

"전통적 성생활의 규제 등에 적응할 수 없는 신체"에 대한 생각은 신자유주의와 더불어 부활한 반공 정치철학의 정점인 아인 랜드(Ayn Rand)의 생각과 무엇이 다를까? 그녀의 전기 영화 ≪아인 랜드의 애정(Passions of Ayn Rand)≫를 보자. '일탈·자율'과 반공의 차이는 무엇일까? 왜 개인주의자 아인 랜드와 이들과 거리가 멀게 느껴지지 않을까? 에릭 홉스봄은 아나키즘와 개인주의의 관계에 대해서 아래와 같이 분석하였다.

---

7) 윤형식, "푸로레타리아 연애론", ≪삼천리≫(1932. 4.). 이 책의 pp. 270-271.

그것은 또 그 어떠한 권위도 모두 거부했던 까닭에, 역시 권위를 부정하는 '자유방임주의'(laissez-faire)적인 부르주아의 극단적인 개인주의와 기묘한 합치를 보게 되었다. 이념적으로는 스펜스(≪개인 대 국가≫를 저술한다)도 바쿠닌만큼이나 무정부주의자였다. 무정부주의자가 단 한 가지 제시하지 않았던 것은 바로 미래 문제였다. 미래에 관해서는 혁명을 겪은 후에라야 실현될 수 있다는 것밖에 달리 말할 것이 없었던 것이다.8)

네그리의 자율주의가 에릭 홉스봄이 말한 아나키스트와 달리 미래를 제시하고 있다는 반박이 있을지 모르겠다. 그러나 자율주의자들이 말하는 '일주일간의 전 지구적 파업'이 미래에 대한 제시가 될 수 있을까? 이에 대해서는 김광석의 비판을 그대로 옮긴다.

> 일주일간의 전지구적 파업은 그 어떤 전쟁도 저지할 것이다. (네그리, ≪다중≫, p. 413.)

허허허! 제국에는 경계도 없고 안도 밖도 없다면서 어디로 탈출을 하자고? 이주 노동이, 자본의 요구에 의한 것일 뿐, 자본에게 부담을 주기는커녕 자본의 축적에 기여하는 판에, 탈영토 운운하면서 고국을 떠나 사회의 최하층으로서 착취당하는 것을 창조적인 저항이라고 칭송하더니, 변증법적으로 대립하지 말고, 즉 anti로서 반자본의 전면전을 하지 말고 삐딱하게 태만으로 저항하자고? 그러다가 짤리면 어떡하려구? 권력의 장소를 비우는 도주란 뭔데? 날 잡아서 전 세계적으로 일주일만 파업하면

---

8) 에릭 홉스봄 저, 정도영 역, ≪자본의 시대≫, 한길사, 1998, p. 329.

끝난다는 그 얘기하는 거요? 일국에서의 총파업도 제대로 하기 힘든 판에, 아니 지난 10년 동안 연맹 총파업도 제대로 해 본 적이 없는 판에, 뭔 세계적인 총파업? 솔직히 말해서 그냥 그런 날이 오기만 기다리자는 수작 아니우?[9]

'탈주, 일탈, 자율'을 '진보'의 행동 강령으로 이야기하고 있고 '포스트 모더니즘의 시대'에 새로운 정치철학이 등장했다고 주장하고들 있는데 아나키즘이라는 오래된 이야기책이 표지를 새로 달고 낱말들 몇 가지를 바꾸어 출판되었다는 생각이 드는 것은 왜일까?

"이네사 아르망에게 보낸 레닌의 편지"는 러시아 혁명 직전인 1915년의 탄압받던 시기에 레닌이 동료인 이네사 아르망에게 보낸 편지이다. 이네사 아르망이 노동 여성들을 위한 팜플렛의 내용으로 '자유연애' 등을 논할 계획이 있는 것을 알고, 레닌은 부르주아 여성들의 문제와 노동자 여성들의 문제를 분리할 것을 요구하고 있다. 꼴론따이의 소설들과 식민지 조선에서의 꼴론따이에 대한 논의들과 레닌의 이 편지 속에서 공통적으로 고민하고 있는 것이 무엇인가 같이 생각해 보았으면 좋겠다.

"알렉산드라 꼴론따이의 생애"는 역자가 독자를 위해 적은 꼴론따이의 짧은 약전이다. 이 짧은 약전 이외에 꼴론따이에

---

9) 김광석, "네그리와 자율주의 비판", 《노동사회과학》 제2호, 노사과연, 2009, p. 182.

대해 더 알고 싶으면, 책이 절판되어 더 이상 구할 수 없지만 국내에서 나온 꼴론따이 자료 중에는 가장 충실하게 꼴론따이의 생애와 사상을 알 수 있는 B. 판스워드 저, 신민우 역, ≪알렉산드라 콜론타이≫, 풀빛, 1986 (Beatrice Farnsworth, *Aleksandra Kollontai—Socialism, Feminism, and the Bolshevik Revolution*, Stanford University Press, 1980)을 추천한다.

기획자의 말
— 탈근대라 불리는 시대에서 근대 문제 읽기

> 내가 알고 있는 포스트 모더니스트(Post modernist)는 우체국(Post office)에서 일하던 모더니스트(Modernist)인 아우구스트 슈트람(August Stramm)밖에 없다.
>
> — 하이너 뮐러

1

근대와 탈근대는 과연 다른 것일까? 아니 과연 탈근대라는 것이 존재하기라도 하는 것일까?

탈근대는 근대의 문제의식이 끝났다고 보았기에 제기되었다고들 한다. 과연 그러한가?

세상을 뒤흔든 상호부조론 등과 궤를 같이 하는 협동조합론이 한국 '진보' 진영의 '대세'가 되고 있다. 새로운 이야기일까? 90여 년 전 꼴론따이에게서 우리는 이것이 아주 오래된 이야기임을 알 수 있다. ≪붉은 사랑≫의 자칭 아나키스트인 블라지미르의 모습과 무엇이 다를까? 90여 년 전 네쁘(NEP) 시기에 자본주의 도입이 주는 혜택은 누리면서도 자신이 혁명가라는 명분은 유지하고 싶어 하던 자칭 아나키스트와 무엇이 다를까? 얼마 전

양주시는 청소 노동자들을 정규직으로 채용하겠다던 약속을 어기고, 노동자들이 '에코클린 사회적 협동조합'을 만들면 사장님이 되신 노동자들과 재계약을 하겠다고 했다. 협동조합이 공개입찰을 통해 양주시와 계약을 하거나 못 할 수도 있다면, 이전의 위탁 용역회사와 무슨 차이가 있는가?[1] 현재 '진보'라는 타이틀을 걸고 있는 강단의 지식인들은 협동조합과 노동조합이 하나로 되어 갈 것이라고 주장하고 있다. 이 지식인들의 모습을 우리는 ≪위대한 사랑≫에서 볼 수 있다. 끄로뽀뜨낀[2]이 ≪상호부조론≫을 적었을 때의 주관적 의도와는 다르게 협동조합 운동은 실천적으로 이렇게 오랜 세월 동안 '노동'을 약화시키는 데 이용되

---

1) "양주시 '사회적 협동조합 설립' 놓고 청소노동자와 갈등", ≪매일노동뉴스≫, 2013. 7. 17. ⟨http://www.labortoday.co.kr/news/articleView.html?idxno=119595⟩
2) 뾰뜨르 알렉세예비치 끄로뽀뜨낀(Пётр Алексéевич Кропо́ткин, Pyotr Alexeyevich Kropotkin, 1842-1921). 아나키스트로 잘 알려져 있는 러시아 귀족 태생의 지리학자, 동물학자, 진화론자, 철학자, 과학자, 언어학자 겸 경제학자이다. 다양한 분야에서 명성을 얻었지만 세속적인 출세의 길을 버리고 혁명가로서의 삶을 살았다. 제1인터내셔널 내에서 맑스주의와 대립되는 바꾸닌주의의 입장에 서 있었다. 1874년 투옥되었으나, 1876년 탈출하여 영국, 스위스를 거쳐 1877년 빠리로 갔다. 1876년 스위스에서 바꾸닌주의 경향의 쥐라 연합에 가입하였고, 1878년 다시 스위스로 돌아와서는 쥐라 연합의 신문 ≪반역자(Le Révolté)≫를 편집하였다. 1917년 2월 혁명 후 러시아로 귀국하였고, 임시정부에서 교육부 장관직을 제의받았으나 바로 거절하였다. 1921년 레닌은, 끄로뽀뜨낀의 장례식에서 아나키스트들이 반볼쉐비끼 플랑카드를 들고 행진하는 것을 승인하였다. ≪상호부조론≫의 국내 번역본으로는 하기락 역, ≪상호부조론≫, 형설출판사, 1983; 김영범 역, ≪만물은 서로 돕는다≫, 르네상스, 2005; 구자옥 역, ≪상호부조 진화론≫, 한국학술정보, 2008 등이 있다.

고 있다. '진보' 문제 외에 지금도 풀지 못한 양성평등 문제는 또 어떠한가? "자매"에 나오는 여성 실업과 성매매 문제는 여전히 해결되지 않았고, ≪위대한 사랑≫에서는 진보를 이야기하나 양성평등 문제에 대해서는 전혀 진보적이지 않고 2차 가해자가 되는 이들의 모습이 보인다. ≪세 세대의 세 가지 사랑≫에서 보이는 '진보'라는 명목 하에서 우왕좌왕하는 성 문제가 90여 년 전 이야기일 뿐일까?

100여 년이 다 되어 가는 알렉산드라 꼴론따이의 소설들, 꼴론따이 소설을 둘러싼 식민지 조선에서의 논쟁들, 레닌의 "노동자계급과 신맬더스주의", "이네사 아르망에게 보낸 레닌의 편지", 클라라 체트킨의 "레닌과 클라라 체트킨의 여성 문제에 대한 대화", 그리고 한국에서 전성식이 저출산 문제를 적은 "저출산과 노동자계급"을 읽으며, 독자들께서는 이들 모두가 근본적으로 같은 논의선상에 있는 것을 느낄 수 있을 것이다.

이유는? '근대'의 문제가 해결되지 않았기 때문이다. 20세기 초반의 근대화가 진행되던 상황과 근대화가 완료되고 세계화에 깊숙이 몸담은 21세기 초반의 대한민국 상황이 얼마나 변했는가 같이 생각해 볼 기회를 가지고 싶어서 꼴론따이의 소설 번역이 기획되었다.

꼴론따이의 이 소설들은 러시아 혁명의 보고서이다. ≪위대한 사랑≫은 1905년 러시아 1차 혁명 실패 후 해외로 망명 간 혁명가들의 이야기를 그렸다. "자매"는 러시아 혁명과 내전 이후의 상황을 담고 있다. ≪세 세대의 세 가지 사랑≫은 세 세대의 여성들을 통해 짜르 시대부터 러시아 내전 이후의 상황을 담고 있다. 특히 후자의 두 단편은 신생 쏘비에뜨 공화국의 사회주의적 근대화가 진행되었고 이에 따른 생활상에서 러시아 인민들이 느끼던 고통이 생생하게 담겨 있다. 이때 러시아와 조선의 인민들이 느끼던 고통과 현재 우리가 느끼는 고통은 무엇이 다른 것일까? 같이 생각해 볼 기회를 가지고 싶었다.

2

근대와 탈근대는 과연 다른 것일까? 아니 과연 탈근대라는 것이 존재하기라도 하는 것일까?
탈근대를 논하기 전에 근대 자체에 대해 짚고 넘어가야 된다.

근대는 땅이나 종교에 매여 있던 온갖 중세적 속박에서 벗어나 사적 소유의 천국이 열리고 노동력을 팔고 살 수 있는 '주체'를 가짐으로써 시작되었다. 육체 외에 가진 것은 없어도 영혼만은 자유로운 허울뿐인 노동자의 '주체'로서의 '자유'는 도시에서 노동력을 판매함으로써 시작되었다. 생산수단을 소유했기에 타인의 영혼까지도 살 수 있는 자본가의 '주체'로서의 자유도 도시에서 시작되었다. 노동자계급과 자본가계급의 대립으로 세워진 도시는 근대가 본격적으로 시작된 곳이며 현재도 우리가 살고 있는 곳이다. 근대를 이렇게 정의하는 것에는 동의하지만 지금은 포스트 모더니즘의 시대이고 근대의 문제를 이젠 '근대'의 사고 방식으로 접근해서는 안 되는 시대라고 하는 이들에게 묻고 싶다. 근대를 이렇게 정의하지 않는다면 내 질문에 답할 필요는 없을 것이다. 어떤 근거로 탈근대의 시대가 되었기에 근대의 출발점인 노동자계급과 자본가계급의 대립을 더 이상 논의할 필요가 없다는 것인가?

우리가 처해 있는 이 혹독한 현실은 포스트 모더니즘 시대에 와서야 생긴 것들이 아니다. 당신이 백수이거나 비정규직이거나 허울 좋은 프리랜서, 혹은 동네에서 자그마한 가게를 연 사장님이시지만 하루하루가 불안한 이유는 자본주의적 도시가 만들어지면서 출발한 문제들이지 포스트 모더니즘 시대라서 생긴 것이 아니다.

자본주의의 문제를 노동-자본의 문제로 보고 근대를 노동-자본 관계가 시작된 시기로 보는 입장을 가지고 있으면 선이 여러 차례 그어진다. 자본주의의 문제의 시작을 노동-자본 문제가 아니라 상업 자본주의라 불리는 시대로 거슬러 올라가서 스케일 크게 보시거나(세계체제론), 자본주의의 문제를 자본주의의 시장문제를 해결함으로써 해결할 수 있다고 생각하는 분들(칼 폴라니)과는 선이 그어진다. 담론의 변화로 근대, 탈근대를 나누시는 분들(포스트 모더니즘)과도 별로 할 말은 없다. 또 근대의 문제는 서양에서 발생한 것이기에 동양철학으로 극복할 수 있다는 생각을 가지고 있는 이들과도 선이 그어진다. 동양의 근대화 이전의 철학, 신정일치 시대의 철학으로 근대 문제를 해결할 수 있다는 도인들께서는 '우리에게 해 주실 (산스크리트어 용어 등이 들어 있는) 설교' 외에는 준비하신 것이 없기 때문이다. 이분들의 공통점은 '우리'라는 1인칭 복수 주격을 사용하여 노동-자본 관계를 지워 버리고 '(나부터, 그래 너 말야.) 사람이 먼저 되어야 한다'라는 종교적인 기원 형태로 끝난다. 이분들이 말씀하시는 모든 것을 악하다고 보지는 않는다. 품행이나 인격 수양 등의 강조 등은 들을 부분도 있다. 그러나 노동-자본 문제에 대한 사고는 놓아서는 안 될 것이다.

홍상수 감독이 자기 주변의 영화 찍는 사람들 이야기로 영화를 계속 만들지만 누구도 그가 '대안'을 제시하고 있다고는 말하지 않는다. 영화 만드는 사람들은 한국에서 소수이기 때문이다. 그렇지만 한국 사회 일부 중산층에게만 국한되는 이야기를 담은 영화 ≪춤추는 숲≫3)이 홍상수 감독의 영화와는 다르게 우리 사회에 어떤 '대안'을 제시했다고 여겨지는 것은 무슨 이유일까? 먹거리 등과 관련된 환경문제를 이야기하나, 가장 심각한 환경문제인 작업장 환경문제로 사람들이 계속 죽어 가고 있는 문제에 대해서는 사회적으로 관심이 거의 없다. 스스로를 중산층이라고 여기고 있는 지식인들이 '진보적인 담론'을 독점하고 있기 때문일까? 이들이 전파하고 있는 '상호부조하는 공동체/협동조합'이 과연 진보적인 담론일까? 공장에서 터져 나오는 비명 소리가 내 안방에서는 일어나지 않을 것이라는 믿음에서 나온 것은 아닐까?

---

3) 2013년에 개봉한, 강석필 감독의 다큐멘터리 영화이다. 서울 성미산 마을 사람들의 '마을공동체' 이야기를 담고 있다.

3

　근대와 탈근대는 과연 다른 것일까? 아니 과연 탈근대라는 것이 존재하기라도 하는 것일까? 근대화를 반영하던 논의들은 더 이상 필요 없는 것일까?

　도시 ─ 근대화 이후 우리가 살고 있는 공간에 대해서 생각해 보자. 모더니즘이 다루는 도시의 문제도 리얼리즘이 다루는 노동과 자본의 문제도 '근대'가 시작되었기 때문에 발생한 것이다. 모더니즘과 리얼리즘은 '근대'에 살고 있다는 인식을 공유하기에 때로 겹쳐지기도 했다. "한잔의 술을 마시고/우리는 버지니아 울프의 생애와/목마(木馬)를 타고 떠난 숙녀(淑女)의 옷자락을 이야기한다"라고 "목마와 숙녀"에서 쓸쓸하게 도시를 이야기하던 모더니스트 시인 박인환이 "밤이 가까울수록/성조기가 퍼덕이는 숙사와/주둔소의 네온싸인은 붉고/짠그의 불빛은 푸르며/마치 유니온 작크가 날리든/식민지 항항의 야경을 닮아간다//조선의 해항 인천의 부두가/중일전쟁 때 일본이 지배했던/상해의 밤을 소리없이 닮아간다"라고 인천항을 노래할 때는 리얼리즘 시인이 되었다. "욕망이여 입을 열어라 그 속에서/사랑을 발견하겠다. 도시의 끝에/사그라져 가는 라디오의 재갈거리는 소리가/사랑처럼 들리고 그 소리가 지워지는/강이 흐르고 그 강 건너에 사랑하는/암혹이 있고"라고 대담하게 도시를 노래할 수 있었던 김수영을 모더니스트들(≪문학과 지성≫)도 리얼리스트들(≪창작과 비평≫)도 한국문학사에서 자기 진영에 포함시키고자 하는 것은 한국 시문학사에서 최초로 '도시'를 제대로 노래했기 때문이다. 모더니스트든 리얼리스트든 도시에서 제대로 살아가고자 한다면. 모더니스트들은 이기 팝(Iggy Pop)과 RATM(Rage Against the Machine)처럼 "거리의 한 곳, 얼굴들이 빛나는 곳. 하염없이 떠돌고 있지. 나는 진짜로 억눌려 있다. 자! 같이 가자고(Down on the street/where the faces shine/Floatin' around/I'm a real low mind/Oh! Come on)"라고 노래하면서 나서야 한다. 이렇게 근대의 문제를 고민하던 것이 더 이상 필요가 없어져서 탈근대의 시대가 왔는가?

발터 벤야민은 19세기 도시의 중심인 아케이드를 연구하여 20세기 자본주의를 밝히고자 하였다. 발터 벤야민의 무대는 도시였기에 혹자는 그를 모더니스트로 혹자는 리얼리스트로 본다. 발터 벤야민이 미완의 연구로 남겨 둘 수밖에 없었던 19세기 아케이드를 걸어 다니던 댄디들과 성매매 여성들은 영화 《살아 있는 시체들의 밤 (2편)》에서 인간이었던 시절의 욕망이 남아 있어서 돌아다니는 대형 백화점의 좀비들과는 과연 전혀 다른 인류일까? 보들레르가 보행자로서 걸어 다니던 19세기 중반 빠리의 거리, 벤야민이 나찌 수용소에서 그리워했던 —"나의 소원이라면 빠리의 노천카페에 앉아서 한가롭게 손가락을 돌리는 것이다"— 20세기 초의 빠리의 거리, Iggy Pop이 1969년에 낸 "Down on the street"에서 노래한 뉴욕의 거리, RATM이 2000년에 낸 음반 《Renegades》에서 Rolling Stones의 "Street fighting man"을 리메이크해서 노래한 LA의 거리는 어떤 차이가 있는가? 보들레르가 ≪인공 낙원≫에서 적은 하시시에 중독된 귀족 지식인의 몰락과 벤야민의 하시시 체험과 알렌 긴즈버그와 Beatles의 LSD 체험과 마약으로 인해 밴드를 해산하게 되었던 Alice in chains의 몰락은 어떻게 다른 것일까? 근본적인 차이는 없다. 보들레르의 시대부터 지금 우리가 살고 있는 시대까지는 근대라는 일직선상에 있다.

4

근대와 탈근대는 과연 다른 것일까? 아니 과연 탈근대라는 것이 존재하기라도 하는 것일까?

탈근대는 없다.

지금 우리가 살고 있는 도시가 이바리기 노리꼬(茨木のり子)의 "六月"에서 보이는 아름다운 마을과 거리로 바뀌기 전까지는! 아래의 이바리기 노리꼬 시의 번역은 서준식이 옥중에서 번역한 것이다.

> 어디엔가 아름다운 마을은 없는가?
> 하루의 일을 끝내면 한잔의 흑맥주
> 괭이를 세워두고 바구니도 놓고
> 남자도 여자도 술잔을 기울이는.
>
> 어디엔가 아름다운 거리는 없는가?

먹을 수 있는 열매를 맺은 가로수가
어디까지나 늘어서고 제비꽃 빛깔의 황혼은
젊은이들의 웅성임으로 넘치는.

어디엔가 아름다운 사람과 사람과의 힘은 없는가?
같은 시대를 함께 사는
정다움과 익살스러움, 그리고 분노가
날카로운 힘이 되어 터져나오는[4]

포스트 모더니즘의 시대 운운하는 이들에게 묻겠다. 서준식이 옥중에서 위 시를 번역하면서 사색했던 것들이 이제 바꾸어야 하는가?

5

리얼리즘은 근대의 문제를 반영한다. 리얼리즘이 '1) 현실의 삶을 담아야 한다. 2) 대중이 참여한다'고 주장한 것은 대중이 역사적으로 등장한 근대를 살고 있기 때문이다. 대중을 중심에 두는 것은 리얼리즘의 출발점이었다. 루쉰, 마야꼬프스끼, 베르톨트 브레히트, 빠블로 네루다, 하이너 뮐러 등의 사회주의 리얼리즘 계열의 작품들은 지금도 최고의 작품들이고 이들을 넘어선 포스트 모더니즘 계열 작품은 없다. "사회주의 리얼리즘에 관한 테제"까지 별도로 작성했던 브레히트에게서 포스트 모더니즘의

---

4) 서준식, 《옥중서한》, 노사과연, 2008, p. 807.

징후를 억지로 읽어 내려 하거나 베를린 장벽의 붕괴를 본 후 자본주의를 위한 창작을 할 수 없다고 절필 선언을 했던, 독일의 좌·우를 막론하고 아무런 이의 없이 20세기 후반기 독일문학의 최고봉으로 꼽는 사회주의 리얼리즘 작가인 하이너 뮐러를 포스트 모더니스트라 부르는 것이 기껏 포스트 모더니즘의 시대를 표방하는 이들이 할 수 있는 최선이다.5) 리얼리즘 작품을 접해야 한다. 리얼리즘 예술은 우리가 살아갈 힘을 준다. 포스트 모더니즘 시대의 아주 오래되었지만 포장만 새로 한 장광설에 대해서 당황할 시간이 있다면 그 시간에 리얼리즘 작품을 한 줄이라도 더 접하는 게 낫다.

　문학에서 포스트 모더니즘의 등장의 긍정성에 대해서 거론하는 이들도 있다. 일정 부분은 인정한다. 포스트 모더니즘은 다양한 곳에서 다양한 입장에서 논해졌고 실제 이들 논의들은 포스트 모더니즘이라는 단어만 공유하지 내용은 천차만별이었다. (포스트 모더니즘이라고 묶이려는 진영에서 일관성을 찾는 것은 불가능하다.) 문학에서의 포스트 모더니즘이 처음 논의될 때는 일부 긍정성이 있었다. 1960년대 후반 미국에서 레슬리 피틀러를

---

5) 우리나라의 일부 평론가들은 하이너 뮐러의 파격적인 형식들을 거론하면서, 그를 포스트 모더니스트로 소개했다. 작품의 형식이 파격적이거나 내용 파악이 잘 안 되면 포스트 모더니즘이라고 기계적으로 '들이대는 짓'은 좀 그만했으면 좋겠다. 작품을 창작할 때 할 말도 없으면서 형식을 파격적으로 만들 고민만 하고 포스트 모더니즘 운운하는 예술가들도 한심하다. 모르면 무엇을 모른다고 말하는 것은 좋은 창작과 예술 비평이다. 할 말이 없으면 횡설수설하지 말고 그냥 가만있으라.

중심으로 제시된 포스트 모더니즘 문학 이론은 부르주아 순수문학에서 경원시되었던 것들을 새로운 시각에서 접근했다. 대중들이 즐기는, 대중들도 이해할 수 있는 문학이 왜 문학이 아닌가라는 주장을 한 것이다. 그러나 포스트 모더니스트들이 중요시했던 탐정물, 로맨스물, 포르노 등은 대중문화의 상업화를 강화하는 쪽으로 발전하였다. 포스트 모더니즘을 표방하는 작품이나 평론들이 초기에 제기되었던 약간의 긍정성조차 이미 시들해진 것이다. 포스트 모던의 시대라 주장하는 이들이 한국에서 재유행시키려는 유럽의 상황주의 운동도 이미 시들해진 지 오래다. 대중이 수동적인 소비를 거부하고 욕망을 드러내야 한다고 외치던 지식인 운동이었을 뿐이고 그들의 모든 이벤트들은 체제 내 상업화되었다. 이 책 이전에 ≪섹스 피스톨즈, 조니 로턴≫를 번역했던 이유는, 이 책이 펑크 운동을 창조했다고 믿는 상황주의자들의 과대망상과 그들의 몰락 과정을 잘 드러내 주기 때문이었다. 오래된 낡은 이야기를 반복할 수 있는 것은 과대망상의 힘이다. 펑크 유행의 가장 중심에 서 있던 조니 로턴은 그의 자서전인 ≪섹스 피스톨즈, 조니 로턴≫을 '상황주의자한테는 신경꺼라, 이게 바로 시트콤이었다'라고 선언하고 시작했다. 포스트 모더니즘을 부정하면서도 포스트 모더니즘의 시대에 살고 있다는 이유로 근대의 문제를 부정하는 '새로운 이론'을 주장하는 것은 이런 오래된 낡은 이야기일 뿐이다.

이 글의 처음에 밝혔지만 꼴론따이의 소설들 번역을 기획한 가장 큰 이유는 '1) 현실의 삶을 담아야 한다. 2) 대중이 참여한다'는 리얼리즘 전통이라는 것이 현재에도 여전히 유효하다는 것을 보여 주고 싶었기 때문이다. 꼴론따이의 소설들을 읽고 나서 100여 년 전 제기되었던 문제가 다른 문제로 넘어간 '포스트 모더니즘의 시대'가 되었는가 같이 생각해 보았으면 좋겠다.

하나 더 덧붙이자면 책이 나온 이후에는 '레닌은 볼쉐비끼 혁명, 꼴론따이는 성 혁명' 같은 천박한 소리는 더 이상 나돌지 말았으며 좋겠고, 꼴론따이를 성 노동자 운동의 대모로 제시하는 왜곡도 없었으면 좋겠다.

* * *

* ≪붉은 사랑≫에는 전성식의 "저출산과 노동자계급", 레닌의 "노동자계급과 신맬더스주의", ≪위대한 사랑≫에는 "식민지 조선에서의 꼴론따이", "레닌과 클라라 체트킨의 여성 문제에 대한 대화", "이네사 아르망에게 보낸 레닌의 편지"를 부록으로 넣었다. 웬 소설 뒤에 사회과학 부록들이 붙나 의아해하시는 분들이 있을지도 모르겠다. 사회과학과 문학예술은 대립되는 것이 아니라 상호 보완적인 것이다. 얼마 전 목수정 씨의 번역으로 스테판 에셀의 저서 ≪멈추지 말고 진보하라≫가 나왔다. 목수정 씨의 번역자 인터뷰를 보면서 갑갑했다.

예술을 사랑하는 에셀은 금융자본가를 비판하지만 유물론자는 아니었다. 에셀의 적은 이스라엘 정부와 미국의 조지 부시, 프랑스의 사르코지였지만 그는 노동자계급이 아닌 인권이 침해된 모든 사람을 위해 투쟁했다. … 1980년대 한국 노동자들의 투쟁을 이끈 것은 칼 맑스의 자본론이 아닌 박노해의 〈노동의 새벽〉이었다.[6]

왜 굳이 노동계급을 배제해야 인권 운동이 되고 사회과학이 아닌 시야만 하는가? 사회과학을 배제해야만 시에 감동받을 수 있단 말인가? 1980년대를 이끈 박노해가 "사람만이 희망이다"를 외치며, 서태지 바짓가랑이 붙들면서 "서태지도 혁명가 나도 혁명가"라는 장황설 늘어놓던 것을 나는 지금도 또렷이 기억하고 있다. 또 1970년대를 상징하는 김지하는 지금 무엇을 하고 있는가? 시적 감성만으로 안 된다는 걸 보여 준 좋은 예가 박노해, 김지하이다.

노동계급과 인권이 반대되는 개념인가? 그럼 대한문 분향소에 있는 쌍용 자동차 노동자들의 인권은, 철탑 위에 있는 현대 자동차 비정규직 노동자의 인권은, OECD 내 산재사망률 1위인 한국의 노동자들의 인권은 어디에 있는가? 에셀이 외교관이지만 운동을 할 수 있었고 우편배달부가 안 짤리고 14년간 좌파정당 운동을 할 수 있는 나라가 프랑스다. 한국의 외교관이 단 한 달이라도 운동을 할 수 있을까? 공무원 노조도 법외 노조가 된 나라에서 14년간 좌파정당 운동을 하는 우편배달부 이야기라? 프

---

[6] "목수정 "한국의 청춘, 욕망을 갖는 방법을 잃어버렸다"", ≪미디어오늘≫, 2013. 6. 8. ⟨http://www.mediatoday.co.kr/news/articleView.html?idxno=109966⟩

랑스 수준이 안 되는 나라에서 이런 책의 번역은 필요했다. 그러나 번역자로서 취하고 있는 이 극단적인 태도는 문제라는 생각이 들었다. 나는 문화예술과 인문사회과학은 상호 보완적인 것이라고 생각하기에 꼴론따이의 소설을 보완하기 위해서 부록들을 넣었다. 레닌의 글 또한 따로 읽어서 이해할 수 있지만 꼴론따이의 소설을 읽음으로써 레닌 당시의 시대적 상황과 레닌의 글에 대한 이해도는 더 높아질 것으로 생각된다.

** 2007년에 번역이 완료되었지만 재정과 인력 문제로 출판되지 못하다가 2013년 이제라도 나오게 되어서 기쁘다. 오래전에 번역을 끝내고도 책이 언제 나올지 모르는 상황에서 계속 기다려 준 ≪콜론타이의 위대한 사랑≫의 공동 번역자 이현애에게 우선 감사를 드린다. ≪섹스 피스톨즈, 조니 로턴≫에 이어서 책 디자인을 또 한 번 해 준 이규환에게도 감사를 드린다. 그리고 러시아어 명사 교정을 자진해서 맡아 준 최상철, 러시아어 명사 교정에 도움을 준 임채희 동지에게도 감사드린다. 끝으로 편집·교정·교열을 맡아 준 김해인에게 감사드린다.

*** 노사과연 홈페이지(http://lodong.org) 미학 쎄미나 게시판에 '브레히트·뮐러 읽기 세미나 안'을 올려 두겠다. 개인적인 사견으로는 20세기 전반기의 최고의 작가가 브레히트이라면, 20세기 후반기의 작가로는 "브레히트를 비판하지 않는 것은 브레히트를 모욕하는 짓"이라고 하며 브레히트를 실질적으로 계승한 하이너 뮐러이다. 그는 브레히트가 작품을 창작할 때 최우선시한

'역사화'[7)]를 충실히 계승하여 브레히트의 공식적인 후계자로 인정받을 수 있었다. 이 쎄미나 안은 노사과연에서 미학 쎄미나를 진행하면서 만든 초안으로 불충분하니 참조로만 사용하시면 될 것이다. 브레히트나 뮐러에 관하여 번역과 해석들을 해 오신 한국 브레히트 협회 분들에 의해서 제대로 된 브레히트·뮐러에 대한 독서나 쎄미나 안이 나왔으면 한다. '리얼리즘 논쟁 관련 글들과 루카치 미학 읽기' 등과 러시아 문학 읽기 등의 다른 쎄미나 안들도 올라와 있으니 근대의 문제와 리얼리즘에 관해서 관심을 갖게 된 이들은 이 게시판을 참조하시기 바란다.

---

7) 벤야민의 '아우라'도 브레히트의 '소격효과'도 '역사화'에 대한 고민 과정에서 흘러나온 부차적인 개념일 뿐이고, 벤야민과 브레히트의 중심개념은 '역사화'이다.